MAREN VIVIEN HAASE

songs
for the
beautiful

MAREN VIVIEN HAASE

songs
for the
beautiful

ROMAN

Rise-and-Fall-Duett
Band 1

blanvalet

Der Verlag behält sich die Verwertung des urheberrechtlich geschützten Inhalts dieses Werkes für Zwecke des Text- und Data-Minings nach § 44 b UrhG ausdrücklich vor. Jegliche unbefugte Nutzung ist hiermit ausgeschlossen.

Penguin Random House Verlagsgruppe FSC® N001967

3. Auflage
Originalausgabe 2024 by Blanvalet
in der Penguin Random House Verlagsgruppe GmbH,
Neumarkter Str. 28, 81673 München
produktsicherheit@penguinrandomhouse.de
(Vorstehende Angaben sind zugleich Pflichtinformationen nach GPSR)
Copyright © 2024 by Maren Vivien Haase
Dieses Werk wurde vermittelt durch
die Langenbuch & Weiß Literaturagentur.
Redaktion: Hanna Bauer
Umschlaggestaltung: Anke Koopmann | Designomicon
in Anlehnung an einen Entwurf von Sandra Taufer
Umschlagmotive: Shutterstock.com
(Texture background wall; Miloje; Zakharchuk)
Illustrationen: Adobe Stock/Illustratoren jeksonjs,
Mykola Mazuryk
DK · Herstellung: DiMo · tav
Satz: satz-bau Leingärtner, Nabburg
Druck und Bindung: GGP Media GmbH, Pößneck
Printed in Germany
ISBN 978-3-7341-1366-6

www.blanvalet.de

*Für alle, denen schon einmal eingeredet wurde,
dass sie nicht gut genug,
nicht schön genug,
nicht talentiert oder klug genug sind.*

Hört nicht auf diese Stimmen.

Ich weiß, dass ihr all das seid.

Playlist

Anti-Hero – Taylor Swift
Fly – Hilary Duff
Bad Blood (Taylor's Version) – Taylor Swift
Sing For Me – Christina Aguilera
Afterglow – Taylor Swift
ballad of a homeschooled girl – Olivia Rodrigo
Nonsense – Sabrina Carpenter
Bootylicious – Destiny's Child
Too Lost In You – Sugababes
Your Bones – Chelsea Cutler
Water – Tyla
making the bed – Olivia Rodrigo
Halo – Beyoncé
Daylight – Taylor Swift
Castles Crumbling (Taylor's Version) – Taylor Swift & Hayley Williams
The Smallest Man Who Ever Lived – Taylor Swift
plastic palm trees – Tate McRae
Halo – Haley James Scott
Clara Bow – Taylor Swift
Radio – Lana Del Rey
King Of My Heart – Taylor Swift

1
Suki

»Schieb mal die Chilisoße rüber. Meine Eier können noch etwas Schärfe vertragen.«

»Irgendwann ätzt dir das Zeug noch die Stimmbänder weg«, entgegnete mein älterer Bruder Carter und verdrehte amüsiert die Augen, während er mir die rote Flasche reichte. »Und wenn du mich fragst, wäre das ganz schön tragisch. Immerhin bist du die Einzige in unserer Familie, die gut singen kann.«

Ich schnaubte und nahm die Flasche entgegen. »Mal abgesehen von deinen Künsten, wenn du den ein oder anderen Tequila zu viel hattest.«

Im Hintergrund unserer kleinen Wohnküche tönte die zehn Minuten lange Version von Taylor Swifts *All Too Well*, und ich sang wie immer im Kopf den Text mit.

»Schön wär's«, gab er grinsend zurück. »Auch wenn ich es mir wünschte, mit dir kann ich es nicht aufnehmen.«

»Klar. Meine ach so tolle Stimme.« Ich schüttelte den Kopf, weil ich es leid war, mir immer anhören zu müssen, dass ich eine tolle Stimme hatte, obwohl ich doch eigentlich gar nicht singen konnte. Dann fing ich an, eine riesige Ladung der Soße auf meinen Spiegeleiern zu verteilen, die auf meinem Frühstückstoast heute Morgen eine exzellente Figur machten. Sofort zog mir der stechende Chiliduft in die Nase. Mir lief das Wasser im Mund zusammen.

»Jap. Und ich werde es dir so lange unter die Nase reiben, bis du selbst wieder an dich glaubst und checkst, dass du eine große Soulsängerin werden kannst.« Carter schob sich zufrieden grinsend einen Löffel seiner Frühstückscerealien in den Mund, bevor er sich einmal durch sein honigblondes Haar wuschelte und sich zurücklehnte. Unsere Haare hatten zwar dieselbe Farbe, doch während seine eher glatt, glänzend und voluminös wie bei einem Disney-Prinzen waren, thronte auf meinem Kopf eine wilde Lockenmähne, die mir bis zu den Achseln reichte und mich manchmal – okay, recht oft – in den Wahnsinn trieb.

»Wie dem auch sei, Profischleimer.« Ich verdrehte über seine Worte die Augen, bevor ich einen Bissen Toast nahm und sofort die Schärfe schmeckte. Irgendwie gab sie mir den Kick für den Tag, den ich manchmal brauchte.

Ich liebte das gemeinsame Frühstück mit Carter, das jeden Morgen unser Ritual und der perfekte Start in den Tag war. Davor versuchte ich immer, ein Dance-Workout in meinem Zimmer zu machen. Davon bekam ich sofort gute Laune – na ja, alles, was mit Musik und Tanzen zu tun hatte, verschaffte mir ein breites Grinsen, und im Anschluss gab ich meinen Shampooflaschen ein kleines Privatkonzert. Die beschwerten sich glücklicherweise nie über meine krächzende Stimme, aber vielleicht hatten sie auch mit Carter einen Deal geschlossen.

Unser kleines Apartment in Culver City, das wir vor vier Jahren gefunden hatten, war mein Safe Space, nachdem wir raus aus unserem Elternhaus auf Long Island und nach Los Angeles gezogen waren. Ich konnte bei meinem großen Bruder, der mit seinen fünfundzwanzig drei Jahre älter war als ich, so sein, wie ich war, ohne Bedenken zu haben, dass er es gegen mich verwenden würde. Und dafür war ich ihm täglich dankbar.

»Tja«, sagte Carter und hob einen Mundwinkel. »Kann nun mal nicht jeder so ein Profi in ungefähr allem sein wie ich.«

Ich schnaubte. »In allem? Mhm, na klar. Was ist mit deinem schmutzigen Geschirr, das sich schon in der Spüle stapelt? Ein Profi im Spülmaschine-Einräumen bist du wohl nicht, oder?«

»Suki, Suki, Suki. Ich warte einfach nur auf den Zeitpunkt, an dem du davon so krass genervt bist, dass du das für mich übernimmst. Darin bin ich quasi Profi.« Er zwinkerte mir zu und nahm noch einen Löffel der Puffs.

»Du bist so ein faules Stück, dass ich mich manchmal echt frage, wie wir verwandt sein können.«

Als ich Anstalten machte, ihn mit meiner Gabel zu bewerfen, hob er verteidigend die Hände und lehnte sich zurück. »Dafür, dass ich so faul bin, musst du aber zugeben, dass ich ganz schön weit gekommen bin, Schwesterchen. Mittlerweile bringe ich die Wäsche immerhin allein in den Waschsalon.«

»Du kannst dir nicht vorstellen, wie beeindruckt und stolz ich auf dich bin«, erwiderte ich und hob eine Braue. »Nur gut für dich, dass sich deine Faulheit ausschließlich auf unseren Haushalt auswirkt und nicht auf deinen Job. Henry würde dich sonst vermutlich in seinen Schredder stecken.« Dann schob ich den Holzstuhl zurück, stand von unserem runden Esstisch auf, der an unseren Küchenbereich grenzte, und brachte meinen leeren Teller zur Spüle. Demonstrativ stapelte ich ihn auf den Turm aus schmutzigem Geschirr, den Carter dort hinterlassen hatte. Dieses Mal würde ich nicht klein beigeben.

»Spätestens heute Abend gibst du nach«, murmelte er und grinste breit. »Wenn ich von der Arbeit komme, ist das bestimmt alles aufgeräumt, und ich habe mal wieder gewonnen.«

Ich nahm das Geschirrhandtuch und ließ es wie eine Peitsche

nach ihm knallen, traf ihn damit am Nacken, woraufhin er protestierte. »Hey, na warte. Ich …« Er schob den Stuhl mit Karacho zurück und sprintete lachend auf mich zu. »Du kannst gleich was erleben.« Gespielt böse fixierte er mich, dann huschte sein Blick zur Uhr an seinem Handgelenk.

»Wann musst du zu Henry? Soll ich dich mitnehmen? Ich muss auch gleich los. Oder willst du das Auto haben?«, fragte ich und strich mir mein cremefarbenes One-Direction-Shirt zurecht, das ich heute zu meiner hellblauen Boyfriendjeans kombiniert hatte.

Während ich Tag für Tag als Floristin in einem Blumenladen in Santa Monica arbeitete, jobbte Carter nebenbei als Schnittassistent in der Filmbranche, um sich über Wasser zu halten und auch an die nötigen Connections zu kommen. Sein eigentlicher Traum war es nämlich, Filmemacher zu werden. Aktuell war er schon auf dem besten Weg dorthin, denn in den letzten Jahren hatte er jede freie Sekunde genutzt und einen Sci-Fi-Indie-Film produziert, der in fünf Wochen im Lido Theater in Newport Beach Premiere feierte. Ich war so unfassbar stolz auf meinen großen Bruder, dass er es schaffte, seinem Traum nachzujagen, und ihn nicht begraben hatte wie ich meinen.

»Nein, nein. Schon gut. Ich muss heute Morgen in eine andere Richtung. Du nimmst das Auto, ist sicherer, bei den ganzen Gestalten, die im Bus herumlungern.«

»Das muss aber echt nicht sein. Im Zweifel lass ich mir ein Uber oder Lyft kommen.«

Wie fast jeden Tag bestand er darauf, dass ich das Auto nahm, das wir uns *eigentlich* teilten. Keine Ahnung, wie oft er es in den letzten vier Jahren benutzt hatte, wenn wir zur gleichen Zeit aus dem Haus mussten. Da kamen wohl seine typischen Großer-Bruder-Gene durch.

»Nichts da. Ich ruf mir ein Uber. Oder nehme … den Bus. Vielleicht nimmt mich auch Henry heute Abend mit«, erwiderte er und fuhr sich über den Nacken. Wärme legte sich auf seine Züge. Dann lief er zurück zum Tisch und leerte seine Kaffeetasse, brachte sie mitsamt der Müslischale zur Spüle und ... stellte alles mit einem selbstgefälligen Grinsen dort ab.

»Gut. Okay ... Danke.« Ich lächelte und drückte kurz seinen Arm. »Aber das da ist immer noch dein Job.«

»Nicht dafür. Und ... wir werden sehen!«

»Wie sieht dein Tag heute aus? Was steht an?«

Er verschränkte die Arme vor der Brust und lehnte sich an den Herd. »Erst treffe ich mich mit Elisabeth Fairchild, der zuständigen Person vom Lido Theater, und bespreche alles, was für die Premiere noch geklärt werden und worum ich mich kümmern muss. Danach fahre ich zu Henry, um Schnittmaterial von einem neuen Projekt zu sichten. Und wenn ich damit durch bin, setze ich mich wieder an die To-dos für die Premiere.« In seinen Augen schimmerte es vor Freude. »Ich bin schon so gespannt, wie das wird. Es dauert echt nicht mehr so lange, nur noch fünf Wochen, Suki. Das wird krass. Auch wenn ich jetzt schon Panik habe, dass irgendwelche Kritiker mich zerreißen. Aber ... das wird schon irgendwie.«

Ich musste lächeln, weil ich mich so sehr für ihn und seinen Meilenstein freute. »Ich zähle jetzt schon die Tage bis zur Premiere.« Dann zwinkerte ich ihm zu. »Und dich wird keiner zerreißen. Dein Film wird sie alle begeistern. Ich weiß es. Versprochen.«

Carter schenkte mir ein warmes Lächeln und drückte mich kurz. Auch wenn wir es liebten, uns gegenseitig zur Weißglut zu bringen, gab es keine andere Person auf diesem Planeten, der ich so vertraute und bei der ich mich so zu Hause fühlte wie bei ihm. Nur wegen Carter war ich damals in unserer Heimat nicht an all den Dingen, die mir heute noch einen unangenehmen Schauer über den Rücken jagten und mich in meinen nächtlichen Gedanken heimsuchten, gänzlich zerbrochen. Und dafür war ich ihm jeden Tag aufs Neue dankbar. Dafür, dass er mein großer Bruder und zugleich mein bester Freund war.

Im Hintergrund wechselte der Song, und ein etwas älterer aus dem letzten Jahr von Presley Wren, einer meiner absoluten Lieblingssängerinnen, fegte aus dem Lautsprecher, der auf unserem Kühlschrank seinen Platz hatte. Normalerweise hörte und sang ich am liebsten Soulmusik, aber die Popsongs von Presley liebte ich trotzdem. Ein Kribbeln durchfuhr mich, ich musste breit grinsen. »Ich mag den Song so sehr, das kannst du dir echt nicht vorstellen.« Sofort fing ich an, leicht in der Küche von einem Bein aufs andere zu treten und herumzutänzeln, auch wenn ich vermutlich das Rhythmusgefühl eines betrunkenen Koalas hatte. Wie sehr ich die professionellen Tänzerinnen in den Videos und Shows von Presley Wren beneidete. Sie war bekannt für ihre spektakulären Choreos, aber mit meinen YouTube-Dance-Workout-Skills konnte ich da echt einpacken. Ich war okay, aber das war es auch schon. Zumindest hier, wenn ich allein oder mit Carter war, spielte das jedoch keine Rolle, und außerdem war doch viel wichtiger, dass ich dabei Spaß hatte.

»Ich glaub, ich kann es mir durchaus vorstellen, da gefühlt keine andere Musik als die von Presley Wren, Taylor Swift oder Alicia Keys aus deinem Zimmer dröhnt und in unserer Klapperkiste von Auto läuft ...« Carter grinste, während ich die Chilisoße vom Tisch nahm und sie voller Überzeugung als Mikrofon zweckentfremdete. Im nächsten Moment drehte er den Lautsprecher auf, und ich schmetterte die gesamte Strophe und den Chorus heraus wie vorhin die Eier in die brutzelnde Pfanne. Wieder jagte dieses Kribbeln durch mich hindurch, während eine Zeile nach der anderen über meine Lippen floss. Wärme erfüllte mich, meinen Brustkorb, mein Herz. Jedes Mal wenn ich sang, fühlte ich mich schwerelos, wollte ich nie wieder damit aufhören. Ich verlor mich darin. Zumindest bis ich diese andere Stimme in meinem Kopf hörte, die mich in genau diesen Momenten immer wieder verfolgte und …

Kannst du nicht einmal die Klappe halten? Dein Gekrächze will niemand hören.

Wenn du ein Star werden willst, solltest du schon singen können, aber das, was du da von dir gibst, ist ein Albtraum. Du kannst nichts. Denkst du ernsthaft, du hast das Zeug zu einer Sängerin? Dass ich nicht lache. Du wirst es sowieso niemals schaffen. Besser, du erkennst das früher als später.

… mich daran erinnerte, dass ich es mit meiner Stimme zu nichts bringen würde. Weil ich nicht gut genug war und es niemals sein würde.

Kälte erfasste mich. Ich schluckte, dann ließ ich die Flasche in meiner Hand sinken und räusperte mich. »Ähm, ja, ich …«

»Suki«, wisperte Carter und zog die Brauen zusammen. Ich sah ihm an, dass er genau wusste, was in meinem Kopf sein Unwesen trieb oder eher … wer. »Du bist so gut. So unfassbar gut.«

»Pff.« Ich winkte mit einem aufgesetzten Lächeln ab und verstaute die Soße im Kühlschrank. »So ein Quatsch.«

»Doch. Ich werde dir das immer und immer wieder sagen, bis du es endlich kapierst. Du gehörst nicht in den Blumenladen, sondern auf eine Bühne.«

Ich schüttelte den Kopf, richtete mir meine blonden Locken und lief im Küchen- und Wohnbereich auf und ab, um meine Sachen für die Arbeit zusammenzusuchen und in meine Tote Bag zu stopfen, die ich auf einem Presley-Wren-Konzert im vergangenen Jahr ergattert hatte. »Du bist mein Bruder, du musst das sagen.«

»Nein, muss ich nicht. Ich … Ich will einfach nur, dass du endlich daran arbeitest, deinen Traum zu verwirklichen. Denn du hast es verdammt noch mal drauf, auch wenn dir was anderes eingeredet wurde.«

Ich atmete stockend aus, während ich mein Smartphone in die Tasche fallen ließ. Meine Muskeln verkrampften sich. »Nein. Ich ... singe für mich. Das reicht mir. Nicht alle Menschen sind dazu gemacht, Stars zu sein oder es zu etwas zu bringen. Ich bin nicht wie du.« Angespannt blinzelte ich ihn an. »Du wirst irgendwann in Hollywood die krassesten Filme produzieren und einen Preis nach dem anderen abräumen. Carter Loveless. Dein Name ist doch prädestiniert dafür, ganz vorn in den Credits zu stehen. Meiner würde sich auf einem Plattencover sicher nicht so gut machen.«

Er schnaubte. »Jetzt machst du das an deinem Namen fest? Dein Ernst? Wir haben übrigens denselben Nachnamen, Schwesterchen. Und du hast eine großartige Stimme, du ...«

Wieder schüttelte ich den Kopf, wandte den Blick ab, weil ich das alles nicht hören wollte. Schon zu oft hatte er mir das gesagt, und jedes Mal hatte ich ihm kein einziges Wort abgekauft. Es nervte nur noch und tat höllisch weh. »Ich bringe heute Abend nach der Arbeit im Blumenladen Sushi mit, die neue Bachelor-Folge kommt, und ich weiß doch, wie gern du das schaust«, wechselte ich lächelnd das Thema und griff nach dem Schlüsselbund, das auf der Holzkonsole neben der Wohnungstür lag, die sich unweit der Küche befand.

Erst wollte er noch einmal widersprechen, doch dann kapitulierte er und seufzte leise. »Das werde ich beharrlich abstreiten, bis ich irgendwann ins Gras beiße.«

»Viel Erfolg. Spätestens wenn du irgendwann heiraten solltest, werde ich deine emotionsgeladenen Reaktionen, die ich bei manchen Staffeln gefilmt habe, auf einer Leinwand abspielen. Ich will dich nur daran erinnern, wie du geheult hast, als ...«

»Hat dir schon mal jemand gesagt, dass du ganz sicher in der Hölle landest?«

Engelsgleich grinste ich ihn an und zog mir meine leichte

Jeansjacke über. Für März war es selbst hier in L.A. noch etwas kühl am Morgen. »Hab dich auch lieb, C. Bis später«, flötete ich und zwinkerte ihm noch mal zu, bevor ich durch die Tür nach draußen in den Flur huschte.

»Bis heute Abend«, hörte ich noch hinter mir, als ich die Tür zuzog und den Weg mit dem Fahrstuhl nach unten antrat.

Wir lebten in einem zwanzigstöckigen Hochhaus im dreizehnten Stock. Unsere direkten Nachbarn, ein älteres Ehepaar bestehend aus zwei Männern in ihren Fünfzigern, waren immer für einen Spieleabend zu haben, auch wenn ich meine Zeit am liebsten allein oder mit Carter verbrachte. Die meisten anderen Leute kannten wir nicht, da hier alles ziemlich anonym war. Dennoch tat es hin und wieder auch mal gut, sich mit anderen zu treffen, bevor ich mich wieder wie eine Schnecke in meinem Häuschen verkroch.

Immer noch die Melodie von Presleys Song vor mich hin summend, stieg ich unten vor unserem Haus in unseren grauen Honda Civic und startete den Motor, nachdem ich meine Tasche auf den Beifahrersitz fallen gelassen hatte. Ich schob mir die Sonnenbrille auf die Nase und brauste los, während ich die Playlist mit meinen Lieblingssongs startete und erneut ein Popsong von Presley Wren durchs Auto hallte. Sollte mir recht sein. Ich drehte ihn auf. So laut, dass er mir bis ins Mark ging, ich ihn überall in meinem Körper spürte und fühlte. Wieder sang ich mit. Ich kannte jede Zeile in- und auswendig. Presley hatte es nun mal echt drauf, und ihre Songs versetzten mich einfach in gute Laune.

Nach ungefähr 15 Minuten quer durch Culver City und über den Santa Monica Freeway kam ich in Santa Monica vor dem Enchanted Bloom Corner zum Stehen und parkte den Wagen unweit des Blumenladens, in dem ich seit vier Jahren arbeitete. Rasch griff ich nach meiner Tote Bag und steuerte auf den

Eingang zu. Als ich durch die Glastür mit den floralen Holzelementen trat, klingelte die kleine Glocke wie jedes Mal, wenn jemand eintrat. Noch war außer Deepti niemand im Laden, weil sie erst geöffnet hatte. Sie drapierte gerade die frischen Blumen in hohen Vasen. Es roch süß nach Freesien und Hyazinthen, im Hintergrund war leise Streichmusik zu hören. Im ganzen Raum verteilt standen verschiedene Gestecke, Sträuße und Blumentöpfe. Mit den rosa Wänden und den weißen verschnörkelten Holztischen hätte der Ort auch gut ein Süßwarenladen sein können. Manchen war es vielleicht etwas zu viel Rosa, doch es passte perfekt zu Deepti.

»Guten Morgen«, rief ich ihr zu, während ich um den weißen Holztresen herumlief, auf dem einige Lilien und Tulpen lagen, die wir noch auspacken und in den Vasen verstauen mussten. Ich ging in den hinteren Bereich des Ladens, in dem sich eine kleine Küche befand.

»Guten Morgen, Süße.« Deepti lächelte mich durch die großen runden Brillengläser hindurch an, während sie ein paar Gestecke auf einem der Tische platzierte und mir dann nach hinten folgte, um mich rasch zu drücken. Wie immer trug meine Chefin ihre rosa Schürze und darunter ein pinkfarbenes Kleid. Sie war zuckersüß, und ich fühlte mich sehr wohl bei ihr, was auch daran lag, dass sie nur einige Jahre älter war als ich und wir uns sehr gut verstanden. »Wir haben ein paar Bestellungen für Sträuße, an die du dich direkt machen kannst, bis die ersten Kunden kommen.«

»Alles klar, dann kümmere ich mich gleich darum«, entgegnete ich und schloss meine Tasche und die Jacke in das kleine Schließfach, dessen Tür schon seit geraumer Zeit quietschte, doch irgendwie passte es in das Gesamtbild des süßen und doch ein wenig in die Jahre gekommenen Ladens. »Wie war dein Date gestern?«

»Super.« Sie lehnte sich an den Türrahmen und versuchte vergeblich, ein breites Grinsen zu unterdrücken. »Victor war total zuvorkommend und süß. Wir waren bei Vivoli in West Hollywood. O mein Gott, die Pasta dort war so gut! Er hat die Rechnung übernommen, und wir haben uns gut unterhalten. Ich schätze, wir treffen uns bald wieder.«

»Das heißt, er hat dieses Mal ein paar mehr Fragen gestellt als der andere Typ, mit dem du dich letzte Woche getroffen hast?« Mit einem Schmunzeln auf den Lippen legte ich mir eine der pinken Schürzen um und schnürte sie im Rücken.

»Tatsächlich hat er das. Mal sehen, ein wenig gefunkt hat es schon.«

»Das freut mich für dich«, sagte ich und strich mir noch mal das Haar zurück, bevor ich ihr zur Ladentheke, an der sich auch die Kasse befand, folgte. »Und vor allem so romantisch. Wer taucht denn dreimal in einer Woche in einem Blumenladen auf und kauft jedes Mal einen neuen Strauß, einfach nur, um dich sehen zu können? Wirklich süß.«

Sie kicherte. »Schon.« Ihr Blick huschte zur Uhr, dann wieder zu mir. »Okay, dann lass ich dich mal die paar Bestellungen vorbereiten.«

»Alles klar«, entgegnete ich und widmete mich meiner Arbeit.

Nur kurze Zeit später hörte ich an der Tür die kleine Glocke erklingen.

»Suki, kommst du bitte?«, flötete Deepti, und ich musste ein wenig grinsen, weil das typisch war. Mit jedem Tag wuchs die Kundschaft des Blumenladens, und daher überraschte es mich auch nicht, dass bereits bei Geschäftsbeginn die ersten Leute bedient werden wollten.

»Komme«, rief ich und steuerte am Tresen vorbei zu ihr.

Eine junge Frau sah sich im Laden um, während ein hellblonder Surfertyp in seinen Zwanzigern eingehend unser Sortiment betrachtete. Und noch ein weiterer Mann in einem schicken Anzug trat ein.

»Übernimm du den Blonden, ich die Frau.« Deepti zwinkerte mir zu, dann lief sie zu der Kundin und ich zum Surferboy, der mich verschmitzt angrinste.

»Hey, wie kann ich helfen?«, wandte ich mich ihm zu und lächelte freundlich.

Nachdenklich ließ er den Blick über die Blumen streifen und wiegte den Kopf hin und her. »Ich brauche einen Strauß für meine Mom zum Geburtstag. Am besten etwas Buntes und so um die 30 Dollar. Passt das?«

Ich nickte. »Klar. Hat sie denn Lieblingsblumen?«

»Puh …« Er zeigte auf die Hyazinthen. »Die mag sie total gerne.«

»Super, das ist doch schon mal ein guter Anfang.« Ich griff ein paar der Hyazinthen und lief um die Tische mit den verschiedenen Blumen herum, holte noch ein paar Narzissen und Flieder und kombinierte sie mit rosa Tulpen. »Gefällt dir das so?« Als er begeistert nickte, lächelte ich. »Dann gehe ich kurz nach hinten, binde alles zusammen und packe noch ein wenig Grünzeug dazu, in Ordnung?«

»Klar, klingt toll.« Er holte sein Handy heraus und wischte über das Display, während ich mich mit den ausgewählten Blumen in den abgetrennten Bereich hinter der Ladentheke zurückzog.

In dem kleinen Raum standen weitere hohe Vasen mit Eukalyptus und Schleierkraut. Es gab Gartenscheren, Schnüre, Papier und Folie und allerhand Equipment, um die Blumen auf der langen Anrichte zu einem hübschen Strauß binden zu können. Ich legte alles auf dem Holztisch ab und fing an, die Hyazinthen mit den Tulpen zu kombinieren, steckte noch etwas Flieder dazwischen und vertiefte mich voll und ganz in meine Arbeit.

Auch wenn die Arbeit in Deeptis Laden nicht meine Leidenschaft war, mein Herz nicht dafür schlug wie Carters für seinen Job, machte sie mir Spaß. Es war okay, und ich hatte mich damit abgefunden, dass manche Träume einfach nicht in Erfüllung gehen würden, ich aber das Beste daraus machen musste, um nicht daran zu zerbrechen.

Leise summte ich wieder den Song von Presley, der mir schon die ganze Zeit nicht aus dem Kopf ging. Ich tänzelte von einem Fuß auf den anderen, wippte automatisch hin und her. Mein Blick huschte zum offenen Türbogen, durch den ich in den Laden spähen konnte, von dort konnte man mich bestimmt nicht sehen. Ich fühlte mich unbeobachtet an diesem Rückzugsort. Ein Lächeln legte sich auf meine Lippen. Ich konnte dem Drang nicht weiter widerstehen. Und da ich hier hinten unbeobachtet war, ließ ich meinem Bedürfnis freien Lauf und ... sang. Nur ganz leise und für mich, sodass mich niemand hörte. Zeile für Zeile. Ich verlor mich im Rhythmus und fand mich zugleich in den Lyrics, die mir aus dem Herzen sprachen. Aus der Seele.

It's okay to be lost. It's okay. It's okay.
But in the end, it's okay to be found.
By you.

Ich fühlte alles daran, sang noch weiter und weiter und weiter, weil es genau das war, was mich nicht nur glücklich machte, sondern auch erfüllte. Musik. Das war es schon immer gewesen. Mein Leben. Meine Leidenschaft. Wie es Filme für Carter gewesen waren. Doch wenn ich in der Vergangenheit etwas schmerzlich hatte lernen müssen, dann dass ich genau das lieber für mich behielt. Nur sang, wenn ich allein, höchstens mit Carter oder meinen Eltern zusammen war. Niemand wollte eine Möchtegernsängerin einen Song krächzen hören, die dafür sorgte, dass man einen Tinnitus vom miserablen Klang davontrug.

»Suki? Der Kunde wartet«, riss mich Deepti aus meinen Gedanken, als ich ihre Stimme von der Verkaufsfläche her hörte.

Ich zuckte zusammen. Mein Gesang verstummte. Hoffentlich hatte mich niemand gehört. »Äh, ja ... sorry, ich ... ich komme.«

Rasch band ich die letzten Blüten zusammen, presste meine Lippen aufeinander und straffte die Schultern, bevor ich wieder nach vorn lief.

»Das war wunderschön, ich liebe deine Stimme, Süße, aber ... Hier vorn warten schon ein paar Leute«, raunte mir Deepti zu, als ich kurz bei ihr stehen blieb.

Meine Handflächen fingen an zu schwitzen. Mist. Hatte ich etwa zu laut gesungen? Ich war so in den Song versunken gewesen, dass ich nicht darauf geachtet hatte. Als ich den Blick durch den Laden schweifen ließ, sah ich, wie mir ein paar Kunden anerkennend zunickten. Ich tat es mit einem Lächeln ab und blinzelte mich zurück in die Realität. Meine Träume ließ ich in der kleinen Kammer zurück, wo sie hingehörten. Weggesperrt und begraben, wo niemand davon erfahren und mich dafür verurteilen würde.

2
Suki

»Aufwachen. Aufwachen! Wach verdammt noch mal auf!«, flüsterte mir Harry Styles melodisch ins Ohr, während ich mir mit ihm eine Luftmatratze teilte, auf der wir in seinem privaten Pool umhertrieben. Die Sonne knallte vom Himmel auf unsere nackte Haut. Doch im nächsten Augenblick stemmte er sich auf seine muskulösen Arme, verdeckte sie, sodass sie mich nicht mehr blendete und … »Suki! Wach! Auf!«

Flatternd öffnete ich meine Lider, kniff die Augen – immer noch wegen der hellen Sonne natürlich – zusammen und blinzelte, um meinem Zukünftigen in die Augen zu sehen.

Das ist nicht Harry Styles. Und alles andere als mein zukünftiger Ehemann.

Ruckartig setzte ich mich auf, rieb mir übers Gesicht. Was machte ich hier? Wo war die Sonne? Das Wasser? Harry?

Oh. Ich war in meinem Zimmer. In meinem Bett. Nicht in einem Pool und ganz sicher nicht mit Harry turtelnd auf einer Luftmatratze.

»W-was …«, krächzte ich Carter an, der vor mir auf meiner Decke saß und mich grinsend beobachtete. »Ist was passiert?«

»Noch müde, Dornröschen? Ich muss dir was zeigen!«

»Klappe«, knurrte ich und stemmte mich hoch, um mich an das hölzerne Kopfteil meines Bettes zu lehnen. Mir entstieg ein tiefes Gähnen, und ich rieb mir die Augen. »Wenn ich ehrlich sein darf, ist es eine herbe Enttäuschung, dein Gesicht zu sehen.«

»Danke. Kann ich nur zurückgeben.«

»Du bist doch in mein Zimmer geplatzt, um mich aus meinem Traum zu reißen ...« Ich seufzte, als meine Gedanken wieder zu Harry huschten, aber schaffte es mittlerweile, die Augen ganz zu öffnen. »Was ... was willst du überhaupt? Du möchtest mir was zeigen?« Mein Blick wanderte zur Uhr, die über meinem Regal mit den Schallplatten an der Wand gegenüber hing. »Um kurz nach sieben? Dein Ernst? Ich hätte noch eine Stunde schlafen können, weil ich bei Deepti heute erst später anfangen muss, Carter!«

Sein Grinsen verbreiterte sich. »Glaub mir, du willst viel lieber wach sein.«

»Mhm, ja sicher.« Ich schüttelte den Kopf. »Erzählst du mir jetzt mal, was los ist?«

»Zu gerne.« Er wuschelte sich durch die blonden Haare, trug immer noch sein L.A.-Lakers-Schlafshirt und seine Jogginghose. In der Hand hielt er sein Handy und entsperrte es rasch. »Hattest du gestern Spaß bei der Arbeit?«

Ich legte den Kopf schief. »Schätze schon. Was meinst du?«

»Du hast nicht zufällig ein bisschen vor dich hin geträllert? Den Song von Presley Wren, den wir beim Frühstück gehört haben?«

Verwirrt kniff ich die Brauen zusammen und überlegte. »Ähm nein, ich ... Also vielleicht ... ja, beim Straußbinden, aber ...«

Im nächsten Augenblick tippte Carter irgendwas an, und ich hörte, wie jemand sang. Wie jemand den Song von Presley Wren sang. Wie ... *ich*?

Moment.
Dein Auftritt war echt mies. Am besten, du hältst dich von allen Mikros fern und tust uns allen einen Gefallen ...

Hitze schoss mir den Hals hinauf bis in die Wangen, mein Herz pochte immer schneller. Ich riss meinem Bruder das Handy aus der Hand und starrte auf das Display, auf die Person, die dort zu sehen war.

Ich.

Kein Zweifel, das war ... ich. Beim Straußbinden im Hinterzimmer. Jemand hatte mich mit seinem Handy gefilmt, und ich hatte es nicht gemerkt, weil ich zu vertieft gewesen war. Und dieser Jemand hatte es mit der Caption »OMG wie heftig sie ist!?« auf TikTok gestellt, wie ich gerade realisierte und ... Wer konnte das gewesen sein? Wer hatte mich gefilmt? Bis auf Deepti hatte niemand eine Bemerkung gemacht. Zumindest nicht, soweit ich wusste. Und doch musste es jemand anderes gewesen sein ...

»Nein!«, entfuhr es mir. Mein Herz pochte wie wild. Ich war nicht gut. Nicht gut genug. Die Leute würden mich mit Hasskommentaren fluten, wenn sie das sehen würden, es klang schrecklich. Erbärmlich. Wie eine Möchtegernsängerin, die zu viel von sich hielt. Meine Wangen glühten vor lauter Peinlichkeit. Ich musste den Account melden, hoffentlich würde es dann gelöscht werden, und alle vergaßen, was sie da gesehen und gehört hatten.

»Doch!« Carters Stimme klang begeisterter, als es meiner Meinung nach angebracht war. »Hast du schon die Aufrufe und Likes gesehen? Und die ganzen Kommentare? Du bist ein echter TikTok-Star!«

5,2 Millionen Views. 900k Likes. 10k Kommentare.

»Nein!«, quiekte ich noch mal hysterisch. Mir drehte sich der Magen um. Verdammte Scheiße. Das durfte nicht wahr sein. So viele Menschen hatten mich gesehen?

»Es ist gerade mal seit 17 Stunden online. Wie krass ist das, Suki? Wie krass bist *du*? Die Leute lieben dich. Gib dir mal die ganzen Kommentare.«

Mit zitternden Fingern tippte ich auf das Gerät und ließ meinen Blick über die Worte gleiten, die dort standen.

> OMG WER IST SIE????

> Kraaaaaaaass!

> So eine schöne Stimme!!

> Wie heißt sie? Macht sie auch eigene Songs?

> Geilste Stimme seit Langem

Ich schluckte, während mir immer noch das Adrenalin durch den Körper brodelte. Mir war ganz schwindelig geworden. Dann schob ich mir rasch eine blonde Locke hinters Ohr und scrollte weiter. Ein Kommentar zog schlagartig meine Aufmerksamkeit auf sich.

> *Das ist Suki Loveless. OMG!! Ich war mit ihr auf der Highschool!*

»Was zur ...«

Darunter hatten weitere Leute kommentiert, die sich anscheinend direkt auf die Suche nach mir gemacht und meinen privaten Instagram-Account gefunden hatten.

> *Auf Instagram heißt sie @suksukless, und auf TikTok habe ich sie nicht gefunden. Wahrscheinlich hat sie einen privaten Account mit anderem Namen.*

»Alles klar?« Carter legte den Kopf schief und musterte mich besorgt, weil meine Wangen vermutlich mittlerweile knallrot geworden waren.

»Ähm ... Ja, nein, ich ... Die haben meinen Namen kommentiert und meinen Instagram-Account.« Rasch reichte ich Carter sein Handy und schnappte mir meins, das noch auf meinem Nachttisch lag.

»Aber ist das nicht cool? Ich meine, die Leute finden dich richtig gut! Vor allem: So fucking viele.« Er seufzte leise und legte den Kopf schief. »Ich weiß, dass dir so große Aufmerksamkeit nicht recht ist, aber vielleicht bestärkt es dich ja jetzt auch ein wenig in deinem Können.«

»Ich weiß nicht.« Ich entsperrte mein Smartphone und öffnete die Instagram-App. »O Gott ...« Wieder schoss mein Puls in die Höhe. Mein Mund war ganz trocken. »Mir wollen 5000 Menschen folgen. Ich habe so viele neue Nachrichten, dass die Anzahl nicht mal angezeigt werden kann.«

»Nicht dein ... Zeig mal!« Carter lehnte sich zu mir herüber und lachte begeistert auf. »Krass! Siehst du endlich mal, dass du eine tolle Stimme hast? Die ganzen Leute feiern dich, Suki.« Ein warmes Lächeln umspielte seine Züge. »Glaubst du mir jetzt, dass du deinen Traum nicht aufgeben solltest?« Er hielt mir erneut sein Handy mit meinem Video vor die Nase, und ich hörte mir auf ein Neues zu. Hörte die hohen Töne, die ich recht solide traf, und meine Stimmfarbe, die ganz in Ordnung war. Okay. Immerhin lächelte ich. Man sah mir an, dass ich alles um mich herum vergessen und mich vollkommen im Song hatte fallen lassen. Jetzt musste ich auch ein wenig schmunzeln, weil ich so unbeschwert wirkte. Allerdings hatte das nur daran gelegen, dass ich mir sicher gewesen war, dass mir niemand zugehört hatte. Doch dann war dieses Video viral gegangen. Weltweit. So hatte ich mir den heutigen Dienstagmorgen definitiv nicht vorgestellt. Ich verstand nicht, was in diesen Menschen gefahren sein musste, eine private Aufnahme von mir online zu stellen. Was, wenn ich im Blumenladen darauf angesprochen wurde? Das wäre mehr als unangenehm gewesen.

Ich zuckte mit den Schultern.

»Ach, Suki.« Carters Mundwinkel hob sich. »Ich wünschte, du würdest dich mit meinen Ohren hören.«

Noch einmal ließ ich meinen Blick zum Video gleiten. Es war tatsächlich gar nicht schlecht, aber … Immer dieses *Aber*. Jedes Mal kam es auf. Und mit ihm ein Gesicht, das mich wohl niemals loslassen würde. Mein Herz zog sich schmerzhaft zusammen.

Ich räusperte mich, sperrte das Handy und reichte es Carter, bevor ich mich aus meiner Decke schälte. »Ich spring mal schnell unter die Dusche und mach mich fertig. Wir treffen uns in der Küche zum Frühstück, ja?«

»Klar.« Carter erhob sich, schenkte mir noch mal ein mitfühlendes Lächeln, dann schlüpfte er durch die Tür hindurch in den Flur, und ich verbrachte erst mal eine halbe Stunde unter der Dusche, um den Kopf freizubekommen.

Ich machte mich fertig und frühstückte mit Carter, ohne noch ein weiteres Wort über das Video zu verlieren. Den Gedanken daran, dass alle Welt mich nun singen sehen und hören konnte, verdrängte ich.

Als ich einige Zeit später im Blumenladen ankam, startete ich mit meiner Schicht.

Die Realität hatte mich wieder. Auch wenn es mir an diesem Tag zur Abwechslung sehr schwerfiel, meinen Traum unter der Blumenerde zu vergraben, nachdem da wirklich ein paar Menschen waren, die nette Worte über mich zu sagen gehabt hatten.

Den ganzen Morgen fühlte ich eine innere Unruhe, schaffte es kaum, mich auf die Arbeit zu konzentrieren, und brachte dauernd die Bestellungen durcheinander. »Du bist heute nicht so ganz bei der Sache«, kam es daher schließlich von Deepti.

»Sorry«, erwiderte ich rasch und strich mir eine Strähne hinters Ohr. »Ich reiß mich zusammen.«

»Liegt es an deinem Video? Ich habe es heute Morgen gesehen.« Sie strahlte mich an und versetzte mir mit ihrem Ellenbogen einen kleinen Stups in die Seite. »Du hast so gut gesungen. Wirklich. Du solltest das öfters tun. Und so viele haben es gesehen.«

Ich biss mir auf die Lippe. »Wie ... Wie bist du darauf gestoßen? TikTok ist doch gar nicht so dein Ding.«

»Meine kleine Schwester hat es entdeckt und mir gleich geschickt, weil der Laden markiert war. Deshalb sind heute vermutlich auch so viele neue Kunden hier.«

All diese Menschen hatten mein Video gesehen? Hoffentlich nicht. Hoffentlich war das alles nur ein Zufall. Aber mit jedem Herzschlag, der verstrich, verlor ich den Glauben daran.

»Vielleicht«, murmelte ich nur. »Weißt du, wer das gestern aufgenommen hat?«

Sie schüttelte den Kopf. »Ich habe keine Ahnung. Aber sieh es positiv, jetzt bist du ein kleiner Internetstar.«

Ich schnaubte. »Nichts lieber als das. Du kennst mich doch: Suki Loveless, süchtig nach Aufmerksamkeit.«

»Ach, in ein paar Tagen reden alle bestimmt über ein anderes virales TikTok, das ändert sich doch total schnell wieder. Also brauchst du keine Panik zu schieben, Süße.«

»Hoffen wir es. Und bis dahin klebe ich mir notfalls einen falschen Schnurrbart oder eine schwarze Monobraue auf, damit mich niemand erkennt.«

Nachdem der erste Schwung an Kunden am Vormittag abgearbeitet und Deepti irgendwann hinten in der Küche verschwunden war, machte ich mich kurz vor meiner Mittagspause an die Arbeit, ein paar Vorbestellungen an Sträußen fertigzustellen, als die Tür plötzlich aufging und die kleine Glocke klingelte.

Zwei Mädels um die sechzehn mit ihren Schultaschen auf den Schultern traten in den Laden und blickten sich suchend um.

»Hi«, rief ich ihnen freundlich zu. »Kann ich euch helfen?«

Die eine mit roten Haaren und Stupsnase weitete die Augen, während der anderen mit Zahnspange und schwarzer Mähne der Kiefer herunterklappte. »Äh, hi«, stammelte die mit der Stupsnase. »Nein, nein. Wir schauen uns nur um.«

»Okay, gebt gerne Bescheid, wenn ihr Hilfe benötigt.«

Die beiden schlichen wie Bankräuber durch den Laden, hielten immer wieder an, tuschelten und musterten mich. Ihre Aufmerksamkeit lag ganz klar nicht auf den Blumen, sondern auf ... mir? War es möglich, dass ... Nein. Als ob. Niemals.

Fragend sah ich von einer zur anderen. »Sucht ihr was Bestimmtes?«

»Wir ...«, fing nun die Schwarzhaarige an. »Du bist doch Suki, oder?«

»Ja.« Ich schluckte. »Kennen wir uns?«

In den Augen der beiden blitzte etwas auf. »Wir haben dein Video gesehen«, sprudelte es nun aus der mit der Zahnspange heraus, und die andere nickte begeistert.

»Du bist sooo gut. Und wir dachten, du singst hier immer. Auf TikTok wirst du die singende Floristin genannt und ...«

»Moment, was?« Irritiert blinzelte ich die beiden an, während mir Kälte über meine Haut jagte. »Ihr habt ... Ich ... Was?«

»Du hast es echt drauf! Singst du für uns, wenn wir einen Strauß kaufen?«

Ich verschluckte mich und fing an zu husten. Was zur Hölle passierte hier? Das war doch keine Konzerthalle. »Danke, aber ... Ich denke nicht.«

»Komm schon, bitte. Du hast den Song von Presley so toll performt.«

Hitze breitete sich auf meinen Wangen aus. »Danke für das Kompliment, aber ... Nein. Tut mir leid.«

Allein beim Gedanken an ein Privatkonzert im Blumenladen lief mir ein Schauer über den Rücken.

Die Schwarzhaarige fixierte mich. »Wieso nicht?«

»Ähm, weil ich nicht möchte?« Verwirrt hob ich die Brauen.

Das andere Mädchen rollte mit den Augen und stieß ihre Freundin in die Seite. »Komm wir gehen. Bringt doch nichts.«

Dann drehten sie sich um und steuerten tuschelnd auf die Tür zu. Ich hörte noch, wie eine der beiden »Die ist so abgehoben« sagte, woraufhin sich mein Magen zusammenzog.

Ich war nicht abgehoben. Ich hatte einfach nur Angst, sie zu enttäuschen.

Als sie den Laden wieder verlassen hatten, atmete ich tief durch und versuchte, mich zu beruhigen. Auch wenn sie gerade etwas eingeschnappt reagiert hatten, mochten sie meinen Gesang in dem Video. Verrückt. Komplett und durch und durch verrückt. Es gab wirklich Menschen, denen meine Stimme gefiel? Okay, ich hatte die Kommentare gelesen, aber es fiel mir sehr schwer, mich auf andere Weise zu sehen, als mir drei Jahre lang eingetrichtert worden war. Es ging mir nicht in den Kopf.

In meiner Mittagspause machte ich es mir im Pausenraum

mit meiner Quinoa-Bowl bequem und traute mich nach Stunden mal wieder, einen Blick auf mein Handy zu werfen. Carter hatte mir ein paar Nachrichten mit Updates geschickt. Anscheinend stand seine Arbeit heute nicht allzu weit oben auf der Prioritätenliste.

> Carter: Schon fast 7 Mio. Views, Sukiiiii!!!!

> Carter: Die Leute gehen so krass auf dich ab. Ich schwöre, die Welt liebt dich!

> Carter: Vergiss mich nicht, wenn du reich und berühmt bist lol

Mir entfuhr ein Schnauben, dann tippte ich drauflos.

> Suki: Haha Spinner

> Suki: Hab dich lieb! Kochen wir heute Abend Pasta?

Ich schloss unseren Chat. Mein Daumen schwebte über dem Symbol der Instagram-App, bevor ich mich dazu durchrang, sie endlich zu öffnen. Die Neugier siegte wohl immer. Als ich bemerkte, dass jede Minute neue Follower-Anfragen eintrudelten, blies ich die Wangen auf und ließ die Luft langsam entgleiten. Einerseits war es ein schönes Gefühl zu wissen, dass es da draußen einige Menschen gab, denen gefiel, was sie von mir gehört hatten. Andererseits überforderte es mich. Doch nach einigen Tagen würde sicher Gras über die Sache gewachsen sein, und kein Hahn würde mehr nach mir krähen, wenn irgendein süßer Hundewelpe viral ging und mir (berechtigterweise) die Aufmerksamkeit wieder entriss. Rasch scrollte ich durch meine Nachrichtenanfragen, die sich im Minutentakt weiter anhäuften. Ich tippte eine an.

> Hi Suki, ich habe dich auf TikTok gesehen und wollte dir sagen, dass ich total beeindruckt bin. Ich wünschte, ich hätte deine Stimme. Außerdem bist du so, so, so hübsch! Ich hoffe, wir werden in Zukunft noch mehr von dir hören.
> Alles Liebe, Montana

Ein warmes Gefühl durchströmte mich, während ich diese Worte in mich aufsaugte. Heute Abend, wenn ich zu Hause war, würde ich ihr antworten. Und all den anderen Leuten auch. Als ich mir eine Gabel mit Quinoa und Avocado in den Mund schob, scrollte ich noch weiter, bis zwischen all den Accountnamen plötzlich einer auftauchte, der herausstach. Ein verifizierter Account, was ich an dem blauen Haken erkennen konnte, der hinter ...

»Bitte was!?« Vor Schreck blieb mir die Avocado (nicht die ganze, zum Glück) im Halse stecken, und ich hustete lautstark los.

@vibrantvortexstudios

Das ... Das musste ein Fake sein. Als ob eine der größten und erfolgreichsten Plattenfirmen der gesamten Welt einfach so in meine Instagram-DMs sliden würde. Haha. Ja. Mhm. Ganz sicher.

Dennoch siegte die Neugier, und ich öffnete die Nachricht, als ich mich wieder einigermaßen beruhigt hatte.

Hallo liebe Suki,
mein Name ist Andrew, und ich arbeite für die Vibrant Vortex Studios. Wir sind gestern auf dein beeindruckendes Video auf TikTok gestoßen und von deinem herausragenden Talent sehr angetan. Deine Stimme hat einen unvergleichlichen Klang, der uns begeistert hat. Wir als Vibrant Vortex Studios gehören zu den erfolgreichsten Plattenlabels der Welt mit Sitz in Los Angeles, vielleicht kennst du ja ein paar unserer Künstler*innen: Presley Wren, Lyla Sage, Keisha Spade, Kingston Fox, Gabriel Thompson und ganz frisch die Girlgroup Pure Enigma. Wir sind davon überzeugt, dass du ein enormes Potenzial hast, und wollen unbedingt mit dir ins Gespräch gehen, um zu brainstormen, wie wir deine musikalische Journey unterstützen können. Wenn du dafür offen bist, würden wir uns sehr über einen Anruf von dir freuen. Du kannst mich unter der unten angehängten Telefonnummer erreichen, wann immer es dir passt. Wir sind gespannt und freuen uns darauf, von dir zu hören!
Herzliche Grüße
Andrew Donovan
A&R Manager
Vibrant Vortex Studios

Die Nachricht sah echt aus. Der Instagram-Account auch. Und doch traute ich der Sache nicht. Als ob eines der Major Labels mir einfach so eine Nachricht schicken würde. Bestimmt war das nur ein Scam. Oder der Account gehackt worden.

Aber was, wenn nicht?

Nein. Ich schüttelte den Kopf. Ausgeschlossen. Da erlaubte sich jemand einen Scherz mit mir. Das war sicherer als fragile Männer-Egos, wenn Taylor Swift mal wieder mit Leichtigkeit die Charts stürmte.

Noch bevor ich einen weiteren Gedanken daran verschwenden konnte, ploppte das Gesicht meiner Mom auf dem Display auf. Ich schluckte meine Avocado herunter und nahm den Videoanruf rasch entgegen.

»Hey, Mom«, sagte ich lächelnd, als sie mich durchs Display hindurch anstrahlte. Wie Carter und ich hatte sie honigblondes Haar, die Locken hatte ich von ihr geerbt.

»Suki, Süße. Stören wir? Dein Dad sitzt neben mir.« Ein Rascheln, und schon sah ich sein rundliches Gesicht, das mittlerweile die eine oder andere Falte zu verzeichnen hatte. »Hey, Schätzchen.«

»Hi, Dad. Nein, ihr stört nicht. Ich habe noch etwas Pause.«

»Schön zu hören.« Ihr Lächeln schickte mir ein Gefühl von Wärme in meinen Brustkorb. Wir hatten schon immer ein gutes Verhältnis gehabt, worüber ich sehr froh war. »Carter hat vorhin ganz aufgeregt bei uns angerufen und uns von deinem Video erzählt. Wir haben uns daraufhin gleich TikTok heruntergeladen und es uns angeschaut. Wir sind so stolz auf dich!«

»Oh, das … ja …« Ich seufzte und verzog das Gesicht, weil es mir ein wenig unangenehm war. »Danke. Aber das ist ja nur ein Video auf TikTok, das ein paar Leute gesehen haben. Nichts weiter.«

»Überleg dir doch, ob du nicht doch wieder mehr singen willst, Schatz. Du hast die schönste Stimme, die wir je gehört haben, und das Video gefällt so vielen Menschen.«

»Hmm«, brummte ich, weil ich es leid war, von ihnen belogen zu werden. Das konnten sie nicht ernst meinen. Die meisten Eltern pochten darauf, dass ihre Kinder etwas Anständiges lernten und einen handfesten Job machten, und meine ermutigten mich dazu, den Traum einer Gesangskarriere zu verfolgen? Das konnte doch nur gnadenlos scheitern. »Schon gut. Ihr wisst doch, dass ich das nicht mehr öffentlich mache. Ich habe nicht gemerkt, dass mich jemand gefilmt hat. Ich singe für mich, das reicht mir. Es ist ja nur ein Hobby.«

»Dabei hast du solch ein Talent. Das darfst du nicht verschwenden«, brummte nun mein Dad, und zwischen seinen Brauen bildete sich eine tiefe Falte. »Und all die Leute haben das auch erkannt. Wir haben dir immer gesagt, wie gut du singst. Lass dir von wem auch immer nichts einreden.«

»Das müsst ihr sagen, ihr seid meine Eltern.« Ich setzte ein Lächeln auf und lehnte mich auf dem Metallstuhl zurück. »Aber trotzdem lieb von euch. Auch, dass ihr angerufen habt. Ich vermiss euch.«

»So ein Schwachsinn. Wir würden das nicht sagen, wenn wir es nicht so meinen würden. Aus dir wird mal richtig was. Und wir freuen uns auch, wenn wir dich und Carter hoffentlich bald wiedersehen. Spätestens am vierten Juli!«

»Wir wollen doch nur, dass du glücklich bist.«

Ich räusperte mich, doch der Kloß wollte nicht verschwinden. »Das bin ich. Carter unterstützt mich, und sonst wisst ihr ja, dass ich gerne für mich bin.«

»Das stimmt schon«, entgegnete meine Mom und presste die Lippen mitfühlend aufeinander. »Aber dass du dich nicht vor deinen Träumen verschließt, nur um nicht wieder verletzt zu werden, ja? Versprichst du uns das?«

Mein Mundwinkel wanderte nach oben. Wenn das alles doch so einfach gewesen wäre. »Mach ich. Ich … Ich muss jetzt wieder an die Arbeit. Aber ich rufe euch die Tage noch mal an, okay?«

»Unbedingt. Wir freuen uns immer, wenn du dich meldest.«

Dann verabschiedeten wir uns voneinander, und ich machte mich wenig später wieder an die Arbeit. Die Wärme meiner Eltern begleitete mich den restlichen Tag, denn auch wenn es mir schwerfiel, das umzusetzen, was sie mir rieten, war ich ihnen dankbar, dass sie immer für mich da waren. Und dennoch konnte ich nicht bestreiten, dass heute alles drunter und drüber ging und ich mich die meiste Zeit im Hinterzimmer versteckte, um den Leuten aus dem Weg zu gehen, die mich online entdeckt hatten. Doch ich musste durch diesen Mist durch und lernte daraus, dass ich mit meiner Stimme vorsichtiger umzugehen hatte, wenn ich nicht erneut gefilmt werden wollte. All die Menschen, die mein Video feierten, aber auch meine Familie gaben mir das Gefühl, dass ich etwas konnte. Bis dann wieder diese düstere Stimme durch meine Erinnerungen jagte, die mir unwiderruflich eintrichterte, dass ich es nicht wert war. Dass ich es niemals zu etwas bringen würde.

Als ich abends auf der Couch in unserem Wohnzimmer neben Carter saß, ein paar Spaghetti auf die Gabel drehte und mir in den Mund schob, während im Fernseher die neueste Episode *Love is Blind* lief, ließen mich die vergangenen Stunden einfach nicht los. Gedankenverloren stocherte ich in meinen Nudeln herum.

Carters Blick war gebannt nach vorn auf den Bildschirm gerichtet.

Ha – der kann lange erzählen, dass er Trash-TV nicht mag. Elendiger Lügenbold.

»Carter?«

»Hm?« Er riss sich von der Datingshow los und musterte mich mit seinen grünen Augen.

»Tut mir leid, dass ich dich von deiner Reality-TV-Obsession abhalte, aber du hast mir noch gar nicht erzählt, wie es heute bei der Arbeit war.«

»Obsession? Nichts da.« Er spitzte die Lippen, doch ich sah ihm genau an, dass er gerne weitergeguckt hätte. »Henry und ich hatten echt viel zu tun. Wir mussten die Pilotepisode einer neuen Fantasyserie für Hulu schneiden. Es war ganz cool, aber mein Kopf hat irgendwann so geraucht, dass er vermutlich explodiert, wenn ich heute noch einen einzigen Troll sehen muss.«

»Dann würde ich dir raten, heute nicht mehr in den Badezimmerspiegel zu schauen.«

Ihm entfuhr ein leises Schnauben.

»Aber klingt doch toll«, fügte ich noch rasch hinzu. »Spannend auf alle Fälle.«

»Absolut. Und wie war's bei Deepti im Blumenladen? Hat sie das Video eigentlich auch gesehen?«

Ich nickte. »Ja, es hat ihr gefallen. Und … Es waren ein paar wilde Stunden, glaub mir.«

»Wilde Stunden?« Er lachte auf und stellte den leeren Teller vor sich auf der Glasplatte des Beistelltisches ab. »Klingt nach einem Rodeo.«

»Nicht ganz. Wobei … In meinem Kopf reitet ganz sicher ein kleiner Cowboy auf meinen Gedanken Rodeo. Ich bin überfordert. Mit allem«, murmelte ich, nachdem ich die Pasta heruntergeschluckt hatte.

»War noch was? Abgesehen von den Fangirls, die dich bis in den Blumenladen verfolgt haben?«

Vorhin hatte ich ihm schon von den Mädels erzählt und auch von dem Telefonat mit unseren Eltern.

Ich schnaubte. »Nein. Aber ich traue mich schon gar nicht mehr, Instagram zu öffnen, weil alle paar Minuten neue Anfragen reinkommen.«

Er schnaubte. »Du hast ein sehr hartes Leben als Social-Media-Sensation.«

Bisher war ich nur Stars auf Instagram und TikTok gefolgt, aber nun selbst Aufmerksamkeit zu bekommen, fühlte sich seltsam an.

»Ich wollte den ganzen Leuten zurückschreiben, aber das sind so viele, dass ich das vermutlich niemals schaffe. Es waren sogar welche dabei, die sich einen Scherz erlaubt haben.«

»Einen Scherz? Was meinst du?«

»Witzige Geschichte.« Ich stellte nun auch den Teller ab und lehnte mich zurück. »Zwischen all den Nachrichten von ... Leuten, die das Video ganz gut fanden.«

»Du meinst deine Fans?«

»Genau. Fans. Mhm. Nein, ich ... Also ... Ich glaube echt, dass das nur ein Fake ist und mich jemand verarschen will, aber ... irgendjemand hat sich für einen Mitarbeiter der Vibrant Vortex Studios ausgegeben und mir geschrieben, dass sie mit mir telefonieren wollen«, sagte ich ganz beiläufig und nahm einen Schluck Pfirsicheistee.

Sofort richtete sich Carter auf und betätigte die Pause-Taste. »Bitte was? Zeig sofort her.«

Ich winkte ab. »Halb so wild. Wie gesagt, ist sicher nur ein Fake oder so.« Ich öffnete die Nachricht auf meinem Smartphone und reichte es ihm, woraufhin er in Sekundenschnelle den Bildschirm abgraste, runterscrollte, hochscrollte, den Account antippte und alles inspizierte.

»Suki«, murmelte er nach einigen Augenblicken und schüttelte ungläubig den Kopf. »Ich glaube, das ist echt.«

»Ha! Niemals. Schwachsinn.«

»Doch. Ich ... Ich habe diesen Andrew Donovan gerade gegoogelt, und der ist da echt ein hohes Tier im A&R, er ist so eine Art Talentscout. Außerdem wurde die Nachricht vom offiziellen Profil des Labels geschickt und ist verifiziert.« In seinen Augen flackerte

Begeisterung auf, als er mich angrinste. »Ist dir bewusst, was das heißt? Die wollen mit dir zusammenarbeiten. Du wirst ein Star!«

Mir entfuhr ein hysterisches Lachen. Und dann noch eins. Und ... noch eins. »Ja, Carter. Ich glaube, ich sollte mal unsere Blumentöpfe überprüfen, ob du nicht irgendwo heimlich Gras anbaust. Denn das«, ich deutete mit dem Finger auf seinen Kopf, »was da aus dir heraussprudelt, ist einfach nur Blödsinn. Schwachsinn. Dummsinn.«

»Dummsinn gibt es nicht, aber es gibt ein Telefon, mit dem du diesen Andrew anrufen kannst.« Frech grinsend reichte er mir wieder mein Handy.

Ich verdrehte die Augen. »Ist ja nett, wie gutgläubig du bist, aber ... Ich wette mit dir, dass das nur ein Streich war und wenn ich dort anrufe, geht niemand ran oder wenn, dann irgendeine andere Person, die nichts mit einem Plattenlabel am Hut hat.«

»Gut.« Er legte den Kopf schief und streckte mir die Hand hin. »Wenn du recht hast, kümmere ich mich einen Monat lang allein um den Haushalt. Und wenn ich recht habe und du tatsächlich gleich mit dem Label-Kerl sprichst, dann triffst du dich mit ihm.« Er hielt mir die Hand hin, und ohne lange nachzudenken, schlug ich ein. Immerhin konnte ich mir nicht vorstellen, dass ein Major Label einer kleinen Hobbysängerin, die hin und wieder ein paar Töne traf, wirklich eine Nachricht schicken könnte.

»Von mir aus, wenn du dann endlich ruhig bist.«

Im nächsten Augenblick hatte ich schon die Nummer angetippt, und das Freizeichen ertönte. Einmal. Zweimal. Dreimal. Ich stellte auf Lautsprecher, damit Carter mithören konnte.

»Schau«, wisperte ich. »Das alles ist ...«

»Vibrant Vortex Studios, A&R Management. Andrew Donovan. Mit wem spreche ich?«

Stille.

Während Carter sich die Hand vor den Mund legte und die

Augen weitete, starrte ich ihn schockiert an, wusste nicht, was ich von mir geben sollte.

»Hallo? Jemand da?«, tönte die Stimme noch mal aus dem Hörer.

Als Carter mir einen Klaps auf den Oberschenkel verpasste, blinzelte ich mich wieder zurück ins Leben. »Ja, hallo? Ich ... Hier ist Suki Loveless. Keine Ahnung, ob Sie wissen, wer ich bin, aber ich habe Ihre Nachricht ...«

»Suki! Ja, natürlich weiß ich, wer du bist. Ich habe dir doch meine Nummer zukommen lassen. Schön, dass du dich meldest«, plapperte er freundlich drauflos, während ich noch nicht so ganz verstand, was hier vor sich ging. »Ich hatte schon Bedenken, ob unsere Nachricht bei dir untergegangen ist. Du hast bestimmt total viele in den letzten Stunden bekommen, oder?«

»Ja«, erwiderte ich vorsichtig. »Das waren echt einige.«

Er lachte auf. »Glaub ich. Bei so einer tollen Stimme.«

Neben mir wackelte Carter auf dem Sofa aufgeregt hin und her und lenkte mich mit seinem Eiertanz ab, woraufhin ich ihn mit einem Kissen bewarf und anfunkelte. Dann wandte ich mich wieder Andrew zu. »Danke für die Nachricht. Ich dachte, ich rufe einfach mal an.«

»Das war die wahrscheinlich beste Entscheidung deines Lebens. Aber Spaß beiseite ... Unser Label sagt dir was? Kennst du unsere Künstlerinnen und Künstler?«

Ich wollte gerade wieder hysterisch lachen, weil ich mir nicht vorstellen konnte, dass irgendeine musikbegeisterte Person die Vibrant Vortex Studios nicht kannte. »Mhm«, brachte ich nur heraus. Er wirkte locker und duzte mich, also würde ich das nun auch einfach tun. »Ihr seid mir ein Begriff, ja.«

Carter unterdrückte ein Schnauben und schüttelte den Kopf, ich formte ein tonloses »Klappe!«, dann konzentrierte ich mich wieder auf Andrew.

»Hervorragend. Wie sieht's aus, hättest du Lust, dass wir uns mal zusammensetzen und über eine mögliche Zusammenarbeit sprechen? Hast du morgen spontan Zeit? Ich habe gesehen, dass du aus Culver City bist, unser Headquarter ist in Hollywood. Ich schick dir die Adresse gerne per Nachricht. Vielleicht so um drei am Nachmittag?«

Ich schluckte. Was zur Hölle passierte hier? »Ähm, ich ... Könntest du mal gaaanz kurz dranbleiben?« Meine Stimme war mittlerweile so hoch, dass ich mich wie ein Ferkel auf Speed anhörte.

»Klar.«

Sofort stellte ich meine Leitung stumm, dann entfuhr mir ein ungläubiges Grunzen (das Ferkel ließ grüßen), gefolgt von einem Lachen und etlichen verwirrten Quieksern. »Heilige Scheiße!«

»Du lässt nicht ernsthaft den A&R-Manager eines der größten Plattenlabels der Welt warten, um ein bisschen Tierscharade zu spielen, oder?«

»Carter! Was ist das? Was ... Wieso ...« Mein Puls rauschte mir in den Ohren, Hitze kroch mir den Hals hinauf, und ich fühlte mich wie unter Strom. »I-ist das echt? Meint er das ernst? Also so richtig wirklich total krass-mega-heftig todernst?«

»Sag Ja! Sag, dass du morgen vorbeikommst. Bitte, Suki«, sagte er und schaute mich eindringlich an. »Das ist eine einmalige Gelegenheit, einen Fuß in die Musikbranche zu bekommen. Bitte tu es. Für dich. Für deinen Traum.«

In meiner Brust zog sich bei seinen Worten alles zusammen, weil Carter immer stärker an mich glaubte als ich an mich selbst. Er war der Mensch, der mich zu meinem Glück zwang. Das war er in den vergangenen vier Jahren immer gewesen.

»Ich weiß nicht. Was, wenn ich ihnen vorsingen muss und versage? Was, wenn sie mich mit einer anderen Sängerin verwechselt haben? Oder was, wenn sie merken, dass ich eigentlich gar nichts kann, und sie mir das dann ins Gesicht sagen? Das würde ich nicht verkraften. Nicht noch mal.« Ich schluckte den Kloß in meiner Kehle herunter, der sich gerade ausbreitete.

»Das werden sie nicht. Sie werden sich mit dir treffen und begeistert sein. Glaub an dich und dein Talent. Vertrau mir. Das ist ein Zeichen.«

Ich nickte langsam. »Ich schätze, du hast recht.«

In Carters Augen blitzte etwas auf. »Klar habe ich das. Dann sagst du zu?«

»Nur, wenn du mitkommst.«

So viel Wärme auf seinen Zügen, als er nickte. »Natürlich komm ich mit. Ich unterstütze dich immer, das weißt du doch.« Als ich nichts mehr sagte, nur die Lippen aufeinanderpresste, weil ich immer noch vollkommen verwirrt war, hob er fragend die Brauen. »Und wie lange willst du den armen Knecht noch warten lassen? Der will doch sicher auch Feierabend machen.«

Ich schlug mir die Hand vor den Mund. »Shit!« Dann straffte ich die Schultern, räusperte mich und löste die Stumm-Funktion. »Andrew?«

»Ja?«

»Ich habe morgen Zeit«, erwiderte ich. Mein Herz schlug einen Salto nach dem anderen. »Morgen um drei passt gut.«

»Dann sehen wir uns? Super, das freut uns tierisch. Melde dich einfach beim Empfang und sag, dass du einen Termin mit mir hast. Es werden außerdem noch der CEO sowie der Label-Manager, jemand aus dem Marketing und noch die ein oder andere weitere Person bei unserem Termin dabei sein. Wir würden auch gerne noch ein paar Testaufnahmen im Studio machen, nur dass du das schon mal gehört hast.«

Ich schluckte meine Nervosität herunter. Na ja, ich versuchte es und scheiterte kläglich. »Mhm, ja, klingt … gut«, entgegnete ich. Dann räusperte ich mich noch mal und riss mich zusammen. »Ich werde da sein.«

3
Suki

»Wow«, wisperte ich beim Anblick des hochmodernen Gebäudes, das mehrere Stockwerke umfasste und in den klaren blauen Himmel Hollywoods hineinragte. Mein Herz pochte mir bis zum Hals. Die beeindruckende Glasfassade mit dem riesigen Logo der Vibrant Vortex Studios ließ meinen Kiefer nach unten klappen. »Wir sind hier schon richtig, oder?«

Carter schnaubte. »Mehr als richtig. Dieser Termin ist schon lange überfällig, wenn du mich fragst.« Dann zog er mich sanft am Arm mit sich in Richtung der breiten Glastüren, die ins Innere der Plattenfirma führten. »Na, komm.«

Ich gab zögerlich nach, fuhr mir noch mal über meine helle Boyfriendjeans und das dünne, schwarz-weiß gestreifte Sweatshirt. Das Outfit hatte ich mir vorhin nach stundenlanger Grübelei zusammengestellt, immerhin wollte ich einen guten ersten Eindruck hinterlassen. Dann straffte ich die Schultern. Ein flaues Gefühl der Aufregung machte sich mit jedem Schritt in mir breit. Alles kribbelte. Doch ich war mehr als froh, dass mein Bruder mich heute begleitete. Hier aufzukreuzen, hatte mich einiges an Überwindung gekostet. »Mir ist schlecht, lass uns wieder umdrehen.«

»Nichts da«, entgegnete mein Bruder und lachte kehlig. »Du schaffst das. Ich bleibe die ganze Zeit bei dir. Du bist nicht allein.«

Ich atmete noch einmal tief ein und aus, dann nickte ich und drückte die breite Glastür in meine Zukunft auf. Im Empfangsbereich kam ich aus dem Staunen nicht mehr heraus: Überall standen dunkle Ledersofas, der hellgraue Boden war mit türkisfarbenen Teppichen ausgelegt. Durch eine riesige Fensterfront in Gitteroptik wurde der Raum mit Licht durchflutet und wirkte einladend und doch ein wenig einschüchternd. An den wild gemusterten Wänden hingen Gold-, Silber- und Platinschallplatten einiger Künstlerinnen und Künstler sowie etliche Monitore, auf denen abwechselnd Showreels einiger Acts abgespielt wurden, die wohl hier unter Vertrag waren. Im Hintergrund lief leise Popmusik, während wir uns dem langen Empfangstresen näherten, hinter dem eine Frau mit Headset saß, die etwas älter sein musste als wir. Hinter ihr an der Wand prangte riesengroß das Label-Logo in Gold. Unsere Schritte hallten über den Boden, bis wir vor ihr zum Stehen kamen. Früher schon hatte ich mir vorgestellt, wie es wohl sein mochte, solch ein großes Label zu besuchen, und jetzt stand ich hier. Nichts davon ging mir so richtig in den Kopf.

Freundlich hob sie den Kopf und lächelte mich an, wobei ihre riesigen Kreolen hin und her klimperten. »Hi, wie kann ich Ihnen helfen?«

»Ich habe einen Termin mit Andrew Donovan. Mein Name ist Suki Loveless.«

Sie fing an, in Windeseile mit ihren langen glitzernden Gelnägeln auf der Tastatur ihres iMacs herumzuhauen. »Alles klar, ihr dürft Platz nehmen. Es dauert noch einen Moment.«

»Okay, danke«, erwiderte ich freundlich und lief dann mit Carter zu einem der breiten Sofas, um mich auf das Lederpolster sinken zu lassen. Gott sei Dank. Meine Knie waren schon ganz weich vor Aufregung.

»Guck mal«, raunte mir Carter zu und nickte zu der Wand, wo Platinschallplatten von Lyla Sage, einer supererfolgreichen RnB-Sängerin, und auch einige von Presley Wren ihren Platz hatten. »Du wirst bald eine Kollegin von Lyla und Presley sein. Und in ein paar Jahren hängen dann auch Platten von dir hier.«

»Nur keinen Druck aufbauen«, murmelte ich und schnaubte. Meine Handflächen schwitzten, und ich wischte sie mir andauernd an meiner Jeans ab, während mein Herz einen Purzelbaum nach dem anderen schlug. Immer wieder traten Leute in den Empfangsbereich und meldeten sich entweder beim Schalter oder enterten direkt mit einer Art Ausweis den Bereich links daneben, der durch eine Glastür abgeschirmt war und sicherlich zu den Büros, Tonstudios und all den anderen Räumlichkeiten führte.

Nach ein paar Minuten, die sich eher wie Stunden anfühlten, kam schließlich ein Kerl schätzungsweise in seinen Dreißigern im Stechschritt auf uns zugelaufen. Er trug einen lässigen türkisfarbenen Anzug. Sein schwarzes Haar war kurz geschoren, und sein strahlend weißes Lächeln blitzte uns entgegen. »Suki. Hi! Ich bin Andrew. Freut mich sehr, dich kennenzulernen!«

Ich erhob mich rasch, Carter tat es mir gleich. »Hi, freut mich auch sehr.« Ich schüttelte seine Hand, dann wandte ich mich an Carter. »Das hier ist mein Bruder Carter. Ich hoffe, es ist in Ordnung, dass ich ihn mitbringe.«

»Na, aber klar doch.« Er begrüßte ihn überschwänglich. »Wie schön, dass es direkt heute geklappt hat. Folgt mir bitte, die anderen warten schon im Besprechungsraum und sind all over the place, dich zu treffen, Suki.«

Als er mir zuzwinkerte, lächelte ich freundlich, dann folgten Carter und ich ihm quer durch die Empfangshalle und die ominöse Glastür hindurch, die er mit seinem Ausweis öffnete. Erst liefen wir durch einen breiten Flur, wo an beiden Seiten Tourplakate, aber auch Plattencover hingen, wohin das Auge reichte. Dann durchquerten wir einen riesigen Raum, eine Art Co-Working-Space, der mit etlichen Schreibtischen und modernen Akzentmöbeln einlud, mit anderen Leuten ins Gespräch zu gehen und gemeinsam zu brainstormen. Meine Lippen formten ein tonloses »Wow«, und ich wusste überhaupt nicht, wohin ich zuerst sehen sollte. Überall war etwas Neues zu entdecken. Die vollkommene Reizüberflutung wie in einem Süßigkeiten-Store oder einer Spielhalle.

»Ich hoffe, ihr habt gut hergefunden?«

Ich nickte und schloss meinen Mund wieder. »Ja, war kein Problem.«

»Super«, trällerte Andrew, während Carter und ich einen Zahn zulegen mussten, um mit ihm mitzuhalten.

»Alter«, flüsterte Carter und grinste. »Heftig.« In seinen Augen funkelte es, während er den Blick durch den Raum gleiten ließ.

An der Hälfte der um die 50 Tische saßen Leute an ihren Laptops oder Tablets, andere huschten an uns vorbei in den Flur. Auch hier lief im Hintergrund ein Song, vermutlich war das ganz typisch in so einer Plattenfirma.

»So, hier rein«, wies uns Andrew schließlich in einen Raum, dessen Wände aus Scheiben bestanden und der somit wie ein gläserner Käfig wirkte. Schon von außen konnte ich sehen, dass an der langen U-Tafel einige Personen saßen, teilweise in Anzügen, andere in entspannter Alltagsbekleidung. Auf dem Tisch lagen Notizblöcke, Tablets, Laptops und Unterlagen verteilt. In der Mitte standen ein paar Getränke und eine Schale Erdnüsse. An der Wand hing ein riesengroßer Bildschirm, daneben ein paar dicke schwarze Lautsprecher. Andrew hielt uns die Tür auf, ich setzte ein Lächeln auf, richtete mir noch mal die blonden Locken und trat ein. Alles in mir stand unter Spannung. Es hätte mich wirklich nicht gewundert, wenn ich mich direkt auf den

Schoß des CEOs übergeben hätte. Perfekter erster Eindruck. Doch statt meinen Lunch loszuwerden, trat ich gespielt selbstsicher ein.

»Suki Loveless, es freut uns sehr«, sagte plötzlich ein Mann mit dunkelgrau meliertem Undercut und kam auf uns zugeschritten. Er musste um die fünfzig sein, trug eine dunkelblaue Stoffhose und ein weißes Hemd, das er oben ein paar Knöpfe weit geöffnet hatte. Der intensive Duft seines Aftershaves schwebte mir entgegen. »Ich bin Marshall Sanders, der CEO der Vibrant Vortex Studios.«

Ich rieb mir noch mal unauffällig über meine Hose, dann schüttelte ich seine Hand und lächelte. »Hallo, es freut mich auch sehr.«

Der verdammte CEO des erfolgreichsten Labels der Welt stand also vor mir. Ein ganz normaler Mittwoch eben. Und ich fragte mich in diesem Moment, ob ich versehentlich noch Zahnpastareste im Mundwinkel kleben hatte. Hoffentlich nicht. Hoffentlich würde dieses Treffen nicht vollends in die Hose gehen.

Nachdem Mister Sanders auch Carter begrüßt hatte, stellte er uns die anderen Leute vor, die rundherum am Tisch saßen und mich neugierig musterten. »Wir haben hier Andrews Assistenten aus dem A&R, Hunter Fox, den Label-Manager Tyrese Williams, unseren Anwalt Emilio Perez, Judy, Head of Social Media und Marketing, Andrew kennst du bereits und mich auch.«

So. Viele. Namen.

So. Viele ... Männer.

Fünf Kerle in ihren Anzügen warfen mir prüfende Blicke zu, grüßten mich, während die einzige Frau in der Runde mit ihrem roten Sweater und den genauso roten High Heels aus der Runde herausstach. Sie lächelte mich warm an, was mir ein besseres Gefühl vermittelte, da mich eine Runde so vieler Männer schnell einschüchterte. Trotzdem hatte ich immer das Gefühl, sie würden mich nicht ernst nehmen, mich verhöhnen oder bloßstellen. Ich versuchte, mein rasendes Herz zu ignorieren, lächelte freundlich in die Runde und nahm auf einem der gepolsterten Stühle Platz, auf den der CEO zeigte. Carter setzte sich neben mich und grüßte mit einem Nicken in die Runde.

»Schön, dass es so schnell geklappt hat«, sagte Tyrese Williams, der in einen Jeansanzug gehüllt war und Ende dreißig sein musste. Sein schwarzes Haar trug er in Cornrows. Er grinste breit, hatte diesen charmanten Ausdruck auf dem Gesicht, mit dem er einen bleibenden und sympathischen ersten Eindruck machte. »Wie Marshall schon sagte, bin ich der Manager des Labels. Andrew meinte, du kennst die Vibrant Vortex Studios schon. Wir stehen für Erfolg. Für die beste und bekannteste Musik der Welt und … den besten Umsatz.« Er lachte herzlich, die anderen stimmten ein. »Lyla Sage, Presley Wren, Kingston Fox, Pure Enigma und Keisha Spade sind dir mit Sicherheit geläufig, oder? Wir haben sie alle zu den Stars gemacht, die sie heute sind, und nachdem wir dein Video gesehen haben, waren wir alle der gleichen Meinung: Du hast das Zeug dazu, mindestens genauso groß zu werden wie all die genannten Acts. Aber natürlich nur mit der richtigen Unterstützung.«

Ich schluckte, alles drehte sich. Was redete dieser Kerl? Das konnte er unmöglich ernst meinen. Hatte er den Verstand verloren? Wann würde der Zeitpunkt kommen, an dem jemand aus einer Ecke gesprungen kam und »Ha, verarscht!« rufen würde? Wo hing die versteckte Kamera?

Aus dem Augenwinkel nahm ich wahr, wie Carters Grinsen immer breiter wurde, während ich neben mir stand.

»Deine Stimme hat uns zutiefst begeistert, Suki«, kam es nun wieder vom CEO Sanders. »Als mir Andrew dein Video gezeigt hat, wusste ich, dass wir dich für uns gewinnen müssen.«

Ich blinzelte irritiert. »Ähm, danke. Ich … Das freut mich zu hören.« Hitze schoss mir in die Wangen. »Das Video, ja ... Ich ... Ähm ... Das war für mich auch überraschend. Also, dass es gepostet ...« Ich verstummte, setzte ein Lächeln auf.

Klappe halten, Suki. Klappe halten und zuhören.

So wie es mir immer eingebläut worden war.

Tyrese strahlte mich an. »Welche Erfahrungen hast du denn bisher sammeln können? Wie lange singst du schon? Hast du auch auf Bühnen gestanden oder sogar selbst etwas aufgenommen?«

Ich räusperte mich. »Ich singe schon, seitdem ich ein Kind war, und wollte immer Sängerin werden. Das war mein Traum ... ist mein Traum.« Mein Mundwinkel huschte nach oben. »In der Middle- und Highschool habe ich an Talentwettbewerben der Schule teilgenommen und auf Schulfesten gesungen.«

»Musicals auch? Kannst du tanzen? Das wäre sehr hilfreich.«

»Ein wenig schon. Ich habe auf der Highschool die Sandy in *Grease* gespielt. Die Basics habe ich drauf, schätze ich.«

»Klingt vielversprechend«, entgegnete Tyrese und nickte nachdenklich. »Und hast du spezielle Vorstellungen und Wünsche für deine musikalische Zukunft bei Vortex?«

»Ähm«, begann ich etwas unsicher. »Mein Herz schlägt für Soulmusik. Falls es zu einer Zusammenarbeit kommt, würde ich gerne in diese musikalische Richtung gehen.«

»Gar kein Problem.« Marshall lächelte mich warm an. »Das können wir uns bei dir auch gut vorstellen. Allerdings sind wir uns auch einig, dass wir erst einmal die neue Pop-Prinzessin aus dir machen sollten. Das tolle stimmliche Volumen, das du mitbringst, und der allgemeine Klang machen sich mit Sicherheit gut auf einem Pop-Album und ebnen dir danach den Weg für eine weitere Richtung. Es gibt etliche Sängerinnen, die das so gemacht haben. Schau dir Taylor Swift an. Mit Country hat sie angefangen, und im Laufe der Jahre hat sie sich an viele weitere

Genres herangetraut. Mit Erfolg. Genau das sehen wir auch bei dir. Wir wollen gleich noch im Studio ein wenig mit dir herumprobieren, aber wir können jetzt schon sagen, dass wir sehr gerne mit dir zusammenarbeiten würden.«

»Wir wollen dich groß machen. So *richtig* groß, verstehst du?«, sagte nun wieder Tyrese und faltete die Hände auf dem Tisch. »Du könntest die neue Nummer eins unseres Labels werden. Schreibst du denn auch selber Songs?«

»Nein.« *Nicht mehr*, fügte ich gedanklich hinzu.

»Kein Problem. Die meisten unserer Künstler bekommen kompetente Songwriter an die Seite gestellt. Das tut deiner Karriere keinen Abbruch.« Er grinste. »Unser Ziel ist es, dich als eine der erfolgreichsten Künstlerinnen im Laufe der nächsten drei bis vier Jahre zu etablieren. Etliche verkaufte Platten, die Top Ten der Billboard Charts, Headliner auf Festivals. Allen voran natürlich Coachella.« Es folgte eine dramatische Pause, in der all das Gesagte wie dumpfer Nebel im Raum hing und ich das Gefühl hatte, nicht mehr klar sehen, geschweige denn denken zu können. Herauszufiltern, ob er mir nur Mist auftischte oder ob er das wirklich so meinte. Immerhin war ich Suki. Ich war die kleine Floristin mit Vorliebe für scharfe Soße und Trash-TV. Gehörte so eine Person wirklich auf die Bühne von Coachella?

Der CEO lehnte sich auch nach vorn und musterte mich eindringlich. »Dir sollte bewusst sein, dass du mit uns das große Los ziehen würdest. Es gibt nur noch ein, zwei andere Labels, die ansatzweise mit unseren Leuten mithalten können, aber wenn wir ehrlich sind, haben wir die Nase vorn. Ich verspreche dir: Wenn du bei uns unterschreibst, nimmst du in einem Jahr einen Grammy als beste Newcomerin mit nach Hause. Doch all das, was du dir erträumst, alles, was wir uns für dich vorstellen können, das können nur *wir* dir ermöglichen. Kein anderes Label. Denk daran, wen wir schon groß gemacht haben. Willst du deinen Namen neben Presley, Lyla, Keisha und Kingston an der Wand mit den Platinschallplatten hängen sehen? Denn falls ja, dann bist du bei uns goldrichtig. *Platinrichtig.*« Er lachte über seinen grandiosen Witz, und ich musste auch ein wenig schmunzeln. »Wir haben dein Potenzial erkannt und wissen es zu nutzen und auszubauen. Hoch und heilig versprochen. Wir bekommen das alles hin. Gemeinsam. Wir werden ein tolles Team abgeben. Alles auf Augenhöhe.«

Hitze und Kälte wechselten sich ab, während ich von einem Gesicht ins andere starrte. Nicht wusste, was ich sagen sollte, weil das alles so viel war. Zu viel. Ich versuchte, Ruhe zu bewahren, und biss die Zähne zusammen, während Carter erst gar nicht versuchte, seine Begeisterung zu verstecken. Ich hingegen realisierte nicht mal im Ansatz, was das alles bedeutete. Mein Leben würde sich auf einen Schlag verändern, aber war ich dafür bereit?

»Das heißt«, fing ich an, »Sie bieten mir einen Vertrag an? Wie … Wie kann ich mir das vorstellen?«

Tyrese winkte ab und zwinkerte mir zu. »Die genauen Details besprechen wir am besten im Anschluss, wenn es an die Formalitäten geht, aber so viel soll schon mal gesagt sein: Ja. Wir wollen dich unbedingt als Künstlerin für uns gewinnen.«

»Vor allem, nachdem du so viel positiven Zuspruch auf Social Media bekommen hast«, schaltete sich nun die einzige Frau, Marketing-Judy, ein und nickte bedächtig. »Wir müssen diese Welle nutzen und schnell agieren. Das heißt, es würde auch nicht lange dauern, bis wir deine Debütsingle veröffentlichen.«

Ich blinzelte einige Male ungläubig. Taugte ich wirklich dazu? War ich für all das gut genug? Einerseits kroch eine wahnsinnige Welle der Freude durch mich hindurch, ich wollte am liebsten aufspringen und tanzen, singen und feiern, und gleichzeitig fragte ich mich, ob sie nicht einen riesigen Fehler machten und mich womöglich nach einer Woche wieder rauswerfen würden, weil ich nicht genug Talent besaß. Verwechselten sie mich vielleicht mit einer anderen Suki Loveless, die auch sang? Ich konnte einfach nicht fassen, dass sie so viel von mir hielten. Viel mehr als ich von mir selbst. Vielleicht war es wirklich an der Zeit, ein wenig mehr an mich selbst zu glauben, auch wenn mir das immer noch schwerfiel. Vielleicht würde der erste Schritt sein, mich zu trauen, endlich wieder vor mehr Menschen zu singen als nur vor Carter, Deepti oder meinen Eltern. War das hier einer dieser Momente, in denen ich über meinen Schatten springen musste? Einen Schritt aus meiner Komfortzone heraus machen sollte, um meinen Traum zu verwirklichen?

Meine Finger trommelten auf meinen Oberschenkel, während ich Carter einen Hilfe suchenden Blick zuwarf. Ich wusste nicht, was ich tun sollte. Es war zu schön, um wahr zu sein. Zu schön, als dass es mir passieren könnte.

»Lass das alles auf dich wirken«, sagte Marshall schließlich und schnappte sich eine der Coke-Dosen, öffnete sie zischend und nahm einen Schluck, dann lehnte er sich zurück und nickte zu Andrew. »Andrew soll euch erst mal eine kleine Tour durch das Gebäude geben, dann treffen wir uns im Anschluss unten in einem der Tonstudios und testen ein paar Tracks mit dir. In Ordnung?«

Ich nickte. »Sehr gerne. Das klingt toll.«

Andrew erhob sich und hielt Carter und mir schließlich die Tür auf, als wir ihm folgten. Zuerst führte er uns wieder einen langen Flur entlang, wo etliche Bilder der Künstler mit ihren gewonnenen Preisen die Wände schmückten. Andrew zeigte uns die Artist Lounge, wo ein paar Musiker auf den Sofas abhingen und miteinander quatschten. Mitten im Raum befand sich eine Bühne, auf der bereits ein paar Instrumente aufgebaut waren, rundherum waren voluminöse Couches, Sessel und Lautsprecher platziert.

»Hier können sich unsere Musiker entspannen und sich musikalisch austauschen, der Raum wird aber auch für kleine private Sessions genutzt, Pre-Listenings mit ausgewählten Leuten zum Beispiel.«

»Ey, krass!«, entfuhr es Carter. »Hier haben sicher schon heftige Leute auf der Bühne gestanden, oder? Was war bisher dein Lieblingsauftritt?«

Andrew wiegte den Kopf hin und her, während wir wieder nach draußen in den Flur und weiter zu den Büros liefen, wo alle wichtigen Leute ihren eigenen Raum hatten. »Hmm, ich arbeite erst seit fünf Jahren hier, aber ich hätte gesagt, dass das Presley gewesen sein müsste. Sie gehört nicht umsonst zu den erfolgreichsten Popsängerinnen weltweit. Habt ihr sie schon mal live gehört?«

Ich nickte. »Wir waren letztes Jahr auf ihrem Konzert im Hollywood Bowl. Ihr Set war der Hammer. Ich glaube, das war eines der besten Konzerte, auf denen ich jemals war. Ich freu mich schon, wenn sie hoffentlich bald ein neues Album veröffentlicht. Das letzte ist ja jetzt schon über ein Jahr her.«

»Sie hat ordentlich die Bühne gerockt«, fügte Carter hinzu. »Boah, hier sind ja viele Büros. Sitzen hier die ganzen Big-Boss-Leute?«

Andrew schmunzelte, und ich biss mir auf die Lippe. Auch wenn ich meinen Bruder über alles liebte, konnte ich nicht bestreiten, dass er manchmal etwas drüber und ein wenig *sehr* extrovertiert war, auch nicht immer darüber nachdachte, was da aus seinem Mund schwappte. Je extrovertierter er war, desto introvertierter wurde ich.

Solange Andrew uns weiter durch das Gebäude führte, ließ ich mir all das durch den Kopf gehen. All die Dinge, die diese Menschen mir versprochen hatten. Sie alle machten einen sympathischen Eindruck und wirkten, als ob sie mit vollstem Herzblut bei der Sache waren und ich ihnen in Bezug auf meine Musik vertrauen konnte. Sie glaubten an mich. Sie würden mir helfen, meinen Traum zu verwirklichen, den ich eigentlich vor fünf Jahren begraben und von dem ich nicht für möglich gehalten hatte, dass er noch mal das Tageslicht zu sehen bekam. Aber würde ich wirklich in der Lage sein, wieder Musik zu machen? Taugte ich überhaupt zum Star? War ich bereit, auf einer Bühne zu stehen? Songs aufzunehmen? Sie anzuhören? Mich auf Videos zu sehen? Zu tanzen? Und das alles auch noch in der Öffentlichkeit vor den Augen von Millionen Menschen, die mich verurteilten?

Zu guter Letzt zeigte uns Andrew ein paar der Studioräume, die sich im Untergeschoss befanden. »Jedes Studio ist ein wenig anders eingerichtet, damit der kreative Flow so richtig in Gang kommt. Hier wirst du dich auch mit deinem Songwriter und Produzenten treffen, Songs schreiben, sie aufnehmen, anhören, aufnehmen, anhören … Man ist ja nie so ganz zufrieden, ne?« Er lachte auf, als wir den Gang mit den Studioräumen entlangliefen, die alle nummeriert waren und an deren Türen entweder eine grüne oder eine rote Lampe leuchtete, je nach Verfügbarkeit vermutlich. »Wir haben nur das beste Equipment, die besten technischen Geräte, Produzenten, Songwriter, Tontechniker. Alles bei uns ist premium, das kann ich dir versprechen, Sweety. Hier in den Studios wirst du die meiste Zeit verbringen, also probier dich gerne aus, bis du die perfekte Umgebung für dich gefunden hast.«

Vor uns ging die Tür auf, ich hörte ein paar Gesprächsfetzen, dann blieb mir plötzlich das Herz stehen, als ich sah, wer aus dem Raum stolzierte. Mit geweiteten Augen starrte ich in ein paar blaue Augen, die von langen Wimpern umgeben waren. Das rosa Haar trug sie glatt auf Kinnlänge, während sie lässig auf einem Kaugummi herumkaute.

Presley Wren stand vor mir.

Presley. Fucking. Wren.
Sie trug ein schwarzes bauchfreies Top und einen kurzen Paillettenrock, dazu Doc Martens. Ihre helle nackte Haut war übersät mit etlichen Tattoos, die so wirkten, als hätte sie jemand mit Stickern bekleben wollen. Ihr dunkles Augen-Make-up bestand zum Teil aus silbernem Glitzer. Sie strahlte pure Power und Schlagfertigkeit aus, war so tough, dass ich mir schon oft gewünscht hatte, ein wenig mehr zu sein wie sie. Nach außen hin wirkte sie unfassbar selbstbewusst und sicher in ihrer Haut, die sie stets zeigte, denn ihre glitzernden Outfits waren in der Regel recht knapp und umschmeichelten ihren trainierten Körper perfekt. Ihre Songs waren purer Pop, ihre Stimme unglaublich und ihre Texte unvergleichlich. Sie hatte schon acht Grammys gewonnen, und alle erwarteten ihr neues Album sehnsüchtig, nachdem ihr letztes vor über einem Jahr direkt auf Platz eins eingestiegen war und sich dort etliche Wochen gehalten hatte.

Vollkommen überwältigt lächelte ich sie wie ein treudoofer Dackel an. »Hi.«

Zwischen ihren Brauen hatte sich eine steile Falte gebildet, doch im nächsten Moment veränderte sich ihr Ausdruck, und sie wirkte freundlich. Herzlich mit einem Lächeln auf den Lippen. »Hey.«

»Presley? Das ist Suki Loveless, eine aufstrebende Sängerin, die wir hoffentlich bald unter Vertrag nehmen werden.«

»Freut mich«, richtete sich Presley an mich und reichte mir ihre Hand, die ich im nächsten Augenblick schüttelte.

Meine Wangen mussten gerade lichterloh glühen. Hoffentlich bemerkte sie nicht, wie sehr meine Hand schwitzte. »Und mich erst. Ich liebe deine Musik. *How We Should Have Met* ist einer meiner Lieblingssongs.«

Ihre dunklen Brauen huschten nach oben. Wärme breitete sich auf ihren Zügen aus. »Oh, wow. Danke. Das ist auch einer meiner liebsten Songs vom letzten Album. Freut mich also total zu hören, vor allem, weil das einer der wenigen ist, die ich komplett selbst geschrieben habe.«

»Ich weiß, das habe ich in einem deiner Interviews gelesen. Daher: Hut ab. Bei mir läuft er hoch und runter. Und bitte sag mir, dass du bereits an einem neuen Album arbeitest. Ich kann es kaum erwarten, dass etwas Neues von dir kommt.«

Ein Schmunzeln trat auf ihre Lippen, während sich ihre Wangen nun auch leicht röteten. »Ich darf leider nichts sagen, aber ...« Sie zwinkerte mir zu. »Ich schätze, da ist womöglich was im Gange.« Dann wanderte ihr Blick auf ihr Handydisplay. »Sorry, ich muss jetzt weiter. Aber wir sehen uns sicher bald mal wieder. Hat mich sehr gefreut, Suki.«

»Mich auch!«, entgegnete ich strahlend. »Bis dann.«

Ein Nicken, dann war sie schon wieder an uns vorbeigerauscht.

Ich drehte mich noch mal nach ihr um, sah, wie sie ihr Handy ans Ohr hielt und um die Ecke bog.

»Das war also die sagenumwobene Presley Wren«, murmelte Carter und stieß mich mit dem Ellenbogen in die Seite. »Lebst du noch?«

»Ja, mir geht's gut«, krächzte ich und schüttelte den Kopf. »Alles super.«

Mein Herz schlug mir bis zum Hals. Ich hatte gerade mit Presley Wren, meinem ultimativen Girl Crush für alle Zeiten, gesprochen. Mich mit ihr unterhalten. Und sie war genauso herzlich und freundlich gewesen, wie ich sie mir immer vorgestellt hatte. Egal was heute noch passierte, später würde ich selig lächelnd ins Bett fallen.

Carter und ich folgten Andrew in eines der Studios, wo bereits zwei Leute auf uns warteten: Tyrese, der Label-Manager, und vermutlich ein Produzent, der gerade vor dem riesigen Mischpult saß. Im Hintergrund waren poppige Beats zu hören, es roch nach dem Kaffee, der neben dem Produzenten auf der Ablage stand. Der Raum war mit Teppich ausgelegt und mit akustischen Paneelen bestückt; eine schwarze Couch lud ein, der Arbeit am Mischpult sowie der singenden Person in der Kabine zuzusehen, denn von dort aus hatte man eine perfekte Sicht auf die Tonkabine, in der bereits ein Mikrofon stand.

»Das hier ist eins unserer kleinen Studios. In den größeren sind dann natürlich auch Instrumente, aber hier geht's nur um die Vocals.« Er schlug mit dem Produzenten ein, der sich erhob und mir auch die Hand schüttelte. »Das hier ist Sam, einer unserer Nachwuchsproduzenten, der gleich mal ein paar Aufnahmen mit dir macht.«

»Hey, freut mich«, sagte dieser und grinste breit.

»Freut mich auch. Ich bin Suki.«

»Und ich bin schon sehr gespannt, ein bisschen was live zu hören«, schaltete sich Tyrese ein. »Da du auf dem Video den Song von Presley gesungen hast, kannst du das ja direkt noch mal für uns machen. Da bist du ja schon textsicher. Hast du schon mal in einem Tonstudio gesungen?«

»Klar, gerne«, sagte ich, wollte aber viel lieber abhauen, weil meine Aufregung sich wie ein Lauffeuer in meinem Körper ausbreitete. »Nein, bisher noch nicht. Aber ich habe schon viele Videos von Studiosessions auf YouTube gesehen und … kann mir vorstellen, was ich ungefähr tun muss.«

Ich musste singen. Ich musste das tun, wenn ich den Hauch einer Chance bekommen wollte, meinen Traum zu verwirklichen. Und ich musste es *jetzt* tun.

Carter schenkte mir noch mal ein aufmunterndes Lächeln, drückte meinen Arm und flüsterte: »Du schaffst das!« Dann öffnete ich die Tür zur Tonkabine, trat ein und schloss sie hinter mir.

Stille. Die Akustik war anders als alles, was ich bisher erlebt hatte. Ich fühlte mich wie in Watte gepackt.

»Du musst dir die Kopfhörer aufsetzen, Sweety«, hörte ich Andrews Stimme durch den Lautsprecher in der Kabine.

Ich nickte, dann hob ich die schwarzen Kopfhörer von der Halterung und setzte sie mir auf den Kopf. Immer wilder pochte es in meiner Brust, und ich hatte Angst, dass man mein Herz auf den Aufnahmen hören würde.

»Wir starten mit der zweiten Strophe und nehmen die Bridge mit, okay?«, kam es von Sam, und als ich nickte, startete Presleys Song über die Kopfhörer.

Ich verpasste den Einsatz und war unkonzentriert. Unruhig wippte ich hin und her. »Sorry, ich ... Können wir noch mal?«

»Klar.« Sam spielte den Song erneut von der gleichen Stelle ab.

Ich verpasste den Einsatz wieder, vergaß den Text. »Shit«, fluchte ich leise und fuhr mir übers Gesicht.

Das konnte doch nicht so schwer sein, verdammt. Zu Hause machte ich das jeden Tag.

Sam seufzte. »Und noch mal ...«

Und noch mal machst du den Mund auf und gibst nur Scheiße von dir. Text, Gesang, Melodie ... Alles nur Mist. Das will niemand hören.

Nein. Ich durfte seinen Worten nicht die Macht über mich geben. Ihn schon wieder meinen Traum zerstören lassen. Ein flaues Gefühl breitete sich in meinem Magen aus. Mein Blick glitt Hilfe suchend zu meinem Bruder, der mich anlächelte und mir damit ein wenig Sicherheit schenkte. Ich war gottfroh, dass ich ihn mitgenommen hatte. Ohne ihn wäre ich heillos überfordert gewesen. Okay, das war ich vermutlich auch so, aber ... zu wissen, dass ich nicht allein war, half mir bei der Vorstellung, dass ich für ihn sang. Für Carter. Niemand anderen. Ich bildete mir ein, zu Hause zu sein. Nicht hier, sondern in meinen vier Wänden, in denen ich mich sicher fühlte. Ich atmete tief durch.

Zwei, drei, vier ...

Und dann sang ich. Ich schloss die Augen, fühlte die Zeilen und versuchte, sie so wiederzugeben, wie ich es immer tat, wenn ich allein war. Auch wenn es sich zu Beginn ungewohnt anfühlte, kam ich gut rein, und nach einigen Takten fühlte es sich richtig an. Als ob sich ein Felsen von meiner Brust löste und ich endlich frei atmen konnte. Innerlich wollte ich Luftsprünge machen und grinsen, so wie es mir immer ging, wenn ich sang. Wärme durchfuhr mich, während ich mich hier und jetzt zu Hause fühlte und so, als ob ich in meinem Leben noch nie etwas anderes getan hätte. Das hier, das war ich. Ich lebte dafür. Atmete die Musik und ließ sie meinen Körper in Beschlag nehmen. Sie war alles für mich. Verdammt noch mal alles.

Erst als ich fertig war, öffnete ich die Augen und blickte durch die Scheibe nach drüben. Sam stand der Mund offen, Carter platzte vor Stolz, und Tyrese hatte ein dickes Grinsen auf den Lippen.

»War das okay?«

Tyrese verschränkte die Arme vor der breiten Brust. »Du kannst wieder rüberkommen. Wir sind hier fertig. Die Aufnahme reicht mir, um zu wissen, dass wir uns nicht getäuscht haben. Gott, was wir aus dir machen werden, ist unmenschlich. Wir werden die Branche als Team auseinandernehmen, glaub mir.«

Ein angenehmes Kribbeln wanderte durch meine Glieder, als ich die Kopfhörer wieder auf die Halterung setzte und zu den Männern zurücklief.

»Dann hat es euch gefallen?«

»Mhm, ja, könnte man so sagen«, erwiderte Tyrese und hob mit einem Lachen die Brauen. »Na komm. Lass uns das Ding eintüten.«

Carter strahlte mich begeistert an und legte den Arm um meine Schultern, dann beugte er sich zu meinem Ohr. »Die haben die ganze Zeit gesagt, wie unglaublich du bist. Ich schwöre dir, die vergöttern dich.«

Ich verdrehte die Augen, konnte aber nicht bestreiten, dass all das, was hier in der letzten Stunde passiert war, meinem Ego einen kleinen Push gab und runterging wie Öl. Vielleicht brauchte es einfach ein paar Menschen, die so sehr an mich glaubten, dass ich es auch tun konnte. Vielleicht war ich hier genau richtig.

Zurück im Konferenzraum, saßen wieder alle auf ihren Plätzen, doch nun ergriff der Anwalt, Mister Perez, das Wort. Sein dunkelbraunes Haar war nach hinten gegelt, er trug einen teuren Armani-Anzug, und seine Zähne sahen ziemlich unecht aus. »Ich habe schon einen Vertrag aufgesetzt, wenn Sie ihn sich mal ansehen wollen.« Er schob ihn mir rüber, und ich blätterte durch die zwölf Seiten, während mir Carter über die Schulter blickte. Neben mir lag ein goldener Kugelschreiber mit dem Logo des Labels drauf, der nur darauf wartete, benutzt zu werden.

»Es steht das Übliche drin, Standardvertrag. Ist ein 360-Deal, wie immer. Presley, Lyla und Keisha hatten den exakt gleichen vorliegen.« Tyrese nahm wieder einen Schluck aus einer neuen Dose Coke und warf mir einen hoffnungsvollen Blick über den Dosenrand hinweg zu. »Und das Beste: Für dich springen dabei 500 000 Dollar Vorschuss raus, die du sofort kassierst.«

Ruckartig zuckte mein Kopf vom Blatt nach oben. »Wie?«
Der Kerl will mich doch auf den Arm nehmen …

»Eine halbe Million Dollar?« Carter räusperte sich und hob eine Braue. »Das ist eine ordentliche Stange Geld.«

Ein Lächeln umspielte Tyreses harte Züge. »Wir würden Suki nicht so viel zahlen, wenn wir nicht wüssten, dass wir sie groß machen können.«

Das war alles zu viel. Ich musste erst darüber nachdenken, bevor ich mich darauf einließ. Die meisten Menschen hätten die Chance vielleicht direkt ergriffen und unterschrieben, doch ich musste das erst einmal verdauen und den Tag mit Carter auswerten. Immerhin war das eine lebensverändernde Entscheidung, die ich nicht leichtfertig treffen wollte, auch wenn es dabei um meinen Traum ging. Es juckte mich in den Fingern, eine Unterschrift unter den Vertrag zu setzen, doch in meinem Kopf hörte ich nur diese dumpfe Stimme.

Du kannst nichts. Und singen schon gar nicht. Denkst du ernsthaft, irgendjemand würde sich deinen Song anhören? Denkst du wirklich, dass du es zu etwas bringen könntest?

Eine eiskalte Faust schloss sich um mein Herz, um meine Kehle. »Kann ich mir das durch den Kopf gehen lassen? Ich würde außerdem gerne einen Anwalt drüberlesen lassen.«

Tyrese und Marshall richteten sich auf. »Natürlich. Es steht das Übliche drin, wie gesagt. Aber nimm dir die Zeit, die du brauchst. Wir freuen uns jedenfalls unglaublich, wenn du dich für uns entscheidest. Wir wollen auf deinem Weg für dich da sein und alles tun, damit du deinen Traum leben kannst, Sweety.« Als ich nickte, fügte Tyrese noch hinzu: »Wir werden ein großartiges Team abgeben.« Ich konnte ihm ansehen, dass er all das ernst meinte und tatsächlich an mich glaubte.

»Woran scheitert es gerade?«, fragte mich Carter eine Stunde später, als wir uns in einem italienischen Restaurant in West Hollywood einen ruhigen Tisch in einer Ecke gekrallt hatten. Die Preise hier waren immens und viel zu hoch für uns, doch mein Bruder hatte zur Feier des Tages darauf bestanden, mich einzuladen.

Ich blickte ihn über die Karte hinweg an und biss auf der Innenseite meiner Wange herum. »Ich kann mich zwischen der Pizza Tonno und den Penne Aglio e Olio nicht entscheiden.«

»Sukisuksons. Du weißt, was ich meine.« Er hob eine Braue und legte die Karte vor sich auf dem Tisch ab. »Wieso musst du noch über den Deal nachdenken? Das ist eines der erfolgreichsten Labels der Welt. Die Kohle ist krass, und die wollen dich zu einem echten Star machen. Außerdem hat doch eben noch ein Anwaltskumpel von Mom und Dad drübergelesen und meint, der Vertrag sei solide. Wieso zweifelst du noch?«

»Ich zweifle nicht an ihnen«, flüsterte ich, »sondern an mir.«

Ein mitfühlender Ausdruck streifte seine Züge. »Ich zweifle keine Sekunde an dir. Das Label auch nicht. Du wirst das großartig machen. Was spricht denn dafür und was dagegen? Vielleicht hilft es dir ja, wenn wir eine Pro-und-Kontra-Liste erstellen?«

Ich nickte und strich über den glatten Stoff der weißen Tischdecke. »Dagegen spricht, dass ich nicht weiß, ob ich mich traue, vor vielen Menschen zu singen und überhaupt einen Song zu veröffentlichen. Keine Ahnung, ob ich der Sache gewachsen bin. Sie könnten mich rausschmeißen, und ich muss das ganze Geld zurückzahlen und stehe ohne Job da, wenn sie merken, dass ich gar nicht singen kann und bei dem Song nur Glück hatte. Oder wenn sie mich verwechselt haben.«

»Das wird nicht passieren. Die werden den Boden unter deinen Füßen küssen, wenn du auf Platz eins in den Charts einsteigst.«

Ich rollte mit den Augen, weil das zu absurd war. Absurd, aber nicht unmöglich, wenn man so ein Label hatte, das einem den Rücken stärkte. Dennoch: Es war ein Traum. *Mein* Traum. »Ich will nicht schon wieder verurteilt werden. Ich will niemanden enttäuschen, wenn ich doch keinen Erfolg habe.«

Carter lehnte sich etwas nach vorn zu mir und sah mich eindringlich an. »Nur weil es da diese eine Person gab, die dir Dinge eingetrichtert hat, die keineswegs stimmen, darfst du dir davon nicht dein ganzes Leben bestimmen lassen. Ich weiß, dass das schwer ist und er viel in dir kaputt gemacht hat, aber wenn du mich fragst, ist es Zeit, allen auf dieser Welt zu zeigen, was in dir steckt. Und das ist, auf einer Bühne zu stehen und zu singen.«

In meiner Kehle bildete sich bei seinen Worten ein Kloß, und mir verschwamm die Sicht vor Augen. »So etwas kann doch mir gar nicht passieren, Carter. Wieso gerade ich?«

»Wieso nicht? Du hast es drauf. Immerhin bist du meine Schwester. Muss wohl in der Familie liegen.«

Ich schnaubte und fuhr mir übers Gesicht. »Dann denkst du wirklich, dass ich das tun sollte?«

»Lass es mich so sagen: Musik war schon immer deine Leidenschaft. Und wenn ich *schon immer* sage, meine ich auch *schon immer*. Ich weiß noch, wie du mir tierisch auf die Nüsse gegangen bist, als du als Fünfjährige in mein Zimmer gerannt bist und einen auf Britney Spears gemacht hast. Kannst du dich noch an dieses Mädchen erinnern, das unbeschwert gesungen und davon geträumt hat, irgendwann eine große Sängerin zu sein?«

Ich nickte.

»Dann tu es für sie. Tu es für die junge Suki, die diesen Traum hatte und ihn heute immer noch hat.« Um seine Augen bildeten sich Lachfältchen, als er den Kopf schief legte. »Das bringt mich zur Pro-Liste, da die Kontra-Liste ja sehr kurz ausgefallen ist. Wer hätte das gedacht.« Er gluckste vergnügt. »Ganz oben: Du kannst deinen Traum leben. Und die fünfjährige Suki auch. Willst du ihr die Chance verweigern? Außerdem wird es etliche Menschen geben, die dich zu ihrer neuen Lieblingssängerin machen und deine Musik rauf- und runterhören werden. Du wirst Leute damit inspirieren. Du kannst endlich tun, wonach du dich sehnst, und die Summe auf deinem Konto ist ja auch nicht übel.«

»Hmm, stimmt schon.« Ich dachte an die Zeit zurück, in der ich mir nichts sehnlicher gewünscht hatte, als auf einer Bühne zu stehen und zu singen, Songs aufzunehmen und damit mein Geld zu verdienen. Ich hasste alles daran, dass ich so sehr an mir zweifelte, dass ich unter Umständen meine Chance auf mein

Traumleben davonziehen ließ wie meine Selbstachtung vor all den Jahren. Wie mein Selbstvertrauen. Wie alles, was mir dieses Arschloch genommen hatte.

Träum weiter, Suki. Du taugst nicht dazu, ein Star zu sein.

»Ich weiß«, fing Carter leise an, »dass es da noch eine andere Sache gibt, die dich hindert. Diese verfickte Stimme, die dir sagt, dass du es nicht wert bist.«

Mein Bruder kannte mich viel zu gut. Immer noch versuchte ich, den dämlichen Kloß in meiner Kehle herunterzuwürgen. »Es ist schwer, das alles hinter mir zu lassen und seine Stimme auszublenden.«

»Vollkommen verständlich. Aber ich bin mir sicher, dass du es irgendwann bereust, wenn du diese Chance nicht ergreifst. Und ich glaube auch, dass du über dich hinauswachsen wirst und es dir vielleicht sogar helfen könnte, endlich diese Sache von damals abzuhaken und *so richtig* neu anzufangen.«

»Mein Leben würde sich von Grund auf verändern. Will ich das? Und was ist mit Deepti? Ich müsste bei ihr kündigen, was sie ...«

»Was sie ganz sicher verstehen würde. Sie freut sich bestimmt für dich. Und was das neue Leben betrifft ... Damit hast du wohl recht. Aber ist das so schlimm?«

Ich zuckte mit den Achseln. »Wahrscheinlich würde ich hin und wieder erkannt werden und müsste mit Sonnenbrille und falschem Schnurrbart durch die Straßen laufen.« Ein Schmunzeln trat auf meine Lippen. »Spaß beiseite. Es wäre sehr viel stressiger.«

»Aber guter Stress!«

Ich gluckste. »Das stimmt. Und vielleicht hättest du mit deinen Filmen durch mich ja auch einen Vorteil, wenn ich wichtige Leute kennenlerne oder ...«

»Ich bin erst mal zweitrangig, auch wenn ich das sehr süß von dir finde. Aber in erster Linie geht es hier um dich und nicht um mich.« Er zwinkerte mir zu, woraufhin ich die Lippen ertappt aufeinanderpresste. »Du würdest zu einem Star werden, erfolgreich sein, überall würden deine Songs laufen. Du würdest auf Tour gehen, deine Tage würden sich oft im Tonstudio abspielen oder bei Interviews, Musikvideodrehs, Auftritten. Alles, was du dir wünschst. Das wird so gut, Suki. So gut!«

Mein Herz schlug schneller, und ich musste immer mehr lächeln, während es in mir zu kribbeln begann. Es war ein gutes Kribbeln. Eines, das mich dazu brachte, all die Gedanken, die sich in mir festgesetzt hatten, zu überdenken und ...

»Ich schätze, du hast recht.«

... über den Haufen zu werfen.

Carters Blick hellte sich auf. »Dann ... machst du es?«

Ich nickte. »Es ist Zeit, der fünfjährigen Suki ihren Traum zu erfüllen. Und der dreiundzwanzigjährigen auch.« Ich lächelte ihn an, spürte, wie es hinter meinen Lidern brannte und meine Sicht verschwamm, weil ich das Gefühl hatte, dass das hier ein besonderer Moment war. Ein magischer, den ich für immer im Gedächtnis behalten und von dem ich irgendwann meinen Enkeln erzählen würde. Der Moment, an dem ich mir vornahm, mir nicht mehr das Leben von meiner Vergangenheit bestimmen zu lassen.

Oder zumindest all den fiesen Erinnerungen und Selbstzweifeln den Kampf anzusagen. Mit der Hilfe von Menschen, die an mich glaubten.

Rasch zückte ich mein Handy und tippte Tyreses Nummer an, die er mir vorhin noch gegeben hatte. Es tutete einige Male, dann hob er ab und meldete sich.

»Tyrese? Hier ist Suki Loveless.«

»Suki! Schön, dass du dich meldest. Hast du noch Fragen zum Vertrag, oder hast du dich schon entschieden?«

»Ich habe mich entschieden.« Ich lehnte mich zurück und grinste Carter an, der mich wie gebannt beobachtete. »Ich bin dabei.«

4
River

»Hast du wieder eine Nachtschicht eingelegt?« Kristy grinste mich frech an, während wir an all den Türen vorbeiliefen, die im Untergeschoss der Vibrant Vortex Studios, kurz Vortex, zu den verschiedenen Tonstudios führten. Als ich eben angekommen war, hatte sie mich oben schon erwartet und begleitete mich nun zu Studio 7, wo ich den heutigen Mittag verbringen würde. Sie arbeitete als Assistentin für Tyrese, während ich vor einigen Jahren vom Label als Songwriter engagiert worden war und einen Exklusivvertrag unterschrieben hatte. Hin und wieder produzierte ich auch die Rohfassungen, aber mein Herz schlug für das Texten. Dieser Job und damals der Einsatz von Tyrese, der mich rekrutiert hatte, hatten mich wieder auf die richtige Bahn geführt, nachdem ich eine schwierige – na ja, eine *verdammt beschissene* traf es wohl eher – Zeit hinter mir hatte lassen wollen. Es war der perfekte Neuanfang gewesen. Die Sonnenstrahlen nach dem jahrelangen Regen.

»Sieht man mir das an?« Ich lächelte schief und nahm dann einen Schluck des tiefschwarzen Kaffees aus meinem Thermosbecher, den ich mir eben noch von zu Hause mitgenommen hatte, bevor ich zu Vortex gefahren war. Der bittere Geschmack mit der nussigen Note war alles, was ich gerade brauchte. Und außerdem die einzige Möglichkeit, den heutigen Tag zu überstehen, ohne im Studio einzupennen. »Ich habe mich letzte Nacht gar nicht vor Ideen retten können. Es ist einfach so aus mir herausgesprudelt, und schon waren da zwei neue Songs, die ich Presley später unbedingt zeigen will. Vermutlich wird sie hier und da noch was ändern, wie ich sie kenne, aber ich könnte mir vorstellen, dass sie sich gut auf ihrem neuen Album machen.«

»Man sieht dir rein gar nichts an«, erwiderte sie und zwinkerte mir zu. »Aber der Kaffee hat dich verraten. Ich rieche die Koffeinbombe aus einer Meile Entfernung.«

»Nachts arbeite ich einfach besser als tagsüber. Aber für Presley mach ich auch mal eine Ausnahme. Wir haben mit der Arbeit an ihrem neuen Album schon angefangen, da will ich sie nicht hängen lassen.« Der erste Song war bereits im Kasten. Oder zumindest die Vocals. Heute wollten wir noch ein wenig daran feilen.

»Oh, hat dich niemand informiert?«

»Worüber?«

Kristy verzog das Gesicht. »Ähm ... Ich weiß nicht, ob ich ...«

»Rück raus mit der Sprache«, brummte ich, bevor ich meinen Ausweis an den Sensor der Tür von Studio 7 legte und wir den Raum betraten. Wie fast immer roch es nach Leder, Pot und Lufterfrischern, was sich nun mit meinem dampfenden Kaffee vermischte, den ich sogleich auf dem braunen Couchtisch im 70s-Style vor dem dunkelbraunen Sofa abstellte, das hinter dem Mischpult hier im Kontrollraum seinen Platz hatte.

Das hier war eines der Retrostudios, in dem ich mich am wohlsten fühlte – mal abgesehen von meinem Homestudio in meinem Apartment in West Hollywood. Die Wände waren dunkelblau gestrichen und mit eingerahmten Schallplattencovern versehen, die Möbel in Braun gehalten, an der Decke befanden sich etliche kleine Leuchten, deren gedimmtes Licht auf mich herunterregnete.

»Tyrese hat beschlossen, dass du mit einer neuen Künstlerin arbeiten sollst, weil sich Presleys ...«, sie zögerte, »Arbeiten am Album verzögern.« Kristy war auf dem Sprung, und als sie sich gegen den Türrahmen lehnte, huschte ihr Blick nur kurz zu mir. Ob sie mehr über Presley wusste, als sie preisgab? Der Sache würde ich noch auf den Grund gehen, doch aktuell interessierte mich etwas anderes sehr viel mehr.

»Eine neue Künstlerin? Wer soll das sein?«

»Lass dich überraschen. Sie müsste sowieso gleich hier aufkreuzen. Tyrese will, dass ihr euch heute kennenlernt, da ihr die nächsten Monate an ihrem Album arbeitet. Eben war sie noch oben und hat die Verträge unterschrieben. Aber das alles weißt du nicht von mir, Süßer.«

Hoffentlich hatte sich Presley keine Erkältung oder sonst irgendwas zugezogen, sodass wir bald wieder weiterschreiben konnten. Wir hatten schon einen Haufen Arbeit in die Planung und die Texte gesteckt, aber leider war ihr letztes Album nicht so gut gelaufen, wie es sich Marshall erhofft hatte. Womöglich planten daher Presley und das PR-Team irgendeinen klugen Schachzug, sodass sie wieder an Relevanz gewann. Der ewige Kreislauf. Vor allem bei den Sängerinnen, die sich mit jedem Album neu erfinden mussten, um in dieser Branche von den Männern, die am langen Hebel saßen, zumindest ansatzweise respektiert zu werden. Manchmal machten einen diese Menschen krank, und man fragte sich, wieso man überhaupt mit ihnen zu tun hatte.

Ich ließ mich auf den Drehstuhl vor dem Pult sinken, lehnte mich zurück und musterte sie neugierig. »Okay, wo war diese Sängerin davor unter Vertrag?«

»Nirgends. Sie ist laut Tyrese *die* Neuentdeckung im Pop und soll die Branche ein wenig aufmischen.« Kristy seufzte und stemmte sich von ihrem Platz am Türrahmen ab. »Du kennst ihn, wenn er was im Sinn hat, setzt er es durch. Das Mädel soll aber nett sein, noch sehr unschuldig, aber das wird sich vermutlich schnell ändern.«

Wo sie recht hatte – die Branche fraß sie alle mit Haut und Haaren und spuckte sie danach wieder aus. Daher hielt ich mich aus dem meisten Scheiß raus und zog mein eigenes Ding durch. Ich machte meinen Job, schrieb Songs und produzierte sie hin und wieder. Damit ging ich meiner Leidenschaft nach, wusste aber auch, von welchen Leuten ich mich besser fernhielt.

Ich strich mir über den Stoff meines schwarzen Hoodies und vergrub dann die Hände in der vorderen Tasche. »Bin gespannt.« Eine neue Künstlerin zu betreuen, hatte immer etwas Magisches. Ihr bei den Arbeiten an ihrem ersten Album zu helfen, Songs mit ihr zu schreiben und die Rohversion zu produzieren, herauszufinden, welcher Stil zu ihrer Stimme passte – oder sie in eine Richtung zu leiten –, war definitiv etwas anderes, als mit vertrauten Musikerinnen und Musikern zu arbeiten, mit denen ich schon etliche Male im Studio gewesen war.

»Alles klar, ich muss dann mal wieder an die Arbeit. Bis dann, River«, erwiderte Kristy und zwinkerte mir noch mal zu, bevor sie das Studio verließ.

»Wir sehen uns«, rief ich ihr hinterher, bevor ich mich nach vorn beugte, mir meinen Kaffeebecher schnappte und noch einen Schluck nahm. Dann stellte ich ihn wieder auf dem Couchtisch ab, damit nichts von der Technik beschädigt werden konnte, und wandte mich dem Mischpult zu. Ich fuhr ein paar Regler hoch, startete einen Beat, um dem Raum etwas Leben einzuhauchen, und ließ den Kugelschreiber mit dem Logo von Vortex durch meine Finger kreisen. Der Bass ging mir in den gesamten Körper über und hauchte mir neues Leben ein. Der Sound sorgte dafür, dass ich mich voll und ganz in ihm verlor, in der Musik, die ich geschrieben hatte. Ohne mich gäbe es sie nicht. Ich hatte das hier erschaffen. Gedankenverloren wippte ich mit dem Kopf auf und ab und hob einen Mundwinkel.

Fuck, tat das gut. Musik war und blieb alles für mich.

Nach einigen Minuten hörte ich schließlich, wie die Tür hinter meinem Rücken aufschwang, also schob ich den Lautstärkeregler wieder herunter.

»So, da wären wir schon«, schwebte Tyreses Stimme herüber.

Ich drehte mich rasch um, stand auf und sah, wie er mich freudig angrinste. »River, hey!« Er kam mit Jazz, einer Assistentin des Labels, und einer weiteren Person auf mich zu.

»Alles klar?«, erwiderte ich mit einem Schmunzeln und versuchte, an ihm vorbei zu der jungen Frau zu sehen, die hinter ihm stand, sodass er sie mit seinem breiten Kreuz verdeckte.

»Kristy meinte eben auf dem Flur schon, dass du wegen Presley Bescheid weißt. Daher spanne ich dich nicht lange auf die Folter und stelle dir direkt mal unsere Newcomerin vor, mit der du …« Was er danach sagte, blendete ich vollkommen aus.

Ich hörte nur noch ein Rauschen, als die junge Frau zur Seite trat und sich zeigte.

Unverwechselbare honigblonde Locken. Dazu diese Sommersprossen, die ich einst hatte jeden Tag berühren wollen, es aber nie übers Herz gebracht hatte. Petrolfarbene Augen, die sich mit jedem Herzschlag weiteten, weil auch sie gerade realisierte, wer vor ihr stand.

Weil sie anscheinend genauso wenig mit mir gerechnet hatte wie ich mit ihr.

Weil sie vor fünf Jahren mein verdammtes Leben zerstört hatte.

Mein ganzer Körper spannte sich an. Ich ballte die Hände zu Fäusten, während mein Herz immer schneller schlug.

Fuck, wieso sie? Von all den acht Milliarden Menschen musste gerade die Frau vor mir stehen, für die ich einst getötet und für die ich mir heute am liebsten die Kugel gegeben hätte, statt ein einziges Wort mit ihr zu wechseln.

Ihre Lippen öffneten sich langsam, sie schien wie festgefroren.

»Das hier ist River Hawthorne«, drang dumpf Tyreses Stimme durch den Nebel, der in meinem Kopf vor sich hin brodelte, doch ich konnte den Blick nicht von ihr nehmen. Keine einzige Sekunde. Weil ich nicht fassen konnte, dass sie wirklich hier war. »Dein Songwriter, der auch die Rohfassungen deiner Songs mit dir aufnehmen wird. Er ist der Mann hinter den großen Erfolgen von Pure Enigma und Presley Wren, aber auch Lyla Sage. River? Das hier ist Suki Loveless.«

Keiner von uns rührte sich. Keiner von uns reichte dem anderen die Hand. Natürlich nicht.

»Lange nicht gesehen.« Ich verzog keine Miene, eiskalt hob ich mein Kinn und betrachtete sie von oben herab, weil sie mehr als das nicht verdient hatte. Ich erwartete, dass sie klein beigeben und ein schlechtes Gewissen in ihren Augen aufblitzen würde, doch stattdessen … verengte sie diese und funkelte mich an. Hatte sie den Verstand verloren?

»Sie?«, wandte ich mich an Tyrese und hob eine Braue, ließ Suki jedoch nicht aus den Augen.

»Ich weiß, ich weiß. Ich kann auch noch nicht fassen, dass wir nach ihrem viralen Video die Ehre haben, Suki unsere Künstlerin zu nennen und am Markt zu etablieren.«

Er hatte mich möglicherweise ein wenig missverstanden. Bevor ich die Sache klarstellen konnte, plapperte er schon weiter. Tief in mir fing es an zu brodeln, und ich hatte keine Ahnung, wie lang es dauern würde, bis ich in die Luft ging.

»Suki, setz dich doch.« Er nickte zum Sofa und ließ sich auf das Polster gleiten.

Zögerlich wandte sich Suki von mir ab, blinzelte einige Male irritiert und ließ sich dann neben ihn sinken. Ihre Kiefer mahlten, und immer wieder huschte ihr Blick zu mir. Und jedes einzelne Mal krachten Blitze durch mich hindurch, weil ich sie seit damals nie wieder gesehen hatte. In manchen Momenten hatte ich mir gewünscht, dass alles anders gelaufen wäre und wir immer noch wie früher im Leben des anderen sein würden, doch die meiste Zeit, wenn ich an sie dachte, empfand ich nichts als Enttäuschung.

Mach es dir hier nicht zu bequem.

Immer noch pochte mein Herz wie wild, es wollte aus meiner Brust springen. Doch ich beschloss, mich fürs Erste zusammenzureißen und den letzten Funken meiner Professionalität zu wahren, auch wenn mir jetzt schon klar war, dass ich keine Sekunde mit dieser Verräterin zusammenarbeiten würde. Ich setzte mich zurück auf den Drehstuhl, griff wieder nach dem Stift und spielte damit herum. Eine Welle der Wut schoss durch mich hindurch. Es kochte mit jedem Herzschlag mehr.

»River ist einer unserer besten Songwriter«, fuhr Tyrese fort und wirkte beim Anblick von Suki und mir leicht irritiert. In ihren Augen lag einerseits Unbehagen, andererseits auch dieses Funkeln, das mich vollkommen aus dem Konzept brachte, weil sie ganz sicher nicht das Recht hatte, wütend auf mich zu sein. Ich legte nur den Kopf schief und musterte sie herausfordernd. Wenn sie dachte, ich hätte die Sache von damals vergessen, dann hatte sie sich geschnitten.

»Ich freue mich schon auf eure Songs. Suki hat eine überragende Stimme und diese Frische, die wir brauchen. Ich könnte mir vorstellen, dass wir von der Richtung her in …«

»*Unsere* Songs … Ich weiß nicht, ob ich mit ihr zusammenarbeiten kann, oh, sorry … ob ich noch mal mit ihr zusammenarbeiten *will*.«

»Ihr kennt euch schon?«, kam es jetzt von Tyrese.

»Wir kannten uns mal«, sagte sie und schluckte.

Sukis kühler Blick huschte über mein Gesicht. Für einen kurzen Moment erkannte ich auch einen Hauch von Wehmut darin. »Ist eine Ewigkeit her.«

»Hattet ihr was miteinander?«, hakte Tyrese interessiert nach.

Ich ignorierte ihn, wollte gerade noch etwas hinzufügen, da öffnete Suki ihre geschwungenen Lippen.

»Definitiv nicht«, gab sie kühl zurück, und ich zuckte beim Klang ihrer zarten Stimme zusammen. Sie traf mich direkt ins Herz. Dort, wo sie früher einen sicheren Platz gehabt hatte, bis sie sich dazu entschieden hatte, mir ein Messer in den Rücken zu rammen.

»Niemals.«

»Mhm, okay. Dann ist ja gut. Wobei so ein bisschen Spannung auch nicht schaden kann.« Tyrese grinste.

»Was hast du getan, um jetzt hier zu sitzen?« Es war das erste Mal, dass ich mich direkt an Suki wandte. »Hast du dir mal wieder ein paar Lügengeschichten einfallen lassen, um das zu bekommen, was du willst?«

Ich sah ihr an, dass meine Worte etwas in ihr auslösten. Sie schnappte nach Luft, gab keinen Ton von sich. »Kriege ich keine Antwort?« Ich hob eine Braue und legte den Kopf schief, während sich ihre Wangen leicht röteten. »Also früher warst du schlagfertiger.«

Sie fixierte mich nur und schüttelte den Kopf.

Ich ballte meine Hände zu Fäusten. So viel Wut. Niemals hätte ich gedacht, ihr noch einmal über den Weg zu laufen. Ich hatte sehr viel Zeit gehabt, um mir Gedanken zu machen, was ich ihr sagen würde, doch alles, was ich nun zwischen zusammengepressten Zähnen herausbekam, war ein: »Du ignorierst einfach, was ich sage? Willst du nichts darauf antworten? Dich rechtfertigen für das, was du getan hast?«

Auch wenn ich mich oft gefragt hatte, was Suki und ihr Bruder heute wohl machten, war sie ein Kapitel, das ich hinter mir lassen wollte und das mich nun einholte. Auf die beschissenste Art und Weise.

»River …«

Ich fixierte sie und richtete mich auf, mein Knie wackelte unruhig hin und her. »Oh, wag es nicht, meinen Namen noch einmal in deinen Mund zu nehmen.«

»Ich sehe«, schaltete sich Tyrese irritiert ein, »hier liegt so viel Spannung in der Luft, dass wir sie aus der Welt räumen sollten, bevor ihr mit der Zusammenarbeit beginnt.«

Suki starrte mich an. Sie wirkte verunsichert, obwohl ich sie damals als selbstsicheres Mädchen kennengelernt hatte. Aber vielleicht war das auch gelogen gewesen. Sie räusperte sich. »Möglicherweise.«

Dieses Wort brachte das Fass zum Überlaufen. All die Wut, die vor sich hin gebrodelt hatte, drohte jetzt wie ein Vulkan aus mir auszubrechen. Gut, sie drohte nicht mehr. Sie tat es.

»Möglicherweise?«, fuhr ich sie an und erhob mich ruckartig. »Tyrese? Können wir kurz reden? Unter vier Augen.«

Die hatte doch den Verstand verloren, wenn sie dachte, dass ich ernsthaft mit ihr Songs schreiben würde.

»Natürlich«, erwiderte dieser nur und folgte mir, als ich kopfschüttelnd zur Tür marschierte, sie aufriss und nach draußen stürmte.

Als wir auf dem leeren Gang standen, drehte ich mich zu ihm um. »Nur über meine Leiche werde ich mit ihr Songs schreiben.«

»Zügle dich, Hawthorne. Oder hast du vergessen, für wen du arbeitest?«, entgegnete Tyrese und hob dann seinen Ausweis an den Sensor einer der Türen neben uns. Als er sie öffnete, bedeutete er mir mit einem Nicken einzutreten.

Ich atmete tief ein und aus, versuchte, die Wut wegzudrängen und professionell zu bleiben, doch ich wusste nicht, ob ich dazu heute wirklich in der Lage war.

»Was soll das alles?«, fuhr er mich verärgert an, als die Tür hinter uns ins Schloss gefallen war und wir allein in dem gänzlich dunkelgrauen Studio standen, das aktuell nicht belegt war. Er warf fragend die Hände in die Luft.

»Es tut mir leid, Tyrese«, fing ich an und fuhr mir über den Nacken. »Aber ich kann definitiv nicht mit ihr arbeiten.«

»Wieso nicht?«

»Wir haben eine Vergangenheit.« Ich straffte die Schultern und hielt seinem Blick stand. »Und ich schätze, dass wir deshalb auf kreativer Ebene nicht funktionieren würden.«

Früher hatten wir kreativ mehr als gut funktioniert, aber das behielt ich besser für mich, um ihn nicht auf dumme Ideen zu bringen.

»Ihr müsst euch aussprechen, dann klappt das sicher. Du hast bisher so gute Arbeit geleistet, Hawthorne. Enttäusch mich jetzt nicht. Sie wird eine der ganz Großen, aber dafür brauchen wir deinen kreativen Input und deine Skills. Komm, ich spendiere euch ein Abendessen, ihr regelt das und versteht euch wieder. Das kann man doch alles aus dem Weg räumen.« Rasch zog er sein Handy aus der Tasche und wischte auf dem Display hin und her. »Wir haben schon eine Probeaufnahme gemacht, wenn du die hörst, änderst du deine Meinung sicher.«

Schon ertönte über den Lautsprecher seines Smartphones Sukis weiche Stimme. Vollkommen gebannt lauschte ich ihr. Wie sie die Zeilen sang und so viel Gefühl hineinlegte, ließ mir das Blut durch die Adern rauschen. Wie wild pochte es in meiner Brust, weil ich mich sofort in die Zeit von früher versetzt fühlte, als ich sie jeden Tag hatte singen hören. Als sie nur für mich gesungen hatte, als wir zusammen in der Musik versunken waren. Ich schluckte, spürte aber, wie sich mein Brustkorb zuschnürte und ich den Schmerz tief in mir fühlte, den ich damals zu vergraben gehofft hatte. Meine Hände waren eiskalt. Bei jeder weiteren Zeile, die sie sang, überrollte mich eine erneute Woge der Wärme und Kälte zugleich. Ich wollte das nicht hören. Ich konnte nicht.

»Okay«, sagte ich daher rasch und räusperte mich. »Ich habe genug gehört.«

»Dann bist du an Bord?«

Kopfschüttelnd presste ich die Lippen aufeinander. »Ich werde nicht mit ihr arbeiten, Tyrese. Gib mir jede andere Künstlerin, aber nicht Suki. Und gib ihr dafür einen anderen Songwriter.«

»Ich will aber dich. Du harmonierst perfekt mit Presley und Lyla und den Mädels von Pure Enigma. Mit Suki würde das nicht anders sein. Wir brauchen dich für sie.«

»Oder lass mich Songs ohne sie schreiben. Ich schieb sie euch dann zu, wenn sie fertig sind und ihr ...«

»Kindergarten!« Tyrese verengte die Augen und atmete zischend aus. »Ich glaube, ich muss dich daran erinnern, wer hier für wen arbeitet, Buddy. Ich bin der Boss, du der Songwriter, verstanden? Du hast einen Vertrag unterschrieben, und der besagt, dass du mit allen Acts zusammenarbeitest, die ich dir zuweise. Dir ist hoffentlich bewusst, dass du deinen Job verlierst, wenn du nicht tust, was ich von dir verlange. Leg dich besser nicht mit mir oder Marshall an. Dass du mit dem Mädel arbeitest, ist beschlossene Sache, und daran kann man nicht mehr rütteln. Also geh jetzt nach Hause, rauch was, fahr runter, und dann triffst du dich in ein paar Tagen mit der Kleinen und schreibst einen verdammten Hit.«

Eiseskälte rann mir den Rücken hinab, doch meine Miene blieb versteinert. Ich kam aus dieser Scheiße nicht heraus. Natürlich kam ich das nicht. Immerhin arbeitete ich für dieses Label, und sie konnten mir alle Musikerinnen zuteilen, die sie wollten.

Ich schluckte also meine Bitterkeit herunter und nickte langsam. »Dann sehen wir uns nächste Woche, schätze ich.«

Sein Grinsen verbreiterte sich, dann drückte er meine Schulter. »Das wollte ich hören. Bis nächste Woche, Hawthorne. Freu mich schon auf eure Zusammenarbeit.«

Ich saß in der Falle. Nicht nur, dass ich Suki mehrere Male pro Woche sehen würde, wir mussten eine Bindung zueinander aufbauen, kreativ zusammenarbeiten. Ich musste Musik mit ihr produzieren, Songs mit ihr schreiben.

Das, was wir damals jahrelang miteinander getan hatten.

Damals.

Damals, bevor sie mich, ohne auch nur mit der Wimper zu zucken, mit ihren Lügen unschuldig ins Gefängnis gebracht hatte.

5
Suki

Mir stand immer noch der Mund offen, nachdem die Studiotür hinter Tyrese ins Schloss gefallen war. Rivers Gesicht ließ mich nicht mehr los. Er war es wirklich. Er hatte vor mir gestanden. Er hatte sich das Recht herausgenommen, mich anzugiften, nach allem, was damals passiert war? Hatte der Trottel noch alle Tassen im Schrank?

»Das war … interessant. Ihr scheint euch zu kennen, oder? So habe ich River noch nie erlebt«, riss mich Jasmine aus meinen Gedanken, als sie sich neben mich auf das Sofapolster fallen ließ. Sie arbeitete für das Plattenlabel und war mir vorhin als Assistentin zugeteilt worden, kaum älter als ich, so um die fünfundzwanzig, und machte mit ihrem strahlenden Lächeln einen sympathischen Eindruck. Außerdem mochte ich ihre kurzen, grün gefärbten Haare, die nur ein paar Zentimeter lang waren und ihr echt gut standen. Der weiße Lidstrich bildete den perfekten Kontrast zu ihrer Haut, und so wirkte sie ein wenig wie eine moderne Hexenmeisterin.

»Von früher … flüchtig«, murmelte ich vage und schüttelte ungläubig den Kopf, während meine Hände immer noch leicht zitterten.

Gerade noch war mein Tag perfekt gewesen, ich hatte die alles entscheidende Unterschrift unter den Vertrag gesetzt. Und von einer Sekunde auf die andere war alles wie ein Kartenhaus in sich zusammengefallen, als dieses Arschloch vor mir gestanden hatte. River gehörte zu den Menschen, von denen man sich lieber fernhielt. Nur leider hatte ich das damals zu spät begriffen. Ich atmete tief durch, mein Kopf war wie leer gefegt. Ihn zu sehen, wühlte etliche Dinge in mir auf. Er sah nicht mehr so jugendlich aus wie früher, war nun, wie auch ich, älter geworden, breiter, größer und erwachsen. Doch auch wenn ich nicht bestreiten konnte, dass er mit seinen Grübchen wirklich attraktiv war, änderte das nichts daran, dass er ein verräterisches Arschloch war.

Die letzten Tage waren sowieso schon turbulent gewesen. Online waren immer mehr Follower dazugekommen, das Video hatte sich immer weiter verbreitet, und ich traute mich schon gar nicht mehr, Instagram zu öffnen, wo jede Sekunde mehr Benachrichtigungen meine Inbox fluteten. Hinzu kam, dass ich bei Deepti im Laden hatte kündigen müssen, um diesen Vertrag zu unterschreiben. Auch wenn sie Verständnis gezeigt und sich für mich gefreut hatte, war in mir das Gefühl aufgekeimt, dass sie enttäuscht von mir gewesen war. Aber vielleicht bildete ich mir das auch nur ein. Ich hoffte es.

»Du siehst ein bisschen mitgenommen aus«, platzte es aus Jasmine heraus, und sie beobachtete mich misstrauisch. »Na komm. Solange Tyrese weg ist, holen wir uns was zu trinken. Ohne Songwriter und Produzent kommen wir sowieso nicht weit.« Kichernd erhob sie sich, und ich folgte ihr durch die Tür nach draußen in den Flur und den Gang an all den Türen entlang, noch weiter in den hinteren Teil des Gebäudes, wo ich bisher noch nicht gewesen war. Aus etwas Entfernung hörte ich zwei Stimmen.

»Ich bin immer noch ein Mensch und keine Maschine, okay?

Wann zur Hölle checkt ihr das mal?«, zischte eine Frau aufgebracht. Jasmine zuckte zusammen und hielt mich kurz am Ärmel meines Shirts zurück, damit ich nicht um die Ecke bog.

»Die wollen wir nicht stören, *glaub mir*«, flüsterte sie und warf mir einen vielsagenden Blick zu.

Ich nickte, auch wenn ich es unangebracht fand, sie zu belauschen. Einzig ein paar Wortfetzen schnappte ich auf: »Schätzchen«, »Konsequenzen« und »Wehe, wenn nicht«, bevor der Frau ein wütendes Ächzen entglitt und sie die Stimme erhob. »Du kannst mich mal. Ihr alle könnt mich. Konsequenzen hatte ich mein ganzes Leben lang, also bitte … tu, was du nicht lassen kannst, ich mach deine Scheiße nicht noch mal mit!« Dann waren Schritte zu hören, die näher kamen, und nur einige Atemzüge später blickte ich einer hochroten Presley Wren ins vor Wut verzerrte Gesicht. Mir blieb das Herz stehen, als sie die Augen verengte und erst mich, dann Jasmine musterte, um dann ohne ein weiteres Wort an uns vorbeizuschießen.

»Huiuiui«, sagte ich leise und blickte Presley nach. »Die müssen sich ja echt gezofft haben. Hoffentlich geht es ihr gut.«

»Ach«, Jasmine winkte ab und zog mich mit sich, »bei ihr läuft es in letzter Zeit nicht so rund, aber letztlich ist sie an den meisten Dingen selbst schuld.« Dann huschte ihr Blick in meine Richtung. »Das hast du aber nicht von mir.«

Ich nickte und bog mit ihr um die Ecke. »Ich sag's niemandem.«

Der Kerl, mit dem Presley gestritten hatte, kam uns entgegen und passierte uns, ohne auch nur einen Ton zu sagen, den Blick auf sein Handy gerichtet und in einen braunen Louis-Vuitton-Jogginganzug gehüllt, die blonden Haare nach hinten gegelt.

»Ihr Produzent. Eigentlich hätte sie sich heute mit River treffen sollen, weil er einen neuen Song für sie geschrieben hat und die beiden …« Sie hielt sich die Hand vor den Mund. »Wie gesagt, du weißt von nichts. Ich kann meine Zunge manchmal einfach nicht zügeln.« Entschuldigend zuckte sie mit den Schultern.

»Ich hatte in den vergangenen Jahren gar nicht mitbekommen, dass er inzwischen Songwriter ist«, sagte ich, während wir um noch eine Ecke bogen und an etlichen eingerahmten Schallplatten vorbeiliefen, die die hellgrauen Wände zierten. »Also River.«

»River ist krass. Meiner Meinung nach gehört er mit zu den Besten in der Branche. Er hat Presleys letztes Album gemeinsam mit ihr geschrieben und auch ein paar Songs für Pure Enigma, Keisha Spade und Lyla Sage.« Jasmine warf mir einen fragenden Blick zu, als sie einen Kaffeeautomaten ansteuerte, der sich in einer Art Aufenthaltsraum befand. »Sorry, mehr als den Automaten kann ich dir nicht bieten. Unsere gute Kaffee-Bar befindet sich oben, und um dorthin zu kommen, müssten wir an River und Tyrese vorbei.«

Ich lächelte sie an und schob mir ein paar Locken hinters Ohr. »Schon okay, kein Problem.«

»Was willst du trinken?«

»Kamillentee wäre super.«

»Typisch Sängerin.« Sie lachte leise, betätigte den Knopf und reichte mir kurz darauf das fertige Getränk.

Ich brauchte dringend etwas zur Beruhigung. Das Adrenalin kribbelte mir nach gerade eben sowieso schon wie Ameisen durch die Adern.

»Woher kennt ihr euch?«

Rasch nahm ich den Tee in Empfang. »Aus unserer Heimat, Long Island. Wir waren früher mal …«

»Sag mir nicht, ihr wart zusammen«, erwiderte sie wie aus der Pistole geschossen und betätigte einen Knopf, woraufhin sich Kaffeeduft in der Luft ausbreitete.

Mir entfuhr ein Schnauben. »O Gott, nein. Bloß nicht. Wir waren mal recht gute Freunde, aber ... das ist laaange Zeit her.«

»Ich fürchte, dann müsst ihr jetzt wieder welche werden, sonst fehlt uns ein Songwriter«, erwiderte sie ernst und nahm den Kaffeebecher aus dem Automaten, bevor wir zurück zum Studio schlenderten.

Ich konnte mir nicht mal ansatzweise vorstellen, mit River an Songs zu arbeiten. Ich wusste, was das bedeuten würde, da wir oft Musik zusammen gemacht hatten. Wir mussten uns einander öffnen, um gute Texte zu verfassen, und eher würde ich mich vor einen Laster werfen, als mir das in diesem Leben noch einmal anzutun.

Als wir zurück ins Studio traten, erwartete uns Tyrese schon. »Ich habe uns für den Vormittag mal eben einen Produzenten gesichert, um ein paar Songs mit dir auszuprobieren.« Er stand neben dem Mischpult im Kontrollraum, während auf dem Sessel davor ein Kerl um die fünfzig saß, der zum Beat der Musik mit dem Kopf nickte. Ich schluckte. Das war der Louis-Vuitton-Jogginganzug-Kerl, mit dem Presley eben noch gestritten hatte. Ob das ein gutes Omen für den restlichen Tag war, blieb fraglich. »Das hier ist Lance, er hat schon mit ein paar unserer Label-Zugpferde zusammengearbeitet.«

»Hi«, sagte ich freundlich und räusperte mich, während ich aus dem Augenwinkel sah, wie Jasmine sich mit ihrem Kaffee aufs Sofa setzte, als hätten wir den Streit zuvor nie beobachtet. Gut, dann musste ich wohl auch mitspielen.

Der schmierige Kerl reichte mir die Hand und grinste mich an. Ein unangenehmer Schauer durchfuhr mich, und ich war froh, als er meine Hand wieder losließ und ich einen Schritt zurückweichen konnte.

Mein Blick huschte zu Tyrese. »Wie geht's jetzt weiter? Ist River ...«

»River habe ich für den restlichen Tag freigegeben. Der soll sich erst mal abreagieren. In der Zwischenzeit würden wir ganz gerne etwas mit dir ausprobieren, und zwar einen Song. Immerhin müssen wir einen Zahn zulegen, was deine erste Single und das Pop-Album betrifft, wenn wir deine Hype-Welle online mitnehmen wollen. Du sollst in der Zwischenzeit nicht in Vergessenheit geraten.«

Das ging schnell. Für mein Gefühl vielleicht etwas zu schnell. Kaum hatte ich diesen Vertrag unterschrieben, wollten sie schon mein Album herausbringen? Ich schluckte. Zwar schlug mein Herz für ein anderes Genre, Soul, aber diese Menschen waren Profis und hatten mir in Aussicht gestellt, dass nach einem markttauglichen Start im Pop der Weg für Soul offen war. Darauf freute ich mich jetzt schon, daher wollte ich mein Bestes geben, um auch in einem Genre gut abzuliefern, für das ich nicht unbedingt brannte. Alles, wenn es half, meinen Traum zu leben.

»Klar, gerne.« Ich hob fragend die Brauen. »Was ist das denn für ein Song?«

»River hat ihn geschrieben, und wir wissen noch nicht, ob wir ihn für Presley oder dich verwenden wollen. Lass ihn uns mal ausprobieren und schauen, ob er zu deiner Stimme passt. Ihr habt ja einen ähnlichen Vibe.«

Ein mulmiges Gefühl breitete sich in meiner Magengegend aus, weil ich bezweifelte, dass das wirklich in Ordnung war. Dennoch wollte ich niemandem auf die Füße treten und nicht schon an meinem ersten offiziellen Tag eine Auseinandersetzung anzetteln. »Aber wurde er nicht für Presley geschrieben?«, tastete ich mich vorsichtig vor, doch Tyrese tat es nur mit einem Kopfschütteln ab.

»Nein, keine Sorge. Das haben wir uns vollkommen offengehalten. Sie hat zwar eine Demoversion aufgenommen, aber das bedeutet noch lange nicht, dass er ihr gehört. Wir wollen jetzt in erster Linie mal hören, wie er mit deiner Stimme klingt. Das virale TikTok-Video war ja im Grunde auch ein Song von Presley, von daher dachten wir, dass wir mit dir in so eine Richtung gehen könnten. Und außerdem würden wir mit der Aufnahme auch gerne River zeigen, wie gut seine Musik zu dir passt und was für ein tolles Team ihr abgeben werdet.« Er nickte zur Tonkabine. »Also, mach dich warm, und dann geht's los. Wir spielen dir den Song währenddessen einige Male vor, damit du ein Gefühl bekommst.«

»Alles klar!«

Im nächsten Augenblick schwebte Presley Wrens vertraute Stimme durch den Raum. Während ich den Beats, der Melodie, den Harmonien und ihrem Gesang lauschte, fing ich an, meine typischen Aufwärmübungen zu machen – ich gurrte wie eine Taube, machte jegliche Vogelgeräusche und sang Tonleitern vor mich hin. Manchmal fühlte sich das Aufwärmen so an, als ob ich Spinnweben in allen Ecken beseitigte, um im Anschluss sauber singen zu können.

Derweil spielte der Song fünfmal. Ich liebte alles daran.

Ein schneller Popsong mit einer Melodie, die einem sofort ein Lächeln ins Gesicht zauberte und zum Tanzen animierte.

Die rasante Bridge war perfekt für einen von Presleys spektakulären Dancebreaks geeignet.

Ich lief rüber zur Tonkabine, schloss die Tür hinter mir und setzte die Kopfhörer auf. Mein Herz schlug schneller, weil es jetzt wohl ernst werden würde und mir die Angst durch die Adern rauschte, sie vielleicht doch zu enttäuschen. Was, wenn der Produzent meine Stimme nicht mochte?

Nein. Suki, nein. Du hast einen Vertrag unterschrieben, das Label glaubt an dich. Tu du es auch.

»Bist du bereit? Den Text habe ich dir eben auf das Tablet vor dir geschickt«, drang Tyreses Stimme durch die Kopfhörer an meine Ohren.

»Ja, Moment!«

»Du musst nicht schreien, wir hören dich auch so«, brummte Lance und erinnerte mich daran, dass ich ja gerade vor einem Mikro stand und nicht durch die Scheibe brüllen musste, damit sie mich hörten.

Dumm wie eh und je. Nichts außer heißer Luft in deinem hübschen Köpfchen, aber immerhin bist du nett anzusehen, schob sich eine beißende Stimme in meine Erinnerungen.

»Sorry.« Ich krampfte meine Hände zu Fäusten, atmete tief durch und versuchte, darüber hinwegzukommen, wie ich es die letzten fünf Jahre versucht und nie geschafft hatte. Aber heute war das anders. Heute ging es um etwas. Um meinen Traum. Und den durfte ich mir nicht noch einmal nehmen lassen.

Ich riskierte einen kurzen Blick nach draußen und lächelte zaghaft in die Runde, dann checkte ich das Tablet und den Text und hob den Daumen. Sofort spielte das Tape los, und ich hörte die langsam vertrauten ersten Klänge von *Invisible Reflections*, die mich dazu brachten, mich im Groove der Musik zu bewegen. Hoffentlich schaffte ich es, meine Stimme dabei richtig einzusetzen. Normalerweise fiel mir Soulmusik sehr viel leichter als Pop. Um Ruhe zu bewahren, stellte ich mir wieder vor, dass ich Carter bei uns zu Hause ein Privatkonzert geben würde. Ich schaltete meine Gedanken aus, konzentrierte mich auf die Lyrics und fing an zu singen.

In a world full of noise, silence feels like a scream.

Die traurige Message davon, sich jeden Tag missverstanden zu fühlen und einfach nur ankommen zu wollen, vermischte sich mit den Pop-Beats, die trotz des emotionalen Textes gute Laune verursachten. Ein warmes Kribbeln wanderte über meine Haut. Ich musste leicht lächeln, als ich Zeile für Zeile sang und mich fallen ließ. In den Lyrics, den Beats, der Melodie und den Instrumenten. Ich ließ los und fühlte einfach nur. Fühlte alles und sang um mein Leben.

»Hammer, Suki! Das machst du super«, warf Tyrese nach der ersten Strophe ein und grinste mich durch die Scheibe hindurch an. Auch auf Lance' Gesicht prangte ein breites Lächeln, und Jasmine schüttelte ungläubig den Kopf.

Ich strahlte sie durch das Glas an und spürte, wie Adrenalin durch mich hindurchfegte. Anscheinend gefiel es ihnen doch.

Nach und nach nahmen wir die Strophen, den Chorus, Bridge und Ad-Libs auf, immer und immer wieder, bis wir am späten Nachmittag durch waren.

»Suki, Suki, Suki.« Tyrese grinste von einem Ohr zum anderen, so wie er auf dem Sofa saß und die Hände hinter dem Kopf verschränkt hatte, als ich in den Kontrollraum zurückkehrte. »Ich habe mir ja schon gedacht, dass wir mit dir einen Volltreffer gelandet haben, aber damit konnte ich wirklich nicht rechnen.«

»Was, was meinst du?« Ich spürte, wie wieder eine Woge der Freude durch mich hindurchwanderte und sich in Form von einem breiten Lächeln auf meinem Gesicht abzeichnete.

»Du und Presley ... Musikalisch könntet ihr Schwestern sein. Der Song klingt perfekt. So perfekt, dass ich ihn zu deiner ersten Single machen werde. Ist das nicht super? Deine Stimme passt unglaublich gut zum Vibe des Songs, die hohen Töne triffst du meiner Meinung nach noch besser als Presley, und ich bin der Überzeugung, dass dich die Leute dort draußen an die Spitze der Billboard Top 100 katapultieren werden.«

Mein Herz blieb für einen Moment stehen. Ich versuchte, alles zu verstehen, was Tyrese da von sich gegeben hatte, aber es ging mir nicht so ganz in den Kopf. Vor allem, weil es nicht *mein* Song war. »Es freut mich total, dass es dir gefallen hat, aber ...«

»Aber?«

Ich zögerte, immerhin war er der Chef von Vortex. »Aber meinst du nicht, dass der Song für Presley geschrieben wurde? Ich meine, geht das denn so einfach, dass ich ihn singe? Ist das denn okay für sie?« Ein bitterer Beigeschmack breitete sich auf meiner Zunge aus. Ich hatte den Song nicht geschrieben, und auch wenn ich ihn mochte, fühlte es sich nicht nach mir an. Aber womöglich gehörte das in dieser Branche auch dazu, wenn man Erfolg haben wollte.

»Ach«, entgegnete er und lächelte mich aufmunternd an. »Mach dir darüber keine Sorgen. Vorhin war ich kurz draußen im Flur und hab mit ihr telefoniert. Es macht ihr nichts aus. Sie freut sich, dass er deine erste Single werden soll. Sie hat dir ihren Segen gegeben, weil sie ihn sowieso nicht so sehr mochte wie die anderen Songs, an denen sie gerade werkelt.«

Irritiert zog ich die Brauen zusammen. »Wirklich? Ich meine, hat sie nichts dagegen?«

»Keine Sorge, alles ist geregelt. Es ist für sie in Ordnung. Hoch und heilig versprochen.«

»Okay, perfekt.« Lächelnd ließ ich mich auf einen der Stühle sinken, während im Hintergrund Presleys ... nein, *mein* Song leise spielte. Meine erste Single. Der erste Song meines ersten Albums. Das waren so viele erste Male, die ich vollkommen auskosten und genießen musste, bevor sie womöglich verfliegen würden.

»Dein Album wird der Hammer«, flötete Tyrese und fixierte mich. »Oh ja, das wird es. Vor allem mit River als deinem Songwriter. Wir werden mit dir die Charts stürmen und alle anderen Musikerinnen der anderen Labels aus dem Weg kicken.«

»Alle anderen? Aber ... Ich muss nicht direkt auf Platz eins einsteigen, Tyrese. Mir reicht es, erst mal langsam anzufangen und nichts zu überstürzen.«

Lachend legte er den Kopf in den Nacken, bevor er mich schließlich hoffnungsvoll anstrahlte. »Dir reicht das vielleicht. Mir aber nicht.«

6
Suki

»Du musst mir alles erzählen«, war das Erste, was ich hörte, als ich gegen acht am Abend zu Hause eintraf, mir die weißen New-Balance-Sneakers von den Füßen kickte, in meine Löwen-Hausschuhe schlüpfte und mit einer Flasche Champagner bewaffnet an der Küchenzeile vorbei in unseren Wohnbereich lief, wobei ich in der Küche noch zwei Gläser mitnahm.

Carter fläzte auf dem Sofa und hatte den Laptop, an dem er eben noch gearbeitet hatte, bereits zugeklappt und legte ihn jetzt auf dem Couchtisch ab, als ich mich neben ihn fallen ließ und die Gläser auf dem Tisch platzierte.

»Ich bin fertig. Ich hätte nie gedacht, dass es so anstrengend ist, einen Song aufzunehmen.« Grinsend öffnete ich die Flasche. »Aber jetzt wird erst mal gefeiert!«

»Ihr habt schon was aufgenommen? Wolltet ihr nicht erst mal mit einem Songwriter irgendwas besprechen und … Warte. Du hast unterschrieben, oder? Das müssen wir unbedingt feiern!« In seinen Augen blitzte etwas auf, und er hob die Hand, woraufhin ich ihm ein High five gab und kichern musste. »Glückwunsch, Suk. Du hast echt keine Ahnung, wie stolz ich auf dich bin.«

»Danke. Ohne dich hätte ich das nie gemacht.« Ich reichte ihm eines der Gläser und schenkte mir auch eins ein.

»Du darfst gerne einen Song über mich schreiben. Eine Lobeshymne«, erwiderte er mit einem Schmunzeln auf den Lippen. Dann richtete er sich auf, und in seinen Augen funkelte es plötzlich. »Und jetzt erzähl alles ganz genau.«

»Der Tag hat damit angefangen, dass ich mal eben einen 500 000-Dollar-Deal unterschrieben habe.« Ich zuckte mit den Schultern, als ob es nichts Besonderes wäre. »Was man an einem Freitagmorgen eben so macht.«

Als Carter schnaubte und den Kopf schüttelte, musste ich nun auch lachen. »Klar, und danach bist du Dagobert-Duck-like in deiner halben Million baden gegangen?«

»Ja, deshalb ist meine Haut auch so schön glowy heute. Glaub mir, das bewirkt wahre Wunder für den Teint, und noch dazu sind die Scheine superbequem, vielleicht sollte ich mein Kopfkissen damit ausstopfen. Ich kann mir jetzt alles kaufen, was ich will, C, ist dir das bewusst? Was kostet die Welt?« Mir schwappte ein Lachen über die Lippen.

»Klappe, du Quatschkopf! Du kannst dir alles kaufen, was du willst, Hauptsache, du bleibst dabei meine liebenswerte kleine Schwester«, entgegnete mein Bruder grinsend. »Und jetzt müssen wir erst mal anstoßen.« Mit einem warmen Lächeln hob er das Glas an. »Auf dich, Suki! Auf deine wunderschöne Stimme und dein Gesangstalent, aber auch den Mut, das alles durchzuziehen. Ich bin unfassbar stolz auf dich und freue mich schon, wenn die ganze Welt endlich deine Musik hören kann. Cheers!«

»Cheers!«, entgegnete ich kichernd, und schon klirrten unsere Gläser zusammen, bevor wir den ersten Schluck nahmen und sich der herbe Champagnergeschmack auf meiner Zunge ausbreitete.

»Und was ist dann passiert?«

Ich stellte mein Glas ab, zog die Beine an und zuckte mit den Schultern. Auch wenn der Gedanke an River über mir hing wie eine dicke Gewitterwolke, versuchte ich, mich auf das Positive zu konzentrieren. »Nachdem ich unterschrieben habe, wurde mir Jasmine vorgestellt. Sie ist meine Assistentin und kümmert sich um die Organisation meiner Termine, begleitet mich dann auch und sorgt dafür, dass ich nicht verloren gehe und man mich im Anschluss am IKEA-Kinderparadies abholen muss.«

»Wahrhaftig nötig. Ist sie denn nett?«

Ich nickte. »Ja, schon. Sie ist nur ein bisschen älter als ich, und ich finde sie echt cool und gut strukturiert. Sie hat mir einen Kalender angelegt, auf den wir beide Zugriff haben, und trägt dort alle meine Termine ein. Ich muss später mal reinschauen.«

»Hört sich doch gut an. Und wie kam es dazu, dass du einen Song aufgenommen hast? An deinem ersten Tag?« Irritiert schüttelte er den Kopf. »Das ist zu abgefahren.«

»Ja, ich kann es selbst nicht glauben.« Ich nahm noch einen Schluck Champagner. »War nervenaufreibend.« Wieder musste ich an Rivers markantes Gesicht denken, seinen breiten Körper, als er vor mir gestanden hatte und …

»Hey, alles klar?«, riss mich Carter aus meinen Grübeleien und nippte an seinem Champagner. »Du wirkst nicht so begeistert, wie du es eigentlich sein solltest. Ist was vorgefallen?«

Vermutlich war jetzt der Zeitpunkt gekommen, an dem ich ihm von dem Wiedersehen mit River erzählen musste. Mir stieg jetzt schon Hitze in die Wangen, was ganz sicher nicht am Alkohol lag, sondern an Mister Arschloch höchstpersönlich und der Wut, die er in mir ausgelöst hatte. Und immer noch auslöste.

»Ich weiß, dass ich mich freuen sollte. Ich tu das auch«, fing ich an und hob die Brauen. »Aber du hast echt keine Ahnung, wer da vor mir stand, C.«

»Beyoncé?«

»Schön wär's. Die Person, von der ich spreche, war aber ein bisschen größer, breiter und hatte mehr Muskeln. Wobei Beyoncé auch echt einen knackigen Körper hat ... Na gut. Aber dieser Jemand hatte definitiv kürzere Haare und ein Gesicht, dem ich am liebsten mit meinem Frühstücksburrito von heute Morgen rechts und links eine verpasst hätte.« Ich schnaubte, weil das alles viel zu absurd war. »River.«

Carter weitete die Augen und richtete sich auf. »Was?!«

»Mhm«, brummte ich und nahm noch einen Schluck.

»Aber was hat er da gemacht? Wieso war er da?«

Ich räusperte mich. »Anscheinend ist er mein Songwriter und produziert auch die Rohversionen der Songs mit mir. Die nächsten Wochen oder sogar Monate arbeitet er mit mir an meinem ersten Album.«

»Wow, wow, wow. Was? Ihr sollt zusammen Songs schreiben? Wie ... Hat er was gesagt?«

»Na ja, ich war zu geschockt, um irgendwas von mir zu geben, und da hat die Wut eingesetzt. Ich weiß auch nicht, ich war vollkommen überfordert, weil ich absolut nicht mit ihm gerechnet habe. Er ist jetzt ein erfolgreicher Songwriter, sogar für Presley und Lyla und Pure Enigma.« Ich legte die Stirn in Falten. »Zuerst war er vermutlich genauso schockiert wie ich, dann war er plötzlich richtig pissig und wollte mit Tyrese unter vier Augen sprechen. Das war echt heftig.«

»Aber wie soll das denn funktionieren?« Er schluckte. »Ich meine, ihr könnt doch nach allem, was war, nicht zusammenarbeiten.«

Ich zuckte mit den Schultern und nahm einen weiteren Schluck. »Wir müssen wohl. Er sollte sich am Riemen reißen. Immerhin ist er an allem schuld und hat kein Recht, auf mich sauer zu sein.«

»Stimmt«, erwiderte Carter und wandte den Blick ab. Er

spielte angespannt mit einem Faden herum, der sich von einem unserer Sofakissen gelöst hatte. »Du könntest dich dafür einsetzen, dass du nicht mit ihm arbeiten willst. Das wäre wohl besser, meinst du nicht? Das tut dir doch nicht gut, Suki. Du willst doch nicht zulassen, dass er unserem Leben noch einmal in die Quere kommt, oder?«

Ich schnaubte, beruhigte mich aber sofort wieder, da ich den blubbernden Champagner nicht unbedingt wie eine Fontäne wieder aus meinen Nasenlöchern schießen wollte. »Ich habe gerade erst den Vertrag unterschrieben, da kann ich mir so was nicht leisten, C. Ich meine, ja, es zählt auch, was ich will, aber ich denke nicht, dass es einen guten Eindruck macht, wenn ich schon in den ersten Tagen einen Aufstand anzettle und mich weigere, mit einem der besten Songwriter zusammenzuarbeiten.«

»Lass dich von ihm nicht provozieren, versprichst du mir das?«

»Ich versuche es.« Dann nippte ich an meinem Champagner. »Wie lange ist er eigentlich schon wieder frei? Ich meine, hast du in den letzten Jahren was von ihm gehört?«

Carter schüttelte den Kopf. »Nein, das hätte ich dir erzählt. Damals vor fünf Jahren hat er 18 Monate bekommen.«

»Schon krass«, murmelte ich und starrte gedankenverloren vor mich hin. »Dass er in der kurzen Zeit so erfolgreich geworden ist. Ich dachte, auf Karma ist Verlass, aber der Kerl hat Mist gebaut und wird dafür auch noch belohnt.«

»Immerhin hat er seine Zeit dafür abgesessen und ...«

»Nimmst du ihn etwa in Schutz?« Mein Blick huschte zu Carter. Ich zog die Brauen kritisch zusammen. »Nach allem, was er getan hat?«

»Nein, nein, definitiv nicht«, winkte er wieder ab und spielte am Saum seines Shirts herum. »Ich muss nur hin und wieder an früher denken und daran, dass wir eine echt coole Zeit hatten.« Er räusperte sich. »Egal. Am besten, ihr versucht, professionell miteinander umzugehen. Ich glaube, das wäre am besten, wenn ihr Songs schreibt ... Apropos Songs.« Er schnippte einmal. »Du hast einen aufgenommen?«

Aufgeregt setzte ich mich auf. »Ja! Es war so, so, so unfassbar cool! Erst hatte ich Angst, was falsch zu machen, aber ich habe ihn echt gefühlt. Und es hat richtig Spaß gemacht.«

»Wie heißt er denn, und wann zur Hölle kann ich ihn hören?«

»*Invisible Reflections*. Und du hast Glück, Amigo, denn ...« Rasch stellte ich das Glas vor mir auf dem Couchtisch ab und zog mein Smartphone aus der Tasche, dann öffnete ich die App mit den Sprachaufzeichnungen. »Ich habe einen Ausschnitt davon aufgenommen. Klar, die Qualität ist mies, weil es nicht das Original ist, aber«, ich startete die Aufnahme, »so bekommst du schon mal einen kleinen Eindruck.«

Voller Erwartung beobachtete ich Carters Reaktion. Konzentriert starrte er vor sich hin auf den beigen Teppich, während ein Stück der ersten Strophe und des Refrains spielten und mein Herz immer schneller schlug. Ich wollte so sehr, dass ihm der Song gefiel. Und ich wollte, dass er stolz auf mich war. Ich wollte so vieles, und hier und jetzt hatte ich seit Langem das Gefühl, dass ich auf dem besten Weg war, endlich alles zu bekommen, was ich mir immer erträumt hatte.

»Du willst mich doch verarschen.« Carter schüttelte ernst den Kopf, als die Aufnahme zu Ende war, dann breitete sich ein Grinsen aus. »Das ist der geilste Song, den ich in meinem Leben gehört habe. Und das ... Das ist deine erste Single?« Ich nickte, woraufhin er mich anstrahlte und mir ein High five gab. »Das wird so krass. Du bist krass. Das alles ist einfach nur krass.«

Lachend rückte ich ein Stück zu ihm und drückte ihn. »Danke. Wirklich«, murmelte ich in sein Shirt, bevor ich ihn wieder losließ. »Ohne dich hätte ich das nicht gemacht. Und jetzt wächst meine Euphorie mit jeder Minute. Ich kann es kaum abwarten, wieder ins Studio zu gehen. Montag haben wir erst mal eine Besprechung für das weitere Vorgehen. Ich bin so gespannt, das glaubst du nicht.«

»Ich bin echt stolz auf dich, und ich freue mich so sehr, dass du glücklich bist«, sagte er leise.

»Du Süßer!« Beschwingt stand ich auf, grinste ihn noch mal an und brachte mein leeres Glas und die Flasche in die Küche, dann verschwand ich in meinem Zimmer und schwang mich in meine bequeme Jogginghose und ein lockeres Shirt.

Die Abendsonne, die durchs Fenster strahlte, brach sich in den Discokugeln, die überall in meinem Zimmer verteilt hingen und lagen, und warf kleine Lichtpunkte an die Wände, die Decke und den Boden. Ich goss rasch meine Monsterapflanze, die ihren Platz neben meinem gemütlichen Sessel am Fenster hatte, dann ging ich die Schallplatten in meinem Regal durch und zog eins meiner liebsten Alben – *The Diary of Alicia Keys* – heraus und legte die Platte in meinen Spieler. Sofort startete der erste Song, und ein warmes Gefühl der Vertrautheit wanderte durch mich hindurch. Mittlerweile musste ich um die 200 Vinyls haben, mein Regal gegenüber dem Bett platzte aus allen Nähten, und ich brauchte dringend ein neues, um in Zukunft …

Die Erkenntnis traf mich, als mir bewusst wurde, dass ich auch bald meine eigenen Platten in der Hand halten würde. Wie verrückt war das denn? Noch immer konnte ich nicht fassen, dass das alles wirklich passierte.

Ich lebte nicht mehr *in* meinem Traum, ich *lebte* ihn.

Mit einem breiten Grinsen auf dem Gesicht warf ich mich auf mein Bett, schnappte mir mein Handy und schickte in unsere Familien-Gruppe die Aufnahme von heute.

> Suki: Hab heute den Vertrag unterschrieben!

> Suki: Hier ist ein Ausschnitt aus meiner ersten Single, die ich heute aufgenommen habe ... ahhhh!

Während meine Eltern vermutlich nicht am Handy hingen, kam Carter sofort online und tippte.

> Carter: Einfach ein Star, ich kack ab!

Kichernd schloss ich das Nachrichtenfenster und öffnete Instagram. Da Social Media nun wichtig für meine Karriere war, hatte mir Judy Hastings, die Marketingfrau des Labels, einen neuen Account erstellt, den ich von nun an geschäftlich nutzen würde und der sogar schon einen blauen Haken hatte. Übergangsweise hatten wir nur ein Logo als Profilbild genommen, auf dem mein Name zu sehen und welches auch das erste Posting mit den Worten »Stay tuned ...« war. Meinen alten Account nutzte ich also wie bisher nur privat, auch wenn sich dort etliche Anfragen häuften, die ich nicht bestätigt hatte. Ich hoffte einfach darauf, dass all diese Menschen auf meinen Musik-Account aufmerksam werden würden. Auf meinem neuen Profil hatte ich bereits ein paar Tausend Follower, die mich in den letzten Stunden ausfindig gemacht hatten.

Was für eine verrückte Welt.

Einige hatten mich sogar schon auf Videos und Fotos markiert, die sie von mir aus dem einen Videoschnipsel auf TikTok gebastelt hatten. Judy war schon ein paar anderen Künstlerinnen und Künstlern von Vortex sowie dem Label selbst gefolgt, deren Storys und Posts nun in meinem Feed auftauchten. Nach und nach schaute ich mir alle Storys an, die heute über den Tag verteilt aufgenommen worden waren. Erst Gabriel Thompson, dann Lyla Sage und Presley Wren, bis ich …

Mein Herz blieb kurz stehen. Ich setzte mich ruckartig auf, als ich meinen eigenen Namen in den Untertiteln von Presleys Story las. Dann polterte es mit Karacho weiter, während ich, so schnell ich konnte, den Ton anschaltete.

»Hey, Leute«, fing Presley an, in die Kamera zu sprechen. Sie trug kein Make-up, was für sie eine Seltenheit war. Normalerweise war sie immer stark geschminkt mit viel Glitzer und dunklem Lidschatten, doch bei der Aufnahme dieser Story sah sie etwas mitgenommen, aber nicht minder aufgebracht aus. Wütend. »Ich kann echt nicht glauben, dass ich diese Story wirklich aufnehme, aber ich sehe mich gezwungen. Immerhin will ich, dass ihr die Wahrheit über diese Möchtegern-Newcomerin erfahrt, die ja das neue große Ding werden soll.« Ein eiskalter Schauer glitt mir über den Rücken, als sie fortfuhr. »Ihr kennt sie vielleicht von diesem viralen Video, in dem sie *meinen* Song singt.« Sie lachte bitter auf. »Wenn es nur das wäre. Denn gerade eben hat mich ein Anruf erreicht, und wisst ihr, was? Die liebe Suki Loveless hat nicht nur bei meinem Plattenlabel unterschrieben, sondern mir heute auch meine Single gestohlen.« Presley hob eine Braue und fixierte die Kamera. »Es war einer meiner absoluten Lieblingssongs für mein neues Album, also denkt daran, wenn ihr *Invisible Reflections* von ihr hört. Denkt an meine Worte.« Sie schüttelte den Kopf, in ihren Augen glitzerte es. »Und Suki? Falls du das hier siehst, und ich bin mir sicher, dass du das wirst«, wandte sie sich direkt an mich. »Die Kopie ist nie so gut wie das Original, Süße.« Sie lachte wieder bitter auf. »Erst grinst du mich auf dem Flur freundlich an, und dann rammst du mir ein paar Stunden später ein Messer in den Rücken? Du hast dich mit der Falschen angelegt. Man sieht sich immer zweimal im Leben, und bis dahin solltest du lieber gut darauf achten, wem du die Musik klaust.« Ihr Gesicht verschwand, die Story war vorbei.

Hitze brannte auf meinen Wangen. Alles um mich herum drehte sich. Ich wusste nicht, wo oben und unten war, ich wusste nur, dass ich ein Problem hatte. Dass das hier alles andere als gut war. Mein Herz pochte wie wild.

»Ca-Carter?« Als er nicht reagierte, rief ich noch mal lauter nach ihm, woraufhin er in mein Zimmer gestürmt kam.

»Ist was passiert?« Die Augen vor Schreck geweitet, kam er auf mich zu.

Ich hielt ihm mein Handy hin. »Presleys Story.« Mehr bekam ich nicht raus.

Er setzte sich vor mich aufs Bett. Ein fragender Ausdruck huschte über sein Gesicht, bis er sich die Story ansah und mit jeder weiteren Sekunde die Frage in seinen Augen erlosch und der Schock einsetzte. Er schluckte und starrte mich an. »Ähm ... Stimmt das?«

»Nein«, quiekte ich und fuhr mir übers Gesicht, dann stöhnte ich. »Nicht wirklich. Es war ein Song, der für sie geschrieben worden war, aber ... Tyrese meinte, dass er sich offenhalten wollte, wer ihn singt. Er hat gesagt, dass er Presley gefragt hat und sie kein Problem damit habe, wenn ich ihn bekomme. Ich habe zweimal nachgehakt, aber er meinte, dass sie wirklich zugestimmt hat. Ich ...« Mir ging ein Licht auf. »Ich schreib ihr einfach und stelle das klar.«

»Gute Idee.«

Rasch öffnete ich ihr Profil, bemerkte dann aber, dass sie die Nachrichtenfunktion wie viele Stars ausgestellt hatte. Niemand konnte sie kontaktieren.

»Verdammt, geht nicht.« Ich trommelte unruhig auf meiner Decke herum, biss mir auf die Unterlippe. »Shit, shit, shit.«

Carter legte die Stirn in Falten und verlagerte das Gewicht zur Seite. »Ruf Tyrese an.«

Ich nickte, dann tippte ich rasch auf Tyreses Nummer, woraufhin sich nur seine Mailbox meldete. »Geht nicht ran. Ich probier's mal bei Jasmine, meiner Assistentin.«

Im nächsten Augenblick hielt ich mir wieder das Handy ans Ohr.

»Suki? Hey, was gibt's?«, meldete sie sich.

»Hi, ähm … Hast du … Hast du Presleys Story auf Instagram gesehen? Ich weiß nicht, was ich machen soll. Sie ist total aufgebracht und …«, sprudelte es aus mir heraus.

»Entspann dich. Entwarnung. Alles gut. Das ist abgesprochen.«

Ich zuckte zurück. »Abgesprochen? Wie meinst du das?«

»Wir wollten das am Montag im Meeting mit dir klären, aber Presley war wohl etwas schneller. Jetzt für den Anfang brauchst du ein wenig Aufmerksamkeit, um deine Single zu promoten, die ja bald kommt, und da hat Tyrese sie mit ins Boot geholt. Sie hat sich extra die Zeit genommen und die Story gedreht, um dir ein bisschen Reichweite zuzuschieben und die Leute neugierig zu machen. Keine Panik, das ist geskriptet.«

»Aber …«, fing ich an und schüttelte verwirrt den Kopf. »Sie zieht über mich her und hat mir den Krieg erklärt. Ich weiß nicht, ob das so förderlich für …«

»Willkommen im Business.« Jasmine schnaubte. »Wirklich, Süße. Mach dir keine Sorgen. Wie gesagt, ist alles abgesprochen und nur für PR-Zwecke. Alles Weitere besprechen wir Montag. Bis dahin kannst du dich zurücklehnen und hoffentlich viele neue Follower kassieren.«

Auch wenn mich ihre Worte beruhigen sollten, krampfte sich mein Magen zusammen. Ich hatte nicht viel Ahnung von der Branche und allem, was hinter den Kulissen passierte, hatte aber schon öfter gehört, dass manche Beziehungen oder manch öffentlicher Streit inszeniert gewesen waren, um für Furore zu sorgen und die Verkäufe anzukurbeln. *Schlechte Publicity ist besser als keine Publicity*, hieß es doch immer. Daher musste ich wohl versuchen, fürs Erste Ruhe zu bewahren und darauf zu vertrauen, dass dieses milliardenschwere Plattenlabel das Richtige tat.

»Gut, wenn du das sagst«, murmelte ich. »Dann sehen wir uns am Montag.«

»Hab ein schönes Wochenende!«

»Danke.« Ich schluckte. Keine Ahnung, ob ich das haben würde. »Du auch.«

Als ich das Handy neben mich geworfen hatte, atmete ich tief durch. »Es ist alles abgesprochen und soll für Aufmerksamkeit sorgen.«

»Ein PR-Stunt?« Carter hob die Brauen.

Ich nickte, dann ließ ich mich auf mein Kissen fallen. »Ja. Mal sehen, was sie am Montag sagen. Es ist schon ein wenig komisch, aber ...«

»Die wissen schon, was sie tun«, erwiderte mein Bruder und warf mir einen aufmunternden Blick zu. »Ich schätze, das machen Stars öfter, als man denkt, und jedes Mal kurbelt es die Verkäufe an. Denk doch mal an Nicki Minaj und Cardi B, bei denen soll der riesige Beef ja auch ein Fake gewesen sein, und was hatten die beiden davon? Ganz schön viel Kohle. Das wird schon. Da bin ich mir sicher.«

»Du hast recht«, sagte ich leise. »Sie werden schon wissen, was sie tun.«

7
Suki

»In gut zwei Wochen findet die Release-Party für *Invisible Reflections* statt, und um Mitternacht wird der Song dann im Rahmen der Party veröffentlicht«, kündigte Andrew an.

»In zwei Wochen?« Ich verschluckte mich vor Schreck an meinem Milchkaffee und fing lautstark zu husten an, während mich alle anderen, die an diesem Montagmittag hier mit mir am Tisch beim Meeting saßen, fragend musterten.

In zwei Wochen würde mein Song erscheinen?

In verdammt noch mal zwei Wochen!?

Das ging ... schnell.

»Ja, wir wollen die Aufmerksamkeit, die du aktuell durch das virale TikTok-Video hast, das immer noch seine Kreise zieht, nutzen und nicht zu viel Zeit verlieren. Außerdem haben wir ja bereits einen nahezu fertigen Song, bei dem wir nicht allzu viel zeitlichen Vorlauf benötigen«, erwiderte Andrew und nickte seinem Assistenten Hunter zu, der wie wild auf den Tasten seines Laptops herumhackte. Neben den beiden waren auch Label-Manager Tyrese, Marketing-Judy, meine Assistentin Jasmine, die ich ab sofort Jazz nennen durfte, und mein allerbester Freund, äh ... *Feind*, River anwesend. Wir saßen alle verteilt an der riesigen Tafel im Besprechungsraum, in dem ich auch meinen Vertrag angeboten bekommen hatte.

»Das geht alles ziemlich schnell«, gab ich zu bedenken, während ich mich von meinem Hustenanfall erholte und noch einen Schluck Kaffee in mich reinkippte, um dieses Meeting irgendwie zu überstehen, ohne die Nerven zu verlieren. Zwei Wochen. Zwei Wochen?! Gerade erst hatte ich meinen Job bei Deepti im Enchanted Bloom Corner gekündigt, und schon musste ich auf die nächstbeste Bühne springen? Mein Herz klopfte wie verrückt, während ich den Blick von einem Gesicht zum nächsten gleiten ließ. Alle mit einem wissenden Lächeln auf den Lippen, bis auf Mister Arschloch höchstpersönlich, der heute noch grimmiger dreinblickte als bei der letzten Begegnung. Kein Wunder. Wenn ich jeden Morgen aufstehen und dieses Gesicht im Spiegel sehen müsste, würde ich vermutlich mindestens genauso angepisst sein.

»In genau einer Woche findet dein erstes Performance-Training statt, und du wirst die Choreografie für das Musikvideo lernen, das wir dann auch nächste Woche drehen«, sagte Andrew wieder, während Tyrese begeistert grinste.

»Das wird der Knaller. Wir haben gute Leute engagiert, um ein geiles Video auf die Beine zu stellen.«

Ich räusperte mich, hob die Brauen. »Ich ... ich soll tanzen, ja?«

»Klar«, erwiderte Tyrese und zuckte mit den Schultern, die sich unter dem Prada-Anzug versteckten. »Du bist Popsängerin, die Basics müssen da schon drin sein. Du meintest doch, dass du Erfahrung hast?«

Meine Erfahrungen bestanden aus meinen Dance-Workouts und dem ein oder anderen Schulmusical, in dem ich damals mitgewirkt hatte. Das dürften ausreichend Basics sein. Zumindest hoffte ich darauf. »Mhm, okay, ja, ich ...«

»Gibt's ein Problem mit deiner tänzerischen Darbietung?« Das war das Erste, was ich von Mister Arschloch an diesem Tag hörte. Bis auf ein genervtes Grunzen, als ich Hallo gesagt hatte, hatte er nämlich noch nichts von sich gegeben. Aber nun lehnte er sich zurück, die Arme vor der breiten Brust verschränkt und eine buschige Braue herausfordernd angehoben.

Ich funkelte ihn an. »Nein, es gibt kein Problem.«

»Gut, das muss ich sonst nämlich berücksichtigen, wenn wir miteinander Songs schreiben.« Sein Blick lag eindringlich auf mir. Etwas unfassbar Überhebliches loderte in seinen Augen. Am liebsten hätte ich ihm ein Glas Wasser ins Gesicht gekippt, um dieses beschissene Feuer zu löschen. Weil ich aber mit diesem Argument bei den anderen wohl nicht den besten Eindruck hinterlassen hätte, zügelte ich meine Wut diesem Idioten gegenüber und versuchte es stattdessen mit dem Motto der großen Selena Gomez *Kill Em With Kindness*.

»Keine Sorge, ich tanze schon mein Leben lang. Von daher freue ich mich schon sehr.«

Dass ich für mich zu Hause vor dem Bildschirm tanzte, musste ich ja niemandem auf die Nase binden.

Ich schenkte River ein zuckersüßes Lächeln, während er nur die Augen verengte und mit dem Kuli in seiner Hand herumspielte.

»Das klingt super und leite ich dann direkt so an den Choreografen weiter. Dann kann der sicher noch mal ein bisschen was nachschärfen«, warf Andrew ein und zog rasch meinen Blick auf sich.

Nachschärfen? So war das jetzt aber nicht gedacht …

Ich wollte gerade noch protestieren, da richtete sich River ein Stück auf und seufzte theatralisch, als ob er lieber woanders gewesen wäre. »Und worauf muss ich beim Schreiben der Songs achten? Ich meine, in was für eine Richtung soll es gehen? Gut zum Tanzen, ja?«

Tyrese und Andrew tauschten einen kurzen, aber vielsagenden

Blick, dann winkte Tyrese ab. »Orientier dich an *Invisible Reflections* und allem, was du bisher für Presley geschrieben hast. Poppig, gut zum Tanzen, genau, aber nicht zu elektronisch. Der Ohrwurmfaktor muss natürlich gegeben sein, genau wie ein paar sexy Zeilen, die Suki dann ins Mikro hauchen kann. Du kennst das Spiel, River. Für Pres hast du schon etliche Songs in der Art geschrieben. Die Themen können dann gerne so was sein wie die Suche nach dem einen, der es mit Suki aufnehmen kann und sie wie eine Queen behandelt, oder auch wie missverstanden sie sich von irgendeinem Kerl fühlt.«

Was zur …

»Das heißt«, sagte er und wählte jedes Wort mit Bedacht, während sein Blick aufmerksam auf Tyrese lag. »Presleys Album ist gestorben, und dafür schreibe ich die gleiche Musik, nur eben für *Suki*?« Meinen Namen spuckte er aus, als ob er ein tödliches Gift wäre.

Schön wär's.

»Richtig«, erwiderte Tyrese. »Alles wie gehabt. Du machst das schon. Bisher hast du uns immer geile Banger geliefert. Do your thing, und dann wird das.«

Auch wenn sich das alles nicht allzu sehr nach mir anfühlte, vertraute ich darauf, dass ich in guten Händen war. Immerhin saß ich hier mit Profis am Tisch, denen meine Karriere genauso am Herzen lag wie mir, denn wenn meine Musik floppte, dann würden sie Verlust machen. So wie ich die Männer kennengelernt hatte, war ich mir da relativ sicher, dass sie alles tun würden, damit ich erfolgreich würde. Ich musste ihnen nur vertrauen und mich fallen lassen, um aufzusteigen und an die Spitze der Charts zu fliegen. Und trotzdem wollte ich mich auch ein wenig einbringen, weshalb ich mich ein Stück nach vorn an die Tischplatte lehnte und mich räusperte. »Das klingt toll. Aber wie wäre es, wenn wir den ein oder anderen Soulsong auf das Album packen? Oder als Bonus-Tracks vielleicht in einer Limited Edition? Ich könnte mir vorstellen, dass das echt gut ankommt und …«

»Suki, Süße, du kannst dich zurücklehnen und uns die Arbeit überlassen«, schnitt mir Andrew das Wort ab und zwinkerte mir zu. »Wir wissen, wie der Markt funktioniert.«

Tyrese stimmte ihm mit einem Nicken zu. »Lass uns nur machen. Es muss TikTok-tauglich sein, verstehst du? Da zieht Soul leider nicht so sehr. Wir fassen das für dein zweites Album ins Auge, okay?«

Vermutlich hatten sie recht. Auch wenn es schade war und ein wenig wehtat, wussten sie, wie sie mich am besten als Sängerin etablierten. Judy presste mitfühlend die Lippen aufeinander. Andrew lächelte mich aufmunternd an, während Hunter und Jasmine auf ihren Geräten herumhackten und River schräg gegenüber von mir keine Miene verzog. Kurz huschte sein Blick zu mir, doch als er meinen einfing, verhärteten sich nur seine Züge, und er sah weg, verdrehte die Augen. Mit dem Stift trommelte er wie verrückt auf seinem Notizbuch herum. Ich wollte in diesem Moment nichts lieber, als ihm diesen aus der Hand zu reißen und ihm ins Auge zu rammen. Das hätte meine Wut auf ihn sicher gedämpft. Gut. Vielleicht auch nicht.

»Wir wissen, was das Beste für deine Karriere ist«, versicherte mir Andrew und lächelte mich aufmunternd an. »Vertrau uns. Das wird groß.«

»Okay, dann machen wir das so«, sagte ich daher nur und nickte. »Und wo wir schon bei meinen Songs sind … Was ist denn mit dem Shitstorm, den Presley am Freitag gestartet hat? Ich meine … Das war echt heftig.«

Immer noch tobten ihre Worte durch meinen Kopf.

Du hast dich mit der Falschen angelegt.

Seit Freitagabend konnte ich an fast nichts anderes mehr

denken. Ihre Story und all die fiesen Kommentare, die ihre Fans unter meinen ersten Post geschrieben hatten.

> Gib Presley ihren Song zurück!

> Bitch!

> Du wirst niemals so gut sein wie Presley!

> Die haben wir im Blumenladen gesehen, und sie war so fies und total abgehoben!

> #TeamPresley

»Ich habe dir doch schon gesagt, dass du dir darüber echt keinen Kopf machen musst«, versuchte Jazz, mich zu beruhigen, und lächelte mich an. »Das ist nur für die Aufmerksamkeit.«

»Aber … seid ihr euch wirklich sicher? Wäre es vielleicht eine Idee, dass ich mal mit ihr über alles spreche?«, schlug ich vor.

»Die nächsten Wochen sind bei Presley superstressig. Sie hat etliche Termine, ist teilweise gar nicht in der Stadt. Außerdem habe ich sowieso schon jegliche Vorurteile dir gegenüber aus dem Weg geräumt.« Tyrese schenkte mir ein aufmunterndes Lächeln. »Ich weiß, dass du noch ganz neu in der Branche bist, deshalb hast du ja uns. Dieses Business ist nichts für zartbesaitete Mäuschen, es wird immer wieder Shitstorms geben, aber dieser hier ist nur Fake. Presley sitzt mit im Boot und hat mir vorhin sogar noch eine Nachricht geschickt, dass sie dir alles Gute beim Album und dem Shooting am Mittwoch wünscht und dir liebe Grüße ausrichtet.«

Ich atmete tief durch. Diese Menschen würden mir nicht schaden, sondern mir dabei helfen, meine Karriere in Gang zu kriegen. Als ich mit Presley gesprochen hatte, schien sie wirklich nett zu sein, daher ergab es Sinn, dass sie meiner Karriere ein wenig auf die Sprünge helfen wollte. »Okay«, sagte ich daher und nickte. »Dann richte ihr auch gerne liebe Grüße von mir aus.«

»Mach ich.« Tyrese zwinkerte mir zu, dann wandte er sich an Judy. »Die Marketingstrategie ist auch schon in Planung, oder?«

»Na klar«, erwiderte sie und lächelte in die Runde. »Wir werden auf deinem Account Teaser für die Single posten, Anzeigen schalten und natürlich auch eine Pre-Save-Kampagne bei Spotify starten, damit die Leute direkt benachrichtigt werden, sobald deine Single und das Album verfügbar sind. Wir brauchen nur noch Fotos und Videoschnipsel, aber die bekommen wir ja … Donnerstag?«

Tyrese nickte. »Korrekt. Mittwoch, also übermorgen, findet das Shooting für Single und Album statt. Outfits wählen wir aus, deine Figur ist ja auch schon super, aber das zusätzliche Tanztraining wird dir sicher helfen, noch ein wenig mehr in Form zu kommen.«

In Form kommen?

Ein unangenehmer Schauer huschte über meinen Rücken. Ich war nicht dick, hatte eine ganz normale, durchschnittliche Figur mit Cellulite, Dehnungsstreifen und weichen Rundungen. Zwar war ich nicht jeden zweiten Tag beim Pilates oder im Gym zu finden wie die meisten Leute in Los Angeles, aber eigentlich konnte ich zufrieden sein … Oder war das für einen Star nicht genug? Jetzt, wo alle mich so musterten, meinen Körper studierten, keimten plötzlich Zweifel in mir auf.

»Jedenfalls hat sie schöne Brüste, die müssen dann beim Shooting gut in Szene gesetzt werden«, kam es von Andrew. Er nickte wieder seinem Assistenten zu, der daraufhin wie wild weitertippte. Unwillkürlich jagte mir die Hitze in die Wangen, doch als Andrew das auffiel, lächelte er mich nur aufmunternd an. »Das sollte ein Kompliment sein. Tut mir leid, ich bin manchmal etwas sehr direkt.«

»Alles gut, danke«, entgegnete ich nur und erwiderte sein Lächeln.

»Wie sieht's mit den Haaren aus? Bleiben die?«, kam es nun von meiner Assistentin Jazz, die neben mir saß und wie Hunter die ganze Zeit Notizen in ihren Laptop haute.

»W-was stimmt denn nicht mit meinen Haaren?«, fragte ich vorsichtig, während sich mein ganzer Körper anspannte. Ja, meine Locken waren manchmal etwas eigensinnig, aber am Ende des Tages gehörten sie doch zu mir.

Tyreses Blick huschte über meine Haare, dann tippte er sich nachdenklich ans Kinn. »Wir könnten sie färben. Lila? Blau? Was denkt ihr?«

Ich riss die Augen auf. »Ich ... aber ... Wieso denn das? Ich meine ...«

»Presleys rosa Haare kamen super an, von daher wäre das schon ein kluger Schachzug. Gerade so ein Mitternachtsblau könnte ich mir gut vorstellen. Oder ein Farbverlauf? Türkis?«, fachsimpelte Andrew und neigte den Kopf.

Mir lief es eiskalt den Rücken herunter, während ich aus dem Augenwinkel nur wahrnahm, wie River dämlich grinste. Volltrottel. »Ich würde ungern meine Haare färben.«

»Aber du willst doch ein Star werden, oder nicht?« Judy lehnte sich etwas vor und hielt meinen Blick hoffnungsvoll fest. »Du darfst uns ruhig vertrauen. Wir sind Profis, was den Aufbau unserer Künstlerinnen und Künstler betrifft. Und ein frischer neuer Look würde dir sicher außerordentlich gut stehen. Du hast so ein hübsches und zierliches Gesicht. Das können wir noch ein wenig mit der richtigen Haarfarbe und dem perfekten Styling hervorheben, damit du nicht mehr aussiehst wie das süße Mädel von nebenan, sondern wie ein echter Star.«

»Ich verstehe das wirklich.« Ich schluckte und straffte meine

Schultern. »Aber ich will meine Haare nicht färben. Ich mag mein Honigblond und ...«

»Gut, dann aber Highlights. Und wir müssen sie glätten«, fiel mir Andrew ins Wort. »Wenn nicht bunt, dann etwas interessanter und nicht so verwildert.«

Verwildert?!

Mir fiel vor Schreck fast die Kaffeetasse aus der Hand.

Das klang ja so, als ob ich wie Leonardo DiCaprio in *The Revenant* mit Vollbart in der Kälte Nordamerikas mit einem Bären kämpfen und im Anschluss noch rasch eine Läuseparty schmeißen würde. Ich fuhr mir durch die Locken und strich mir ein paar Strähnen hinters Ohr. So schlimm stand es nun auch nicht um den Pelz auf meinem Kopf.

»Für glatte Haare wie auf Presleys erstem Cover wäre ich auch. Das zieht immer. Den Rest besprechen wir dann am besten mit der Maske am Mittwoch«, murmelte Tyrese und tippte auf seinem Handy herum. »Wie sieht's mit den Sommersprossen aus?«

Meine Sommersprossen?

»Die werden abgedeckt«, entgegnete Andrew und hob die Brauen. »Sie soll nicht zu süß wirken, sondern vielmehr ein bisschen rebellisch.«

»Ähm«, sagte ich und blinzelte. »Ich finde meine Sommersprossen gut, wie sie sind. Ich will sie nicht wegschminken lassen.«

Tyrese winkte ab. »Darüber können wir dann noch mal diskutieren, wenn es ans Make-up geht. Und jetzt, wo du ein Star bist, solltest du dich mal auf dem Rodeo Drive sehen lassen und ein paar teure Designer-Pieces kaufen, damit das deinen Ruf in der Öffentlichkeit pusht und man dich für erfolgreich hält.«

Ich nickte. »Okay, ja ... Das mach ich demnächst.«

»Gut. Dann hätten wir's für heute«, sagte Tyrese schließlich und erhob sich, bevor alle es ihm gleichtaten, mich eingeschlossen. Als er sah, dass ich aufstand, schüttelte er den Kopf. »Nein,

nein, hast du deinen Kalender nicht im Blick? Du und River habt jetzt im Anschluss eine Songwriting-Session.«

Ich schluckte, dann ließ ich mich zurück auf den Stuhl sinken. »Oh, okay.«

Das hatte ich ganz vergessen. Oder auch verdrängt.

»Ich geh mal rüber an meinen Schreibtisch. Falls was ist, ruf an oder komm zu mir, okay?«, wandte sich Jazz mir zu und lächelte aufmunternd.

Ich nickte. »Mach ich. Danke.«

Dann verließen sie und all die anderen den Raum und ließen mich mit River allein, dessen Züge sich verhärteten, sobald sich unsere Blicke kreuzten. Wir saßen uns gegenüber, er trug einen schwarzen Hoodie und trommelte immer noch mit dem Stift auf seinem Notizbuch herum. »Hier wären wir beide also wieder.« Er seufzte und richtete sich auf.

»Ich habe zwar keine Ahnung, wie wir nach allem, was zwischen uns vorgefallen ist, gemeinsam ein Album schreiben sollen, aber wir haben wohl keine andere Wahl, wenn wir nicht aus unseren Verträgen fliegen wollen«, erwiderte ich und biss auf meiner Wange herum. Als sich unsere Blicke erneut begegneten, jagte ein Flattern durch meinen Körper. Wie konnte so ein Arschloch nur so gut aussehen?

»Hast du wohl recht. Ich habe allerdings mit alledem abgeschlossen und will einfach nur mein Leben leben. Und das am besten ohne dich und deinen Bruder.«

»Gut. Geht mir ähnlich.« Zumindest konnte ich nicht bestreiten, dass ich die Freundschaft mit River vermisste. Wir hatten tolle Zeiten gehabt, unglaublich viel Spaß, und ich hatte ihm immer vertrauen können. Doch ich würde einen Teufel tun und ihm das unter die Nase reiben. »Wo gehen wir denn zum Texten hin?«, wechselte ich das Thema.

In seinen Augen tanzten Verbitterung und Hass. So viel

Frustration und noch viel mehr Überheblichkeit. Früher hatte ich seine braunen Augen einmal toll gefunden, vertraut und voller Hoffnung, voller Verständnis. Doch jetzt sah ich nur einen verbitterten Kerl, den ich am liebsten aus meinem Leben wegradieren wollte. »Komm mit«, brummte er und stand auf, nickte zur Tür.

Rasch schnappte ich mir meine Tasche, die neben mir auf dem Boden lag, hängte sie mir über die Schulter und folgte ihm über den Flur in einen der Proberäume, der sich ganz in der Nähe befand. Er war recht groß und durch die Fensterfront, durch die man über die Dächer Hollywoods sehen konnte, lichtdurchflutet und in hellen Tönen mit bunt gepolsterten Akzentmöbeln gehalten.

Ich strich mir mit der Hand übers Gesicht und stöhnte leise, als ich mich auf das riesige Sofa fallen ließ. »Tu nicht so, als wäre das hier dein wahr gewordener Albtraum.«

»Ist es aber«, entgegnete er grimmig und setzte sich auf einen der Designersessel, der wie ein Ei geformt war.

»Denkst du ernsthaft, ich habe Bock, mit dir zusammenzuarbeiten? Aber ich schätze, wir müssen das Beste daraus machen, oder nicht?«

Mit düsterem Blick fixierte er mich. »Scheint so.« Dann blies er die Wangen auf und atmete tief aus. »Da ich dieser Misere nicht entkommen kann …« Er zückte sein Notizbuch und begann, ein paar Zeilen hineinzukritzeln. »Tyrese hat uns ja schon ein paar Themen genannt, über die wir schreiben sollen. Hast du irgendwelche sinnvollen Ergänzungen oder Zeilen, die dir schon mal einfallen? Ich schreib einfach ein paar Songs bis nächste Woche, und dann muss ich meine Zeit nicht weiter mit dir vergeuden.«

Ich schnaubte. »Ich wusste ja, dass du ein Arschloch bist, aber dass du auch noch so krass von dir selbst überzeugt bist, dass du annimmst, dass ich dir meine Songs allein überlasse, ist mir neu. Na ja, gibt wohl für alles ein erstes Mal.«

Überheblich blitzte es in seinen dunklen Augen, als er seine

Arme auf den Knien abstützte. »Ich denke nicht, dass ich deine Hilfe brauche.« Ein dämliches Lachen schwappte über seine Lippen. Ich war so kurz davor, aufzuspringen und ihm eine reinzuhauen. »Wenn du mitmischst, kommt vermutlich sowieso nur oberflächlicher Mist heraus. Inhaltlose Songs, seelenlos, nur gut zum Hüftenwackeln.«

»Wann habe ich jemals solche Songs geschrieben? Ich habe mir immer Mühe gegeben, und das weißt du. Du warst verdammt noch mal dabei, bis du dich dazu entschieden hast, alles in die Luft zu jagen.« Jetzt sprach nicht nur die Wut, sondern auch die Enttäuschung aus mir, weil er damals alles, was wir hatten, ruiniert hatte. Ich verengte die Augen und starrte ihn an. »Von dir lass ich mich nicht provozieren, Arschloch.«

Er hob eine Braue herausfordernd an. »Sieht aber ganz danach aus.«

Ich krampfte meine Finger ins Polster. Ruhe. Ich musste Ruhe bewahren. »Sieht nur so aus. Aber wer so blind durchs Leben geht und denkt, dass er mit allen Lügen durchkommt, der hat wohl nicht den besten Durchblick.«

Wie versteinert fixierte er mich, dann atmete er tief durch. »Immerhin checke ich, wenn was nicht mit rechten Dingen zugeht, aber dir fehlt es da wohl an ein paar Hirnzellen.«

»Was meinst du?«

»Na«, fing er an und schüttelte den Kopf. »Dir ist schon klar, dass das Presleys Album werden sollte, oder? Ich habe mich beim Schreiben auf sie eingestellt, und dann kommst du um die Ecke, durchkreuzt unsere Pläne und bringst alles durcheinander.«

»Na ja, aber es werden ja *meine* Songs. Wir schreiben gemeinsam Texte und Melodien, die anders sind als die, die du mit ihr geschrieben hättest.«

Wieder schnaubte er. »Mhm, ja. So klang es im Meeting definitiv.« Er verdrehte die Augen. »Du hast echt keine Ahnung, wie das Business funktioniert. Niemand interessiert sich dafür, was du willst. Wir schreiben ein paar seelenlose Popsongs, mit denen du die Charts stürmst und die vermutlich so gut wie alle gleich klingen, und machen dabei einen Arsch voll Kohle.«

»Die werden nur gleich klingen, wenn ich einen beschissenen Songwriter habe.«

»Oder wenn du bei einem Major Label unter Vertrag bist, das uns genaue Anweisungen gibt.« Er lehnte sich wieder zurück. »Willkommen bei Vortex.«

Ich biss mir auf der Innenseite meiner Wange herum, dann stand ich auf und lief zum Fenster, lehnte mich mit dem Rücken dagegen und dachte nach. »Ich habe auch keine Lust, meine Zeit mit dir zu verbringen, aber ich will ein tolles Album aufnehmen, okay? Ich glaube zwar, dass ich das mit jemand anderem besser könnte, aber wenn Tyrese denkt, dass wir beide das machen sollten, dann ...«

»Müssen wir wohl wirklich das Beste daraus machen und versuchen, uns nicht gegenseitig an den Hals zu gehen?« Er fixierte mich und seufzte dann. »Weiß nicht, ob ich das hinbekomme.« Als ich die Augen verdrehte, hob er verteidigend die Hände. »Aber ich versuch's, okay? Ich habe einen Vertrag unterschrieben und komm hier sowieso nicht mehr raus.«

Mir entfuhr ein genervtes Ächzen. »Ich glaube ... Vielleicht könnten zu meiner Stimme auch ein paar langsamere Nummern passen, die aber trotzdem einen schnellen Chorus haben. Warte ...« Sofort erinnerte ich mich an eine Melodie, die mir heute Morgen im Auto in den Sinn gekommen war. Ich fasste meinen ganzen Mut zusammen, immerhin kannte River meine Stimme. Er hatte sie früher jeden Tag gehört, er hatte mir immer gesagt, wie schön er sie fand und wie gern er mir zuhörte, daher dachte ich nicht weiter nach und fing an, die Melodie vor mich hin zu summen, um ihm zu zeigen, was ich meinte. Ich improvisierte ein paar Lyrics, ein paar Zeilen oder einzelne Wörter, als mein Blick zu River glitt. Auch wenn sein Gesicht immer noch so aussah, als ob er mich jede Sekunde in die Luft jagen wollte, meinte ich, in seinen dunklen Augen etwas anderes zu erkennen. Nur für den Hauch einer Sekunde, aber ich konnte die Faszination und die Bewunderung genau sehen und fühlte mich in die Zeit von damals zurückversetzt, als er mich jeden Tag so angesehen hatte. Und dann, als ich aufhörte zu singen, verpuffte dieser Funke, und Eis kroch zurück in seinen Ausdruck.

»Könnte passen.« Sein Blick huschte zu seinem Notizbuch, dann wieder zu mir. »Aber freu dich nicht zu früh. Wir werden sehen, ob ich das irgendwie einbauen kann.«

War das seine Art, nett zu sein?

»Das wäre echt toll«, sagte ich und nickte. »Und vielleicht könnten wir so eine ähnliche Bridge noch mal einbauen wie die bei *Invisible Reflections*. Tyrese meinte, da kommt die Power in meiner Stimme gut zur Geltung, aber ich weiß auch nicht … Keine Ahnung«, spielte ich dann meine Leistung doch wieder nur herunter, weil ich wie schon so oft an mir zweifelte.

Du kannst nichts. Wann checkst du das endlich?

»Weiß nicht, ob das so gut passt. Ich habe mir *Invisible Reflections* angehört und … na ja, sagen wir lieber, ich habe deine Stimme irgendwie ertragen … Jedenfalls …«

Autsch. Wunder Punkt. Ganz wunder Punkt. Mein Herz zog sich zusammen, ich ballte meine Hände zu Fäusten und spürte, wie sich in meiner Kehle ein Kloß bildete. Man hätte meinen können, dass River wusste, was er mit seinen Worten bei mir anrichtete, allerdings dürfte er keine Ahnung haben. Er hatte die alte Suki gekannt. Nicht die, die damals zerbrochen war.

»Früher mochtest du meine Stimme«, wisperte ich und unterbrach ihn damit.

Stille.

Er biss die Zähne aufeinander. »Früher mochte ich *dich*. Bis du dich dazu entschieden hast, mein Leben zu zerstören.«

Ich lachte auf. »Dafür, dass ich dein Leben zerstört habe, bist du ja jetzt ziemlich erfolgreich. Du solltest mir wohl eher danken, dass ich ehrlich war.« Meine eigenen Worte hinterließen einen bitteren Nachgeschmack auf meiner Zunge. Ich hatte damals das Richtige getan, davon war ich überzeugt. Auch wenn ich einen Fehler gemacht hatte, war nichts davon falsch oder unwahr gewesen. Dennoch war meine Aussage eben etwas übertrieben gewesen, und das wusste ich auch.

Sein Blick lag dunkel auf mir, während er langsam den Kopf schüttelte, als würde er nicht glauben, was er hörte. Als ob er jede Sekunde wie ein Vulkan ausbrechen würde. »Ich glaube, in meinem ganzen Leben hat mich noch nie jemand so enttäuscht wie du, Suki. Niemand. Nicht mal dein verlogener Bruder.« Eiskalt fixierte er mich. »Auch wenn wir zusammenarbeiten müssen, heißt das nicht, dass es so wird wie früher. Es wird niemals wieder so wie früher. Und das ist auch besser so.«

Schmerz kroch mir durch die Glieder, weil seine Worte etwas in mir berührten. Vielleicht auch, weil ich gerne an die Zeit mit ihm damals zurückdachte, auch wenn eine düstere Wolke das Bild davon trübte. Gerade als ich etwas entgegnen wollte, schwang die Tür auf, und Jazz trat ein.

»Ach, hier seid ihr! Suki? Kann ich dich mal kurz ausleihen? Wir wollten noch mal zum Thema Merchandise mit dir sprechen und was klären.« Entschuldigend blickte sie zu River. »Sorry. Du hast sie gleich wieder.«

»Schon gut«, brummte dieser nur, während ich aufstand und rüber zu Jazz lief. »Wir haben uns sowieso nichts mehr zu sagen.«

8
Suki

»Ein bisschen Glitzer schadet nie. Das war schon immer meine Lebensphilosophie.« Bonnie, die sich am heutigen Mittwoch beim Shooting für mein Album- und Single-Cover um das Makeup und die Haare kümmerte, klebte mir mit diesen Worten einen letzten kleinen Glitzerstern an die Schläfe. Als sie einen Schritt nach hinten trat und das Ergebnis von Weitem betrachtete, nickte sie zufrieden.

Die Tatsache, dass ich hier am Malibu Beach in einem millionenteuren Strandhaus saß und darauf wartete, in wenigen Augenblicken Fotos für meine erste Single und mein erstes Album zu schießen, hatte ich keineswegs realisiert. Ich fühlte mich immer noch wie im Traum und befürchtete, jede Sekunde daraus aufzuwachen. Auch wenn ich vor Aufregung die ganze Zeit mit den Beinen hin und her wippte und mir mein Herz bis zum Hals schlug, konnte ich nicht leugnen, dass sich unter all die Nervosität auch Vorfreude mischte und ich am liebsten aufspringen und herumtanzen wollte. Zu Hause hatte ich schon vor dem Spiegel ein paar Posen geübt und mich ein wenig seltsam dabei gefühlt, aber ich hoffte auch darauf, dass der Fotograf mir genügend Anweisungen geben würde. Mein Magen knurrte verräterisch. Vor lauter Aufregung hatte ich heute Morgen keinen Bissen heruntergekommen.

Im Hintergrund lief mein Song (mein Song? Was. Zur. Hölle.), den wir gestern noch mal aufgenommen und finalisiert hatten, und überall im hellen Wohnzimmer der Strandhauses, von dem man direkt aufs Meer blicken konnte, wuselten Leute herum. Unser Fotograf Jack unterhielt sich mit seinem Assistenten und Tyrese, während ein Stylist ein paar Kleiderstangen mit glitzernden Outfits in den Raum rollte. Jazz stand an der Küchenzeile und ging eine Liste mit unserem Artdirector Penn durch, der sich um die Überwachung des visuellen Konzepts und die Umsetzung kümmerte.

Als Bonnie zur Seite trat, warf ich einen Blick in den hell erleuchteten Spiegel vor mir. Meine Haut schien makellos, meine Sommersprossen versteckten sich unter einer Schicht Foundation, auch wenn ich das ein wenig schade fand. Aber so sah meine Haut nun mal ebenmäßiger und schöner aus. Rund um meine stark geschminkten Augen waren kleine Sterne und Glitzer aufgetragen, sodass ich einer Discokugel Konkurrenz machen konnte. Doch alles in allem sah ich toll aus. Wie ein echter Star.

»Wow«, murmelte ich und musste lächeln, auch wenn mich mein Gesicht in diesem Moment weniger an mich und mehr an Presley Wrens Signature-Look erinnerte. Doch vielleicht war es gar nicht so schlecht, sich auch optisch ein Vorbild an ihr zu nehmen, wenn sie schon so erfolgreich war.

»Klasse«, hörte ich plötzlich Tyreses Stimme, als sein Gesicht hinter mir im Spiegel auftauchte. »Sieht phänomenal aus.«

Neben ihn gesellte sich Penn, der Artdirector, und nickte. »Ja, damit können wir arbeiten. Als Nächstes die Haare.«

»Die glätte ich gleich«, entgegnete Bonnie und griff nach dem Glätteisen.

Ich biss mir auf die Innenseite meiner Wange. »Können wir

nicht das Beste aus meinen Locken herausholen? Ich denke, das würde mir besser stehen.«

Penn zog seine Brauen zusammen und schnaubte amüsiert, als ob ich einen Witz gerissen hätte. »Denk nicht so viel nach, Schätzchen, und lass uns unseren Job machen, ja? Dein Job ist es, heute gut auszusehen, mehr nicht.«

Du kannst vielleicht gut aussehen. Das war's dann aber auch. Mehr nicht.

Ein Schlag in die Magengrube. »Okay, aber vielleicht ...«

»Die werden geglättet, keine Widerrede.« Dann schnippte er in Bonnies Richtung. »Kümmerst du dich darum? Aber pronto.« Im nächsten Atemzug drehte er sich um und lief davon, ich hörte noch, wie er brummte: »Seit wann denken diese Anfängerinnen eigentlich, dass sie irgendwas zu melden hätten?«

Seelenruhig griff Bonnie nach einer Bürste und fing an, meine Haare zu kämmen, während ich die Finger in das Polster des Stuhls bohrte und nicht wusste, was ich sagen sollte. Mein Blick huschte zu ihr, zu Tyrese durch den Spiegel, zum Glätteisen, während mein Mund mit jedem Herzschlag mehr austrocknete.

Als Tyrese mein Blick auffiel, beugte er sich zu mir herunter und lächelte mich warm an. »Keine Sorge, Sweety, du wirst toll aussehen. Vertrau uns. In Ordnung?«

Ich nickte, brachte aber keinen Ton heraus.

Daher atmete ich tief durch und richtete mich ein Stück auf. »Ja, klar. Das wird bestimmt toll.« Ich setzte ein Lächeln auf. Auch wenn es mir nicht ganz behagte, gehörte es vermutlich auch ein wenig dazu, sich den Anforderungen eines großen Labels zu beugen.

Nachdem meine Haare geglättet und mit fünf Tonnen Haarspray und etlichen anderen Produkten fixiert worden waren, schälte ich mich aus dem Stuhl und lief rüber zu Jazz, die mich schon zu sich winkte. »Zeit für dein Outfit!«

Neugierig ließ ich den Blick über die zwei Kleiderstangen gleiten, wo es glitzerte und funkelte. »Was ziehe ich denn an?«

»Hier« Die Stylistin kam auf mich zu und reichte mir zwei Kleiderbügel. »Drüben im Nebenzimmer kannst du dich umziehen. Sag Bescheid, falls du Hilfe brauchst.«

Ich schluckte, als ich im Bruchteil einer Sekunde den Hauch von Nichts entgegennahm und musterte. Auf dem einen Bügel befand sich ein schwarzer Blazer, während am anderen ein silberglitzernder Triangel-Bikini baumelte. »Ähm, haben wir nichts mit … mehr Stoff? Vielleicht noch eine kurze Shorts oder so?«

Mir war bewusst, dass Frauen in dieser Branche immer sehr viel Haut zeigten, und dafür feierte ich sie alle. Aber jetzt erst verstand ich, dass mir das nun auch blühte. Ich fühlte mich in meiner Haut wohl, aber dennoch zog sich mein Magen beim Gedanken daran zusammen, dass ich halb nackt im Internet und auf Plattencovern zu sehen sein würde.

»Probier es erst mal an«, ermunterte mich Jazz und drückte meine Schulter. »Du wirst sehen, dass es dir ganz umwerfend stehen wird.«

Von Weitem sah ich schon, wie mir Penn wieder einen kritischen Blick zuwarf, als er sah, dass ich haderte, also riss ich mich zusammen und setzte ein Lächeln auf. »Okay, ja, ich … ich zieh mich mal um.«

Als ich wenige Minuten später zurück zu ihnen lief, darauf bedacht, den Oversized-Blazer um meinen halb nackten Körper zu wickeln, versammelten sich Tyrese, die Stylistin und Jazz sowie Penn in der Mitte des Raumes und überwachten jeden meiner Schritte, als ich auf sie zutrat. Auch wenn ich meinen Körper mochte, war es mir ein wenig unangenehm, dermaßen nackt zu sein, daher schenkte mir der Blazer etwas Sicherheit.

»Wow«, hauchte Jazz und weitete die Augen. »Du siehst krass aus. Ich liebe alles an dem Look.«

Ich schluckte, als ich vor ihnen stehen blieb. »Ich weiß nicht. Der Bikini ist schon sehr knapp.«

»Lass mal sehen«, entgegnete die Stylistin und begann, den Blazer zu öffnen.

Mein Herz machte einen Satz. Ich trat von einem Bein aufs andere und wich ihren prüfenden Blicken aus. Der Triangel-Bikini bedeckte gerade mal das Nötigste. Mein Po hing im Freien, während meine Oberweite jeden Moment drohte, aus den kleinen Dreiecken herauszufallen. »Ich glaube, mir ist das zu viel Haut. Es geht doch um meine Musik und nicht …«

Penn hob eine Braue. »Sex sells. Besser, du lernst es früh als spät. Von mir aus können wir das so nehmen.«

Tyrese nickte. »Das sieht doch super aus. Presley hatte bei ihrem vorletzten Cover auch so ein ähnliches Outfit an, und alle haben es geliebt. Bonnie soll deinen Körper noch mit dieser Schimmer-Bodylotion einreiben, und die kleinen Fettpölsterchen und die Cellulite werden sowieso wegretuschiert. Das Ergebnis wird der Wahnsinn, Sweety!«

Mein Magen verknotete sich. »Und wie wäre es, wenn ich eine Shorts trage, die zum Blazer passt? Oder … irgendwas, das mehr bedeckt?«

Tyreses Blick wurde wärmer. »Mach dir keinen Kopf. Du siehst atemberaubend aus und wirst das toll machen. Sobald du die ersten Shots siehst, wirst du unserer Meinung sein. Wir können später noch mal das Outfit tauschen, aber lass es uns erst mal so probieren, okay?«

Ich nickte und hob einen Mundwinkel. »Okay.«

Bonnie frischte noch mal mein Make-up auf, rieb meinen ganzen Körper mit einer seidig schimmernden Lotion ein, dann machten wir uns auf den Weg zum Strand, der sich genau vor dem Haus befand und direkt über eine Treppe zu erreichen war. Während eine sanfte Brise durch meine Haare fuhr, hörte ich das Rauschen der Wellen und atmete die salzige Luft tief ein, um mich für das zu wappnen, was mir jetzt bevorstand. Ich war froh, dass am Strand noch nicht viel los war. Auf Zuschauer konnte ich gut verzichten, wenn ich aus mir herauskommen und halb nackt posieren sollte. Das Team war schon groß genug, doch all die Aufmunterungen und Bestärkungen verliehen mir immerhin einen kleinen Selbstbewusstseinsboost, den ich gerade durchaus gebrauchen konnte.

Erst machten wir ein paar Testaufnahmen, damit Jack, unser Fotograf, sich mit seinem Assistenten abstimmen konnte, der einen riesigen Lichtreflektor so hinhielt, dass mich das wolkengefilterte Sonnenlicht angemessen ausleuchtete. Über einen kleinen Bildschirm verfolgten Tyrese und Penn sowie die Styling-Leute und Jazz die Fotos, die direkt vor ihrer Nase auftauchten, nachdem Jack auf den Auslöser gedrückt hatte.

»Okay, jetzt beweg dich ein bisschen, lauf durchs Wasser, fahr dir durch die Haare«, wies mich der Fotograf an, der um die fünfzig sein musste. Er hatte eine Halbglatze, die fast so geschmeidig glänzte wie meine frisch einbalsamierten Beine. Vielleicht benutzte er ja dasselbe Zeug. Wer wusste das in dieser Branche schon. Ich war es nicht gewohnt, so fotografiert zu werden. Als Teenager hatte ich zwar hin und wieder mit Freundinnen versucht, die Fotoshootings aus *America's Next Top Model* nachzustellen, doch ein Profi war ich noch lange nicht. Dennoch stand für heute das Motto »Fake it till you make it« auf dem Plan. Ich musste daran glauben, dass ich es hinbekam. Ich musste an mich glauben. Und wenn es nur für ein paar Stunden war.

Jetzt nur nicht dumm anstellen.

Ohne zu viel darüber nachzudenken, lief ich durch den nassen Sand, während kleine Wellen meine Knöchel umspielten. Ich lächelte in die Kamera, dann versuchte ich, wieder ernster zu schauen. Nach jedem Klick bewegte ich mich, wechselte die

Posen, sah in die Linse, wandte mich ein wenig ab, wie ich es bei den Models in der Castingshow gesehen hatte. Ich streckte die Arme aus, als ob ich fliegen wollte, fuhr mir durchs Haar und öffnete die Lippen leicht, während ich mit der Kamera flirtete. Ich hatte keine Ahnung, was ich tat. Ich wusste nur, dass ich alles geben musste, wenn ich mich nicht zum vollkommenen Trottel auf Fremdscham-Level 3000 machen wollte.

»Hammer! Klasse! Ja, genau so!«, rief mir Jack zu.

Wir probierten verschiedene Locations aus, bis wir nach einer Weile mit den anderen die Fotos sichteten. Als ich mich dort auf dem Bildschirm sah, schäumte mein Herz vor Begeisterung fast über. Ich sah wirklich gut aus, die Aufnahmen waren professionell und wunderschön. Und das in den wenigen Minuten. Ein Lächeln huschte über meine Lippen.

»Wir machen noch ein paar am Wasser«, sagte Jack irgendwann. »Dieses Mal ohne den Blazer.«

Ohne den Blazer?

Ich schluckte. Meine Kehle fühlte sich trocken an, während mir Hitze den Hals hinaufkroch. Nervös kratzte ich mich am Ellenbogen. »Ähm, wie? Aber das sieht doch gut so aus.«

»Tu, was er sagt«, brummte Penn und verschränkte die Arme vor der Brust. »Nackte Haut schadet nicht.«

»Mir wäre es aber lieber, wenn ich nicht halb nackt wäre.«

»Suki«, fing Tyrese an und legte mir den Arm um die Schultern. »Probier es einfach mal aus. Jack ist Profi. Die Fotos werden dich umhauen. Und du willst doch, dass dein erstes Cover der Hammer wird, oder? Das kann nur so werden, wenn du mitmachst. Und glaub mir, du siehst umwerfend aus. Einfach nur wow. Wirklich. Nicht mal Presley hat bei ihrem Debüt-Cover so eine gute Figur gemacht.«

»Absolut«, bestätigte Jazz. »Die Fotos werden heiß aussehen. Das sind Aufnahmen für die Ewigkeit und vor allem der erste

Eindruck, was deine Karriere betrifft. Du wirst es bereuen, wenn du nicht mitmachst, Girl.«

»Ich weiß nicht so recht, die ganze Welt kann meinen Körper sehen.«

»Na, wenn du ins Schwimmbad oder ans Meer gehst, kann dich doch auch jeder so sehen«, entgegnete Tyrese und schenkte mir ein aufmunterndes Lächeln. »Das wird überragend. Zeig uns, was du kannst!«

Es war nichts dabei. Er hatte recht. Daher schluckte ich das mulmige Gefühl herunter, reichte Jazz den Blazer und ließ die Stylisten noch mal alles an mir richten, bevor ich runter zu Jack zum Wasser lief. Die Fotos *mussten* grandios werden.

»So wie vorhin, ganz natürlich bewegen«, brummte er, während sein Blick über meinen gesamten Körper wanderte.

Unsicher lief ich auf und ab, als ich plötzlich von Weitem Tyrese und Jazz und das Styling-Team hörte, die mich anfeuerten.

»Du siehst so krass aus, Suki!«

»Ein richtiger Star!«

»Wow, unglaublich!«

»Du machst das super!«

Ihre Worte schenkten mir gerade mehr Sicherheit, als es dieser verdammte Blazer getan hatte. Sie feierten mich, weil sie nur mein Bestes wollten: wundervolle Fotos für die Ewigkeit. Ein Lächeln umspielte meine Lippen. Wie gut es tat, Leute zu haben, die hinter mir standen und mich motivierten, statt herunterzumachen. Ich straffte daher meine Schultern und posierte, fühlte mich von Sekunde zu Sekunde wohler in meiner Haut. Auch wenn es mir erst unangenehm gewesen war, wuchs mein Selbstbewusstsein von Shot zu Shot. Diese Menschen gaben mir ein gutes Gefühl, und ich wollte sie und mich unter keinen Umständen enttäuschen, weshalb ich alles gab.

Nach einiger Zeit liefen wir wieder zurück zu den anderen und schauten uns erneut die Bilder auf dem Monitor an. Ich biss mir auf der Lippe herum, weil meine Brüste tatsächlich fast aus dem Oberteil hüpften und auch das Höschen nur das Mindeste verdeckte. Sie sahen toll aus, *ich* sah super aus, die Aufnahmen waren toll, aber nichtsdestotrotz jagte da dieses unangenehme Gefühl durch mich hindurch. Zweifel, ob es wirklich die beste Entscheidung gewesen war, mich bei meiner ersten Single schon mit so viel nackter Haut zu zeigen.

»Du bist mega«, bestärkte mich Jazz und hielt mir meine kleine Bauchtasche hin, in der sich mein Handy befand, das wie wild klingelte. »Ich glaube, da will jemand was von dir. Das klingelt schon die ganze Zeit.«

»Oh! Tut mir leid«, entgegnete ich rasch, als die anderen mir kritische Blicke zuwarfen. »Ich …« Auf dem Display ploppte die Nummer meiner Mom auf, die schon achtmal versucht hatte, mich zu erreichen. Mir rutschte das Herz in die Hose, da sie mit Sicherheit einen Grund haben musste, mich so oft anzurufen. »Das … Sorry, ich muss kurz rangehen. Das sieht nach einem Notfall aus.« Schon nahm ich den Anruf entgegen und hielt mir das Handy ans Ohr. »Mom? Hey, alles in Ordnung bei euch?«

»Suki-Mäuschen, natürlich. Und bei dir?«, flötete sie, als ich mich ein paar Schritte von meinem Team entfernte.

»Ja, auch. Ich … Ich bin gerade bei einem Fotoshooting. Was ist los? Wie ist … Warum hast du so oft angerufen? Geht es Dad gut?«

»Uns geht es gut. Ich wollte nur mal wieder deine Stimme hören und dir davon erzählen, was mir heute Morgen passiert ist.«

Erleichtert atmete ich aus, und als Jazz mir einen fragenden Blick zuwarf, quittierte ich ihn nur mit einem tonlosen »Alles okay«, bevor ich mich meiner Mom zuwandte. »Was denn?«

Penn und Jack warfen mir schon fragende Blicke zu, daher versuchte ich, mich kurz zu halten. Meine eigene Mutter abwürgen wollte ich aber auch nicht.

»Winifred ist mir heute bei Whole Foods begegnet«, erzählte sie von einer unserer Nachbarinnen. »Sie hat mir gesagt, dass sie dich auf Facebook gesehen hat!«

»Auf Facebook? Okay und …«

»Sie meinte, du hast da eine Seite und ganz viele Abonnenten und dass sie schon dein Lied angekündigt haben. Ich habe dann gleich mal geschaut und die Seite auch gefunden. Wow! Daher rufe ich an, ich wollte dir nur sagen, wie stolz wir auf dich sind. Wir sind hier alle aus dem Häuschen und freuen uns so sehr, Suki.«

Ich musste schmunzeln, doch als ich wieder Penns Blick auffing, verging es mir, und ich drehte mich zur Seite. »Danke, Mom. Ich freue mich auch schon.«

»Wir hören in letzter Zeit so wenig von dir, das ist so ungewohnt. Carter hält uns ja ein wenig auf dem Laufenden und meinte auch, dass du im Blumenladen gekündigt hast. Das mit dem Vertrag hast du uns ja vorgestern geschrieben und das nette Foto von dir beim Unterschreiben mitgeschickt, aber wir vermissen es, von dir zu hören.«

»Tut mir leid«, entgegnete ich und spürte, wie sich ein kleiner Kloß in meiner Kehle bildete. »Ich weiß, ich melde mich normalerweise öfter, aber es ist gerade so unglaublich viel los, und das alles überfordert mich noch ein wenig. Da komme ich nicht so oft zum Antworten. Aber ich verspreche, dass sich das ändern wird!«

»Bitte stress dich nicht. Hauptsache, wir wissen, dass es dir gut geht. Ist das denn so? Wie laufen die Vorbereitungen für die Songs? Läuft es rund?«

Ich presste die Lippen aufeinander und kratzte mich im Nacken. Auch wenn ich für diese Chance unglaublich dankbar war, konnte ich nicht leugnen, dass es ein paar Dinge gab, die nicht optimal waren. Angefangen bei River über die Sache mit der Musikrichtung sowie meinem Outfit bei diesem Shooting bis hin zu der Kleinigkeit mit meinen Haaren. Aber vielleicht war das einfach normal in der Branche, und ich überreagierte. Alle aus dem Team waren nett zu mir und schwärmten von meiner angehenden Karriere, weshalb ich nicht undankbar sein und lieber das schätzen wollte, was ich hatte. »Es läuft alles super. Ich kann es kaum erwarten, mit den Aufnahmen von meinem Album so richtig anzufangen.«

»Wie schön! Das freut mich. Und deinen Dad natürlich auch.«

Aus dem Augenwinkel sah ich, wie Jack auf seine Smartwatch blickte und Tyrese etwas zuraunte. Shit, die warteten auf mich. »Äh, Mom? Ich muss jetzt auflegen, wir schießen gerade die Fotos für mein Cover. Ich melde mich die Tage noch mal, ja?«

»Oh ja, klar, dann hab noch viel Spaß und schick mir unbedingt ein paar Fotos, wenn du welche hast. Wir sind so neugierig.«

»Mach ich, bis bald und sag Dad liebe Grüße.«

»Tschüss, Schätzchen«, flötete sie, dann legte ich auf und eilte zurück zu den anderen.

9
River

Schon als ich Sukis Gesicht sah, wollte ich am liebsten wieder abhauen, in mein Auto steigen und zurück nach Hause fahren. Aber für den heutigen Freitag stand unsere erste richtige Songwriting-Session auf dem Plan, und was wäre ich nur für ein unprofessionelles Arschloch gewesen, hätte ich sie abgesagt. Stattdessen hatte ich es mir zur Aufgabe gemacht, das Beste aus der Situation und ... ihr das Leben zur Hölle zu machen. Eine kleine Revanche musste nun mal sein.

»Hi.« Suki hob die Hand, als sie die Tür zum Tonstudio hinter sich zuzog. Seit wir am Montag aneinandergeraten waren, hatte ich ihre Anwesenheit glücklicherweise nicht mehr ertragen müssen. Ein kühler Ausdruck umspielte ihre feinen Gesichtszüge. Ein Unterschied von Tag und Nacht zu früher, als ich sie jeden Tag hatte strahlen sehen. War es ihr im Laufe der Jahre gestohlen worden, oder löste ich das in ihr aus? Wenn es nach ihr und ihrem dämlichen Bruder ging, trug ich sowieso die Schuld an allem, was geschehen war.

»Hey«, entgegnete ich und stieß hart die Luft aus, während ich mit dem Stift in meiner Hand spielte, mit dem ich gerade noch ein paar Zeilen in mein Notizbuch gekritzelt hatte. Dann richtete ich mich in dem hellbraunen Ledersessel ein Stück auf und beobachtete, wie Suki sich rasch umsah und dann auf dem Sofa rechts von mir ihre Tasche ablegte und sich auf das Polster sinken ließ. Unruhig richtete sie sich die blonden Locken, die ihr bis zur Brust reichten, und fuhr sich über ihr türkisfarbenes Shirt mit dem breit grinsenden Smiley-Gesicht drauf. Was für eine Ironie, dass sie nun mit hängenden Mundwinkeln vor mir saß und die Falte zwischen ihren hellen Brauen sich von Sekunde zu Sekunde vertiefte.

»Und jetzt?« Sie zog ein Bein an und schlang die Arme um ihr Knie, während ihr Blick angespannt zu mir wanderte. »Ich schätze, wir müssen einen Song schreiben?«

»Scheint so.« Ich spielte immer noch mit meinem Stift herum, trommelte damit auf mein Notizbuch. »Du könntest auch wieder nach Hause fahren, und ich schreib dir einfach was.«

Einen Versuch war es wert. Und unüblich auch nicht. Immerhin hatte ich in den letzten Tagen schon an ein paar anderen Songs gearbeitet, die ich ihr zu gegebener Zeit vorspielen wollte. Aber so, wie ich sie kannte, wollte sie sicher von Anfang an involviert werden und nicht etwas singen, was man ihr einfach hingeklatscht hatte, wie es bei *Invisible Reflections* notgedrungen der Fall gewesen war.

Ihre Augen verengten sich. Als sich unsere Blicke trafen, zuckte ein heißer Schauer durch mich hindurch.

Wie konnte ich mich damals nur so in ihr getäuscht haben? Der Gedanke an ihre Worte vor Gericht und wie sie mir alles in die Schuhe geschoben hatte, verfolgte mich bis heute.

»Keine Ahnung, was du geraucht hast, aber ich bewege mich keinen Zentimeter von hier weg.« Demonstrativ lehnte sie sich mit dem Rücken ans Polster und verschränkte nun die Arme vor der Brust, während sie mich anfunkelte. »Du denkst doch nicht, dass ich dich allein meine Songs schreiben lasse. Da würde vermutlich nur Mist bei rauskommen.«

Ich schnaubte. »Soso. Mist also. Klar, deshalb arbeite ich ja auch nur für ein paar der erfolgreichsten Künstler, die es aktuell so gibt, aber hey ... Alles nur Mist, du hast sicher recht.«

»Überheblichkeit steht dir nicht, River.«

»Das nennt man Selbstbewusstsein. Wüsstest du, wenn du es hättest, aber bei den letzten Meetings war ja klar deutlich, dass es dir in den letzten Jahren abhandengekommen ist.« Ich verstand immer noch nicht, weshalb sie sich so verändert hatte und viel unsicherer wirkte als früher. Damals hatte sie allen die Stirn geboten, und ich hatte sie für ihre schlagfertigen Antworten stets bewundert, aber das hier ... Das war eine andere Suki. Sie manchmal so verunsichert zu sehen, fühlte sich wie ein zarter Stich ins Herz an, auch wenn ich jedes Mal versuchte, den Schmerz zu verdrängen und mir einzureden, dass es nicht mein Problem war. Aber dennoch konnte ich nicht leugnen, dass ich insgeheim wissen wollte, was mit ihr in den letzten Jahren passiert war. Wer oder was ihr das angetan hatte.

Ihre Augen weiteten sich für den Hauch einer Sekunde, dann wandte sie den Blick ab. Ihre Kiefer mahlten. Sie sollte nur merken, dass ihre Spielchen mit mir vorbei waren und ich nicht mehr der Kerl von früher war, der nichts mehr geliebt hatte, als mit ihr Musik zu machen. Diese Zeit fühlte sich nicht nur wie die Vergangenheit an, die ich hinter mir lassen wollte, sondern auch wie ein ganz anderes Leben, an das ich niemals wieder zurückdenken wollte und jetzt, dank ihr, immer und immer wieder erinnert wurde.

»Wollen wir jetzt mal anfangen?«, sagte sie leise und räusperte sich. »Wir müssen uns zusammenreißen und dieses Album schreiben.«

Im Grunde funktionierten wir zusammen gut, wir hatten

früher immer gemeinsam die besten Songs geschrieben. Da gab es etwas Unsichtbares, das uns auf kreativer Ebene verband und schon immer verbunden hatte, doch die Tatsache, dass wir uns gegenseitig an die Kehle gehen wollten, erschwerte das um ein Vielfaches.

»Wohl oder übel.« Ich zuckte mit den Schultern und öffnete mein Notizbuch, blätterte durch die Seiten, die ich mit Songtexten gefüllt hatte. »Ich habe letzte Nacht schon ein paar Zeilen geschrieben, was hältst du von diesem Ansatz: *In the canvas of our hearts, love paints the brightest art?*«

»Nicht so meins.« Sie zog ihre Beine in den Schneidersitz und umfasste ihre Knöchel. »Könnten wir vielleicht ein anderes Thema nehmen?«

Ich stöhnte leise und fuhr mir übers Gesicht. »Über was willst du denn singen?«

»Tu nicht so genervt, River«, fuhr sie mich an.

Verteidigend hob ich die Hände und setzte ein gefaktes Lächeln auf. »Tut mir von Herzen leid, wenn ich dich verärgert habe. Soll ich dir vielleicht ein Taschentuch reichen, damit du dir deine kleinen Tränen trocknen kannst, während ich hier deine Arbeit erledige?«

Ein genervtes Ächzen, dann verdrehte sie die Augen und schüttelte den Kopf. »Du bist unausstehlich. Ich weiß echt nicht, womit ich dich als Songwriter verdient habe.«

»Karma trifft sie alle, Babe«, entgegnete ich nur. Dann zwinkerte ich ihr zu, erhob mich und lief rüber zum Keyboard, das sich unweit der Sitzecke befand.

»Wenn du mich noch mal Babe nennst, kannst du dir sicher sein, dass du den nächsten Tag nicht mehr erleben wirst.«

»Mhm, ja, könntest du jetzt mal bitte die Klappe halten? Von deinem dämlichen Herumgelaber bekomme ich schon Kopfschmerzen«, rief ich ihr über die Schulter zu, während ich ein paar Einstellungen vornahm und einige Akkorde anspielte, die mir in den Sinn kamen. Die glatten Tasten unter meinen Fingerkuppen fühlten sich jedes Mal wie ein Nachhausekommen an, wenn ich sie berührte und ein paar Töne anspielte. Jedes Mal schlug mein Herz schneller, und jedes Mal vergaß ich alles um mich herum, konnte vollkommen abschalten und existierte nur in der Musik.

»Gut, wenn ich dir Kopfschmerzen verschaffe«, erwiderte sie unterkühlt. »Karma trifft sie nun mal alle, Babe.«

In diesem Moment fragte ich mich ernsthaft, wie ich mit diesem Unfall auf zwei Beinen die nächsten Wochen zusammenarbeiten und ein phänomenales Album auf die Beine stellen sollte. Vor allem, weil jedes Mal diese Wut durch mich hindurchraste, wenn ich sie sah. Wenn ich an sie dachte, wenn mir bewusst wurde, dass ich sie nicht loswerden konnte, wie sie mich damals einfach so losgeworden war.

»Hör mal zu«, murmelte ich und konzentrierte mich auf ein paar Akkorde, spielte ein paar Riffs und kombinierte sie mit einer anderen Melodielinie. Meine Mundwinkel wanderten langsam nach oben, weil mir diese Idee gerade erst in den Sinn gekommen war und sie Potenzial hatte, zu etwas richtig Genialem zu werden. Wenn man noch ein bisschen an der Arrangementschraube drehte und sie mit einem geschickt gewählten Text verband, würde alles zusammen umwerfend klingen.

»Na ja, klingt nicht gerade nach einem Hit«, unterbrach mich wieder dieses anstrengende Etwas hinter meinem Rücken.

Ich hielt inne, seufzte und drehte mich um. Dann fixierte ich sie und hob eine Braue. »Vermutlich würdest du alles beschissen finden, was ich spiele, oder?«

Ihre Lippen waren nur noch ein dünner Strich, als sie sich erhob und zu mir rüberlief. Den Blick auf das Keyboard geheftet, strich sie sich die Haare hinters Ohr, dann verharrte sie kurz neben mir. Sie atmete durch und ließ sich neben mich auf den breiten Hocker vor dem Instrument gleiten. Als mir ihr süßer, blumiger Duft von Rose und Jasmin in die Nase stieg, biss ich die Zähne aufeinander und rutschte ein Stück von ihr weg. So hatten Sukis Haare damals schon geduftet.

Damals.

Mein Herz schlug schneller, und Gänsehaut breitete sich auf meiner Haut aus. Dieser Geruch weckte Erinnerungen an früher. Wie sie lachend neben mir in der Garage saß und ihre zarten Finger über die Tasten strichen, bevor sie anfing, eine Melodie zu spielen. Ich hörte ihr Lachen klar und deutlich in meinem Kopf. Sah sie, wie sie strahlte, weil wir einen Song geschrieben hatten, den sie mit Haut und Haaren fühlte. Und jedes Mal, wenn wir uns gesehen, uns nahe gewesen waren und dieser Duft meine Nase umspielte, hatte er in meiner Brust etwas flattern lassen. Doch hier und jetzt würde ich alles dafür tun, um diese Gefühle zu unterdrücken. Die Gefühle, die ich früher für sie gehabt hatte und die sie vor fünf Jahren gemeinsam mit unserer Freundschaft in Flammen hatte aufgehen lassen. Ich blinzelte schnell und holte mich damit zurück in die Gegenwart.

»Was machst du da?«, brummte ich, auch wenn mein Herz immer noch wie wild schlug, und legte die Stirn in Falten.

»Sch.« Ihre Züge wurden weicher, als sie ihre Handgelenke schüttelte und ihr goldenes Armband zurückschob. Gedankenverloren wanderte ihr Blick über die Tasten. »Es ist ewig her, dass ich gespielt habe«, sagte sie leise. Ihre Finger zitterten, als sie diese auf die Tasten legte und darüberstrich. Dann fing sie an, sanft ein paar Akkorde auszutesten. Erst schien sie unsicher, doch mit jedem weiteren Mal, das sie die Tasten betätigte, wirkte sie ein wenig selbstbewusster. So, als würde sie sich voll und ganz in der Musik verlieren, in den Harmonien, der Melodie, die geradewegs aus ihrem Herzen durch ihre Finger und in die Tasten strömte, als hätte sie nie etwas anderes getan. Suki dabei zuzusehen, wie sie immer wieder diese Akkorde spielte und dazu leise summte, erinnerte mich erneut schmerzhaft an früher. Mein Herz zog sich bei dem Gedanken daran zusammen, dass wir damals stundenlang so dagesessen hatten.

Mein Blick wanderte über ihre Hände und Arme, ihren Hals bis nach oben zu ihrem Gesicht. Etwas Zufriedenes hatte sich auf ihrer Miene ausgebreitet und ließ ein Strahlen in ihre Augen treten.

Ich wollte es hassen, so wie ich sie hasste, doch das, was sie da summte und spielte, das war gut. Nicht nur gut. Es war sensationell. So wie ich es von Suki gewohnt war. Doch das würde ich ihr niemals sagen können. Und ja, dafür war ich vermutlich wirklich ein gottverdammtes Arschloch. Auch wenn ich es nicht wollte, war da dieses Kribbeln, das mich erfasste und nicht losließ, bis sie den letzten Ton gespielt hatte und verstummte.

Ich räusperte mich. »Vergiss das lieber mal schnell wieder. Tyrese würde es nicht gefallen. Viel zu langsam, das muss mehr Tempo haben.«

Ruckartig hob sie den Kopf und starrte mich an. »Findest du es nicht gut?«

»Wie gesagt, taugt nicht für Tyrese«, murmelte ich und wich ihrer eigentlichen Frage aus, um ihr die Wahrheit nicht sagen zu müssen. Stattdessen legte ich wieder meine Finger auf die Tasten, klaute ein paar ihrer Akkorde und kombinierte sie mit einer schnelleren Melodie. »So eine Richtung würde vielleicht funktionieren.«

»Das klingt schrecklich seelenlos und unspektakulär.« Sie fuhr sich übers Gesicht und ließ ihre Hände dann in ihren Schoß sinken.

»Na, dann passt es doch ganz gut zu dir«, murmelte ich trocken und zuckte mit den Schultern.

Ob das ziemlich fies gewesen war? Möglich.

Ob sie das verdient hatte? Klare Sache.

Aus dem Augenwinkel sah ich, wie ihre Lippen sich leicht öffneten, als ob sie endlich mal sprachlos wäre. »Arschloch.«

Da hatte es ihr wohl doch nicht komplett die Sprache verschlagen. Schade.

»Was?«, fuhr ich sie an und hob eine Braue, während meine Hände immer noch auf den Tasten lagen. »Stimmt doch, oder nicht?«

Für den Hauch einer Sekunde meinte ich, Verletztheit in ihren Augen aufflackern zu sehen, doch im nächsten Wimpernschlag erhob sie sich schon vom Hocker und entfernte sich von mir. Unruhig lief sie auf und ab, atmete tief ein und aus, dass ich das Gefühl hatte, sie würde gleich explodieren oder in Tränen ausbrechen, weil ich nur ihren Rücken sah. Ersteres wäre mir lieber gewesen. Während sie sich abreagierte und leise fluchte, widmete ich mich wieder den Tasten und probierte ein paar Melodien aus, bis ich hörte, wie sie sich aufs Sofa fallen ließ.

»Vielleicht sollten wir erst einmal festlegen, wovon der Song handeln soll?« Ihre Stimme klang müde. Leise und brüchig. Es versetzte mir einen Stich, den ich sofort verdrängte. Unterdrückte.

Langsam drehte ich mich zu ihr herum und beobachtete, wie sie mit zusammengezogenen Brauen auf dem Sofa saß und ihr eigenes Notizbuch aufschlug. Es war blau und hatte kleine Sterne darauf, die mit einer holografischen Folie überzogen waren. Ich seufzte und richtete mich auf. »Hast du eine Idee? Irgendwelche coolen Partys, Liebesbekundungen oder witzige Storys mit deinen Mädels?«

Sie überlegte, kaute dabei auf ihrem Kugelschreiber herum und machte mich damit ganz kirre. »Nicht ganz.«

»Sondern?«

Ihr Blick huschte zu mir, dann wieder auf ihr Papier. Dann wiegte sie den Kopf hin und her, als ob sie sich nicht so ganz sicher wäre, ob sie es sagen sollte. »Womöglich könnte er ja von ... Kontrollverlust und Abhängigkeit handeln und ... die inneren Kämpfe, die man austrägt.«

»Ganz schön tiefgründig für ein paar heitere Popsongs«, brummte ich und musterte sie prüfend. »Dafür, dass du so wohlbehütet aufgewachsen bist, glaube ich, passt das auch nicht zu dir. Immerhin sollte man schon wissen, wovon man singt. Authentisch ist das nicht gerade.«

Sie biss sich fest auf die Lippe. In Sekundenschnelle bildeten sich rote Flecken auf ihren Wangen. Als ich sah, dass es in ihren Augen verdächtig glänzte, glitt mir ein unangenehmer Schauer über den Rücken. Shit. Vielleicht hatte ich jetzt doch etwas übertrieben und sie wirklich verletzt? Der Schmerz im Blaugrün ihrer Augen war deutlich zu erkennen. Sie schloss ihren Mund wieder und blinzelte einige Male, presste die Zähne aufeinander und krallte die Finger in ihre Oberschenkel. Dann räusperte sie sich. »Du kennst mich nicht. Du hast keine Ahnung, was passiert ist, als du weg warst und ...«

»Du meinst, als du dafür gesorgt hast, dass ich verknackt wurde?«

Sie bedachte mich mit einem wütenden Blick. »Ich habe getan, was ich tun musste, um den Menschen zu beschützen, der mir alles bedeutet. Ich kenne doch die ganze Geschichte. Carter hat sie mir erzählt. Und allzu weit von der Wahrheit war meine Aussage nun nicht entfernt.«

»Die Wahrheit.« Ich schnaubte, konnte nun wieder spüren, wie Wut durch meine Adern pulsierte. »Rede dir das nur schön. Ich frag mich echt, wie du nachts noch schlafen kannst.«

Kopfschüttelnd griff sie nach ihrer Tasche und steckte energisch ihr Notizbuch hinein, dann stand sie auf und funkelte mich noch mal an, bevor sie zur Tür lief. »Ich glaube, wir sind für heute fertig.«

»Glaube ich auch«, entgegnete ich und fixierte sie. »Ich schreib dir ein paar süße Pophits, die super zu deinem Erbsenhirn passen. Freu dich schon mal drauf.«

Ihre Hand lag schon auf dem Türknauf. »Du bist das Letzte, River. Das Allerletzte. Ich hoffe, du erstickst an deinen überheblichen Sprüchen.« Mit diesen Worten stürmte sie aus der Tür. Ich hörte nur noch, wie sie schniefte und die dicke Tür dann hinter ihr zufiel.

Mir war bewusst, dass ich hart gewesen war. Vielleicht auch ein wenig zu hart für die süße Suki Loveless, die in ihrem Leben stets von allen verhätschelt worden war.

Insgeheim zog es unangenehm in meiner Brust, als ich mir vorstellte, wie sie nun mit Tränen in den Augen den Flur entlangrannte. Ich räusperte mich einmal und riss mich zusammen, immerhin war sie ein verlogenes Miststück. Und auch wenn ich damals alles dafür getan hätte, der eine für sie und in solchen Momenten gar nicht erst dafür verantwortlich, sondern für sie da zu sein, schluckte ich diese Erinnerungen, dieses Bedürfnis, herunter wie heiße Lava, die mich früher oder später von innen heraus zerstören würde.

10
Suki

Auch wenn ich für mein Leben gerne tanzte, hatte ich noch nie ein Tanzstudio besucht.

Bis heute.

Denn an diesem Montag würde sich das ändern, und ich hatte die Chance, meine Fähigkeiten zu zeigen.

»Tyrese spricht gerade mit dem Choreografen, die Tänzerinnen und Tänzer trainieren schon eine Weile und freuen sich darauf, dich kennenzulernen«, sagte Andrew, als er eine der vielen Glastüren aufdrückte, die vom Flur des Tanzstudios in West Hollywood aus zu den Übungssälen führten.

Im Hintergrund war schon *Invisible Reflections* und Stimmengemurmel zu hören. Bevor wir den riesigen lichtdurchfluteten Saal betraten, straffte ich noch einmal die Schultern. Ich war nervös. Mein erstes Performance-Training stand heute auf dem Plan. Ich würde zusammen mit den Tänzern trainieren, die mich auch bei meinen Auftritten und Musikvideos begleiten würden, und ich hoffte, dass ich mich einigermaßen gut anstellte. Seit Freitag, als mir River beim Songschreiben so auf die Nerven gegangen war, dass ich gar nicht anders konnte, als abzuhauen, hatte ich mich in meiner Wohnung verbarrikadiert und versucht, selbst ein paar Texte und Melodien zu schreiben, und mich in den Pausen bei ein paar Dance-Workouts auf YouTube verausgabt, um mich auf den heutigen Tag vorzubereiten. Da Carter das Wochenende über sowieso für ein paar Besprechungen in New York gewesen war, hatte ich keinerlei Ablenkung gehabt, was mir heute hoffentlich gut in die Karten spielte.

Meine Sneakers quietschten über das helle Parkett, als wir uns auf die Gruppe von zwölf Tänzerinnen und Tänzern zubewegten, die bereits vor der breiten Spiegelfront standen und ein paar Schritte durchgingen. Der Geruch von Deo und Wachs zog mir in die Nase, als ich meine Sporttasche ein Stück weiter nach oben schob und Andrew folgte. Wir steuerten auf Tyrese und einen groß gewachsenen Kerl zu, der aussah, als ob er hier das Sagen hätte.

Als Tyrese mich bemerkte, huschten seine Brauen nach oben, und er lächelte mich an. »Suki, hey!«

»Hi«, entgegnete ich und lächelte in die Runde, die sich nun um mich herum versammelte. Hier und da war Getuschel zu hören.

Wieso sahen all diese Menschen so verdammt gut aus? Das war ja fast schon unfair.

»Darf ich dir den Choreografen vorstellen?«

Als ich nickte, streckte mir der Kerl, der ungefähr Mitte oder Ende zwanzig sein musste, die große Hand hin. In seinen braunen Augen lag ein Strahlen, sein schwarzes Haar war kurz geschoren, und mit dem warmen Lächeln auf den vollen Lippen wirkte er direkt sympathisch. »Hi, freut mich, dich kennenzulernen. Ich bin Dax Thompson und habe zusammen mit meiner Assistentin die Choreografie zusammengestellt. Wir werden auch später, wenn die weiteren Songs stehen, gemeinsam an der Show für deine Tour arbeiten.«

Meine Tour. Ich würde auf Tour gehen. Mit Tänzern. In verschiedenen Städten. War das nun wirklich mein Leben? Bei dem Gedanken daran konnte ich nur dämlich grinsen.

»Freut mich auch sehr«, entgegnete ich und schüttelte lächelnd seine Hand.

»Dax hat in der Vergangenheit schon mit vielen großartigen Künstlerinnen und Künstlern zusammengearbeitet. Er ist für jede Show von Lyla Sage und Presley Wren zuständig und extra aus New York hergeflogen.« Tyrese schob die Hände in die Hosentaschen seines Designeranzugs und ließ den Blick durch den Raum gleiten. »Wir haben keine Kosten und Mühen gescheut, nur die besten Leute für dich zu engagieren.«

»Hi, Suki«, kam es nun von einer der Tänzerinnen, die neben Dax auftauchte und mich aus tiefstem Herzen anlächelte. Sie musste ungefähr im gleichen Alter sein wie er, hatte glatte blaue Haare, die ihr wie ein Wasserfall über die Schultern flossen. »Freut mich auch sehr! Ich bin Dax' choreografische Assistentin, werde aber auch als Tänzerin immer dabei sein. Olivia Mitchell.«

»Cool. Und schön zu hören. Ich mag deine Haare«, entgegnete ich freundlich.

Andrew neben mir verschränkte die Arme vor der Brust. »Olivia hat damals sogar Presley dazu inspiriert, ihre bunt zu färben. Du wolltest ja nicht, aber so ein Lila oder Dunkelblau würde dir mit Sicherheit gut stehen.«

»Ja, äh ... Olivia und Presley stehen so starke Farben super, aber ich glaube, ich bleibe fürs Erste bei meinem Blond.« Dann räusperte ich mich, lächelte die blauhaarige Tänzerin noch mal an und wandte mich dann den anderen zu. Insgesamt acht Mädels und vier Typen standen vor mir.

Kaum hatte Dax mir alle vorgestellt, da ging es schon ans Training. Zuerst machten wir uns mit ein paar Seitwärtsschritten warm, führten Bounces aus, und ich versuchte mich an ein paar Körperwellen. Während die anderen so aussahen, als ob sie in einem früheren Leben Anakondas gewesen wären, sah ich nur aus wie eine Forelle auf dem Trockenen, die wohl eher als ihr Futter diente. Obwohl ich doch eigentlich täglich übte. Bei mir zu Hause hatte das besser ausgesehen. Aber möglicherweise lag das auch daran, dass ich dort nicht neben Profis trainiert hatte. Ich gab mein Bestes und versuchte, irgendwie mitzukommen, doch ich erntete nur misstrauische Blicke von Tyrese und Andrew. Prüfend musterten sie jede meiner Bewegungen, flüsterten miteinander und kräuselten dann ihre Stirn. Im Spiegel sah ich, wie meine Wangen sich immer mehr röteten. Nicht nur von der Anstrengung, sondern auch weil ich das Gefühl hatte, ich erfüllte ihre Erwartungen nicht.

»Alles klar«, sagte Dax, nachdem wir uns gestretcht und ein paar Schlucke getrunken hatten und er wieder auf die Fläche lief. »Wir haben vorab die Choreo einstudiert und kombinieren sie jetzt mit dir. Du wirst nicht alles mittanzen müssen, weil du ja auch live singen sollst, aber nach der Bridge wäre eine super Stelle für einen Dancebreak. Tyrese meinte, du tanzt schon lange, von daher wäre es natürlich super, wenn wir da den Leuten auch zeigen können, was du tänzerisch so draufhast. Das können wir auch direkt beim Dreh deines Musikvideos einbauen. Bei Auftritten passen wir das sowieso ein wenig an, weil nicht alle Tänzer auf der Bühne Platz finden, gerade wenn es einer bei Jimmy Fallon oder so ist, da wird dich dann ein kleineres Team begleiten.«

Ich schluckte. »Klingt gut.« Mehr brachte ich nicht hervor, weil mir jetzt schon übel wurde, wenn ich daran dachte, dass diese Menschen von mir erwarteten, dass ich wie eine zweite Britney Spears die Choreos aufs Parkett schmetterte.

Selbst schuld.

Jap. Das war ich wohl. Ich hatte wohl etwas übertrieben, was meine Tanzskills anging, und jetzt musste ich das Beste daraus machen und alles geben. Ich würde das schon schaffen.

»Auf geht's«, sagte Dax und klatschte ein paarmal in die Hände. »Wir kümmern uns zuerst um den Dancebreak, damit die Choreo dafür schon mal sitzt. Das sind sowieso nur vier Achter, also ungefähr 40 Sekunden, die sind schnell gelernt. Im Anschluss machen wir eine kleine Pause und legen deine Performance rundherum fest. Passt das für dich?«

»So machen wir's.« Als ich nickte, stellten sich alle vor der Spiegelfront auf, ganz vorn Dax und seine blauhaarige Assistentin Olivia. Und nun ging es los: Dax fing an, die ersten Schritte zu unterrichten und dabei mitzuzählen. »Eins und zwei, drei i und e vier, Pause auf fünf, sechs, weiter auf sieben i und e acht.« Während er die gesamte erste Acht durchzählte und nahezu in Zeitlupe alle Steps, die auf die Counts zu tanzen waren, durchging, sie im Detail demonstrierte, versuchte ich krampfhaft mitzuhalten. Das war allerdings schwerer, als ich angenommen hatte, da es bei Weitem keine Basics mehr waren, die ich aus den Dance-Workout-Videos kannte, sondern komplexe Schrittfolgen, die Koordination und Technik verlangten, gefolgt von Drehungen. Dann groovte er auf und ab und schwang dabei seine Arme mit, bevor er und Olivia plötzlich innehielten und im Anschluss eine gesprungene Schrittkombi ausführten.

Mir war jetzt schon ganz heiß. Mein Kopf rauchte vor Überforderung, weil ich mir bis auf den Groove nach oben und unten nichts merken konnte. Dennoch hielt ich mich ran und konzentrierte mich auf Dax im Spiegel und darauf, alle Bewegungen abzuschauen, bis ich sie hoffentlich auswendig konnte. Wir gingen die erste Acht noch einige Male durch, doch als ich mich zwischen den Durchgängen nach allen Seiten umsah, bemerkte ich, dass alle die Choreo schon perfekt umsetzten. Keine Überraschung, wenn man bedachte, dass sie Profis waren. Und ich irrte wie betrunken über die Tanzfläche und hing stets ein bis zwei Schläge hinterher. Mit zusammengebissenen Zähnen konzentrierte ich mich krampfhaft auf die Schrittfolge, wollte es perfekt machen und ...

»Oh shit.«

... stieß stattdessen mit einer der Tänzerinnen zusammen.

»Sorry«, sagte ich rasch und fuhr mir übers Gesicht. »Das tut mir leid.«

»Schon okay«, entgegnete die junge Frau mit den karamellfarbenen Ringellocken, die ein wenig Ähnlichkeit mit Beyoncé hatte und sich mir vorhin als Adaline vorgestellt hatte. »Du kommst noch rein, das wird.«

Hoffentlich behielt sie recht. Ich lächelte sie dankbar an, dann widmete ich mich wieder den Schritten. Immer und immer wieder gingen wir die Schritte durch. Dax unterrichtete im Laufe des Vormittags den Rest der Choreo; wir wiederholten die vier Achter, bis ich vor Anstrengung fast nicht mehr konnte. Und dann noch einmal. Und noch einmal. Immer wieder spürte ich kritische Blicke auf mir, versuchte, sie abzuschütteln, und scheiterte daran. Jedes Mal wenn ich dachte, dass ich es endlich begriffen hatte, vertanzte ich mich wieder oder vertauschte einige Takte miteinander, weil mir die Übung fehlte, die Sicherheit und die Routine. Schweiß rann mir die Schläfen hinab, mein Shirt war schon komplett durchgeweicht und meine hellgraue Jogginghose mittlerweile dunkelgrau. Immer und immer wieder. Ich traute mich nicht mal, eine Pause zu machen, weil Tyrese und Andrew mich stetig beobachteten und miteinander flüsterten. Sie wirkten nicht gerade glücklich. Verzweiflung machte sich in meinem Brustkorb breit, und ich spürte, wie sich in meiner Kehle ein Kloß bildete.

»Und jetzt ohne mich.« Dax lief nach vorn, direkt vor den Spiegel. Tyrese und Andrew gesellten sich zu ihm und verdeckten die Spiegelfront vorn in der Mitte, die ich eigentlich brauchte, um die Choreo bei den anderen abzuschauen. Shit. Aber egal, ich schaffte das schon.« »Suki, bitte einmal hier nach vorn, Olivia und Mackenzie, ihr covert sie.«

Shit. Shit. Shit.

Ich atmete tief durch, straffte die Schultern und stellte mich genau vorn in die Mitte vor die drei Männer. Olivia und Mackenzie stellten sich rechts und links von mir ein Stück nach hinten versetzt. Während mich Dax freundlich anlächelte, lag ein Hauch, na ja, eher ein riesiger Windstoß, von Misstrauen und Skepsis auf den Mienen von Tyrese und Andrew. Doch ich versuchte, mich nicht davon beirren zu lassen, und konzentrierte mich auf meine Performance, reckte mein Kinn nach oben und tat so, als ob ich keinerlei Zweifel an meinen tänzerischen Fähigkeiten hätte. Ich stellte mir vor, wie ich mich allein in meinem Zimmer befand und dort ein Workout nachtanzte, ohne dass mich jemand dabei sah.

Ich bin zu Hause. Ich schaffe das. Ich kriege das hin.

Dann startete die Musik.

»Fünf, sechs, sieben, acht«, zählte Dax ein, und alle um mich herum starteten. Ich schloss mich ihnen an. Mein Selbstbewusstsein wuchs, als ich die ersten beiden Counts zur Seite tanzte, doch dann kreuzten sich mein und Andrews Blick, und ich ... vergaß *alles*.

Blackout.

Mit aufgerissenen Augen starrte ich nach rechts und links, hielt inne, versuchte, wieder reinzukommen und bei den anderen abzuschauen. Deren Flow war wie von einem anderen Planeten. Sie bewegten sich unglaublich synchron, und doch verpasste jede und jeder den Schritten eine individuelle Note. Und während ich irgendwie versuchte, wieder mitzukommen und nicht komplett zu verzweifeln, bildete sich ein dicker Kloß in meiner Kehle. Meine Atmung ging schneller. Wieder rempelte ich einen der Tänzer an, eine Sekunde später noch ein Mädel hinter mir, als ich die versäumte Drehung ausführte. Nur leider viel zu spät.

»Stopp, stopp, stopp!«, fuhr Tyrese dazwischen und furchte die Brauen, nickte Dax zu, der rasch die Musik anhielt. Dann wanderte sein Blick zu mir. »Was war das denn?«

Betretenes Schweigen.

Etwas weiter links hörte ich ein Tuscheln, gefolgt von einem »Presley wäre das nicht passiert«, und ich zuckte zusammen. Ein unangenehmes Kribbeln durchfuhr mich. Ich fühlte mich bloßgestellt. Von mir selbst.

»Klappe da drüben!«, zischte Olivia in Richtung der anderen Tänzerin, die mich mit ihrem Kumpel nur weiterhin abschätzig musterte und dämlich grinste.

»Was denn? Ist doch so. Presley arbeitet professioneller und ist die bessere Tänzerin«, brummte diese nur und verschränkte die Arme vor der Brust.

»Noch ein Kommentar in der Art, und du fliegst raus, Katy«, fuhr Dax die Tänzerin mit den kurzen roten Haaren an und zog dabei die Brauen zusammen. Sein Kiefer spannte sich an. »Jeder fängt mal an, das solltest du besonders gut wissen.«

Sie verstummte, doch mein Herz schlug dafür umso lauter. Ihre Bemerkung schoss mir wie ein Pfeil in die Magengrube. Ich war nicht gut genug. Und ich wurde mit Presley verglichen, die viel mehr Erfahrung hatte und doch auch online schon zu meiner Kontrahentin erklärt worden war. Ja, es war nur ein PR-Stunt, aber dennoch tat es weh. In meiner Kehle brannte es.

Andrew wirkte angespannt, als er zischend ausatmete. »So ganz rund läuft das ja noch nicht dafür, dass du meintest, du tanzt schon dein Leben lang.«

»Ähm ja, ich …«, fing ich an, während immer mehr Hitze in mir hochkochte. »Es tut mir leid, ich … ich werde zu Hause üben, dass das bis zum Dreh am Freitag sitzt. Versprochen.«

»Das, was ich hier aktuell sehe, ist weit von der Qualität entfernt, die wir gewohnt sind«, murmelte Tyrese vorwurfsvoll und stemmte seine Hände in die Hüften, während er den Kopf schüttelte. »Das ist gelinde gesagt: Müll. Damit können wir nicht arbeiten. Das ist ein Albtraum. Wenn Suki so was auf der Bühne abliefert, sind wir im Arsch. Das ist Anfängerniveau und nicht das, was wir vom neuen Vortex-Shootingstar erwarten.«

Mein Herz sackte mir in die Knie. Seine Worte taten weh, weil ich mich dadurch wie eine Versagerin fühlte. Talentlos. Unwichtig. Dieses Gefühl kannte ich nur zu gut. Ich schluckte die Tränen herunter, blinzelte einige Male, weil ich nicht zeigen wollte, dass mich die Kommentare trafen. Als Star musste man mit Kritik rechnen, um sich zu verbessern. Doch ich wünschte mir gerade nichts mehr, als mich unter einer Decke zu verstecken. Ein leichtes Zittern breitete sich in meinen Händen aus, daher fing ich an, am Saum meines Shirts herumzuspielen, damit die anderen es nicht mitbekamen. Ich traute mich nicht, etwas zu sagen, und hatte Angst, meine Stimme würde sonst jede Sekunde brechen. Alles drehte sich. Was machte ich mir eigentlich vor? Ich war nicht gut genug für eine Bühne. Ich war kein Star.

»Wir überlegen uns was«, schaltete sich nun der Choreograf ein und tauschte einen Blick mit seiner Assistentin. »Das kriegen wir hin. Trinkt alle erst mal einen Schluck, dann beginnen wir ganz von vorn.«

Als ich in die anderen Gesichter blickte, nahm ich wahr, dass einige mich ansahen, lachten und tuschelten, wieder andere wirkten müde, und dann waren da noch ein paar, glücklicherweise die Mehrheit, die mich aufmunternd anlächelten. Ich hörte genau, wie Katy einem der anderen Tänzer zuraunte: »Und die soll ernsthaft Presley 2.0 werden? Das ist nicht deren Ernst, oder?«

Ihr Kumpel nickte. »Ich bleibe definitiv Team Presley.«

Ich verkrampfte mich. Was hatten nur alle mit diesem beschissenen Konkurrenzkampf?

Um mich ein wenig zurückzuziehen, lief ich zu meiner Tasche am Rand des Saals und nahm einen Schluck aus der Wasserflasche. Ich hatte das Gefühl, dass mich alle verurteilten und hassten. Dass niemand verstand, wieso ich der neue Star von Vortex werden sollte. Mich eingeschlossen.

»Alles okay?«

Als ich den Kopf zur Seite drehte, stand Olivia neben mir, die mich warm anlächelte. Sie hatte eine süße Stupsnase, die ein bisschen wie eine kleine Sprungschanze aussah und sie, wie auch das hoffnungsvolle Leuchten in ihren Augen, auf den ersten Blick sympathisch wirken ließ. Ich setzte die Flasche ab und nickte. »Ja. Ist nur ein bisschen viel gerade.«

»Kenn ich zu gut. Diese Proben können am Anfang total heftig sein. Egal was die anderen sagen, du stellst dich gut an, okay? Dax und mir ist bewusst, dass du noch nicht so viel Erfahrung hast. Also keine Sorge, wir kriegen das alles hin.«

Ich runzelte die Stirn. »Ich würde gerade am liebsten alles hinschmeißen.«

Bestimmt schüttelte sie den Kopf. »Nichts da. Das sind genau die Momente, die entscheidend sind. Entweder du lässt dich von ihren Worten kaputt machen, oder du nutzt sie als Antrieb, um dich noch mehr reinzuhängen und ihnen bei der Release-Party zu zeigen, dass sie dich unterschätzt haben.«

Ich schnaubte. »Die ist nächste Woche. Und der Videodreh am Freitag. Ich bezweifle, dass ich bis dahin zum Profi mutiere. Klar, ich strenge mich an, aber ... Ich bin nun mal keine Tänzerin.«

»Wenn du magst, können wir uns in den nächsten Tagen zu ein paar Extratrainings treffen. Dax muss bald schon wieder zurück nach New York, aber wir anderen bleiben hier. Und zwei der Mädels, Mackenzie und Adaline, haben auch schon gemeint, dass es dir vielleicht ganz guttun würde, wenn wir in kleinerem

Rahmen die Schritte noch mal durchgehen. Ohne die ganzen Kerle vom Label, die nur glotzen.«

Dankbar lächelte ich sie an und nickte. »Gerne. Das wäre toll. Danke, Olivia.«

Sie zwinkerte mir zu, drückte meine Schulter, dann wandte sie sich ab. »Na klar.«

Ich nahm noch einen Schluck aus meiner Flasche, bevor Tyrese und Andrew sich vor meine Nase schoben. Sofort sackte ich ein Stück weit in mich zusammen, vermied den Blickkontakt mit ihnen, weil ich mich nach wie vor für meine Leistung schämte.

»Wir müssen jetzt zurück zu Vortex. Du hast den restlichen Tag noch Performance-Training, und wir schauen uns das Ergebnis dann heute Abend auf Video an. Häng dich rein, Loveless. Das, was du bisher gezeigt hast, reicht nicht aus. Wir können natürlich noch viel mit Outfit und Make-up retten, aber wenn du dich nicht bewegen kannst, haben wir ein Problem. Ein mächtiges. Schau dir zu Hause alte Performances von Presley an und nimm dir ein Beispiel an ihren Auftritten aus dem letzten Jahr. Dahin wollen wir. Das ist unser Ziel.«

Ich biss mir auf die Innenseite meiner Wange herum und spürte, wie mir schon wieder Hitze ins Gesicht schoss. »Okay, ja, ich ... Ich werde alles geben.«

»Das reicht nicht.« Andrew schüttelte den Kopf und verengte die Augen. »Wir brauchen mehr als das.«

»Ich weiß«, entgegnete ich leise. »Ich werde euch nicht enttäuschen.«

11
Suki

»Perfektes Timing«, sagte Carter, als ich gerade frisch geduscht im Pyjama und mit meinen Löwenkopf-Hausschuhen aus meinem Zimmer schlenderte. Er reichte mir einen der zwei Pizzakartons, die er dem Lieferanten gerade an der Tür abgenommen hatte. »Einmal Pizza mit extra viel Käse.«

»Danke, C.« Ich nahm den warmen Karton entgegen und lief mit ihm zum Sofa, wo wir uns auf das Polster sinken ließen. »Die brauche ich heute mehr als die Luft zum Atmen. Ich bin so ausgehungert und fertig ... mit allem.«

Ich fühlte mich leer und kraftlos. Meine Beine waren müde, mein Kopf und meine Arme auch, und ich spürte jetzt schon, wie sich der Muskelkater in meinem ganzen Körper ankündigte.

»Was ist passiert? War das Tanztraining nicht gut?«

Ich zuckte mit den Schultern, während ich die scharfe Soße, die schon auf dem Couchtisch bereitstand, großzügig auf der Pizza verteilte. Im Anschluss fischte ich ein Stück aus der Pappe. Sofort kroch mir der köstliche Duft von Käse, Tomate und Pizzaboden in die Nase, und mir lief das Wasser im Mund zusammen. »Ich war heillos überfordert. Und auch noch selbst dran schuld ... Aber weil ich meine Klappe nicht halten konnte, dachten die blöderweise, ich habe es voll drauf. Tja, statt wie Tate McRae abzugehen, habe ich komplett versagt.«

»Das tut mir echt leid. Aber vielleicht war es auch gar nicht so schlimm, wie du denkst. Du übst doch immer in deinem Zimmer, und ich finde, dass du es schon draufhast«, brummte Carter und schüttelte den Kopf, während er auf seinem Stück Peperoni-Pizza herumkaute. »Sicher wird das Video richtig gut, da mache ich mir keine Sorgen. Gib einfach dein Bestes. Schau mal, das war dein erstes Training. Ist doch logisch, dass du noch nicht alles perfekt machst.«

Ich biss ein Stück ab, und sofort breitete sich der leckere Käsegeschmack auf meiner Zunge aus. »Ja, aber am Freitag ist schon der Videodreh, und ich weiß nicht, wie ich das alles hinkriegen soll, ohne mich zum Volldeppen zu machen.«

»Du machst dich nicht zum Volldeppen. Du hast doch noch ein paarmal Training bis dahin, oder? Und bis zur Release-Party auch?«

Ich nickte und zog ein Bein an. »Ja. Ein paar Tänzerinnen treffen sich sogar noch zusätzlich zum Training mit mir, um mir zu helfen.«

»Ja, schau. Hört sich doch vielversprechend an.« Er grinste und stieß mich mit dem Ellenbogen in die Seite. »Dann waren die alle gut drauf?«

Ich presste meine Lippen aufeinander und hielt inne. Einen Moment zu lange, da Carter mir sofort ansah, dass etwas nicht stimmte.

»Okay, was ist los? Wem muss ich die Eier abreißen?«

»Niemandem.« Ich winkte ab, wobei mir fast der Käse von der Pizza rutschte. »Es war nur ... Es sind ein paar doofe Kommentare gefallen, die mich noch mehr verunsichert haben, aber ich schätze, das gehört einfach dazu.«

Er hob die Brauen. »Was für Kommentare?«

»Sie haben mich mit Presley verglichen, und da ist ja logisch, dass ich den Kürzeren ziehe.« Ich zuckte mit den Achseln. »Immerhin ist sie schon seit Jahren im Business und viel erfahrener und ... Ich weiß auch nicht. Es hat genervt.«

»Glaub ich. Das ist auch echt unterste Schublade. Ich meine, du bist eine Newcomerin. Und ich finde, du machst deinen Job bisher echt gut. Also lass dich von denen nicht entmutigen, okay?«

»Leichter gesagt als getan.«

»Wie sieht's online eigentlich aus? Hast du mal wieder deinen Account gecheckt? Wegen der ganzen Presley-Sache.«

»Die letzten Tage habe ich mich ein wenig von Social Media ferngehalten. Ich trau mich gar nicht mehr nachzuschauen, was da überall über mich gesagt wurde, war so schrecklich.« Ich erschauderte beim Gedanken daran. »Judy oder ihre Assistentinnen managen sowieso meinen Account und posten das ganze Promozeug. Aber jetzt, wo du es sagst ... Vielleicht sollte ich mal schauen, was es Neues gibt.«

Rasch fischte ich mein Smartphone aus der Tasche meiner Jogginghose, während ich noch einen Bissen nahm, dann öffnete ich die Instagram-App und checkte meine Benachrichtigungen. Etliche Kommentare, Markierungen, Nachrichtenanfragen und Story-Erwähnungen. Als ich meinen letzten Post antippte, ein kleiner Schnipsel des Covers meiner Single, wo man nur einen Ausschnitt meines glitzernden Bikinis erkennen konnte, darunter *Invisible Reflections* und das Release-Datum, durchfuhr mich ein kalter Blitz. Ich kniff die Brauen zusammen und scrollte durch die ersten Kommentare, die alle von Tausenden Leuten gelikt worden waren.

> Die Bitch kann einpacken! #teampresley

> Sie wird nie an unsere Queen rankommen!

> #teampresley all the way

> Wie dumm kann man sein zu denken, man kommt mit so 'ner Scheiße durch. #fail

> Hässliche Schlampe, kannst eh nicht singen.

> Hab sie beobachtet, als sie das Fotoshooting hatten, und sie sah aus wie Presley auf ihrem letzten, so peinlich …

> Leg dich bloß nicht mit #teampresley an!

Immer und immer wieder stand da dieser Hashtag, der mir einen Stich versetzte, und als ich sah, dass ich auch auf etlichen Posts mit Bildern von mir markiert war, die jemand durchgestrichen hatte, lief es mir eiskalt den Rücken hinunter. Mein Mund fühlte sich ganz trocken an, und hinter meinen Lidern brannte es. Es hörte einfach nicht mehr auf.

Unter all den negativen Kommentaren waren aber auch einige bestärkende zu finden, sehr viele glücklicherweise.

> We support you!! #teamsuki

> Ich freu mich auf deinen Song ahhhh omg!

> Endlich mal frischer Wind! Go Suki!
>
> #teamsuki, weil Presley ihre besten Zeiten hinter sich hat.

»Ich …«, wisperte ich und legte die Pizza im Karton ab. »Ich glaube, es gibt zwei Teams, und die Presleys-Fans haben es auf mich abgesehen. Ich verstehe das nicht …«

»Was?« Als ich Carter rasch die Kommentare und Posts zeigte, wirkte er nun auch etwas besorgt. »Heftig. Aber … Du meintest doch, dass Vortex das geklärt hat und alles geplant ist, oder? Ein PR-Stunt, um für Aufmerksamkeit zu sorgen und eure Relevanz und die Verkäufe anzukurbeln?«

Ich nickte, während mir mein Herz fast aus der Brust sprang. »Ja, aber das nimmt langsam echt überhand. Ich meine, okay, ein bisschen Publicity schadet nicht, aber das ist ja schon ein Shitstorm, oder?«

Sorge zeichnete sich auf Carters Zügen ab. »Es wirkt so.«

Ich atmete tief durch. Was passierte hier nur? Wieso wollte das Label diese zwei Lager? Lag das nur an dem Song, der eigentlich Presley gehört hatte, oder noch an etwas anderem? Diese Leute kannten mich nicht, sie wussten nicht, was für ein Mensch ich war. Sie sahen nur die Suki, die Presley den Song geklaut hatte und ihr nacheiferte. Einen Bösewicht. Und Presley schien in diesem Kampf das Opfer zu sein.

»Ich glaube, ich muss noch mal mit den Leuten vom Label reden. Mir wird diese ganze Sache mit diesen Teams zu viel. Ich will nicht, dass die Leute mich jetzt schon hassen, bevor nur ein Song von mir erschienen ist. Ja, es ist Werbung. Aber du kannst mir doch nicht erzählen, dass ich viel davon habe, wenn ich so viel Hass abbekomme. Jetzt schon.«

Er wiegte den Kopf hin und her. »Na ja, also neutral betrachtet … sind das am Ende vermutlich dennoch Menschen, die deinen Song streamen werden. Es ergibt schon Sinn, dass das Label einen gefakten Skandal anzettelt, damit du bei deiner ersten Single direkt eine riesige Aufmerksamkeit bekommst.«

Mir schwirrte der Kopf. Ich stellte meine Füße, die immer noch in den Löwen-Hausschuhen steckten, am Rand des Couchtisches ab und legte den Kopf in den Nacken. »Ich hätte echt nicht gedacht, dass mein Traum sich zwar erfüllt, damit aber auch einiges an Mist auf mich zukommt.« Ich seufzte. »Bring mich auf andere Gedanken. Lenk mich ab. Wie war's in New York?«

Übers Wochenende war Carter nicht zu Hause, sondern geschäftlich in New York gewesen, sodass wir erst heute wieder miteinander reden konnten.

Carter lachte leise. »Echt gut. Ich habe mich ja mit ein paar Filmvertriebsunternehmen getroffen, um die Möglichkeiten abzuchecken, dass mein Film auch noch in weiteren Kinos laufen wird, und sie meinten, dass sie interessiert sind.«

»Was?« Ich starrte ihn an. »Das ist ja cool. O mein Gott, Carter! Wieso hast du nichts gesagt?«

»Immer mit der Ruhe. Noch ist nichts sicher. Sie wollen erst mal die Premiere hier in L.A. abwarten. Du kannst dir nicht vorstellen, wie krass ich mich freue und wie nervös ich mittlerweile bin. Nur noch zweieinhalb Wochen!«

»Das wird der Hammer. Ich muss noch ein Schild basteln, um dich anzufeuern«, entgegnete ich lachend. »Uh, oder ich poste Werbung für dich auf meinem Instagram-Account.«

»Ach, stress dich nicht. Ich freue mich einfach, wenn du dabei bist. Du musst nicht noch extra Werbung machen. Bestimmt findet Vortex das auch nicht so toll.«

»Ich werde doch noch meinen Bruder und besten Freund supporten dürfen. Und hast du dich in New York auch mit Candace getroffen?« Ich nahm noch einen Bissen. »Ihr habt euch jetzt auch eine Weile nicht gesehen. Und bei eurem ganzen On-off-

Beziehungsdrama habe ich fast damit gerechnet, dass du einen Abstecher zu ihr machst.«

Verräterisch grinste er mich an. »Nur an einem Abend. Wir haben was gegessen, hatten ein wenig Spaß und ...«

»Und?«

»Mehr nicht.« Er zuckte mit den Schultern.

Ich fixierte ihn neugierig. »Also kein Comeback eurer Beziehung? Seit eurer Trennung nach unserem Abschluss damals habt ihr doch ständig wieder was miteinander angefangen, weil ihr doch nicht ohne einander könnt.«

»Das sind nur lockere Geschichten zwischen uns, wenn wir uns sehen. Wir leben an gegenüberliegenden Enden des Landes und wollen beide keine Fernbeziehung, und das ist auch okay so. Es geht ihr gut, mir geht's gut. Uns allen geht's gut.« Er seufzte und fuhr sich durchs Haar. »Ich halte lieber hier die Augen offen.«

»Pff«, schnaubte ich. »Irgendwann werdet ihr sowieso heiraten. Ganz sicher.«

»Wir werden sehen.« Er winkte ab, dann wanderte sein Blick zu mir. »Aber was hast du denn am Wochenende getrieben so ganz ohne deinen nervigen Bruder? Dich gelangweilt? Oder unseren Pflanzen ein Privatkonzert gegeben?«

»Weder noch. Ich habe die Hälfte der Zeit damit verbracht, meine Amateur-Dancemoves auszubauen. Du hättest mich sicher ausgelacht. Und die andere Hälfte habe ich an Songs gearbeitet, nachdem es Freitag im Studio ein wenig ... nicht so ganz rundlief.«

Er furchte die Stirn und nahm noch einen Bissen von seiner Pizza, während im Hintergrund ein Song von The Weeknd spielte. »Wie war's mit River?«

Ich atmete zischend aus und verengte die Augen. »Der kann mir gestohlen bleiben. Er ist so ein verdammt arrogantes Arschloch. Ich kann gar nicht verstehen, dass wir früher mal mit ihm befreundet gewesen sind.«

Carter warf mir einen kurzen Blick zu, dann starrte er auf sein Stück Pizza, das er zusammenrollte, um es sich gleich in den Mund zu schieben. »Ihr kommt also immer noch nicht miteinander klar?«

»Wir versuchen es zwar, aber jedes Mal eskaliert es wieder, und einer von uns rennt aus dem Raum.«

»Shit. Dann habt ihr bisher keinen einzigen Song geschrieben?«

Ich schüttelte den Kopf. »Tyrese hat sich auch schon ein bisschen aufgeregt, deshalb hat er uns aufgetragen, nächsten Dienstag auf privater Ebene, so ganz ohne Musik, abzuhängen und etwas zu unternehmen. So als teambildende Maßnahme oder so. Ich habe echt keine Ahnung, wie das funktionieren soll, ohne dass einer am Ende ohne Kopf dasteht.«

»Harte Situationen erfordern harte Maßnahmen.« Carter schmunzelte. »Du machst das schon. Und vielleicht versteht ihr euch ja auch wieder so gut wie früher. Damals war es doch echt cool zwischen uns allen. Wir haben fast täglich abgehangen, ihr habt zusammen Musik gemacht, und wenn wir zu dritt waren, dann war es doch schon immer echt witzig. Vielleicht hilft es dir ja, daran zu denken, wie schön die Freundschaft war.«

Ich hob eine Braue. »Wie kannst du nur so entspannt sein? Er wollte dich ruinieren, C.«

»Seitdem sind fünf Jahre vergangen, und er hat seine Strafe abgesessen. Vielleicht … Ich weiß nicht, aber vielleicht ist es Zeit, ein neues Kapitel aufzuschlagen.« Er zuckte mit den Schultern und zog einen Mundwinkel nach oben. »Ich meine, ich muss schon hin und wieder an früher denken und wie beschissen das alles, nicht zuletzt wegen mir, lief. Ehrlich gesagt tut es mir schon leid, dass das alles zerbrochen ist.«

»Aber er ist doch schuld an allem. Nur weil er dich bequatscht und gedrängt hat, Dinge zu tun, die du nicht wolltest, ist alles so eskaliert.« Ich schluckte. »Okay, ja. Ich habe damals dazu beigetragen, dass er im Gefängnis gelandet ist, aber eigentlich habe ich doch nur die Wahrheit gesagt. Im weitesten Sinne. Dass ich den Ablauf nicht ganz wahrheitsgetreu dargestellt habe, hat ja an der Situation nichts geändert. Ich wollte doch nur, dass klar wird, dass River der Hauptschuldige bei der ganzen Aktion war. Und im Grunde ist das ja auch alles inzwischen verjährt.«

»Hmm«, brummte Carter. »Stimmt schon. Ja, du hast recht. Aber er hatte bestimmt auch nicht die beste Zeit im Gefängnis. Und was er sich jetzt erarbeitet hat, ist schon krass.«

Natürlich war Rivers Karriere beeindruckend, vor allem, nachdem er eineinhalb Jahre gesessen hatte, aber das hatte ja auch seinen Grund gehabt. Am letzten Freitag, als er neben mir am Keyboard gesessen hatte, hatte es sich für einen kurzen Herzschlag so angefühlt wie früher. Damals hatten wir jeden zweiten Tag zusammen abgehangen, wenn er mal nicht mit seinem besten Kumpel Carter unterwegs gewesen war. Wir hatten zusammen stundenlang an neuen Songs gearbeitet, oder er hatte mich auf dem Piano begleitet, während ich gesungen hatte.

Du hast die schönste Stimme auf dieser Welt, Suk. Und irgendwann wird die ganze Welt sie hören können.

Beim Gedanken an seine Worte zog sich alles in mir schmerzhaft zusammen. Es war nie etwas zwischen uns gelaufen, aber dennoch hatte da immer diese Spannung in der Luft gelegen. Zumindest, bis ich mit Jason zusammengekommen war. Danach hatte sich sowieso alles verändert. Und genau diese Spannung hatte ich vergangenen Freitag wieder gefühlt, als ich neben ihm gesessen hatte. Es hatte sich für ein paar Sekunden vertraut angefühlt. So als ob es die letzten fünf Jahre nicht gegeben hätte. Und dann hatte er den Mund aufgemacht und mich daran erinnert, warum ich ihn seit fünf Jahren hasste.

»Nein.« Ich schüttelte den Kopf. »Dieser Kerl ist und bleibt ein hinterlistiges Arschloch.«

12
River

Was zur Hölle machte ich vor einem Yogastudio in Venice?

Das war doch echt nicht deren Ernst. Ich fuhr mir übers Gesicht und fragte mich, womit ich diesen Mist verdient hatte. Gerade als ich kurz davor war, wieder nach Hause zu fahren, sah ich Suki in ihrem grauen Honda Civic am Straßenrand vorfahren. Gut, eher ihren verlogenen Bruder, der kurz anhielt, um sie rauszulassen. Der hatte mir gerade noch gefehlt. Ich ignorierte ihn, schenkte ihm nicht mal den Hauch meiner Aufmerksamkeit, während Suki ausstieg, ihm noch mal winkte und dann mit ihrer rosa Sporttasche auf der Schulter angelaufen kam. Die blonden Locken hatte sie zu einem Zopf gebunden und nur ein wenig Mascara aufgelegt, sodass ihre Sommersprossen deutlich zu erkennen waren.

»Hey«, sagte sie und zwang sich zu einem leichten Lächeln.

»Hi.« Ich seufzte. »Hast du eine Ahnung, was wir hier machen?«

Sie deutete auf das riesige Schild, auf dem *Yoga-Studio* stand, und legte den Kopf schief. »Wenn es aussieht wie eine Ente, schwimmt wie eine und quakt wie eine ... dann ist es wahrscheinlich ... warte, warte, warte ...«, sie schnippte mit den Fingern und tat so, als ob ihr eine Erkenntnis käme, »dann ist es möglicherweise tatsächlich eine Ente.«

Ich verdrehte die Augen. »Wieso habe ich nur gefragt ... Aber hast du zumindest mehr Infos als ich?«

»Jazz meinte nur, dass ich Sportklamotten mitbringen soll und wir uns am Check-in melden sollen«, entgegnete sie und stieß die Glastür zum Studio auf.

Ich folgte ihr ins Innere, wo leise Naturgeräusche aus den Lautsprechern an den Wänden drangen. Vogelgezwitscher, Meeresrauschen und eine leichte Brise. Und hörte ich da auch irgendwo eine verdammte Panflöte? Na super. Die ganze Einrichtung war superclean in Weiß mit hellgrünen Akzenten gehalten. Ein paar Leute warteten im Eingangsbereich, unterhielten sich und schlürften grüne Smoothies.

»Willkommen! Schön, dass ihr da seid. Wie kann ich euch helfen?«

»River Hawthorne und Suki Loveless«, brummte ich und stützte mich am Tresen ab. »Wir sind wohl für eine Yogasession hier?«

Er schaute rasch die Liste auf seinem Monitor durch, dann hob er freudig die Brauen. »Ja, ja, genau richtig. Eine Miss Fairchild hat Sie beide zu unserem Partner-Yogakurs heute angemeldet. Er findet ...« Mehr bekam ich nicht mehr mit, weil mein Blick sofort zu Suki huschte, die den Yogakerl perplex anstarrte und dann mich.

Partner-Yoga? Fucking Partner-Yoga?

Oh hell, no.

Nicht in einer Million Jahre.

»Das ist nicht deren Ernst, oder?«, murmelte ich an sie gewandt.

Sie zuckte mit den Schultern. »Scheint wohl so. Ich hätte mit dir auch lieber einen Kurs im Messerwerfen gemacht.«

Für den Hauch einer Sekunde musste ich den Anflug eines Schmunzelns unterdrücken. Meine Miene blieb eiskalt, während der Typ noch irgendwas von den Kursräumen und Umkleiden erzählte.

»Dann viel Spaß, und möge eure Reise heute friedlich und erfüllend sein.«

»Danke«, säuselte die blonde Nervensäge, dann steuerte sie die Treppe an, die ins Untergeschoss führte.

»Willst du das wirklich durchziehen?« Ich folgte ihr über die breite Treppe nach unten, wo ich bereits zwei Türen sah, die wohl die Umkleiden sein mussten.

»Wir müssen. Ich will ein phänomenales Album schreiben, und wenn Vortex meint, dass uns das helfen könnte, dann …«

»Dann müssen wir das wohl über uns ergehen lassen«, brummte ich noch, dann stieß ich die Tür zur Umkleide auf. »Super.«

Rasch zog ich mich um, schwang mich in meine graue Jogginghose und das weiße Shirt, schloss meinen Rucksack ein und lief dann wieder raus auf den Flur, wo Suki bereits auf mich wartete. In … oh … oh … *okay* …

Sie trug knallenge schwarze Yogapants und ein gelbes Top, das sich an ihre runden Brüste schmiegte. In der Hose machte sie eine unglaubliche Figur, ihre Kurven kamen perfekt zur Geltung, und ich wollte …

Fuck. Stopp. Nein.

Nein, definitiv und ganz klar: Nein.

Auch wenn mir bei ihrem Anblick Hitze zwischen die Beine schoss, riss ich mich zusammen und verzog keine Miene. Ich schluckte und ließ den Blick über ihren Körper bis nach oben in ihre petrolfarbenen Augen wandern, mit denen sie mich kritisch musterte. Ihre Lippen waren leicht geöffnet.

»Beschwer dich nicht, falls ich dich bei einer der Übungen

zerquetsche«, sagte ich und zuckte mit den Schultern. »Wäre nicht ausgeschlossen, und ich wüsste nicht mal, ob es mir leidtäte.«

Ihr entstieg ein genervtes Ächzen, dann nickte sie in Richtung des Flurs, von wo aus einige Türen zu den Trainingsräumen abgingen. »Du kannst dich auch nur beschweren und rummeckern, oder?«

»Wenn ich dich sehe, fällt mir nun mal nichts Positives ein«, entgegnete ich und verdrehte die Augen.

»Sag mir lieber, ob du dir gemerkt hast, wo wir hinmüssen. Ich hab nämlich keine Ahnung.«

Ich nickte zwei Paaren hinterher, die den sonst leeren Gang entlangliefen. Anscheinend hatten alle anderen Classes schon angefangen. Ich zuckte die Schultern. »Da, wo die hinlaufen, müssen wir vermutlich auch hin.«

Suki nickte, und wir folgten ihnen in einen der Säle.

Da im Raum nur Paare zu sehen waren, schienen wir wohl richtig zu sein.

»Ich bin jetzt schon froh, wenn das hier vorbei ist.«

»Geht mir nicht anders.«

»Und falls ich dir ein paarmal ins Gesicht boxe, wenn mir die Hand ausrutscht oder so, tut es mir übrigens auch nicht leid«, flötete sie zuckersüß und schenkte mir ein aufgesetztes Lächeln, als wir uns eine Matte schnappten und an den anderen Paaren vorbei über den hellen Parkettboden an den Rand des lichtdurchfluteten Raumes liefen.

Ich legte die Matte vor uns ab, hörte, wie im Hintergrund irgendeine Panflöte dudelte, während Suki sich die Arme dehnte. Schnaubend hielt ich mir die Hand vor den Mund. »Wow, jetzt tu mal nicht so, als ob du Profisportlerin wärst.«

Sie hielt inne und fixierte mich. »Ich will mich nun mal nicht verletzen.« Dann reckte sie ihr Kinn ein Stück nach oben. »Höchstens dich.«

Vorn schloss eine Frau, die um die fünfzig sein musste und ihr grau meliertes Haar bis zur Taille trug, die Tür zum Saal, dann baute sie sich vor uns auf. »Hallo zusammen, ich bin Agatha und freue mich sehr, so viele neue Gesichter heute ...«

»Keine Sorge, das mit dem Verletzen kannst du abhaken, das hast du schon zur Genüge geschafft«, zischte ich in Sukis Richtung, während die Trainerin sich weiter vorstellte. »Lass uns das hier durchziehen und dann schnell wieder getrennte Wege gehen.«

»Nichts lieber als das.« Sie verdrehte die Augen und wandte sich mir zu. »Das wird alles andere als entspannend, wie es doch beim Yoga eigentlich sein sollte. Zumindest wenn es nach Mrs. Miller geht.«

Ich sah zu ihr, unsere Blicke ineinander verschränkt, während ich mich zu ihr hinunterbeugte. »Deine frühere Nachbarin?«, flüsterte ich, und sie nickte.

»Die hat doch auch immer Yoga gemacht und so davon geschwärmt.«

Unwillkürlich musste ich grinsen, weil ich beim Gedanken an die alte Dame nicht anders konnte. »Sie hatte diese bunten Sarongs und die ...«

»Räucherstäbchen«, vervollständigte Suki meinen Satz und musste nun auch schmunzeln. »Jap. Weißt du noch, als sie mit denen einmal den Feueralarm bei uns ausgelöst hat, als sie meinen Eltern welche aufschwatzen wollte?«

Ich schnaubte leise. »Daran kann ich mich erinnern. Vor allem, weil danach die halbe Stadt vor eurem Haus stand, um sicherzugehen, dass es nicht abbrennt.« Als mir bewusst wurde, wie locker ich mit Suki umging, erinnerte ich mich schnell daran, wer sie war, und setzte meine übliche kühle Maske wieder auf, um sie mir vom Leib zu halten. Zumindest solange es ging, immerhin stand uns eine Partner-Yogasession bevor, bei der wir uns sicher auf irgendeine verquere Weise aneinander reiben mussten oder Schlimmeres.

Auch in ihren Augen meinte ich ein paar Funken tanzen zu sehen. Stopp – was hieß hier *auch*? Nichts da. Bei mir funkte gar nichts bis auf meine Motivation, diesen Mist hinter mich zu bringen und schnell wieder von hier zu verschwinden.

Rechts und links von uns räusperten sich ein paar Leute sowieso schon, woraufhin ich den Blick von ihr abwendete.

»Dann starten wir doch gleich mal mit ein paar Aufwärmübungen«, beendete Agatha vorn ihre Rede, von der wir bei unserem Gezanke nichts mehr mitbekommen hatten, und fing an, sich zu dehnen.

Suki riss sich nun auch von mir los und schloss sich der Trainerin an, also tat ich das Gleiche und fing an, ein paar Atemübungen zu machen. Während wir mit der Class starteten, funkelte sie mich immer wieder an, was ich mit genervten Blicken quittierte. Sie ging mir jetzt schon so hart auf den Zeiger, dass ich keine Ahnung hatte, wie ich die nächsten 90 Minuten überstehen sollte.

Nachdem wir uns alle gestreckt hatten, sollten wir uns der ersten Yogapose widmen. »Wir fangen heute zum Einstieg mit einer leichten Übung an – die Lotusblume.« Agatha klatschte freudig in die Hände, dann ging sie mit ihrem Partner auf der Matte in Position. »Der Mann setzt sich zuerst in den Lotussitz.«

Lotussitz?

Schnell ließ ich den Blick zu den anderen Typen gleiten. Gut, ein einfacher Schneidersitz. Den bekam ich hin, also ließ ich mich auf die Matte gleiten.

»Super. Die Dame setzt sich nun auf den Schoß und umfängt ihn mit Armen und Beinen.« Agatha klammerte sich wie ein kleiner Affe an ihren Partner, während ich mir nur übers Gesicht rieb. Wo war ich im Leben falsch abgebogen, dass ich jetzt hier saß?

Suki biss sich auf der Lippe herum, sah zu den anderen, die alle schon mit der Übung anfingen, dann trafen sich unsere Blicke, und sie kam ein Stück auf mich zu.

»Na los, auf, auf, auf«, forderte uns die Kursleiterin auf, als sie uns passierte, und schob Suki sanft auf mich zu. »Ihr müsst euch miteinander verbinden. Das wird eurer Beziehung guttun.«

»Komm«, sagte ich genervt zu Suki. »Wir müssen da jetzt durch.«

»Von mir aus«, entgegnete sie seufzend und ließ sich dann auf meinen Schoß sinken. Ihre Beine stellte sie hinter meinem Rücken auf, ihr Blick war mit meinem verschränkt, während sich plötzlich eine unerwartete Hitze zwischen uns aufbaute. Vorsichtig vergrub ich meine Hände an ihren Hüften und hielt sie fest, woraufhin sie erstaunt blinzelte. Ein Kribbeln zuckte durch meinen Körper. Verdammt. Wieso musste sich Suki auf mir so gut anfühlen? Und noch dazu konnte ich meine Gedanken kaum ordnen, wenn ich ihr in die Augen blickte und nur noch die vertraute Wärme sah, die dort tanzte. Ich schluckte, weil ihr Gesicht gerade mal zehn Zentimeter von meinem entfernt war. Ihre Pupillen huschten hin und her, während mir ihr süßer, vertrauter Duft in die Nase schwebte. Mein Herz schlug immer schneller. Hitze wanderte durch meinen Körper, zwischen meine Beine, und ich musste mich beherrschen, nicht vollkommen dahinzuschmelzen. Dabei hatte ich mich doch in keiner Weise sportlich betätigt. Zögerlich verschränkte sie ihre Handgelenke in meinem Nacken, woraufhin ich mich anspannte. Ihr weicher Körper schmiegte sich an meinen und fühlte sich so fucking gut an, dass ich am liebsten ewig so mit ihr gesessen hätte. Wieder trafen sich unsere Blicke, und ich hatte das Gefühl, darin zu versinken. Ich wollte es nicht, aber ich war verdammt noch mal machtlos. Ihre Zungenspitze glitt für den Hauch einer Sekunde über ihre Lippen, was das Fass zum Überlaufen brachte.

Fuck. Ich hatte ja schon geahnt, dass das unangenehm werden würde, aber das? Das war die reinste Folter. Eine bittersüße Folter. Der River von vor fünf Jahren hätte vermutlich Luftsprünge gemacht, während der River von heute ... na ja, sich nicht so ganz sicher war, was er fühlen sollte.

»Bequem?«, flüsterte ich mit sarkastischem Unterton.

»Geht so. Auf jeden Fall geht dieser Partner-Yogakurs, in den wir hier geraten sind, jetzt schon ordentlich in die Vollen.« Suki klang etwas verunsichert. »Quetsch ich dir irgendwas ab?«

»Keine Sorge, alles noch intakt.«

Als sie genervt stöhnte, unterdrückte ich ein Grinsen. Eine Weile verharrten wir in dieser Position. Agatha erzählte irgendwas, doch solange Suki so auf mir saß, konnte ich mich auf kein Wort konzentrieren. Wie ich schon sagte: Folter.

Im Anschluss probierten wir noch weitere Übungen aus, die alle sehr innig und intim waren und meinen Hass auf sie wirklich herausforderten. Eine Übung nach der anderen arbeiteten wir ab, während mir immer wärmer wurde. Yoga war tatsächlich anstrengender als gedacht. Aber vielleicht lag es auch an Suki und ihren Händen auf meinem Körper.

»Gut, dann widmen wir uns der nächsten Pose, die etwas fortgeschrittener ist. Dafür gehen wir zurück in den Stand. Der Mann steht ganz entspannt da, während die Frau ein wenig mehr Beweglichkeit benötigt.« Agatha und ihr Partner gingen in Position, Suki und ich standen auch auf und beobachteten, wie ... Agatha plötzlich ihr Bein in die Luft streckte und auf seiner Schulter ablegte.

Was zur fucking Hölle ...

Mein Blick huschte zu Suki. Als sie nach Luft schnappte, versteckte ich mein Lachen hinter vorgehaltener Hand. Das würde wohl interessant werden.

»Das meint sie doch nicht ernst, oder?«, flüsterte sie und

weitete die Augen, als der Mann noch näher zu Agatha rückte und diese sich somit in einem horizontalen Spagat befand. »Das ... Das ... Das ... Nein.«

»Ist doch einfach«, zog ich sie auf und grinste sie provokativ an. »Oder willst du jetzt einen Rückzieher machen?«

»Niemals«, gab sie zurück und stellte sich direkt vor mich. Unsere Blicke kreuzten sich, und in meiner Brust flatterte etwas, doch ich drängte es zurück. So, wie ich es früher schon getan hatte.

»Na, dann her mit deinem Hühnerbeinchen.« Ich legte den Kopf schief und klopfte mit der flachen Hand an meine Brust. Dann schenkte ich ihr ein herausforderndes Grinsen.

»Pass auf, dass ich dir mit meinem Hühnerbeinchen nicht die Augen auskratze, wenn ich *versehentlich* deine Schulter verfehle.«

»Bin für den Roundhouse-Kick gewappnet. Also, worauf wartest du?«

»Sag nicht, ich hätte dich nicht gewarnt.« Genervt stöhnte sie auf, dann holte sie aus und hob ihr Bein an, bekam es aber nicht von sich aus ganz nach oben, weshalb ich ihr zu Hilfe kam und mit der Hand ihren Knöchel packte. Ihr Blick zuckte kurz zu meinen Augen. Sie blinzelte einige Male, als ich ihr Bein wie in Zeitlupe immer weiter anhob.

»Geht das so?«

Sie schluckte hart, dann nickte sie. Ihre Wangen waren knallrot. »Mhm.«

In diesem Moment hätte ich alles dafür gegeben zu wissen, was sie dachte. Sie hielt sich an meinem Nacken fest. Immer weiter hob ich ihr Bein an, bis ich ihren Knöchel auf meiner Schulter ablegen konnte. Ich musste etwas in die Knie gehen, weil ich zu groß war, doch sie packte es, und ich ... musste mich sehr zusammenreißen, mir nicht anschen zu lassen, was Suki in dieser Position in mir auslöste. Ja, es war nur eine dämliche Yogapose, und eigentlich hätte ich sie dabei nicht so ansehen oder so empfinden dürfen, aber ich war auch nur ein Kerl. Um sie zu stabilisieren, hielt ich sie an ihren Hüften fest, wie es die anderen auch bei ihren Partnerinnen taten. Hitze sammelte sich in meinem Schritt, als ich noch ein wenig auf sie zutrat, ihre Dehnung reizte, bis sie mir signalisierte, dass es nicht mehr weiterging. Mein Herz schlug schneller. Es raste verdammt noch mal. Und ich bekam beim Blick in ihre türkisfarbenen Augen das Gefühl, dass auch darin Feuer loderte. Doch vielleicht wollte sie mir wirklich die Augen auskratzen, das wusste man bei ihr in letzter Zeit nie so genau.

»Ist das zu viel? Tut das weh?«, flüsterte ich und hörte, dass meine Stimme etwas kratzig klang.

»N-nein«, stammelte sie und biss sich auf die Lippe, womit sie mir den Todesstoß versetzte. Zu gerne hätte ich mit dem Daumen über ihre Lippe gestrichen und …

Fuck. Was tat ich hier? Das hier war immer noch Suki.

Ich räusperte mich und wandte den Blick ab, bewegte mich etwas, was diesem Satansbraten zum Verhängnis wurde. Sofort geriet sie aus dem Gleichgewicht. Gerade als sie drohte umzufallen, packte ich sie, so schnell ich konnte, und … knallte mit ihr auf die Matte.

»Ahh«, entfuhr es ihr, und ich stöhnte auf.

Unsere Beine waren miteinander verschlungen. Ich auf ihr. Mein Schritt an ihrer Mitte, und ihre Lippen nur wenige Millimeter von meinen entfernt. Für ein paar Sekunden atmeten wir dieselbe Luft, unsere Blicke miteinander verschränkt, und ich hätte schwören können, dass unsere Herzen im selben Takt schlugen. Ein Funkeln in ihren Augen, Knistern und Hitze zwischen uns in der Luft. Mein Atem ging stockend. Ich konnte nicht aufhören, zu ihren Lippen zu blicken und wieder in ihre Augen, bis … Suki plötzlich losprustete. Sie lachte laut los. Erst starrte ich sie einige Sekunden an, bis ich auch nicht mehr anders konnte, als mich neben sie auf den Rücken zu rollen und mir vor Lachen den Bauch zu halten. Sie bekam sich gar nicht mehr ein, sodass die anderen Kursteilnehmer schon in unsere Richtung blickten und uns kritisch musterten.

»Auch das gemeinsame Lachen wird euch helfen, noch tiefer in eure Beziehung einzutauchen.« Mit einem freundlichen Blick mahnte sie uns zur Ruhe, und so brachten wir die Stunde noch mehr oder weniger erfolgreich zu Ende.

»Schön, es hat mich sehr gefreut, dass heute wieder so viele von euch hier waren. Dieser Kurs war wie immer eine Reise zu uns selbst und zu unserem tiefsten Verlangen«, sagte Agatha. Aus dem Augenwinkel nahm ich wahr, wie Suki immer noch grinste. »Wir haben gelernt, uns selbst und unseren Partner besser zu verstehen und dass das Wichtigste die Hingabe zur universellen Energie, die uns alle verbindet, aber auch zu uns und unserem Partner ist. Möge diese Reise niemals enden. Wer Lust auf eine zweite Kamasutra-Stunde hat, der ist eingeladen, noch ein wenig zu bleiben. Gleich im Anschluss findet ein weiterer Kurs für Anfänger statt.«

Kamasutra.

Kamasutra, wie in der indischen Lehre über Sexpositionen?!

Wir hatten uns anscheinend doch im Raum geirrt. Das hier war nicht der für uns vorgesehene Kurs gewesen.

Sofort fuhr ich zu Suki herum, die Agatha nur entgeistert anstarrte. Ihr Mund stand offen, ihre Wangen brannten lichterloh. Als sich unsere Blicke trafen, konnte ich förmlich spüren, wie eine Welle der Peinlichkeit durch mich hindurchrauschte.

»Das erklärt einiges«, murmelte sie und fuhr sich übers Gesicht.

Ich konnte nicht anders, als wieder zu lachen anzufangen. »Entspann dich«, flüsterte ich ihr zu und klopfte ihr auf die Schulter. »War doch witzig.«

»Nur ein bisschen.« Sie presste ihre Lippen aufeinander, um ein Grinsen zu verbergen, dann schüttelte sie den Kopf. »Das bleibt unter uns. Definitiv. Wir waren beim Partner-Yoga. Das ... nehmen wir mit ins Grab.«

Ich zuckte mit den Schultern, dann erhob ich mich und streckte ihr die Hand hin, um ihr aufzuhelfen. »Soll mir recht sein.«

Wir räumten die Matte auf, dann verschwanden wir in den Umkleiden, um zu duschen und uns umzuziehen. Nach der Runde Trockensex hatte ich eine kalte Dusche bitter nötig.

Nachdem wir beide fertig waren und gemeinsam das Studio verließen, konnte ich nicht anders, als über diese ganze Situation zu schmunzeln.

»Ich weiß, dass das alles gerade nicht unbedingt einfach ist, aber ich schätze, wir haben das Beste daraus gemacht, oder?« Suki fuhr sich durch ihr honigblondes Haar, das sie nun offen trug, und warf mir einen raschen Blick von der Seite zu.

»Tyrese wird stolz auf uns sein.« Ich zog meinen Autoschlüssel aus der Hosentasche und wollte gerade den kleinen Knopf betätigen, da hielt ich inne. Mein Blick wanderte wieder zu ihr. Heute hatten wir uns zur Abwechslung echt gut verstanden, und ich hatte zum ersten Mal das Gefühl gehabt, dass es ein wenig wieder war wie damals, bevor alles bergab ging. Wenn ich sie jetzt gehen ließ, würde diese Verbindung bis zum nächsten Mal, wenn wir uns sahen, vielleicht wieder verpuffen. »Sag mal, das eben ... Teamtechnisch war das doch eigentlich eine Glanzleistung im Vergleich zu den letzten Sessions. Und wir sind sowieso schon im Verzug, was dein Album betrifft.« Ich zuckte mit den Schultern und nickte zu meinem Range Rover, den ich an der Straße geparkt hatte. »Hast du Lust, mit zu mir zu kommen?« Als sie die Augen kritisch verengte, ruderte ich zurück. »Hey, hey. Ich meine zum Songschreiben. Ich kann mir schon vorstellen, dass du dir nach der Kamasutra-Class in deinem kleinen Köpfchen ganz andere Dinge mit mir zusammenspinnst, aber mir geht es wirklich nur darum, dass wir die Stimmung gerade nutzen könnten.«

»Sei mal nicht so von dir überzeugt, Kollege. Ich spinne mir rein gar nichts zusammen.« Sie überlegte kurz, tippte sich dabei ans Kinn. Für den Bruchteil einer Sekunde glitt mein Blick zu ihren Lippen, bevor ich wieder rasch wegsah. »Gut. Ich komme mit.«

»Super«, entgegnete ich, dann drückte ich auf den Knopf und entriegelte mein Auto, bevor wir einstiegen und ich losfuhr.

Die Fahrt über schwiegen wir oder unterhielten uns über den ein oder anderen Song, der gerade lief. Nur gut 30 Minuten später fuhr ich in West Hollywood vor meinen Gebäudekomplex und parkte den Wagen.

»O-kay«, murmelte Suki, als ich kurz darauf die Tür zu meinem Apartment aufschloss und ihr bedeutete einzutreten. »Ähm, du hast es … hübsch hier.«

»Was? Gefällt es dir nicht?« Ich schnaubte und warf mein Schlüsselbund in die Schale auf der Konsole neben der Tür, dann steuerte ich den riesigen Wohnbereich an, der im Industrial-Style gehalten war – hohe Decken, dunkelgraue Wände und braune Ledermöbel, über der Küche befand sich eine riesige Erhöhung, auf der mein Bett zu finden war und von wo aus ich jeden Abend einen guten Blick auf meine Wohnung hatte.

»Doch, und wie«, sagte sie schnell und schüttelte den Kopf. »Ist sicher super, um kreativ zu werden. Ich meine …« Sie zeigte erst zu meinem schwarzen Flügel, dann zu meinen zahlreichen Deckenleuchten. Echte Designerteile, die ehemals Schallplatten gewesen waren und die mit Gold angesprüht und mit Glühbirnen versehen worden waren. »Das sieht cool aus.«

»Ich fühl mich sehr wohl«, entgegnete ich und lief rüber zu meiner Küche, um eine Flasche Wasser und zwei Gläser mitzunehmen, dann steuerte ich auf eine Tür zu und bedeutete ihr mit einem Nicken, mir zu folgen. »Willkommen in meinem Homestudio.« Ich schloss die Tür hinter uns und stellte Wasser und Gläser auf einem kleinen Beistelltisch, einer umfunktionierten Drum, ab, dann drehte ich mich zu ihr um.

Man merkte Suki das Staunen an, als sie all die Keyboards sah, die an der Fensterfront standen, durch die man einen tollen Ausblick über den Sunset Drive hatte. Sie lief an den deckenhohen Regalen mit den Schallplatten vorbei, berührte mein Mischpult und das Mikro, das danebenstand. »Hier würde ich mich auch wohlfühlen.«

»Ich bin auch sehr froh, dass ich mir das hier alles jetzt leisten kann, nachdem es«, ich holte tief Luft und wiegte den Kopf hin und her, »eine Weile eher schwierig war.«

»Das glaube ich. Aber jetzt verdienst du ja auch genug. Verrückt irgendwie, wie das alles gekommen ist.«

Ich trat ein paar Schritte auf sie zu, ließ meinen Blick über die Platten im Regal gleiten, die sich in den letzten Jahren angesammelt hatten. »Du kannst dir nicht vorstellen, wie viel mir diese Wohnung bedeutet. Ich meine, ja, es ist nur eine Wohnung, aber sie steht für so viel mehr. Mit Mom habe ich immer in einem kleinen bescheidenen Häuschen gelebt, wie du weißt, und als ich im Gefängnis war und dachte, dass mein Leben jetzt echt gelaufen ist, da habe ich für einen kurzen Moment den Glauben daran verloren, dass ich jemals an solch einem Ort leben werde. Bis ich mich dann durchs Schreiben einiger Songs irgendwie allein aus dem Ganzen rausholen konnte und genau diesen Gedanken den Kampf angesagt habe.« Ein Schmunzeln zuckte über meine Lippen, dann lehnte ich mich mit dem Rücken gegen das dunkle Holz des Regals und beobachtete, wie Suki mit den Fingern über die Tasten meines Rhodes Pianos strich und plötzlich lächelte. Wärme flutete sofort meinen Brustkorb. Ich konnte sie doch nicht mal mehr leiden. Wirklich. Es ... es gab keine andere Möglichkeit, als diese Frau zu verabscheuen. Aber wieso hatte ich dann das Gefühl, dass dieses verdammte Lächeln mein Untergang sein könnte?

»Das ist echt schön«, sagte sie leise und hob den Blick zu mir. »Du kannst stolz auf dich sein, dass du das geschafft hast. War es schwer, ins Leben zu finden, nachdem du wieder freigelassen wurdest?«

»Es war definitiv nicht einfach. Eine Weile hat mir ein Freund unter die Arme gegriffen, der einige Zeit vor mir rauskam. David. Er saß wegen Steuerhinterziehung, hatte dafür aber immer noch ein riesiges Vermögen und hat mir etwas Starthilfe gegeben, damit ich meinen Traum hier in Los Angeles verwirklichen konnte. Dafür bin ich ihm auf ewig dankbar. Mom hat ja selbst keine Reichtümer, und mit meinen Nebenjobs war es anfangs echt nicht einfach.«

»Klar, das glaub ich. Aber umso besser, dass er dir da geholfen hat.« Ein verständnisvoller Ausdruck legte sich auf ihre zarten Züge. »Und dein Dad? Hat er sich danach mal wieder gemeldet?«

Ich zuckte mit den Schultern und kam ihr wieder einen Schritt näher, während ich die Hände in meinen Hosentaschen vergrub. »Nur zu meinem Geburtstag und ein paar Feiertagen. Seine neue Familie in Minneapolis steht wohl weiter oben auf seiner Prioritätenliste, aber damit habe ich mich schon lange abgefunden.«

Nachdem mein Vater Mom und mich sang- und klanglos verlassen hatte, als ich gerade mal sieben gewesen war, hatte ich viele Jahre die Hoffnung gehabt, dass er zurückkehren würde oder auch nur Zeit mit mir verbringen wollte, doch sehr schnell war ich eines Besseren belehrt worden und hatte realisiert, dass ich ihm scheißegal war. Es hatte in manchen Momenten, in denen ich seinen väterlichen Rat gebraucht hätte, höllisch wehgetan, aber dafür hatte ich die wohl beste Mom der Welt, die alles gegeben hat, um dafür zu sorgen, dass es mir an nichts fehlte. Sie war eine echte Superheldin.

»Verstehe«, sagte sie und presste die Lippen mitfühlend aufeinander. »Tut mir leid.«

»Schon okay.« Ich winkte ab. »Ich brauche ihn nicht.«

Unsere Blicke kreuzten sich für einen Herzschlag, dann wandte sie sich ab und blickte zum Fenster hinaus. Wie seltsam es war, Suki nach all den Jahren in meiner Wohnung zu wissen und gerade mit ihr über all diese Dinge zu sprechen. Und doch genoss ein kleiner Funke in mir, sie um mich zu haben, weil wir eben nicht nur beschissene Zeiten hinter uns hatten, sondern auch schöne, bevor alles den Bach hinuntergegangen war.

»Hier lässt es sich bestimmt gut arbeiten«, sagte sie leise.

»Wenn es draußen dunkel ist, noch besser«, entgegnete ich und gesellte mich zu ihr ans Fenster. »Normalerweise schreibe ich nachts die meisten Songs.«

Ein Schmunzeln kroch über ihre Lippen. »Früher warst du auch schon eine Nachteule.«

Ich nickte und konnte das Kribbeln in meinem Inneren nicht mehr verdrängen. »Manche Dinge bleiben wohl für immer, wie sie sind.«

»Und manche verändern sich«, fügte sie leise hinzu.

Ich räusperte mich. »Bei der Session letzten Freitag meintest du, du hast ewig nicht mehr gespielt.« Als sie zu mir sah, die Brauen hob, legte ich den Kopf schief. »Wie lange ist es genau her?«

Sie hielt inne und überlegte, dann lief sie an mir vorbei. Als sie meine Schulter streifte, spürte ich wieder dieses verdammte Kribbeln. Sie ließ sich auf einen der beigen Sessel sinken und zog die Beine an. »Um die vier Jahre.«

Ich drehte mich um, weitete die Augen und starrte sie entgeistert an. »Vier Jahre? Wieso das denn?«

»In den letzten vier Jahren habe ich gar keine Musik mehr gemacht«, entgegnete sie und lachte auf, aber irgendwie hatte ich das Gefühl, dass sie es nur tat, um ihren Schmerz zu verstecken. Ich hatte sie früher gut gekannt und wusste, dass Musik ihr Ein und Alles gewesen war. Etwas Schlimmes musste vorgefallen sein, wenn sie vier Jahre nicht mehr an ihren Songs gearbeitet hatte.

»Woran lag das?«

»Ich habe den Glauben an mich und mein Talent verloren.« Sie sagte es geradeheraus. Ungeschönt und ungefiltert und schickte mir damit einen eiskalten Schauer über den Rücken. In ihren Augen glitzerte es, ihre Stimme war ganz sanft, als ob sie des Gedankens müde wäre, weil er sie vermutlich oft genug verfolgte.

»Aber wieso?« Ich schüttelte ungläubig den Kopf. »Ich habe dir damals doch etliche Male gesagt, dass du die schönste Stimme überhaupt hast. Carter und ich, wir waren deine größten Cheerleader.«

»Ihr beide schon.« Ich konnte ihr Herz brechen hören und fühlte, wie mich eine schmerzhafte Welle erfasste. Doch nicht nur das.

»Hat Jason etwas damit zu tun?«, spuckte ich seinen Namen fast schon aus.

»Spielt doch keine Rolle mehr. Es ist sowieso vorbei.« Während sie an ihren kurzen Nägeln herumspielte, öffnete sie immer wieder die Lippen, als wollte sie etwas sagen, und schloss sie wieder, bis ihr Blick langsam zu mir wanderte. »Ich will jetzt nicht darüber sprechen. Aber wo wir gerade beim Thema sind«, fasste sie sich ein Herz, »ich habe echt große Schuldgefühle wegen damals. Wegen der Falschaussage. Ich verstehe, dass du mit damals abschließen möchtest, aber du sollst wissen, dass es mir leidtut, dass ich damals gesagt habe, dass du an dem Abend allein warst und Carter bei mir. Ich habe nicht die volle Wahrheit gesagt, weil ich wusste, dass ich Carter nur so schützen konnte. Er ist mein Bruder. Ich konnte nicht zulassen, dass er fälschlicherweise ins Gefängnis kommt. Auch wenn du nicht unschuldig warst, hattest du das, was daraufhin passiert ist, nicht verdient.« Ihre Worte wirkten ehrlich. Ich glaubte ihr jedes einzelne, auch wenn die Bemerkung über damals wieder einiges an Erinnerungen aufwirbelte, die ich sicher verschlossen hinter mir hatte lassen wollen. Eine Woge des Schmerzes flutete mein Herz, weil ich nicht verstand, dass sie mich wahrhaftig für den Schuldigen hielt. Allerdings wollte ich keinen weiteren Gedanken an die Vergangenheit verschwenden, wo wir uns doch gerade endlich einander annäherten. Das wollte ich nicht wieder kaputt machen.

»Ich nehme deine Entschuldigung an«, entgegnete ich und ließ mich auf den Hocker vor meinem Piano sinken, den Blick allerdings immer noch auf Suki gerichtet. »Und falls du Angst hast, dass ich damit in der Öffentlichkeit rausrücken könnte ... Keine Sorge. Ich werde den ganzen Mist nicht wieder aufrollen. Wie gesagt, ich will das hinter mir lassen.«

Ich meinte es so, wie ich es gesagt hatte. Aber zu wissen, dass sie sich schuldig fühlte, ließ in mir das Gefühl aufsteigen, dass sie doch nicht so ein Unmensch war, wie ich die vergangenen Jahre angenommen hatte.

Sie nickte und atmete tief ein und aus. »Gut. Okay. Danke.«

Ich nickte und fing an, ein paar Akkorde auf dem Piano zu spielen, die gerade so aus meinen Fingern flossen. Dann hielt ich inne. »Und was war denn jetzt mit ...«

»Nein. Erzähl mir lieber, was du die letzten Jahre getrieben hast, um jetzt mit mir hier zu sitzen«, fiel sie mir ins Wort und versuchte, mich vom Thema abzulenken.

Ich gab mich geschlagen und seufzte leise, spielte wieder ein paar Noten. »Nachdem ich raus war, habe ich mich direkt in meine Karriere gestürzt. Mir war klar, dass das ab dem Zeitpunkt mein Fokus sein würde, also bin ich nach L.A. gezogen und hab erst mal in der Cheesecake Factory gearbeitet.« Ich musste beim Gedanken daran schmunzeln, und Suki tat es auch, was ich aus dem Augenwinkel sehen konnte. »Währenddessen habe ich echt viele Workshops und Fortbildungen zum Songwriting und Produzieren besucht und auf Partys wohl die richtigen Leute kennengelernt. In der Branche geht viel über Connections, und die habe ich genutzt.« Ich zuckte mit den Schultern. »Darunter auch Levi Stone, der damals Songs für eine Girlgroup geschrieben hat, die noch ganz am Anfang stand. Er hat mich ins Boot geholt, wir haben einen Song geschrieben, und praktischerweise ist genau der durch die Decke gegangen.«

»Welche Girlgroup war das denn?«

»Pure Enigma.«

Sie riss die Augen auf. »Pure Enigma? O mein Gott. Die gehören gerade zu den erfolgreichsten Girlgroups.«

Mein Mundwinkel hob sich, weil mir ihre Worte schmeichelten. Ich machte nur meinen Job, aber tatsächlich war ich darin echt gut. Und wenn es dann mal eine Person gab, die das nicht als selbstverständlich betrachtete, freute ich mich. Vor allem wenn es ein Mensch war, den ich vielleicht auch ein klein wenig beeindrucken wollte. »Jap. Und na ja, daraufhin wurde ich immer öfter gebucht und hab dann vor einigen Monaten einen Exklusivvertrag bei Vortex unterschrieben.«

»Wow«, murmelte sie und schüttelte den Kopf. »Das ... Ich meine, was du dir da aufgebaut hast in der kurzen Zeit ... Auch wenn wir mittlerweile keine Freunde mehr sind und uns eigentlich am liebsten gegenseitig aufspießen wollen, kann ich nicht bestreiten ...« Sie zog nun auch einen Mundwinkel nach oben. »Dass ich schon immer gewusst habe, dass du in der Musikbranche landest. Ich hätte eher auf der Bühne gedacht, so als Mitglied einer Band, aber ...«

»Ja, was das betrifft …« Ich probierte ein paar andere Akkorde aus und kombinierte sie mit einer eingängigen Melodie, die mich sofort in gute Laune versetzte. Noch bessere als zuvor sowieso schon. »Ich will mich lieber im Hintergrund halten. Die Bühne ist nichts für mich. Die Branche macht so viel kaputt, und ich will nicht an die falschen Menschen geraten. Darauf solltest du auch aufpassen«, ermahnte ich sie ernst. »Ich für meinen Teil lebe hier mein entspanntes Leben, heimse die Kohle ein und schreibe ein paar coole Songs.«

»Mach ich, keine Sorge. Aber wo du schon davon sprichst«, erwiderte sie und grinste. »Lass uns doch versuchen, an meinem nächsten Song zu arbeiten.«

»Gute Idee. Vielleicht reißen wir uns heute mal nicht gegenseitig den Kopf ab.«

»Hey! Lob den Tag nicht vor dem Abend. Wer weiß, was du dir wieder für einen Mist erlaubst.«

Ich schnaubte. »Herausforderung angenommen.«

13
Suki

Überall blitzte es. Nur zwei Tage nachdem ich mit River einen neuen Song für mein Album geschrieben hatte, waren schon wieder etliche Kameras auf mich und Carter gerichtet, während wir am Eingang des Avalons am Hollywood Boulevard über den roten Teppich flanierten und für die Presseleute posierten, die Vortex zu meiner Release-Party unweit des Plattenlabels eingeladen hatte. Während Carter sich heute für einen schwarzen Anzug entschieden hatte, hatte mir eine Stylistin ein eng anliegendes silbernes Kleid herausgesucht, das gerade mal ein paar Zentimeter unter meinem Po endete. Immer wieder zupfte ich daran herum, damit es genug bedeckte. Meine Haare trug ich offen, allerdings glatt, sodass der Look zum Cover und auch zum Musikvideo passte, das wir vor einer Woche in einer Industriehalle gedreht hatten.

»Suki, Suki, hier!«, riefen Fotografen von allen Seiten, während ich versuchte, meine Augen nicht dauerhaft zuzukneifen, da mich das Blitzlichtgewitter so blendete.

Carter stand neben mir. Ich hielt mich an seinem Arm fest und posierte. Oder versuchte es zumindest. »Du machst das echt gut«, flüsterte mir mein Bruder zu und zwinkerte dann. Er schien die Ruhe selbst und überhaupt nicht nervös zu sein.

Ich lächelte, obwohl meine Knie vor Aufregung schon zitterten. »Danke, fühlt sich aber nicht so an. Die hohen Schuhe bringen mich in ein paar Stunden sicher um, und dann laufe ich nur noch wie ein Storch im Treibsand.«

Ihm entfuhr ein Schnauben. »Das wird schon alles. Guck lieber mal, wie viele Leute für dich da sind. Das ist unglaublich.«

So viele Menschen, die nur wegen mir gekommen waren. Auf dem Teppich flanierten einige andere Stars und Leute aus der Branche, während überall Presseleute waren und Interviews führten. Das hier war nun mein Leben, und ich wollte jede Sekunde davon genießen, auch wenn ich das Gefühl hatte, ein wenig neben mir zu stehen. Das alles war mir so fremd, dass ich mich wie eine Hochstaplerin fühlte und befürchtete, gleich wieder aus meinem Traum aufzuwachen.

Ich war mehr als aufgeregt, als wir nach der Fotosession Jazz ins Innere der Location folgten, wo es wie überall funkelte und glitzerte. Eine große Tanzfläche, die in dunkelrotes Licht getaucht war und an eine Bühne grenzte, auf der ich später singen würde. Farbige Strahler und Laser huschten umher und hauchten dem Club etwas Lebendiges ein, während im Loungebereich mit den karamellfarbenen Ledersofas bereits einige Leute miteinander tuschelten oder sich an der goldenen Bar ein paar Drinks sicherten.

»Wie krass ist das denn? Checkst du eigentlich, was hier gerade abgeht?« Carter sog scharf die Luft ein und blickte sich um, während ich nur breit grinste.

»Null«, wisperte ich gedankenverloren, während wir zu Tyrese und dem Vortex-CEO Marshall herüberliefen und hinter uns immer mehr Leute aus der Musikbranche und von der Presse die Location betraten.

»Sweety, du siehst wundervoll aus.« Tyrese breitete die Arme aus, gab mir rechts und links ein Küsschen auf die Wange, danach begrüßte mich Marshall genauso.

»Danke«, erwiderte ich an Tyrese gerichtet und lächelte. »Meinen Bruder Carter kennt ihr ja schon. Er ...«

»Ja, ja, nett«, fiel er mir ins Wort und schob sich sogar eher vor Carter, statt ihn zu begrüßen.

Als ich meinen Bruder fragend anblickte, winkte er nur ab, als ob das schon okay wäre, und ging einige Schritte auf Abstand. »Ist dein Abend«, formte er leise mit seinen Lippen.

Mein Herz klopfte wie wild. Glücklicherweise hatte man mich heute so stark geschminkt, dass man meine geröteten Wangen bestimmt nicht durch die Foundation schimmern sehen konnte. »Ich freue mich total auf die Party.«

»Wir uns auch.« Marshall nickte und nahm einen Schluck seines Drinks. »Bist du bereit für deinen großen Auftritt um Mitternacht?«

Die letzten Tage hatte ich wie wild trainiert, sodass die Choreo mittlerweile ganz gut saß, wobei wir auch viele Anpassungen vorgenommen hatten, die mir das Tanzen ein wenig erleichterten. »Ich denke schon. Ich werde mein Bestes geben«, versicherte ich den beiden und lächelte freundlich.

»Klasse«, erwiderte Marshall. »Bevor es auf die Bühne geht, komm doch mal mit, wir wollen dir ein paar Leute vorstellen.« Schon legte er mir sanft, aber bestimmt die Hand auf den unteren Rücken und führte mich weg von meinem Bruder, dem ich mit einem entschuldigenden Blick noch ein tonloses »Sorry, gleich wieder da« zuwarf, was er mit einem Schulterzucken quittierte. Dann wandte er sich der Bar zu. Aber so wie ich ihn kannte, fand er schnell Anschluss. Jazz folgte uns, während Marshall mich zu einem Mann schob, der um die vierzig sein musste. Sein Haar glänzte silbern und war nach hinten gegelt, sein Anzug schien teuer gewesen zu sein.

»Suki, das ist Joe Braxton aus dem Vorstand«, stellte Marshall den Typ vor, der sogleich näher trat und grinsend meine Hand schüttelte. Seine Haut war ganz rau und kalt, woraufhin mich ein kühler Schauer durchfuhr.

»Freut mich«, entgegnete ich und lächelte.

»Die Freude ist ganz meinerseits.« Sein Grinsen wurde breiter. »Toll, etwas frischen Wind ins Label zu bekommen und so ein hübsches Ding noch dazu.« Mit seinem Blick graste er meinen gesamten Körper ab. Ein mulmiges Gefühl machte sich in meiner Magengegend breit, als er ein paar Sekunden zu lang an meinen Beinen und wenig später an meinen Brüsten klebte.

Ich räusperte mich und strich mir eine Strähne hinters Ohr. »Vielen Dank.«

»Das Cover sieht toll aus. Man kann sich ja gar nicht davor in Sicherheit bringen, es hängt hier ja überall.« Er lachte leise. »Und ich bin schon gespannt darauf, dich später auf der Bühne zu erleben und zudem noch dein Musikvideo zu sehen«, fuhr er fort, doch für einen Moment bekam ich keines seiner Worte mit, als ich bemerkte, wie ein mir bekannte Person den Raum betrat.

Mein Herz machte einen Satz, weil River heute wirklich gut aussah. Normalerweise trug er immer einen seiner Hoodies, doch heute hatte er sich zur Feier des Tages tatsächlich in ein dunkelgraues Hemd und eine schwarze, weite Anzughose geschmissen. Hatte er schon immer diese Ausstrahlung gehabt? Als ich ihn so ansah und sich im nächsten Moment unsere Blicke begegneten, wanderte ein angenehmer Schauer durch meinen Körper. Ich meinte wahrzunehmen, wie einer seiner Mundwinkel für den Hauch einer Sekunde nach oben zuckte, doch vielleicht war es auch nur Einbildung. Immerhin verstanden wir uns seit der Kamasutra-Session ein klein wenig besser. Obwohl mein Gefühl der Ablehnung noch immer tief saß.

Ich sollte ihn hassen. Das sollte ich wirklich, denn er war es gewesen, der damals Carter beinahe mit sich in den Abgrund gezogen hatte.

Carter.

Mein Blick huschte zu meinem Bruder, der etwas verloren an der Bar stand und sich umsah. Anscheinend hatte er River noch nicht entdeckt, und fürs Erste hoffte ich, dass das so blieb. Mich plagte ein schlechtes Gewissen Carter gegenüber, weil ich mich mittlerweile wieder ein wenig besser mit seinem ehemals besten Freund verstand. Ich hatte schon den ganzen Tag über immer wieder daran denken müssen, dass die beiden aufeinandertreffen würden, was meine Nervosität noch mal gesteigert hatte. Hoffentlich würden sie sich heute nicht gegenseitig an den Hals gehen.

Wieder hielt ich nach River Ausschau, doch er hatte bereits den Blick abgewandt und unterhielt sich nun mit zwei Typen in seinem Alter. Er lächelte jetzt sogar. So, wie er gelächelt hatte, als wir nach dem Yoga, das sich als Kamasutra entpuppt hatte, endlich unseren ersten gemeinsamen Song angefangen hatten. Er war noch nicht ganz fertig aufgenommen, aber wir hatten an diesem Tag eine gute Basis geschaffen, an der wir in den nächsten Tagen weiterarbeiten wollten.

»Suki, kommst du?«, riss mich Marshall aus meinen Gedanken und zog mich sanft mit sich, nachdem ich mich knapp, aber höflich von Joe verabschiedet hatte.

Wir schlenderten von Gruppe zu Gruppe, er stellte mir ein paar Leute von Vortex vor, aber auch andere Künstlerinnen und Künstler, mit denen er sich in Zukunft ein Feature für mich erhoffte. Sogar Pure Enigma waren auf meiner Party, aber auch Keisha Spade, eine andere Sängerin des Labels, die sich eher auf RnB fokussiert und bereits einige Grammys gewonnen hatte, und Kingston Fox, der aktuell ganz groß im Hip-Hop und sogar

Headliner beim Coachella Festival war. So ging das ein, zwei Stunden. Immer wieder Hände schütteln, Namen merken und Small Talk. Meine Wangen schmerzten schon tierisch vom ganzen Lächeln, aber das gehörte nun mal dazu. Genau wie die etlichen Fotos, die geschossen wurden.

»Alles okay? Sorry, dass ich keine Zeit für dich habe.« Ich richtete mir mein Haar, als ich neben Carter an der Bar zum Stehen kam, weil ich endlich zwei Minuten Pause hatte.

»Schon okay«, murmelte er und winkte ab. »Ist zwar schade, aber ja auch logisch. Du bist immerhin der Star des Abends.«

»Aber du meine Begleitung und mein größter Supporter. Ich sollte dich nicht einfach links liegen lassen. Es tut mir echt leid. Magst du nicht mitkommen?«

»Quatsch. Mach dir keinen Kopf.« Er drückte meinen Arm. »Die interessieren sich doch sowieso alle nicht für mich, und dann stehe ich nur dämlich daneben. Alles gut. Ich schau dir aus der Ferne zu.«

Ich schenkte ihm ein dankbares Lächeln, doch als ich aus dem Augenwinkel wahrnahm, wie River mit zusammengezogenen Brauen vom anderen Ende der Bar zu uns blickte, verging es mir wieder. Carter stupste mich an. »Was?«

»Hast du River schon gesehen?«

»River? Ist er ...« Als er meinem Blick folgte, verhärtete sich seine Miene. Er legte die Stirn in Falten und schluckte hart.

River auf der anderen Seite presste jetzt seine Zähne aufeinander. Seine Kiefer mahlten, und er krampfte seine langen Finger um das Glas in seiner Hand. Dann schüttelte er den Kopf und zog ab.

»Oje«, wisperte ich nur und musterte Carter prüfend. »Wie sehr willst du auf ihn losgehen?«

Carter atmete tief ein und aus. »Gar nicht.« Wir tauschten einen raschen Blick, doch er wirkte zu meiner Verwunderung recht gleichgültig. »Solange er mich nicht dumm anmacht, tu ich auch nichts. Vor allem nicht auf deiner Party. Keine Sorge, ich würde …«

»Suki? Kommst du bitte mit?« Tyrese tauchte neben mir auf, ein leicht drohender Unterton schwebte in seiner Stimme mit. »Ich möchte dir ein, zwei wichtige Leute vorstellen.« Sein Blick glitt zu Carter. »Allein.«

Ich nickte. »Okay, ja.« Dann warf ich Carter noch mal einen entschuldigenden Blick zu und folgte Tyrese zu einem Mann mit braunem Haar, das er in einem Seitenscheitel trug. Eine dicke Rolex prangte an seinem Handgelenk, und ein verschlagenes Grinsen lag auf seinen Lippen, als er mich von oben bis unten musterte. Hatten diese Männer noch nie eine Frau gesehen, oder weshalb mussten sie mich immer und immer wieder so anstarren?

»Sehr einflussreich und wichtig, versuch, dich mit ihm gut zu stellen.«

Ich spürte seinen Atem an meinem Ohr und Gänsehaut auf meinem Körper, bevor wir vor ihm stehen blieben. Dann erhob er seine Stimme wieder, setzte ein breites Grinsen auf. »Suki, das ist Rex Cooper. Einer der besten Produzenten unserer Zeit und ab nächstem Jahr fester Bestandteil unseres Labels.«

»Freut mich sehr. Suki Loveless.« Ich lächelte freundlich und schüttelte seine Hand.

»Wir werden in Zukunft sicher auch mal zusammenarbeiten«, sagte er, und sein Mund formte sich zu einem schmierigen Grinsen.

»Das klingt toll«, entgegnete ich nur und blieb bei meinem Lächeln, um es mir mit ihm nicht zu verscherzen, wie Tyrese mich gebeten hatte.

»Hübsches Kleid.« Er zwinkerte mir zu und strich mir über den nackten Unterarm, woraufhin ich mich zusammenreißen musste, nicht nach hinten zu weichen.

Ich tauschte einen kurzen Blick mit Tyrese, der jedoch alles andere als beunruhigt wirkte und Rex nur angrinste.

»Danke.« Ich fuhr mir rasch durch die Haare, um seine Berührung abzuschütteln. »Haben Sie meine Single schon gehört, oder ist das für Sie heute auch eine Premiere?«

Von Weitem hörte ich, wie jemand nach Tyrese rief, der nur in die Richtung nickte und seine Hand zum Signal hob. »Ich bin mal eben dort drüben, aber gleich wieder für euch da.« Dann wandte er sich an Rex. »Und du pass mir gut auf meinen kleinen Star auf.« Es folgte ein aufgesetztes Lachen der beiden Männer, das Übelkeit in mir aufsteigen ließ.

»Du kannst dich auf mich verlassen, Tyrese.«

Unsicher blickte ich mich um, doch überall tanzten die Gäste nur und unterhielten sich miteinander. Immerhin war ich nicht mit dem Kerl allein. Ich wollte ihm nichts unterstellen, aber diese Berührung und der Kommentar hatten mir schon gereicht.

»Ich habe dein Musikvideo sogar schon gesehen«, drang Rex' Stimme zu mir herüber.

»Ach, echt? Ich dachte, dass Tyrese das unter Verschluss hält.«

»Tut er auch.« Er lachte auf und verschüttete dabei fast seinen dunkelbraunen Drink. »Aber für mich drückt er auch mal ein Auge zu. Das machen sie früher oder später alle.«

Ekelpaket.

Ich räusperte mich und wich etwas zur Seite. »Ich hoffe, es hat Ihnen gefallen.«

»Oh ja«, erwiderte er und machte einen Schritt auf mich zu. Ich konnte sein penetrantes Aftershave riechen, was pure Übelkeit in mir auslöste. Und noch mehr, als er noch näher kam. »Da hat mir dein Outfit auch sehr gefallen.«

Kein Wunder. Ich hatte einen kurzen Rock getragen und ein knappes, bauchfreies Oberteil. Mehr nackte Haut als Stoff.

Hilfe suchend sah ich mich um. Plötzlich fiel mir auf, dass wir beobachtet wurden. River stand einige Meter von uns entfernt bei einer Gruppe von vier Leuten, die sich angeregt unterhielten. Doch er achtete keineswegs auf das Gespräch, vielmehr lag seine volle Aufmerksamkeit auf mir. Die Brauen kritisch zusammengezogen, folgte er jeder meiner Bewegungen. Ich schluckte, als sich unsere Blicke kreuzten. Erkenntnis flackerte in seinen Augen auf.

»D-Danke.« Als ich Anstalten machte, einen Schritt nach hinten zu weichen, schlang Rex mir plötzlich den Arm um die Taille und zog mich an sich. Erschrocken zuckte ich zusammen. Ich wusste nicht, was ich tun sollte. *Shit, shit, shit.* Ich konnte doch nicht zulassen, dass mich dieser Mann auf so eine ekelhafte Art belästigte. Doch sollte ich eine öffentliche Szene riskieren? Als ich rüber zu Tyrese sah, bemerkte ich, dass sein Blick aufmerksam auf mir lag, eine stumme Aufforderung in seinen Augen, meine Klappe zu halten. Ich fühlte mich so schrecklich hilflos. Die Klappe halten – das war genau das, was ich schon früher immer hatte tun sollen. Also biss ich mir auf die Lippe und riss mich zusammen. Ich musste jetzt hier durch. Und mehr als das würde er ja wohl nicht in der Öffentlichkeit bringen, oder?

»Wenn du magst, können wir auch später in meiner Villa noch eine kleine private Party schmeißen. Du siehst mir wie eine aus, die auch gerne mal über die Stränge schlägt.« Wieder lachte er, während meine Hände zu zittern begannen.

Wie komme ich hier raus? Wie werde ich den Kerl los?

Er wollte gerade noch etwas hinzufügen, da fing ich plötzlich lautstark an zu husten. Okay, ich täuschte es vor, weil ich mir nicht anders zu helfen wusste. Aber das verschaffte mir ein wenig mehr Aufmerksamkeit, und außerdem konnte ich mich so aus seinem Klammergriff schälen. Ich tat so, als ob ich gar nicht mehr aufhören könnte. »Tut … mir … leid«, brachte ich zwischen den Fake-Hustern heraus und deutete in irgendeine

Richtung, bloß weg von ihm. »Ich ... muss ... mal eben ... meine Stimme.«

»Schade, aber geh nur, Schätzchen.« Ein Grinsen legte sich wieder auf seine Lippen. »Wir sehen uns später garantiert noch mal.«

Ich machte, dass ich fort von ihm kam. Ich spürte schon, wie mir Tränen hinter den Lidern brannten und sich meine Kehle zuschnürte. *Verdammt, verdammt, verdammt. Nicht hier.* Ich schnappte nach Luft. Gerade als ich mich ein paar Schritte entfernt hatte, spürte ich eine sanfte Berührung an meinem Ellenbogen und zuckte zusammen, fuhr ruckartig herum.

»Willst du an die frische Luft?« River musterte mich besorgt und nickte zu einer Tür, die zum Hintereingang führte.

Mein Kopf war völlig benebelt. Mein Herz pochte wie wild, daher nickte ich nur und folgte ihm nach draußen. Als er mir die Tür aufhielt und ich unter seinem Arm hindurchschlüpfte, sog ich die kühle Abendluft tief ein, schloss die Augen für einen Moment und lehnte mich an die Außenwand des Clubs.

Scheiße. Wo war ich hier nur reingeraten?

»Geht's?«, hörte ich Rivers tiefe Stimme neben mir.

Wenn Rex so einflussreich war, dann durfte ich kein schlechtes Wort über ihn verlieren, oder? Wieso briefte mich denn niemand und erklärte mir, mit wem ich über was sprechen durfte, ohne meine Karriere zu zerstören? Was, wenn er und River Freunde waren?

Ich schlug die Augen auf. Vor mir befand sich ein Hinterhof, etwas schäbig und dreckig, aber immerhin keine Menschen außer uns. Mit klopfendem Herzen richtete ich mich wieder auf und stieß mich von der kalten Fassade ab. »Ja, das war nur gerade eine sehr unangenehme Situation. In den letzten Wochen ist mir schon ab und zu aufgefallen, dass die Männer in der Branche manchmal einfach tun und lassen, was sie wollen. Ich habe das

Gefühl, dass ich mich nicht so wehren kann, wie ich das gerne tun würde, weißt du?«

»Shit. Es tut mir echt leid, dass du das erlebt hast.« Er lehnte sich seitlich gegen die Wand und verschränkte die Arme vor der Brust, während er mich weiterhin aufmerksam beobachtete. »Das ist ein großes Problem im Musikbiz. Es gibt ein paar Leute, von denen man sich wirklich fernhalten sollte, und Rex ist einer von ihnen. Eine Sekunde länger, und er hätte meine Faust im Gesicht gehabt. Ich war schon fast bei euch, aber da hast du dich schon mit deinem kleinen Husten aus der Affäre gezogen. Der Kerl ist abartig. Alle wissen das, aber sie lassen es ihm durchgehen, weil er dafür sorgen kann, dass deine Karriere durch die Decke geht oder niemand mehr mit dir zusammenarbeiten will.« Mit zusammengebissenen Kiefern schüttelte er den Kopf. »Aber nicht mit mir. So ein widerliches Arschloch gehört eingesperrt.« Als ich nichts sagte, weil ich vollkommen perplex war, warf er mir einen misstrauischen Blick zu. »Du denkst doch nicht ernsthaft darüber nach, seine Einladung zur Privatparty anzunehmen, oder? Ich habe das Ende eurer Unterhaltung gehört und …«

Ich schüttelte den Kopf. »Nein. Auf keinen Fall. Vergiss es.«

»Sicher?«

»Ganz sicher!« Mein Herz pochte immer noch wie wild.

»Gut«, sagte er und wandte den Blick ab. »Du brauchst Rex sowieso nicht.«

Hoffentlich sah Tyrese das auch so und drängte mich nicht dazu, Rex' Einladung anzunehmen. Aber das behielt ich für mich, weil ich ihn vor River nicht schlechtmachen wollte. Stattdessen zog ich einen Mundwinkel nach oben und begegnete seinem Blick. Ich verlor mich für einen Moment darin und fühlte mich sicher und beschützt, wenn er bei mir war. So war es schon immer gewesen. Ich hatte ihm vertrauen können. Im Gegensatz zu Jason war er stets für mich da gewesen. Vielleicht verband uns ja doch mehr als nur eine zerbrochene Freundschaft. Er hatte immer nur gute Absichten und stets ein offenes Ohr für mich gehabt. Möglicherweise war da schon früher etwas zwischen uns gewesen, ohne dass ich es bemerkt hatte.

»Du weißt nicht, wie unangenehm das gerade war. Ich ... Ich wollte nur weg. Daher ... danke, dass du eingreifen wolltest und sichergegangen bist, dass bei mir alles okay ist.«

»Ist doch klar«, sagte er leise und zuckte mit den Schultern. Seine Augen schienen noch dunkler als sonst und jagten mir heiße Schauer über den Rücken. Als er den Blick zur Tür wandern ließ, verhärteten sich seine Züge, und Kälte überzog sein markantes Gesicht.

Rasch fuhr ich herum und sah, wie mein Bruder auf uns zugelaufen kam. Er wirkte besorgt. Erst sah er zu mir, dann zu River. »Hi.« Mehr sagte er nicht, was River nur mit einer hochgezogenen Braue quittierte, dann blickte Carter wieder zu mir. Und schon wandelte sich die Sorge in Skepsis. »Hier bist du also. Ich habe dich überall gesucht.«

»Ich hab ein wenig frische Luft gebraucht. Wo warst du?«

»Eine Weile an der Bar.«

Auch wenn River eben noch still gewesen war, schnaubte er jetzt verächtlich und schüttelte den Kopf, als Carter vor uns stehen blieb. »Warum passt du als Sukis Begleitung nicht auf sie auf? Sie wurde gerade von so einem Perversling angegraben, während du dir einen Drink nach dem anderen gönnst. Was bist du eigentlich für ein Bruder, Mann?«

»Was? Wovon sprichst du? Was war los?«

»Ist dir eigentlich klar, in was für einem Haifischbecken sich deine Schwester befindet? Ich wusste ja, dass du echt gut darin bist, Leute ans Messer zu liefern und dich nicht mal ansatzweise für sie einzusetzen, wenn sie deine Hilfe brauchen, aber dass du das jetzt sogar bei deiner Schwester bringst, hebt deinen beschissenen Charakter auf ein ganz neues Level. Super gemacht.«

Oh shit.

Ein ungutes Ziehen machte sich in meiner Magengegend breit, weil ich das Gefühl hatte, dass die beiden jede Sekunde wie eine Bombe in die Luft gehen könnten.

Carter fixierte ihn. »Ich habe nicht gesehen, dass der Kerl Suki belästigt hat.«

»Klar. Ich weiß doch, wie gern du die Augen vor der Wahrheit verschließt.«

»Die Wahrheit? Du …« Ich konnte Carter ansehen, dass er sich unwohl fühlte, was vollkommen verständlich war, nachdem er seinen besten Freund vor fünf Jahren verloren und bis heute nicht mehr mit ihm gesprochen hatte. Die beiden waren nicht gerade im Guten auseinandergegangen.

»Was? Hat es dir die Sprache verschlagen?« River lachte bitter auf und stieß sich von der Wand ab. »Du hast dich kein Stück verändert, bist immer noch so ein verfickter Egoist wie damals.«

»Hey«, fuhr ich jetzt dazwischen und funkelte River an. »Hör auf, so mit ihm zu sprechen. Du warst damals viel egoistischer als Carter und ich zusammen, also spar dir das …«

Während Carter schwieg, was zum aktuellen Zeitpunkt wohl besser war, damit die Situation nicht ganz eskalierte, suchte River mit einer Eiseskälte in seinen Augen mein Gesicht ab. Er überlegte, öffnete seine Lippen, als wollte er etwas sagen, dann schloss er sie wieder und wandte sich zur Tür. »Da kennt wohl jemand nicht die ganze Geschichte. Ihr seid beide immer noch genauso verlogen und hintertrieben wie damals.« Mit diesen Worten warf er Carter und mir noch einen verächtlichen Blick zu, dann trat er durch die Tür zurück ins Innere, auf die Party.

Ich atmete tief aus. »Puh. Was war das denn?«

»Suki, es tut mir echt leid, wenn ich nicht gemerkt habe, dass der Typ dich angemacht hat. Du weißt, dass ich dazwischen…«

»He«, fiel ich ihm ins Wort und lächelte ihn an. »Alles gut. Ich weiß das. Du hast es einfach nicht mitbekommen. Wir wurden ja dauernd getrennt.«

Er nickte und fuhr sich durchs blonde Haar. »Ja. Sorry, wirklich. Ich …«

»Schon gut. Aber jetzt gerade haben wir endlich ein paar Minuten füreinander.«

»Ja. Endlich.« Nachdenklich legte er die Stirn in Falten. »Es ist dein großer Abend, aber irgendwie … Na ja, ich habe ein wenig das Gefühl, dass du mir mit all diesen neuen Leuten entgleitest.«

Verwirrt schüttelte ich den Kopf. »Was? Nein. Das … Es tut mir leid, wenn du gerade nicht so richtig mitmischen kannst, weil sich alles um mich dreht. Aber das ändert nichts daran, dass wir immer noch ein Team sind, okay?«

Auch wenn Carter aktuell nicht so viel Aufmerksamkeit von mir bekam, hieß das doch nicht, dass ich ihm entglitt. Ich wollte doch nur, dass meine Karriere gut anlief.

»Ich weiß nicht. Ich … Sicher?«

Ich wollte gerade etwas sagen, da hörte ich, wie Absätze über den Betonboden klackerten.

»Suki? Wir brauchen dich.«

Mein Blick huschte zu Jazz, die im Stechschritt auf uns zugelaufen kam.

Sie wedelte mit ihrem Handy. »Du hast noch eine Stunde bis Mitternacht, Cinderella. Wir müssen rüber zu den anderen, damit du dich vorbereiten kannst.«

»Sorry«, sagte ich zähneknirschend zu Carter, der nur die Stirn furchte. Enttäuschung lag in seinen Augen.

Er winkte ab, aber ich sah ihm an, dass er ziemlich angepisst war. »Geh und mach dich fertig.«

»Kann er nicht mitkommen?«

Jazz schüttelte den Kopf. »Sorry, ist gegen die Vorschrift. Wie war noch mal sein Name?«

Er verengte die Augen. »Carter. Ich bin ihr Bruder.«

Sie verzog entschuldigend das Gesicht. »Tut mir leid, aber da kann ich nichts machen. Schau doch an der Bar vorbei und hol dir einen Drink. So geht die Stunde sicher schneller rum, als du *Invisible Reflections* sagen kannst.«

»Das wäre dann vermutlich mein fünfter«, brummte er und verdrehte die Augen.

»Bis später, C.« Ich drückte ihn noch mal, dann folgte ich Jazz nach innen in den Backstagebereich, wo sich die Tänzerinnen und Tänzer bereits umzogen.

Ich begrüßte alle und schwang mich dann auch in mein Outfit – silberne Hotpants, die gerade so meinen Schritt und Po bedeckten, in Kombination mit einem silberglitzernden Top, das ziemlich knapp war und direkt unter meinen Brüsten endete. Mich in diesem heißen Look zu sehen, fütterte mein Selbstbewusstsein immens. Ich fühlte mich hübsch und glamourös. Mein Puls beschleunigte sich, als mir in einer ruhigen Minute ein Stylist noch mal meine Haare glättete und mich mit voller Wucht die Erkenntnis traf, dass ich gleich vor 100 bis 200 Leuten auftreten und meine Debüt-Single präsentieren würde.

Mein Brustkorb schnürte sich zusammen. Mein Top war so eng, dass ich keine Luft mehr bekam. Ich lief vor dem Spiegel der Umkleide auf und ab, schluckte hart, weil ich Angst hatte, mich gleich übergeben zu müssen. Adrenalin schäumte in mir über. Ich wusste nicht, wohin mit mir. Was machte ich mir vor, ich war doch kein Star? Ich … ich war hier falsch.

»Hey, entspann dich«, hörte ich plötzlich die Stimme einer meiner Tänzerinnen neben mir, und ich fuhr zu ihr herum. Mit ihren hellbraunen Haaren und den großen braunen Rehaugen schenkte mir Mackenzie im Bruchteil einer Sekunde ein wenig Ruhe, als sie meine Hand nahm und sie drückte. »Du schaffst das. Die letzten Trainings liefen doch toll.«

Neben ihr stand Olivia mit den blauen Haaren in einem straffen Pferdeschwanz und lächelte mich an. »Wir ziehen das gemeinsam durch!«

In den letzten Tagen hatten wir uns einige Male getroffen, und die beiden hatten mir bei der Choreo und den Tanzschritten sowie der passenden Ausstrahlung, die man auf der Bühne an den Tag legen musste, geholfen. Ich war ihnen wirklich dankbar dafür und freute mich jetzt schon auf hoffentlich viele weitere Trainings mit den beiden, wenn es um die anstehende Tour gehen würde.

»Ich ... ich will nach Hause. In mein Bett. Mit Pizza und Schokolade und ... einem Disney-Film«, krächzte ich und spürte, wie mir Hitze in die Wangen stieg. »König der Löwen.«

»Glaub mir, uns allen ging es schon so.« Mackenzie lächelte mich warm an. »Das ist völlig normal und gehört dazu. Aber du wirst sehen, dass es der Hammer ist, sobald die Musik angeht und du anfängst zu singen.«

»Ich weiß nicht, ob ich der Sache gewachsen bin. Noch vor ein paar Wochen habe ich als Floristin gearbeitet, und jetzt soll ich auf die Bühne und singen?« Ich schüttelte den Kopf. »Das kann doch nicht deren Ernst sein. Ich habe keinerlei Erfahrung.«

»Du bist nicht allein dort draußen, okay? Wir sind bei dir. Wir sind ein Team. Wir alle stehen hinter dir ... Na ja, oder tanzen eben neben dir, und das wird super laufen.«

»Oh ja«, sagte nun Olivia und grinste. »Keine Panik auf der Titanic. Du bist ein Star, Suki. Glaub an dich.« Als ich zögerte, schüttelte sie den Kopf. »Wir tun's definitiv.«

Mackenzie nickte. »Einmal tief durchatmen, und dann machen wir uns warm, okay?«

»Okay«, flüsterte ich, holte tief Luft und ließ sie langsam entweichen. Und dann riss ich mich verdammt noch mal zusammen und wärmte erst meine Stimme und danach mich gemeinsam mit den anderen Mädels auf, ging noch mal meinen Text durch, und auf einmal war es auch schon kurz vor Mitternacht.

Als wir auf die Bühne gerufen wurden, alle klatschten und jubelten, schlug mir mein Herz bis zum Hals hinauf. Ich war vermutlich kurz davor, einen Herzinfarkt zu bekommen, aber das war mir jetzt egal. Ich musste alles geben. Das hier war mein erster Auftritt mit meiner ersten Single meines ersten Albums. So etwas würde ich nie wieder erleben. Das hier war etwas Besonderes, und ich würde mir von meinen beschissenen Selbstzweifeln diesen Moment nicht verderben lassen.

Du kannst doch überhaupt nicht singen. Denkst du wirklich, dass du es mal zu was bringen wirst?, schwemmte seine Stimme meine Gedanken.

Nein.

Nein.

Nein.

Ich wischte die Erinnerungen beiseite, weil ich mein Leben nicht mehr von ihm bestimmen lassen wollte. Dann ging ich auf der Bühne in Position und blickte in das gleißende Scheinwerferlicht, das mir entgegenstrahlte und dafür sorgte, dass ich in der Menge kein einziges Gesicht mehr erkennen konnte. Alles schien in Dunkelheit getaucht. Die Musik startete, und ein paar Takte darauf fing ich an, das Intro zu singen und mich zur Musik zu bewegen, während rechts und links von mir die Tänzerinnen und Tänzer die Choreo tanzten. Ich machte ein paar Schritte nach vorn, blieb stehen. Zwei Tänzer gingen neben mir in die Knie, wanderten mit ihren Händen an meinen nackten Beinen hinauf über meinen nackten Bauch und meine Brüste, während ich weitersang und mich voll und ganz fallen ließ.

Diesen Moment auskostete und performte, als ob es nicht das erste Mal auf einer Bühne wäre. Ich lebte den Song. Ich lebte für das hier. Für die Musik. Das wurde mir mit jeder Sekunde mehr und mehr bewusst, als mich eine Woge des Glücks erfasste.

Gerade als ich nach dem Chorus die zweite Strophe anfing, bemerkte ich, wie das Publikum unruhig wurde. Ich sah, wie sich die Masse teilte. Ich sah, wie sie tuschelten, und hörte, wie jemand langsam in die Hände klatschte. Unsicher versuchte ich weiterzusingen, doch da ich keine Ahnung hatte, was hier vor sich ging, brachte mich das aus dem Konzept. Im nächsten Augenblick starrte ich in ein paar eisblaue Augen, die sich genau vor der Bühne auftaten.

Presley. Fucking. Wren.

Und sie sah alles andere als begeistert aus. Wieder klatschte sie, stellte sich demonstrativ vor die Bühne und fixierte mich. Ihr Gesichtsausdruck sprach Bände. »Hast du nicht mehr zu bieten?«, wollte sie vermutlich sagen.

Verdammte Scheiße. Verdammt, verdammt, verdammt.

Ich wandte den Blick ab, versuchte, meinen allerersten Auftritt noch irgendwie zu retten, noch irgendwie zu Ende zu bringen, ohne aufs Neue zu versagen.

Und als die Musik verstummte, das Jubeln und Klatschen der Leute allmählich verebbte, hörte ich nur ihre Stimme. »Bist du stolz auf dich, mir meinen Song geklaut zu haben?«

Alle verstummten und tauschten fragende Blicke. Ich fing an zu zittern, stand immer noch im Scheinwerferlicht, während Presley mich anfunkelte. Es wirkte nicht so, als ob sie getrunken hätte, sondern vielmehr, als wäre sie bei klarem Verstand. Ihr rosa Haar war glatt wie meines. Sie hatte Glitzer-Make-up im Gesicht wie ich. Ihr Outfit zeigte wie meines viel nackte Haut. Hilfe suchend sah ich mich um. Wo zur Hölle war Carter? Wieso standen Tyrese und Marshall nur herum, statt etwas zu tun? Die

Leute beobachteten uns wie gebannt, während Presley nun anfing, schallend zu lachen. Und ich stand nur hier oben und erlebte meinen bittersten Albtraum. Denn auch wenn das hier ein PR-Stunt war, fühlte ich mich bloßgestellt. Wie unter Schock konnte ich mich nicht rühren, wusste nicht, was ich tun sollte. Ich wollte keinen Krieg. Ich wollte keine Auseinandersetzung mit ihr, auch wenn Vortex sich das wünschte. In diesem Moment wollte ich einfach nur unsichtbar sein.

»Deine süße Show war echt beeindruckend, aber denkst du ernsthaft, dass du damit durchkommst?« So viel Hass in ihrer Stimme, dass sie mit dieser Performance einen Oscar gewinnen könnte. Sie nahm den Blick nicht von mir, feuerte mit ihren Augen Messer auf mich ab. »Denkst du ernsthaft, dass dich nach der Aktion jemand ernst nimmt? Dass du Erfolg damit hast?«

»Ich...«, fing ich mit zitternder Stimme an, doch sie ließ mich nicht ausreden.

»Spar dir alles, was du sagen willst. Spar es dir und steck die Worte lieber in einen Song, der dir gehört und den du nicht klauen musst, um ein Stück von meinem Erfolg abzubekommen.« Sie schüttelte in Zeitlupe den Kopf, setzte ein überhebliches Lächeln auf. »Du, meine Liebe, bist ein billiger Abklatsch von mir. Die Kopie, die man für einen Bruchteil des Originalpreises bekommt, weil sie nichts taugt. Du wirst es niemals mit mir aufnehmen können.«

Ich stand einfach nur da und fühlte mich wie festgefroren. Als ob ich nicht hier wäre, als ob meine Seele meinen Körper verlassen hätte. In meiner Kehle brannte es. Tränen verschleierten meine Sicht. Mir fehlte Schlagfertigkeit. Ich traute mich nicht, etwas zu sagen. *Er* hatte mir damals meine Stimme und mein Selbstbewusstsein geraubt, sodass ich nun hier stand und nicht anders konnte, als abzuwarten.

Das ist ein PR-Stunt. Es ist fake. Das ist nur gespielt.

»Für mich ist die Show für heute beendet. Ich verschwinde wieder. Viel Spaß noch auf deiner kleinen Party und viel Erfolg mit deiner Single.« Presley hob herausfordernd eine Braue. »Und vergiss eines nicht: Du hast dich mit der Falschen angelegt, Süße. Und das wirst du noch zu spüren bekommen.« Mit diesen Worten drehte sie sich um und stolzierte davon, während das Publikum nur hinter vorgehaltener Hand tuschelte und uns skeptische Blicke zuwarf.

Und ich verharrte an Ort und Stelle. Unter Schock und wie festgefroren.

Das hier war nicht echt. Es war inszeniert. Es war ein Fake.

Ich musste mir das nur oft genug sagen, damit ich es glaubte.

14
Suki

Immer noch vollkommen unter Strom, schlich ich mich nach Ende der Release-Party in den frühen Morgenstunden zurück in mein Apartment. Aufgrund der lauten Musik piepte es mir dauerhaft in den Ohren, und das Adrenalin nahm noch meinen gesamten Körper in Beschlag, als ich versuchte, so leise wie möglich die Wohnungstür hinter mir zu schließen, um meinen Bruder nicht zu wecken. Nachdem Presley meine Party gesprengt und ich mich hinter die Bühne verzogen hatte, war ich fürs Erste dort geblieben, um zu verdauen, was passiert war. Irgendwann hatte mich Jazz zurück auf die Party geholt, und wir hatten noch ein wenig gefeiert, dennoch hatte alles einen vergifteten Beigeschmack gehabt. River hatte nur blöd herumgestanden und war irgendwann verschwunden. Und Carter hatte ich auch vermisst.

»Hey«, hörte ich es plötzlich, als ich im Dunkeln in unsere Küche irrte.

Carter stand in seiner Jogginghose und einem weißen Shirt an der Spüle und befüllte sich ein Glas mit Wasser.

Ich machte das Licht an. Dann atmete ich einmal tief durch

und näherte mich der Kücheninsel. »Kannst du nicht schlafen?« Ich legte meine Tasche auf einem der Stühle ab.

»Nicht wirklich, ich wollte mir noch mal was zu trinken holen.« Da er mich nicht eine Sekunde ansah, bahnte sich ein unangenehmes Gefühl in meiner Magengegend an. »Du warst vorhin plötzlich weg. Hast du meinen Auftritt überhaupt gesehen?«, sagte ich und lehnte mich gegen die Arbeitsfläche. »Was war denn los?«

Im nächsten Moment drehte er sich zu mir um. Seine Züge umspielte ein seltsam gleichgültiger Ausdruck, den ich nur selten bei ihm gesehen hatte. Er zuckte mit den Schultern. »Hat nicht wirklich den Anschein gemacht, als würdest du mich brauchen. Als du hinter die Bühne bist, bin ich gegangen.«

Ich schluckte meine Enttäuschung herunter und hob die Brauen. »Was? Doch, natürlich. Ich wollte dich unbedingt heute dabeihaben.«

»Dafür stand ich dann aber die ganze Zeit auf dem Abstellgleis.« Er nahm einen Schluck.

»Das tut mir echt leid, C. Es war so viel los und …«

»Habe ich gemerkt«, murmelte er und zuckte mit den Schultern. »Daher bin ich dann auch irgendwann gegangen.«

Ich biss mir auf der Unterlippe herum. Mein schlechtes Gewissen hämmerte unaufhörlich auf mich ein, während ich ihn aufmerksam beobachtete. »Sorry. Nächstes Mal werde ich dafür sorgen, dass du immer mitkommen kannst und nicht nur allein rumstehst. Oder du fragst einen deiner Filmkumpels, ob er dich begleitet.«

»Hmhm.« Er wirkte nicht sonderlich begeistert. »Schon okay. Das gehört nun mal dazu.«

»Es tut mir echt leid. Kann ich das irgendwie wiedergutmachen?«

Im nächsten Moment seufzte er leise und winkte dann ab.

»Schon okay. Ist vergessen. Mach dir keinen Kopf. Ich bin dir nicht böse.«

»Sicher?«

Er nickte. »Jep. Alles gut. Erzähl mir lieber, wie es noch war.«

Erleichterung breitete sich in mir aus. Ich atmete tief durch und kletterte auf einen der Hocker an der Kücheninsel. »Presley hat die Party gesprengt. Während meines Auftritts.«

»Sie hat was?«

Rasch brachte ich Carter auf den neuesten Stand der Dinge und erzählte ihm von dem kleinen PR-Stunt-Zwischenfall, woraufhin er nur verwirrt den Kopf schüttelte. »Krass. Ich meine, gut für deinen Song, denn das zieht locker wie ein Lauffeuer durchs Internet und sorgt für Aufmerksamkeit, aber … schon ein bisschen heftig. Tut mir leid, dass ich nicht da war und dich nicht unterstützen konnte, Suki. Wirklich.«

»Schon okay, ich war ja auch nicht gerade eine vorbildliche Schwester.« Ich nickte. »Ja, ich war auch etwas überfordert. Es klang so echt, ehrlich. Langsam zweifle ich auch an diesem ganzen PR-Stunt-Mist. Einerseits, ob das wirklich nur gespielt ist, und andererseits, ob das unbedingt sein muss. Ich will keinen öffentlichen Krieg, das ist nicht mein Stil. Ich will doch einfach nur Musik machen.«

»Was sagt das Label dazu?«

»Ich habe da nicht viel zu melden«, murmelte ich und spürte das mulmige Gefühl in meiner Magengegend. »Wenn ich mich weigern würde, dann würden sie mich rauskicken. Ganz sicher.«

»Shit.« Carter kratzte sich im Nacken. »Wie geht es dir mit all den Dingen, die sie dir an den Kopf werfen, ich meine …«

»Ja«, fuhr ich rasch dazwischen und schluckte den Kloß in meiner Kehle herunter, der gerade aufstieg. »Dieses ganze Heruntermachen erinnert mich an Jason und daran, was er immer zu mir gesagt hat. Ich … Es reißt die alten Wunden auf.«

Rasch kam Carter zu mir herübergelaufen und zog mich an sich. Ich schlang die Arme um seinen Oberkörper und atmete tief ein und aus. »Ach, Schwesterchen. Die kennen dich alle nicht. Das Internet hat keine Ahnung, was du durchgemacht hast, was sie mit ihren Worten auslösen und was für ein liebenswerter Mensch du bist. Lass dir von denen nichts einreden, okay?«

Ich nickte, aber das dumpfe Piken in meiner Brust blieb. »Ich gebe mein Bestes, aber dass River, der ja ein Teil der Vergangenheit ist, nun auch wieder mitmischt, macht das alles nicht unbedingt einfacher …« Sofort hielt ich inne und zog mich wieder zurück, um Carter in die Augen sehen zu können. »Sag mal, was war das eigentlich für ein dämlicher Streit heute zwischen euch? Was hat River mit den Andeutungen gemeint?«

Carters Brauen huschten nach oben, als ob er nachdenken würde. »Nichts. Er … Vermutlich hat er mit der Vergangenheit noch keinen Frieden schließen können. Das kommt sicher noch. Mach dir keinen Kopf.«

Ich nickte. »Ich hatte mich nur ein wenig gewundert, aber ja …« Ich versuchte, ein Gähnen zu unterdrücken, und hielt mir die Hand vor den Mund, dann streckte ich mich. »Ich bin supermüde und falle jetzt erst mal ins Bett.«

»Mach das. Ich versuche auch, mich noch mal hinzuhauen. Auch wenn ich in ein paar Stunden schon wieder aufstehen muss. Morgen direkt um neun geht es nach Newport Beach, weil ich noch ein paar Angelegenheiten für die Premiere mit dem Kino klären muss.« Er strich sich durchs Haar. »Willst du mitkommen und mir ein bisschen moralischen Beistand leisten?«

Ich verzog gequält mein Gesicht. »Sorry, ich würde total gerne, aber ich habe doch diesen Auftritt morgen in der *Matt Sanders Show*.«

»Oh, ja, stimmt.« Sofort breitete sich Enttäuschung auf seinen

Zügen aus, die er im nächsten Augenblick mit einem Lächeln wieder beiseiteschob. »Klingt toll. Viel Spaß schon mal.«

»Danke, dir auch.« Ich rutschte vom Stuhl, dann schleppte ich mich vollkommen übermüdet zu meiner Zimmertür. »Ich bin schon echt gespannt, wie das wird.«

»Sicher gut.«

»Ich denke auch.« Dann drehte ich mich noch mal zu meinem Bruder um und lächelte ihn schlaftrunken an. »Gute Nacht, C. Hab dich lieb.«

Seine Brauen wanderten nach oben, bevor er in sein Zimmer trat. »Nacht, Suki.«

15
Suki

Mir dröhnte der Schädel. Ich bekam meine Augen fast nicht auf, zwang mich aber dazu, damit mich Kendra mit ihren Schmink-Skills zumindest optisch retten konnte.

»Wenn Make-up und Haare sitzen, bekommst du eine kleine Studioführung, lernst Matt kennen, und ihr sprecht kurz die Fragen fürs Interview durch«, ratterte Jazz herunter, die hier in der Maske der *Matt Sanders Show* hinter mir auf einem der Sofas saß, während ich geschminkt wurde. Diese Talkshow war eine der bekanntesten in den Staaten, daher war ich sehr dankbar, dass ich hier und heute die Premiere meines Musikvideos feiern durfte. Gestern auf der Party war es zwar auch schon gezeigt worden, aber eben nur einem exklusiven Publikum, während es heute zum ersten Mal der Öffentlichkeit präsentiert wurde.

»Alles klar«, entgegnete ich.

»Ich checke auch die ganze Zeit schon deine Streamingzahlen, und die sehen richtig gut aus, Suki. *Invisible Reflections* wurde seit der Veröffentlichung um Mitternacht schon so oft gestreamt, dass du in den Spotify-US-Charts direkt auf Platz acht eingestiegen bist. Das ist der Hammer.«

Auch wenn der Release letzte Nacht ziemlich nervenaufreibend angelaufen war, freute ich mich, dass die Leute den Song hören wollten. Ich räusperte mich. »Cool.«

»Ein bisschen mehr Enthusiasmus, ja?«

Ich musste schmunzeln. Zum Glück stand mir Jazz bis zu Beginn der Show bei. »Das ist heute nicht so einfach, Jazz. Ich weiß ja gar nicht, ob mein Song so oft gehört wird, weil er den Menschen gefällt oder weil sie sich nach dem ganzen Shitstorm einfach nur die Bestätigung holen wollen, dass er nichts taugt.«

Glücklicherweise stand Kendra genau vor mir und verdeckte mein Spiegelbild, was mir an diesem Morgen mehr als recht sein sollte.

»So ein Quatsch. Dein Song ist super. Außerdem schadet ein bisschen Furore nicht. Auch wenn du Hater hast … Solange sie deine Musik streamen, machst du Kohle, vergiss das nicht«, entgegnete Jazz und tippte auf ihrem Handy herum. »Lass dir davon nicht den Release vermiesen, Süße.«

»Ich versuche es«, murmelte ich, während Kendra mein Gesicht abpuderte. »Hast du …« Ich hielt inne und sparte mir den Rest. Schließlich wollte ich nicht, dass die Make-up-Artistin im Anschluss irgendwas weitererzählte. Fragen nach Presley behielt ich also lieber für mich. Fürs Erste. »Hast du mal die Meinungen online angeschaut?«

Jazz weitete die Augen. »Du nicht?«

»Nein, ich trau mich nicht.«

Was, wenn sie den Song hassten? Wenn ich nur wieder schmerzlich daran erinnert wurde, dass ich nicht das Zeug dazu hatte, ein Star zu sein?

»Ich habe eben über deinen Account nachgeschaut und auch ein paar Storys hochgeladen. Es sieht … ganz gut aus.«

»Ganz gut?« Ich stöhnte leise auf. »Na super.«

»Du solltest nachher mal reinschauen, wirklich. Ganz viele Leute feiern dich, und die Anzahl deiner Fans wächst minütlich!«

»Okay«, entgegnete ich und schloss die Augen, damit Kendra mir ein wenig Lidschatten auftragen konnte. »Aber jetzt will ich mich erst mal auf meinen Auftritt konzentrieren. Nicht dass der auch noch schiefgeht.«

»Quatsch, das wird super. Matt ist toll. Du wirst sehen, ihr werdet euch super verstehen«, versuchte sie, mich zu beruhigen, während ich fast wegnickte.

Als mein Make-up fertig war, führte man mich durch die Katakomben des Backstagebereichs nach vorn ins Studio, wo ich gleich interviewt werden würde. Überall standen Kameras, die auf das Ledersofa und den Sessel von Matt gerichtet waren. Im Hintergrund war die Skyline von Los Angeles mitsamt Palmen und Sonnenschein auf einer Leinwand zu sehen, der typische Hintergrund der Talks, die hier immer stattfanden. Als ich all die Scheinwerfer wahrnahm, die Tribüne, auf der das Publikum später sitzen würde, das Cover meiner Platte, die auf dem Sofa bereitlag, da wurde mir erst bewusst, dass ich wirklich in einer Talkshow auftreten würde. Dass ich jetzt eine Sängerin war, die ihre Single promoten musste und Interviews führte. Was für ein verrücktes Leben. Auf die beste Art und Weise. Wie sollte ich mich hinsetzen? Die Beine übereinanderschlagen? Aufrecht sitzen oder anlehnen? Was sollte ich zur Begrüßung sagen? Die ganze Zeit lächeln? Ich war heillos überfordert.

»Du wirst später auf dem Sofa sitzen«, sagte eine Frau von der Produktion, die ein Headset auf dem Kopf und ein Tablet im Arm trug, und zeigte zu der Sitzecke in der Mitte der Fläche. »Matt sitzt im Sessel und wird dann das Gespräch leiten.« Ich folgte ihr ein paar Schritte, während sie auf drei der etlichen Kameras zeigte. »In diese Kameras kannst du schauen, die anderen sind auf die Band, Publikum und so weiter gerichtet und haben dich nicht zu interessieren. Dein Video wird über den Bildschirm über der Band später gezeigt, die Zuschauer zu Hause bekommen es direkt eingeblendet. Getränke stehen auf dem Beistelltisch bereit. Deine Assistentin meinte, du bevorzugst stilles Wasser? Hast du noch Fragen?«

»Zu viele, um sie alle stellen zu können«, murmelte ich und lachte dann hysterisch auf, bevor ich wieder verstummte und mich verlegen räusperte. »Ist okay. Passt alles.«

»Gut. Da vorn kommt auch schon Matt, der mit dir ein paar Punkte durchgehen wird, bevor es dann bald losgeht.« Sie nickte zum Host, der geradewegs auf uns zugelaufen kam und aktuell noch eine Jogginghose und ein Shirt der L.A. Lakers trug. Sicher würde er sich gleich in sein Outfit für die Show schmeißen. Dann zog sie davon, und Matt blieb vor uns stehen.

Das Hollywoodgrinsen bis über beide Wangen funkelte mir entgegen, als er mir die Hand hinstreckte und ich sie schüttelte. »Suki, es ist mir eine Freude, dass du heute in meiner Show sein wirst. Freust du dich? Bist du aufgeregt? Wie ist die aktuelle Lage?«

Ich musste schmunzeln. »Hi, freut mich auch! Ein bisschen aufgeregt bin ich, aber das wird vermutlich noch extremer, kurz bevor es losgeht.«

»Ach.« Er winkte ab und strich sich durch sein blondes Haar, das an den Seiten kürzer war und oben leicht verwuschelt. Für seine vierzig Jahre sah er eher aus wie Mitte zwanzig, wobei das vielleicht auch an all den Schönheits-OPs lag, die man ihm nachsagte. »Das wird ein Spektakel. Wollen wir die Themen einmal kurz durchsprechen?«

Ich nickte, und er zog einen Zettel aus der Hosentasche, überflog ein paar Zeilen. »In erster Linie würde ich gerne über deine Anfänge sprechen, wie es dazu kam, wie sich dein Leben in den letzten Wochen verändert hat und über deine Single. Vielleicht

kannst du dein Album ja auch schon anteasern oder eine Tour?«
Als ich etwas erwidern wollte, fuhr er direkt fort. »Dann zeigen wir dein Video, und danach ist dein Auftritt auch leider schon wieder vorbei. Alles ganz entspannt also.«

Mir fiel ein Felsen vom Brustkorb, weil das alles tatsächlich mehr als machbar und wirklich entspannt klang. »Super, ich freue mich schon.«

»Falls du noch Fragen hast, können du oder deine Assistentin euch an jegliche Leute hier wenden.« Sein Blick huschte zur Uhr. »Ich muss dann auch schon weiter und noch ein paar andere Gäste begrüßen. Heute ist ein hohes Aufgebot, wie du vielleicht schon mitbekommen hast. Oscar-Preisträger Covey Jenkins wird hier sein, er kam gerade an, und ich muss auch noch in die Maske.« Er lachte auf und zeigte auf sein Gesicht. »Offensichtlich.«

»Kein Problem. Wir sehen uns dann später.«

»Bis später!«, flötete er und hetzte davon.

Eine Dame der Produktion brachte Jazz und mich zurück in den Backstagebereich, wo ich erst mal einen Abstecher zum Catering machte, mich ein wenig mit den Leuten unterhielt und mich mehr und mehr wie ein echter Star fühlte. Im Hintergrund lief mein Song, und ein paar der Mitarbeiter sangen ihn sogar schon auswendig mit. Ein warmes Gefühl überkam mich. Vielleicht lief es doch nicht so übel, und die Menschen mochten wirklich, was ich tat. Womöglich kam nach Regen Sonne. Hier und jetzt fühlte es sich nämlich so an, als würde ich nicht mehr im Monsun ertrinken, sondern im Sonnenlicht baden. Im *Scheinwerferlicht.*

Nach einer Weile schwang ich mich in mein Outfit, wieder die typische Silber-Kombi, die viel Haut zeigte, meine Haare wurden geglättet, und meinem Make-up wurde noch Glitzer hinzugefügt, weil das jetzt mein Signature-Look war.

Als ich hinter der Bühne stand, bereute ich es, eben noch die

Mac'n'Cheese im Catering gegessen zu haben. Vor Aufregung war mir ganz schlecht. Aber ich versuchte, mich zu beruhigen, atmete tief ein und aus und schaffte es irgendwie, die Bühne zu betreten, als Matt mich ankündigte.

Jetzt nur nichts falsch machen. Nicht stolpern. Immer schön lächeln.

Von allen Seiten klatschten und jubelten die Leute wie wild. Scheinwerfer blendeten mich, und ich musste mich erst einmal orientieren. Meine Knie waren butterweich, und mein Herz raste, als ich mit einem strahlenden Lächeln ins Publikum winkte und dann auf Matt zulief, der mir ein Küsschen rechts und links auf die Wange hauchte.

»Suki Loveless, der neue Star am Pop-Himmel«, fing er an, als wir saßen, und grinste mich an. »Wie fühlt es sich an, heute hier zu sein? Das ging ja alles so furchtbar schnell. Eben noch eine Floristin und jetzt bei Vibrant Vortex unter Vertrag. Dein Gesicht ist überall. Erzähl mir ein wenig von dir.«

Ich schlug die Beine übereinander und lehnte mich zurück. Ich hatte einen Job: Selbstsicher wirken. Und ich würde tun, was in meiner Macht stand, um einen guten Eindruck zu hinterlassen. »Ich kann manchmal selbst noch nicht so ganz glauben, dass das gerade wirklich passiert.« Ein Lächeln streifte meine Lippen. »Mein größter Traum geht in Erfüllung, und ich muss mich immer wieder daran erinnern, kurz durchzuatmen und die Momente so richtig zu genießen. Ich bin unfassbar dankbar, bei so einem tollen Plattenlabel unter Vertrag zu sein, das sich so bemüht und alles tut, um mich voranzubringen. Mein Team ist echt großartig.«

»Das glaube ich«, entgegnete er und lachte auf, während ich einen Schluck Wasser trank. Mein Mund war staubtrocken vor Aufregung. »Hast du denn schon immer gesungen? Wie kam das?«

Ich nickte. »Ja, schon immer. Es war immer mein Traum, professionelle Sängerin zu werden. Alles hat mit *König der Löwen* angefangen.« Ich musste schmunzeln. »Als ich den das erste Mal gesehen habe, habe ich daraufhin alle Songs mitgesungen, und danach war klar, dass das alles ist, was ich für mein Leben will. Klar, es gab auch Zeiten, in denen ich an mir gezweifelt habe, aber schon als Teenager habe ich gesungen, Klavier gespielt und neben der Schule nichts anderes gemacht.«

»Wieso hat es denn dann so lange gedauert, bis wir etwas von dir hören und sehen konnten?«

Ich geriet ins Stocken, da ich sofort an Jason denken musste. Mit aller Kraft verdrängte ich sein hämisch grinsendes Gesicht aus meinen Gedanken. »Ähm, ich … Ich habe sehr lange nicht an mich geglaubt und nur für mich Musik gemacht und Songs geschrieben.«

»Interessant. Dann hast du also früher auch schon selbst Songs geschrieben.« Er neigte den Kopf zur Seite und legte ein zuckersüßes Lächeln auf. »Stammt dann *Invisible Reflections* auch ganz und gar aus deiner Feder?«

Ich spürte, wie mir Hitze den Hals hinaufstieg. Was sollte ich jetzt sagen? Diese Frage war so nicht abgesprochen. Er hatte den Skandal doch sicher mitbekommen. Mein Blick huschte ins Publikum. Ich hoffte, dass mein Lächeln nicht verrutschte. Dann sah ich wieder zu ihm. »Ähm, nein, nicht ganz. Ich … ich habe einen tollen Songwriter an meiner Seite, der ihn geschrieben hat.«

»Und den hat er dann mit dir gemeinsam geschrieben oder für dich? Wie kann man sich das vorstellen?« Er lachte gekünstelt und beobachtete mich aufmerksam. »Ich bin doch ein Laie, was Musik betrifft. Klär mich gerne auf.«

Ich rutschte auf dem Polster hin und her, während mir das Blut in den Ohren rauschte. Wie kam ich hier raus? Wieso stellte er mir diese Fragen? Aber ich musste das Beste daraus machen und bloß nicht darüber nachdenken, dass das hier heute Abend im Fernsehen laufen würde. »Ja, River Hawthorne ist ein echter Poet.« War das ein wenig dick aufgetragen? Egal, Hauptsache, ich überlebte diese Show ohne eine weitere Blamage. »Er hat den Song geschrieben, und ich durfte ihn singen.«

»Spannend«, sagte er und nickte verständnisvoll. »Dann hat er ihn für dich geschrieben, ja?«

Shit.

Sollte ich lügen und damit alles schlimmer machen? Oder die Wahrheit sagen? Mich dumm stellen? Im Bruchteil einer Sekunde fällte ich eine Entscheidung und lächelte freundlich. »Ich weiß es nicht, mir wurde der Song gegeben, und ich habe ihn eingesungen. Ob er für mich oder jemand anderes bestimmt war, kann ich leider nicht sagen.« Keine Ahnung, ob es Tyrese recht war, wenn ich das sagte, aber ich hoffte, dass ich so meinen Kopf aus der Schlinge ziehen konnte.

»Bist du dir sicher, dass du nichts darüber weißt? Es kann dir ja entfallen sein, aber dafür sind wir ja da.« Wieder lachte er und lehnte sich zurück. »Unser Team hat da nämlich kurz vor dieser Show was gefunden, womit wir dein Gedächtnis auffrischen könnten.« Er nickte jemandem hinter der Kamera zu. »Video ab.«

Nein. Nein. Nein. Verdammte Scheiße.

Mir wirbelte alles durch den Kopf, als auf dem riesigen Bildschirm plötzlich ein Handyvideo von letzter Nacht abgespielt wurde. Es zeigte mich auf der Bühne, sprachlos, unter Schock, mit Tränen in den Augen, während Presley vor mir stand und mich vor allen Leuten in die Schranken wies. Man hörte alles. Jedes Wort. Einfach alles. Ich hatte angenommen, dass alle Gäste ihr Smartphone abgegeben hatten, doch da hatte ich mich wohl geirrt.

Ein kalter Schauer kroch mir über den Rücken, Gänsehaut

legte sich auf meine Arme. Ich krallte mich zitternd ins Polster und biss die Zähne aufeinander. Mein Blick huschte Hilfe suchend zu Jazz, die mit ein paar Leuten aufgebracht diskutierte und immer wieder auf mich zeigte.

Was sollte ich nur tun?

»Das auf dem Video bist doch du, oder?«, wandte sich Matt zuckersüß lächelnd mir zu, als das Video vorbei war und Buhrufe aus dem Publikum ertönten. »Letzte Nacht, richtig? Und das ist Presley Wren, oder habe ich Tomaten auf den Augen? Du weißt doch, im Alter sieht man manchmal ein wenig schlechter.«

Ich musste professionell bleiben. Diplomatisch. Neutral.

»Wir haben doch alle mal einen schlechten Tag. So ging es Presley gestern vermutlich auch«, erwiderte ich versucht selbstsicher und lächelte ins Publikum, dann wieder zu Matt. Das Label hatte mich dahingehend gebrieft, dass ich in der Öffentlichkeit nicht zugeben durfte, dass es ein PR-Stunt war, ich sollte ruhig gegen Presley schießen, um für noch mehr Aufmerksamkeit zu sorgen, doch hier und jetzt in einer Fernsehshow traute ich mich das nicht.

»Wie ist denn dein Verhältnis zu Presley? Ihr seid beim selben Label unter Vertrag, habt denselben Songwriter, auch wenn sie die meisten ihrer Songs selbst schreibt. Seid ihr befreundet? Dürfen wir uns auf ein Feature freuen?«

»Man weiß nie, was die Zeit so bringt.«

»Dann seid ihr befreundet? Oder ist euer Verhältnis eher angespannt nach dem Eklat?«

»Ich habe sie schon das ein oder andere Mal gesehen, aber noch nicht allzu viel mit ihr gesprochen. Presley ist mit Sicherheit eine nette Person.«

Er funkelte mich an. »Ach, Suki, du musst sie doch nicht in Schutz nehmen. Erzähl uns doch einfach die Wahrheit. Ich bin mir sicher, wir wollen alle wissen, was wirklich passiert ist und wie du zu ihr stehst, oder nicht? Wir müssen wissen, ob wir eher Team Presley oder Team Suki sein sollten.«

Im Publikum ertönte Jubel und Geklatsche, woraufhin ich durchatmete und die Schultern straffte. Mein Mund glich einer Wüste. »Ich glaube, für uns alle wäre es am besten, wenn es diese Lagerbildung nicht gäbe.«

»Wie kannst du für Presley sprechen, wenn du dich doch gar nicht mit ihr verstehst?«

Ich lächelte aufgesetzt freundlich. »Das habe ich nicht gesagt.«

»Okay, dann heißt das, dass ihr euch versteht? Dass du sie magst?«

»Ich …« Mein Fuß wippte unruhig auf und ab. Konnte sich bitte der Boden auftun und mich verschlucken? »Sie ist eine tolle Musikerin.«

»Also kannst du sie als Mensch nicht ausstehen, magst aber ihre Musik. Mhm. Hast du deshalb ihren Song geklaut?«

Ein Raunen ging durch das Publikum, während ich ihn nur anstarrte und versuchte, nicht auszuflippen. Ruhe bewahren. »Ich habe keinen Song geklaut.« Dann lächelte ich ihn wieder an. »Apropos Song. Ich habe extra mein Musikvideo zu *Invisible Reflections* mitgebracht, sodass wir hier und jetzt die Premiere feiern können.« Das Publikum klatschte, während mich Matt weiterhin mit seinen überheblichen Blicken löcherte. »Wollen wir mal reinschauen?«

»Das ist eine grandiose Idee, Presl… äh, Suki. Tut mir leid, mein Fehler.« Er grinste hämisch und wandte sich dann der Kamera zu. »Dann sehen wir hiermit exklusiv in der *Matt Sanders Show* die Premiere zu Suki Loveless' Musikvideo *Invisible Reflections*. Applaus.«

Gerettet. Fürs Erste.

Während das Musikvideo lief, war immer noch die Kamera auf mich gerichtet, das Publikum schaute immer wieder zu mir, daher nahm ich nur einen Schluck und lächelte freundlich, statt Matt zu fragen, was das eigentlich sollte. Meine Wangen mussten knallrot sein.

Als das Video vorbei war, war glücklicherweise auch mein Auftritt zu Ende. Matt moderierte mich ab, ich winkte noch mal ins Publikum und verließ das Studio, um zurück in meine Umkleide zu kommen.

»Was war das denn?«, zischte ich Jazz zu, die neben mir herlief, doch da noch andere Leute uns gerade hörten, musste ich mich zusammenreißen. Betretene Blicke streiften mich, als wir am Personal der Produktion vorbeihuschten.

»Ich habe keine Ahnung. Das wird eine dicke Beschwerde geben«, flüsterte sie.

Wenig später erreichten wir die Umkleide, die Tür fiel hinter uns zu, und ich ließ mich auf das kleine Sofa sinken. »Verdammte Scheiße«, entfuhr es mir. »Was sollte das?«

»Du hast das gut gemacht, Suki.« Jazz reichte mir eine kleine Flasche Wasser, die ich entgegennahm, während sie versuchte, mich zu beruhigen. »Manche Interviews sind einfach ... schwieriger als andere. Daran musst du dich leider gewöhnen.«

Jetzt verstand ich auch, warum manche Stars keine Interviews gaben und sich in ihren Villen versteckten wie Kaninchen in ihrem Bau.

»Das war echt übel«, brummte ich und kramte in der Tasche nach meinem Smartphone, zog es heraus und checkte meine Benachrichtigungen.

»Das wird alles, vertrau mir. Das Showbiz kann hart sein, aber du hast deine Feuertaufe echt gut über die Bühne gebracht. Wirklich.« Sie lächelte mich aufmunternd an und drückte dann meine Schulter. »Ich bin stolz auf dich, Suki. Nicht jede hätte so schlagfertig antworten können.«

»Meinst du?«

Sie nickte. »Glaub mir. Und auch wenn Tyrese was anderes sagen sollte, hör nicht auf ihn. Sein liebstes Hobby ist es, sich über Frauen zu stellen und ihnen das Gefühl zu geben, sie hätten etwas falsch gemacht. Das ist in der Branche leider keine Seltenheit.«

»Das ist echt unfair. Bisher war er nett, aber manchmal trau ich mich gar nicht, etwas zu sagen, was ihn verärgern könnte.« In meiner Kehle bildete sich ein Kloß. »Ich sollte doch dankbar für all das sein, was er und Vortex mir ermöglichen. Das bin ich auch, aber …«

»Ich weiß, was du meinst, Süße«, flüsterte sie und presste die Lippen mitfühlend aufeinander. »Du machst das schon. Vertrau mir. Wenn du bei Vortex erfolgreich werden willst, musst du leider nach deren Pfeife tanzen. Ich weiß, das ist dermaßen beschissen, dass man manchmal alles hinwerfen will, aber steh drüber, und solange sie dich nicht anfassen oder so, gewöhnt man sich nach einer Weile daran. Irgendwann zahlt es sich aus, das habe ich bei den anderen Mädels auch gesehen, die ich betreut habe. Und wenn was ist, komm zu mir. Ich habe immer ein offenes Ohr. Die Leute von der Show werde ich mir gleich noch vorknöpfen, das geht so nämlich echt nicht!«

»Danke«, sagte ich und lächelte sie an. »Wirklich. Ich fühle mich manchmal echt allein, da ist es schön, eine Freundin zu haben.«

»Na klar.« Jazz zwinkerte mir zu. »Ich geh mal rasch mit ein paar Leuten sprechen, bin sofort wieder da«, flötete sie und ließ mich schließlich allein.

Jetzt war wohl der Zeitpunkt gekommen, an dem ich Instagram und TikTok checken sollte, um zu sehen, was ich die letzten Stunden verpasst hatte und wie schlimm es online wirklich um mich stand. Auf dem Display warteten ein paar verpasste Anrufe meiner Eltern, doch ich hatte gerade keine Energie, mich bei ihnen oder sonst wem zu melden. Rasch öffnete ich TikTok, und natürlich war der Eklat das erste Video, das mir ausgespielt wurde. Es war mit über einer Million Views viral gegangen, hatte etliche Kommentare, in denen Presley oder ich verteidigt wurden. Als ich weiterscrollte, erschien das gleiche Video noch einmal, aber aus einer anderen Perspektive. Und mit mindestens genauso vielen Kommentaren. Mein Herz sackte mir in die Knie, als ich den ganzen Hass sah, der auf beide von uns ausgekippt wurde. So hatte ich mir all das nicht vorgestellt. Rasch sprang ich rüber zu Instagram, wo unter meinen Posts auch viele liebe Kommentare standen, aber auch eine riesige Lagerbildung stattfand. Mir wurde schlecht, und am liebsten wollte ich mich vergraben gehen. Als ich meine Instagram-Nachrichten öffnete, war dort auch beides zu finden.

> Hey Suki, dein Song ist so so toll. Bitte hör niemals auf zu singen. Ich freu mich auf dein Album!

> Halt die Klappe und binde wieder deine Blumen. Du kannst nichts.

> Ich lieeeebe *Invisible Reflections* und höre es schon die ganze Zeit!

> Geh sterben, hässliche Schlampe ...

Ich wollte mich am liebsten übergeben, nahm noch einen Schluck und öffnete eine Nachricht.

> Deine Karriere hängt am seidenen Faden, Suki. Ich kenne dein Geheimnis.

> Ich weiß ALLES und werde an die Presse gehen …

Ein mulmiges Gefühl breitete sich in mir aus. Doch als ich einen Moment darüber nachdachte, konnte ich nur die Augen verdrehen. Solche Drohungen gab es doch immer wieder, also nichts Ernstzunehmendes. Gerade als ich das Profil der Person ansehen wollte, ploppte eine neue Nachricht am oberen Displayrand auf.

> River: Auch wenn alles ziemlich beschissen gelaufen ist, müssen wir weitermachen, sonst haben wir ein Problem. Kommst du Sonntag zu mir für unsere nächste Session?

Unwillkürlich hob sich einer meiner Mundwinkel, weil das gerade wie ein Lichtblick schien. Ich war froh, dass er sich nach dem kleinen Eklat zwischen Carter und ihm auf der Party meldete, und insgeheim wünschte ich mir für einen kurzen Moment, dass er jetzt hier wäre, um für mich da zu sein wie gestern, als der schmierige Kerl mich bedrängt hatte. Seitdem hatte ich immer wieder an River denken müssen. Ich konnte nicht leugnen, dass ich mich von ihm angezogen fühlte. Als er für mich da gewesen war, hatte ich mich bei ihm sicher gefühlt, und auf irgendeine seltsame Art und Weise vermisste ich ihn ein wenig und …

Moment. Stand ich etwa auf River Hawthorne?

Nein. Unmöglich.

Eher würde die Hölle zufrieren.

Mein Herz pochte schneller, während ich leise stöhnte. Das hatte mir gerade noch gefehlt.

Ich tippte auf den Text, ging ihn noch mal durch und formulierte dann eine Antwort.

Suki: Gerne. Um sechs?

River: Morgens? Hast du sie noch alle?

Suki: Abends.

Suki: Damit du ausschlafen kannst, Nachteule.

River: Dachte schon, du hast den Verstand jetzt völlig verloren.

River: Bis übermorgen!

Suki: Bis Sonntag!

16
Suki

»Du bist zu früh. Ich bin noch nicht mal richtig wach«, begrüßte mich River zwei Tage später, als ich um Punkt sechs Uhr vor seiner Tür stand. Er trug einen schwarzen Hoodie und eine beige Hose, sein mokkabraunes Haar war wie immer gewollt zerwühlt, als er im Türrahmen lehnte und mich überheblich anfunkelte. Dieser verschlafene Look löste in der Gegend zwischen meinen Beinen ein leichtes Ziehen aus, und ich hatte das Gefühl, dass mir bei seinem Aussehen Hitze in die Wangen stieg. Rasch verdrängte ich meine lüsternen Gedanken und konzentrierte mich darauf, ihn nicht wie ein notgeiler Pavian anzugaffen. Sein Blick glitt an mir herab und wieder nach oben zu meinen Augen.

Checkt er mich etwa ab?

Was, wenn er es wirklich tat? Ich konnte nicht bestreiten, dass der Gedanke daran ein warmes Gefühl in mir auslöste. Ein Gefühl, von dem ich mehr wollte. Ich wollte so nicht empfinden, aber in mir keimte der Gedanke auf, dass ich dagegen sowieso machtlos war. Ich konnte nicht anders. Ich konnte es nicht verdrängen. Und ich konnte mich nicht weiter selbst belügen.

Ich hob eine Braue und trat an ihm vorbei, als er sich vom

Türrahmen abstieß. Sofort schwebte der Duft seines frischen Aftershaves zu mir herüber. »Ich bin nicht zu früh. Ich bin pünktlich. Vielleicht solltest du mal prüfen, ob deine Uhren richtig gehen, oder brauchst du nur wieder einen Grund, mich anzumotzen? Außerdem könnte man bei deinem Schlafrhythmus echt meinen, dass du ein Vampir bist.«

Er schnaubte und schloss die Tür hinter mir, dann hörte ich, wie er näher kam. »Na, ich dachte, dass ich bei dir damit rechnen kann, dass du dich sowieso verspätest. Früher war das immer so, oder willst du mir da widersprechen?«

»Mittlerweile schaffe ich es tatsächlich, auf die Uhr zu gucken. Tut mir leid, wenn ich dich aus dem Schlaf gerissen habe«, entgegnete ich und musste schmunzeln.

Dann lief er an mir vorbei, und ich folgte ihm in sein Homestudio, das mich beim letzten Mal schon in seinen Bann gezogen hatte. Würde ich hier leben, ich hätte diesen Raum vermutlich nie wieder verlassen. Jetzt am Abend brach die Sonne mit ihren letzten Strahlen durch die hohen Fenster und zauberte Lichtkegel auf die Sitzecke, wo ich es mir bequem machte und meine Beine in den Schneidersitz zog.

River nahm neben mir auf dem anderen Sessel Platz, dann beugte er sich vor, griff nach der Glaskaraffe mit Wasser und schenkte uns beiden ein Glas ein.

»Wow, du bist ja mittlerweile richtig kultiviert. Früher hättest du mir eine Plastikflasche um die Ohren gepfeffert.«

»Du würdest dich wundern, was ich mittlerweile noch so zu bieten habe.« Sein Blick huschte kurz zu mir, woraufhin ich spürte, wie es in meiner Leistengegend zog. Verdammt, das war River. Der Kerl hatte so etwas nicht bei mir auszulösen. Ich atmete durch. Er lehnte sich mit einem Schmunzeln zurück und schnappte sich sein Notizbuch und einen Stift, ließ ihn um seine Finger gleiten. »Also, können wir loslegen?«

»Klar«, entgegnete ich und zog meines aus meiner Tasche. Ich blätterte die Seiten durch, hielt inne und sah mich noch mal um. »Ich will auch so ein Homestudio. Es muss unglaublich praktisch sein, das zu Hause eingebaut zu haben.«

»Hast du keins?«

Ich schüttelte den Kopf. »Ich wohne in einem Zwei-Zimmer-Apartment in Culver City zur Miete mit Carter.«

»Wirf ihn raus und funktionier sein Zimmer um.«

»Klar, gute Idee.« Ich hob eine Braue.

Er zuckte mit den Schultern. »Dann kauf dir was und lass eins einbauen. Genug Kohle hast du dank Vortex ja jetzt.«

»Aber was, wenn mein Album floppt und ich alles zurückzahlen muss?«

Er zog die Brauen zusammen. »Wird es nicht. Und zurückzahlen müsstest du es doch sowieso nicht.«

»Woher willst du das wissen? Kann doch sein, dass …«

»Seit wann zweifelst du an allem? Was ist das für eine negative Einstellung?« Verwirrt schüttelte er den Kopf. »Früher hast du an dich und dein Talent geglaubt. Weißt du noch, als du mir immer gesagt hast, dass du irgendwann in Stadien singen wirst? Selbstbewusstsein hattest du damals definitiv mehr.« Ich schluckte, und als ich nichts sagte, fuhr er fort. Etwas Ernstes lag in seiner Miene. »Deine Stimme ist immer noch genauso großartig, wenn nicht sogar besser, und mit meiner Hilfe wirst du auch tolle Songs schreiben. Vortex sorgt dafür, dass es läuft. Du scheffelst Millionen. Das ist doch vorprogrammiert.«

Ich schnaubte. »Dann glaub ich dir einfach mal.«

»Ist es immer noch dein Traum, Erfolg mit Musik zu haben, oder hat sich das seit dem Vergleich und dem ganzen Shitstorm mit Presley verändert?«

»Das ist immer noch mein Traum. Ich will das mehr als alles andere.«

»Gut. Dann schaffst du das auch.« Er fixierte mich wieder mit seinem eindringlichen Blick, der mir Hitze durch die Adern jagte. Seine Zungenspitze glitt für den Hauch einer Sekunde über seine Unterlippe, dann schüttelte er den Kopf. »Und jetzt sollten wir mal loslegen, meinst du nicht?«

»Doch, doch.« Ich band mir meine honigblonden Locken rasch zu einem Zopf, während Rivers Blick immer wieder zu mir wanderte. Ich blätterte noch ein paar Seiten vor und überlegte. Heute Morgen waren mir einige Ideen gekommen, aber ich hatte vergessen, sie zu notieren. Keine Ahnung, ob sie was taugten. Der nächste Song musste gut werden. So *richtig* gut. Mein ganzes Album musste die Leute vom Hocker fegen, nachdem ich so viel Hass abbekommen hatte und mich alle mit Presley verglichen.

»Alles klar?«, holte mich River aus meinen Gedanken, und ich nickte.

»Jap. Ich überlege nur.«

Er seufzte und spielte immer noch mit seinem Kuli herum. Dann fixierte er mich. »Auch wenn du dich verändert hast, sehe ich dir immer noch an, wenn dich was belastet und du nicht bei der Sache bist, Suk.« Bei der Erwähnung des Spitznamens, den er früher immer für mich benutzt hatte, rauschte eine Welle der Wärme durch mich hindurch. Sie ließ jede Faser meines Körpers kribbeln, und mein Herz machte einen Satz, als sich unsere Blicke kreuzten. In seinen Augen schimmerte es bernsteinfarben. »Was geht in dir vor?«

Für einen Moment hatte ich das Bedürfnis, so zu tun, als ob nichts gewesen wäre, weil es mir seit ein paar Jahren schwerfiel, offen darüber zu reden, wenn es mir nicht gut ging. Carter war da eine Ausnahme. Abgesehen von ihm hielt ich lieber meine Klappe, bevor meine Worte gegen mich verwendet würden. Doch jetzt, wo ich hier saß, River vor mir, überkam mich ein tiefes Gefühl der Wärme und des Vertrauens, weil ich ihn einst gekannt hatte. Weil er einst zu den Menschen gehört hatte, denen ich mein Leben anvertraut hatte. Und auch wenn er Fehler gemacht hatte, war er stets für mich da gewesen, hatte immer nachgefragt, wie es mir ging, und alle Hebel in Bewegung gesetzt, um mir zu helfen.

Sein Blick lag immer noch aufmerksam auf mir.

Schließlich fasste ich mir ein Herz. »Die Release-Party, die Talkshow, der Shitstorm ... die letzten Tage waren echt viel, und ich tu mein Bestes, um mich zusammenzureißen und so zu tun, als ob nichts wäre, und mich auf die guten Dinge zu konzentrieren. Weil ich doch so glücklich darüber sein sollte, dass ich einen Plattenvertrag habe und ein großes Label und einen tollen Start in den Release, aber ...« Ich schluckte. »Manchmal ist das nicht so einfach, wenn die negativen Ereignisse an einem nagen.«

Verständnis lag in seinen Augen, als er langsam nickte. Der Muskel an seinem markanten Kiefer zuckte. »Kann man dir auch nicht verübeln. Ich habe mir auf der Party schon gedacht, dass das wohl ziemlich heftig für dich sein muss.«

»Ich habe ein schlechtes Gewissen, wenn ich ... wenn es mir deshalb nicht gut geht.« Ich legte den Kopf schief. »Ergibt das Sinn? Ich weiß das ja auch alles zu schätzen, aber dann schieben sich immer wieder diese Gedanken dazwischen, und ich versuche, sie zu überspielen, weil ich doch so unfassbar dankbar sein sollte.«

»Bullshit.« Er schnaubte. »Natürlich hast du das Recht, schlecht gelaunt oder enttäuscht zu sein, wenn dir danach ist. Du musst das rauslassen, sonst zerstört es dich.«

Tief durchatmend nickte ich und versuchte, für einen kurzen Moment zu lächeln. »Ich habe echt Angst, was Falsches zu tun und alles wieder zu verlieren. Ich finde es schrecklich, gegen Presley ausgespielt zu werden. Auch wenn es nur zu PR-Zwecken ist, aber sie gehört doch eigentlich zu meinen liebsten

Musikerinnen, und jetzt steh ich in direkter Konkurrenz zu ihr? Was soll der Mist? Ich wollte das nie, und jetzt eskaliert alles. Ich hätte ihren Song nicht annehmen dürfen. Das war ein Fehler.«

River schüttelte den Kopf. »Das stand nicht in deiner Macht. Wenn sich Tyrese etwas in den Kopf gesetzt hat, dann kannst du nicht viel ausrichten. Irgendwann ist dieser Fake-Beef zwischen euch ja auch vorüber, und du wirst nicht mehr darauf angesprochen.«

»Ich weiß gerade einfach nicht, wohin mit mir.« In meiner Kehle bildete sich wieder dieser Kloß, weil mir lange eingeredet worden war, wie minderwertig ich doch sei, und sich all das nun öffentlich wiederholte, sodass es die ganze Welt miterleben konnte.

»Nimm diese Gefühle und Gedanken und verwandle sie in einen Song, mit dem du allen zeigst, was du draufhast.« Ein Schmunzeln legte sich auf seine Lippen, während mein Herz einen Satz machte. »Früher hat das doch auch geklappt. Weißt du noch, als du so unglaublich angepisst warst, weil Carter in dein Shampoo diese fluoreszierende Haarfarbe gefüllt hat, du damit zum Highschool-Sleepover gegangen bist und deine Haare die halbe Nacht im Dunkeln geleuchtet haben? Im Anschluss hast du darüber den besten Song überhaupt geschrieben.«

Ich lachte auf und hielt mir die Hand vor den Mund. »O Gott. Stimmt. Ich war so sauer auf ihn. Aber das war wohl eher ein Disstrack. Na ja, immerhin hat er sich im Anschluss bei mir entschuldigt und es wiedergutgemacht.«

Jetzt grinste River auch. »Ich erinnere mich noch, wie er extra die Läden abgeklappert hat, um dir dein Lieblingseis zu holen. Das war doch Rocky Road mit diesen widerlich harten Marshmallow-Stücken drin.« Er schüttelte sich.

»Komisch, dass es immer leer war, nachdem du bei uns gewesen bist und wir dich mal eine Sekunde zu lang aus den Augen gelassen haben.« Herausfordernd spitzte ich die Lippen und ließ meinen Blick zu ihm gleiten, woraufhin er ein Grinsen unterdrückte.

»Halte ich für ein Gerücht.«

»Wir hatten echt tolle Zeiten«, gab ich leise zu bedenken. In meiner Brust zwickte es schmerzhaft bei dem Gedanken an früher und daran, wie viel Spaß wir hatten, bevor alles auseinandergebrochen war.

Gedankenverloren nickte River und seufzte leise.

»Die hatten wir. Manchmal wünsche ich mir echt, dass du und Carter euch wieder versteht oder zumindest nicht mehr hasst.«

»Schwierig, Suk. Es ist zu viel vorgefallen.«

»Hmm, vielleicht ja irgendwann.« Als sich Stille auf den Raum legte, biss ich unruhig auf der Innenseite meiner Wange herum.

Dann huschte Rivers Blick wieder zu mir, und sein Mundwinkel hob sich. »Also, schreiben wir jetzt einen Song, Loveless?«

»Aber so was von.«

Während River sich ans Keyboard setzte und ein paar Akkorde ausprobierte, bastelte ich ein wenig am Text herum und an der Botschaft, die ich darin verpacken wollte. Immer wieder überlegte ich laut, sang vor mich hin und testete verschiedene Zeilen. Sobald wir ein bisschen was hatten und es mit Rivers Melodie kombinierten, ein wenig anpassten und weiter daran arbeiteten, verfielen wir geradezu in einen Rausch, in dem wir die Zeit vollends aus den Augen verloren.

Als ich nach einer Weile auf die Uhr blickte, fiel mir auf, dass schon fast zehn war. Mittlerweile hatte ich meine Sneakers ausgezogen und tänzelte mit geröteten Wangen im Studio hin und her, während River am Keyboard saß und mich begleitete. Seine langen Finger wanderten über die Tasten. Wie er so auf dem Hocker saß, sein Kiefer angespannt und doch dieses sanfte Schmunzeln auf seinen Lippen, pochte es in meiner Brust wie wild, jedes Mal wenn es sich in ein Lächeln verwandelte. Das tat es immer, wenn ich sang. Und immer wenn er mir im Anschluss einen Blick aus seinen bernsteinfarbenen Augen zuwarf, verlor ich mich ein bisschen mehr darin.

»Ja! Oh ja! Das ist es. O mein Gott, das ist so gut.« Aufgeregt sprang ich auf und ab und kam aus dem Grinsen gar nicht mehr raus, als wir beim Refrain einen Durchbruch hatten.

River lachte kehlig, dann hob er die Hand zu einem High five, und ich klatschte ein. »Das ist ganz anders, als ich angenommen hatte, was heute rauskommen wird, aber ich finde es unglaublich gut. Mehr als das. Tyrese wird es lieben. Vielleicht macht er es ja zu deiner zweiten Single.«

»Das wäre krass. So, so, so krass!« Ich kam aus dem Grinsen gar nicht mehr heraus, weil ich diesen Song mehr als alles andere fühlte. Er handelte davon, sich missverstanden zu fühlen und in Konkurrenz zu Menschen zu stehen, die man doch eigentlich bewunderte. Er kam aus meinem Innersten, und River hatte dafür die perfekte Melodie gefunden und sie instrumental so untermalt, dass meine Stimme perfekt zur Geltung kam. Es war anders als *Invisible Reflections* – weniger Presley und mehr Suki, weniger Party-Pop und dafür etwas langsamer mit Souleinschlag, so wie ich es am liebsten mochte. Auf meinem Album würde er sich ganz sicher gut machen. Die Tatsache, dass ich so über meine eigene Musik dachte, ließ einen angenehmen Schauer des Stolzes durch mich hindurchjagen. Das letzte Mal, dass ich so unbeschwert gesungen und Musik gemacht hatte, ohne eine düstere Stimme im Kopf zu haben, war vor ungefähr sechs Jahren gewesen, als River und ich noch Freunde gewesen waren.

»Wenn wir uns jetzt reinhängen und noch die zweite Strophe und die Bridge hinbekommen, können wir es Tyrese morgen vorspielen.« River warf mir einen fragenden Blick zu. Mit all der Hoffnung in seinen Augen wirkte er alles andere als müde. Ganz im Gegenteil. »Bist du noch fit, oder wollen wir es vertagen?«

Ich stemmte die Hände in die Hüften und fixierte ihn. »Ich geh nicht hier raus, bis der Song fertig ist. Wir sind im Flow, wir müssen das nutzen!«

River lachte, dann stand er auf und streifte meine Schulter. Sofort schwebte sein Duft von Lavendel und Zedernholz zu mir herüber, und ich konnte nicht leugnen, dass das etwas in mir auslöste, ob ich wollte oder nicht. Hitze. Ein angenehmes Ziehen, das ich rasch verdrängte. Und noch mehr davon, als ich seine Grübchen sah. »Alles klar. Ich kümmere mich um Koffein und Snacks.«

Als er mit dampfendem Kaffee und Popcorn zurückkehrte, mir eine Tasse und eine Schüssel in die Hände drückte, zwinkerte er mir kurz zu, und ich lächelte.

»Ich hatte leider nur noch Obst und Popcorn als Snack da, und da ich weiß, wie gern du das süße Zeug früher mochtest, dachte ich, dass ich damit nichts falsch machen kann, oder?«

»Perfekte Wahl, die du da getroffen hast.« Grinsend stopfte ich mir eine Handvoll Popcorn in den Mund.

Dann machten wir weiter. Ich war immer noch voll im Rausch, und das Koffein tat mir gut. Wir schrieben und schrieben und schrieben, bis der Kaffee leer und ich so fertig war, dass ich mich auf der Couch im Studio wie ein riesiger Burrito in eine Decke rollte und dort weiter am Text tüftelte. So lange, bis der Song fertig war und River die letzten Einstellungen am Mischpult vornahm. Der Raum war mittlerweile nur noch durch ein paar indirekte Lichter und eine Lavalampe, die blau köchelte, sanft beleuchtet, draußen herrschte schwarze Nacht, nur der Mond beobachtete uns durchs Fenster.

Im nächsten Augenblick startete River plötzlich den Song. Lautstark scholl *Neon Dreams* durch die Lautsprecher in allen

Ecken, als er auf mich zugelaufen kam und sich neben mich aufs Sofa sinken ließ. Ein angenehmes Kribbeln erfasste mich, als River mir so nah war. Und so saßen wir da, starrten vor uns hin, lauschten meiner Stimme und seiner Musik und fühlten eine unsichtbare Verbindung, die zwischen uns schwebte. Ein Knistern, wenn sich alle paar Takte unsere Blicke trafen und er dann nicht wegsehen konnte. So lange, bis ich es tat, weil ich nicht verstand, was hier vor sich ging. Was da zwischen uns in der Luft hing, was mir immer wieder Blitze durch den Körper schickte. Immer und immer wieder. Seine geschwungenen Lippen wirkten im Dämmerlicht noch voller und einladender, und ich fragte mich, wie sich seine leichten Bartstoppeln unter meinen Fingerkuppen wohl anfühlten, wenn ich …

»Wow«, riss er mich mit seiner tiefen, kratzigen Stimme leise aus meinen Tagträumen, während sein Blick zwischen meinen Augen hin und her wanderte. »Ich glaube, das ist einer der besten Songs, die ich in den letzten paar Jahren geschrieben habe.«

Ich spürte, wie meine Wangen sich leicht erwärmten und mein Herz einen Satz machte. »Unfassbar, dass wir das gerade geschafft haben.« Ungläubig schüttelte ich den Kopf. Mittlerweile war der Rausch etwas abgeflaut, da ich so müde war, dass mir fast die Augen zufielen. Ich gähnte, versteckte es hinter meiner Hand und legte den Kopf dann auf dem Polster des Sofas ab. Für einen kurzen Moment schloss ich die Augen, um sie etwas zu schonen, weil ich gleich noch gut 20 Minuten nach Hause fahren musste.

Ich hörte noch, wie River leise kicherte. »Ich wusste die ganze Zeit, dass mehr in dir steckt als die Popmusik. Und morgen werden wir das den anderen beweisen.«

17
River

Mir rannen noch die Wassertropfen der heißen Dusche über die Brust, als ich in meiner Jogginghose aus dem Bad schlenderte und auf die Küche zusteuerte.

»Oh h-hey«, hörte ich eine Stimme, die von der Seite herbeifegte und noch etwas kratzig klang. »Guten Morgen.«

Ich drehte mich um und sah, dass Suki die Treppe, die zu meinem Bett hinaufführte, gerade heruntergeschlichen kam. Ihre Lockenmähne stand wie wild von ihrem Kopf ab; sie wirkte noch etwas verschlafen und trug das türkisfarbene Shirt und die Jeans von gestern. Mit fragendem Ausdruck starrte sie mich an. Sie ließ den Blick aufmerksam über meinen nackten Oberkörper gleiten. Hitze rauschte durch mich hindurch, als sie mich so ansah. Anscheinend checkte sie mich mächtig ab, und insgeheim gefiel es mir mehr als gut, ihr Interesse geweckt zu haben. Seltsamerweise gefiel es mir, sie so früh am Morgen – na ja, 13 Uhr war für mich noch morgens – verschlafen die Treppe von meinem Schlafzimmer herunterlaufen zu sehen. Ich wusste immer noch nicht, wie ich für sie empfinden sollte. Ich hatte Gefühle für sie. Ich hatte sie schon immer gehabt, und gerade in den letzten Tagen war es mir immer schwerer gefallen, sie zu verdrängen. Ich schaffte es nicht mehr, doch der Verrat damals, ihre Falschaussage, die dazu beigetragen hatte, dass ich ins Gefängnis musste, wog dennoch schwer und hatte mich wahnsinnig verletzt, auch wenn ich inzwischen insgeheim ahnte, dass sie nicht die ganze Geschichte kannte und ihr Bruder ihr die ein oder andere Lüge aufgetischt hatte. Dieses verfickte Chaos in meinem Kopf machte es mir unfassbar schwer. Besonders wenn sie so heiß aussah wie jetzt gerade.

Ein Lächeln trat auf meine Lippen. »Guten Morgen. Ich dachte, du schläfst noch.«

Sie schluckte und blinzelte dann einige Male. »Ähm ja, bis gerade eben. Ähm ... Wie ... Wie genau bin ich in dein Bett gekommen?« Verwirrt legte sie den Kopf schief.

Ich verzog gespielt schockiert das Gesicht. »Wie jetzt, du erinnerst dich nicht an den Sex?«

»Was?! Wir haben ...? Nein, ich ... Bist ... Ich ... Was ... Aber ...«

Mir entfuhr ein kehliges Lachen. »Man kann dich immer noch viel zu leicht verarschen, Loveless.« Ich schüttelte den Kopf und fuhr mir durchs feuchte Haar. »Glaub mir, wenn du mit mir geschlafen hättest, würdest du dich für immer daran erinnern.« Ihre Augen weiteten sich für einen kurzen Moment. Eine leichte Röte wanderte in ihre Wangen. Während ich ein diabolisches Grinsen unterdrückte, steuerte ich die Küche an und betätigte den Knopf an der Kaffeemaschine, woraufhin die heiße Brühe in eine Tasse schoss und sich der köstliche Duft in der Luft ausbreitete. »Keine Sorge. Du bist im Studio auf der Couch eingepennt und wolltest nicht mehr aufwachen. Daher habe ich dich hoch in mein Bett getragen. Ich selbst habe auf dem Sofa im Wohnzimmer geschlafen. Nach deinen letzten Tagen wollte ich dir nicht auch noch eine ungemütliche Nacht im Studio zumuten.«

Ich konnte ihr genau ansehen, wie sie überlegte. Mit den geöffneten Lippen wirkte sie etwas überrascht. »Oh, okay. Dann … Danke. Ich hoffe, du hattest trotzdem eine angenehme Nacht, auch wenn du nicht in deinem Bett schlafen konntest.«

Ich kippte einen Schuss Hafermilch in den Kaffee und reichte ihn Suki, weil ich noch von früher wusste, dass das ihre Lieblingsmischung war. »Klar, alles super. Hast du denn gut geschlafen?«

Sie nahm die Tasse entgegen und setzte sich damit auf einen der Hocker an meiner Kücheninsel, während ich mir noch einen Kaffee aus der Maschine ließ. »Total. Dein Bett ist richtig bequem.«

Am liebsten hätte ich ihr gesagt, dass sie dort immer willkommen war, doch ich sparte mir den flachen Spruch, grinste nur und lehnte mich auf der anderen Seite gegen die Kücheninsel. Denn eigentlich sollte ich all das gar nicht fühlen und für sie empfinden. Eigentlich sollte ich sie hochkant aus meiner Wohnung werfen. Eigentlich. Jap, dieses *Eigentlich* konnte ich mir nur immer wieder einreden, bis ich selbst dran glaubte.

»Schön zu hören. Ich habe letzte Nacht, als du schon geschlafen hast, noch den Song auf mein Handy gezogen, sodass wir später rüber zu Vortex fahren und ihn Tyrese vorspielen können.«

»Gute Idee. Ich trink den hier noch eben aus«, sie schwenkte ihre Tasse, »mach mich kurz frisch, und dann kann es losgehen.«

»Im Schrank im Bad findest du ein paar frische Zahnbürsten. Du hast bestimmt keine dabei, oder?«

»Ach, für all deine One-Night-Stands hast du direkt schon vorgesorgt?« Sie hob eine Braue. »Charmant.«

»Nein. Manchmal geht die Arbeit ziemlich lang bis spät in die Nacht. Du bist nicht die Erste, die auf dem Sofa eingeschlafen ist.« Jetzt hob ich eine Braue. »Aber nett, dass du dir den Kopf über meine Sexpartnerinnen zerbrichst.«

Dass sie von allen Künstlerinnen die einzige gewesen war, die ich je in meinem Bett hatte schlafen lassen, behielt ich allerdings für mich. Immerhin wusste ich selbst nicht so ganz, was mich geritten hatte, es ihr zu überlassen. Wir befanden uns zwar im Waffenstillstand, doch der Krieg war noch lange nicht beendet. Auch wenn ich Spaß mit ihr hatte und mich jede Minute, die ich mit ihr verbrachte, an die Zeit erinnerte, in der alles gut gewesen war und in der ich alles dafür getan hatte, damit sie sich in mich verliebte (vergeblich), flackerten doch auch immer wieder die Erinnerungen an den Gerichtsprozess auf und den Tag, der alles verändert hatte.

Sie fixierte mich. »Ich zerbreche gar nichts, bis auf diese Tasse, wenn ich sie dir gegen den Schädel pfeffere, falls du weiterhin so dumme Sprüche bringst, Hawthorne.«

Mein Mundwinkel huschte nach oben, dann nahm ich noch einen Schluck Kaffee. Es war das erste Mal seit fünf Jahren, dass sie mich bei meinem Nachnamen und meinem damaligen Spitznamen nannte, und es war zwecklos, sich einzureden, dass das nichts in mir auslöste.

Nachdem sie im Bad verschwunden war, geduscht und sich frisch gemacht hatte, waren wir mit unseren beiden Autos zum Label gefahren und hatten Tyreses Büro angesteuert, das sich im obersten Stockwerk befand und von wo aus man den perfekten Blick auf das Griffith Observatory hatte.

Während Tyrese in seinem marineblauen Prada-Anzug auf dem riesigen Sessel fläzte, die Beine auf seinem massiven Holzschreibtisch abgelegt, saßen Suki und ich ihm gegenüber auf den beiden Polsterstühlen, während aus den Lautsprechern in allen Ecken die Demoversion des Songs dröhnte, die wir in der Nacht geschrieben und aufgenommen hatten. Suki wackelte unruhig mit dem Fuß auf und ab, warf mir immer wieder nervöse Seitenblicke zu. Innerlich war ich mindestens genauso aufgeregt wie sie. Meine Hände waren eiskalt, und mein Herz klopfte schnell, doch nach außen hin versuchte ich, Ruhe zu bewahren. Tyrese starrte vor sich hin, man konnte seinem Gesicht keinerlei Tendenz entnehmen. Bis der Song fertig war und er zu uns blickte.

»Gefällt mir nicht.«

Fuck. Mir drehte sich der Magen um. Aus dem Augenwinkel sah ich, wie Suki sich anspannte.

»Der Song ist richtig gut«, fing ich vorsichtig an. »Sukis Stimme kommt perfekt zur Geltung, es ist ein krasser Ohrwurm und …«

»Zu soullastig. Suki ist Popsängerin und keine zweite Alicia Keys.«

Ich schob die Brauen zusammen. »Sondern eine zweite Presley Wren?«

»Richtig.« Tyrese lächelte schief. »Sind wir mal ehrlich, Presley ist so gut wie durch. Die hat ihre besten Zeiten hinter sich, leistet sich einen Skandal nach dem anderen, sie ist unser Auslaufmodell und Suki unsere Pop-Zukunft.«

Sie sollte also wirklich zu einer Kopie werden.

Während ich mit den Kiefern mahlte und den Kopf schüttelte, bemerkte ich, dass Suki nur vor sich hin starrte und überlegte. Sie sagte nichts. Ich sagte nichts.

Daher fuhr Tyrese direkt fort. »Setzt euch noch mal an ein paar neue Songs. Alles Pop. River, du kennst das Spiel«, wandte er sich mir zu. »Kein besonders anspruchsvoller Text, ein paar nette Zeilen und sexy Beats zum Tanzen. Das schreibst du doch in ein paar Minuten runter.« Dann blickte er engelsgleich lächelnd Suki an. »Und du, Honey, solltest wissen, dass wir dich nur als Popsängerin aufbauen werden. Das ist unsere Vision für dich, und deine Fans lieben den Sound bei dir. Pop ist genau dein Ding. Ich verspreche dir, dass wir dich in dem Genre zur neuen Queen machen. Du merkst doch selbst, dass das voll zu dir passt, oder nicht? Und wenn du später Soul machen willst, dann kriegen wir das ganz bestimmt hin. Aber erst einmal müssen wir dich etablieren.«

Sie nickte leicht. »Ich schätze schon. Den Leuten gefällt es ja anscheinend.«

»Na, da siehst du's. Das ist genau deins. Glaub mir, ich habe einen Riecher für so was.« Er lachte überheblich. »Sonst säße ich jetzt nicht hier in diesem Sessel.« Sein Blick glitt wieder zu mir. »Sexy Pop. Haben wir uns verstanden, River?«

Stöhnend verdrehte ich die Augen. »Wenn du das sagst.«

»Und was Presley betrifft«, hakte Suki ein. »Wäre es vielleicht mal möglich, dass ich mich mit ihr ausspreche? Ich bin mir nicht so ganz sicher, ob das alles seine Richtigkeit hat. Die Sache auf der Release-Party war ...«

»Da gibt es nichts zum Aussprechen. Alles läuft nach Plan«, erwiderte Tyrese und schüttelte den Kopf. »Sie ist immer noch im Boot und polarisiert einfach gerne. Sie meinte, du sollst ruhig mal ein bisschen darauf eingehen und dagegenschießen, weil sie aktuell die Böse in den Medien ist, während du nur das Mäuschen bist, das sich nicht dazu äußert. Das tut euch beiden nicht gut. Also leg mal ordentlich los und verpass ihr virtuell eins.«

Nichts Unübliches für Presley. Ich hatte schon das ein oder andere Album mit ihr gemeinsam geschrieben. Und auch wenn sie einer der verständnisvollsten und loyalsten Menschen überhaupt war, konnte ich nicht bestreiten, dass sie gerne auch mal provozierte und sich den ein oder anderen Skandal geleistet hatte. Gerade in den letzten Monaten häuften sich die Negativschlagzeilen. Sie reagierte seit einiger Zeit auf keine meiner Nachrichten, aber das überraschte mich nicht, das war früher schon oft vorgekommen. Und jedes Mal tauchte sie dann wieder auf, als ob nie etwas gewesen wäre.

»Sicher, dass das geplant ist? Sie sah schon echt ernst aus.

Kann ich vielleicht mal mit ihr darüber sprechen?«, hakte Suki noch einmal hartnäckig nach.

»Schwieeerig. Aktuell ist sie ... nicht ganz auf der Höhe und hat sich von allen abgeschottet. Niemand kann sie momentan erreichen.«

Wie ich mir schon dachte. Keine Überraschung.

Suki seufzte. »Na schön. Und du meinst wirklich, dass es gut ist, wenn ich auch mal öffentlich was dazu sage?«

»Definitiv. Du kommst aktuell wirklich nicht gut weg, wenn du dich nicht äußerst. Wie gesagt, Presley weiß Bescheid. Sie wird dir nicht böse sein, sie kennt das Business. Also nur zu, hab deinen Spaß und schieß ein wenig gegen sie. Das fördert die Verkäufe ungemein, und wenn ihr am Ende ein Featuring zusammen aufnehmt, ist das eine tolle Story.«

»Okay«, sagte Suki und presste die Lippen aufeinander. »Wenn du meinst.«

»Jap.« Tyrese klatschte in die Hände. »Und jetzt ab ins Studio und schreibt mir einen neuen Song. Der hier«, er wedelte mit seinem Finger vor dem Bildschirm seines Computers herum, »landet im Müll.«

Mein Magen verknotete sich. Das hier war kein Einzelfall. Es war schon öfter vorgekommen, dass Tyrese Songs abgelehnt hatte, die wirklich gut, aber ihm eben zu tiefschürfend oder anspruchsvoll gewesen waren.

Als Suki und ich sein Büro wieder verlassen hatten und durch den Flur liefen, spürte ich, wie sie immer wieder zu mir hinaufsah.

»Gibt's was?«

Sie fixierte mich nachdenklich. »Na ja, du siehst nicht gerade glücklich aus.«

»Wieso sollte ich? Er hat unseren Song gerade Müll genannt. Wieso bist du überhaupt so gut gelaunt?«

»Ja, es ist doof. Kein Zweifel. Aber wenn er denkt, dass ich im

Pop besser aufgehoben bin und später erst Soul singen sollte, dann vertrau ich ihm. Ich meine, er ist nicht umsonst der Leiter des Labels. Und ich bin mir sicher, dass wir dafür einen anderen coolen Song schreiben. Wenn sich eine Tür schließt, öffnet sich eine andere. Mir ist bewusst, dass das alles nicht ganz so läuft, wie ich es mir gewünscht habe, aber wenn ich den Traum einer Musikkarriere verwirklichen will, dann muss ich vermutlich erst mal nach seiner Pfeife tanzen, bevor ich das tun kann, was ich wirklich will. Gehört wohl dazu.«

Skeptisch blickte ich sie an, zog die Brauen zusammen. »Danke für deine endlose Weisheit, aber ... Ich bin einfach nur angepisst. Der Song war der Hammer. Und jetzt landet er erst mal in der Schublade. Super. Ist ja nicht so, als wäre es das erste Mal, dass ich in irgendeine verfickte Schublade gepresst werde.«

Suki seufzte, dann berührte sie mich am Arm, woraufhin wir vor dem Fahrstuhl verharrten. Mein Herz blieb eine kurze Sekunde stehen, als ich ihre zarte Berührung spürte. In ihren Augen flackerte es. »Komm schon, deine Songs sind immer gut. Wir schreiben einen neuen, der noch besser passt, okay? Wollen wir noch mal zu dir und daran arbeiten?«

Ich schüttelte den Kopf. »Für heute ist mir die Lust vergangen.«

Die Türen des Fahrstuhls öffneten sich, und wir stiegen ein. Suki betätigte den Knopf, der uns ins Parkhaus der Tiefgarage brachte. »Absolut verständlich. Ich habe schon eine Idee, was wir unternehmen könnten. Ich kann dich jetzt nämlich nicht im Selbstmitleid ertrinken lassen. Wenn ich die tiefe Falte zwischen deinen Brauen sehe, bekomme ich Angst, dass du gleich wie Taylor Lautner im *I Can See You*-Musikvideo von Taylor Swift wie ein Ninja um dich schlägst und ich einen Kopf kürzer bin.«

Damit entlockte sie mir ein Schnauben. »Schwachsinn. Bin nur schlecht gelaunt.«

»Und das ändern wir jetzt«, entgegnete sie und nickte kurze Zeit später zu ihrem Auto. »Steig ein.«

»Von mir aus«, gab ich mich geschlagen und stieg ein.

Eine gute halbe Stunde später parkte sie auf einem großen Parkplatz in Santa Monica. Wir stiegen aus, und ich folgte ihr ein Stück die Promenade entlang, während wir ein paar Fahrradfahrern auswichen und dann über eine kleine Treppe die Holzdielen des Piers betraten, der sich vor uns erstreckte. Möwen kreischten, während neben uns das Meer wippte und uns eine leichte Brise um die Ohren fegte.

»Der Santa Monica Pier?«

Sie nickte und grinste mich euphorisch an.

Wir liefen an einigen Restaurants vorbei, vor denen bereits ein paar Leute draußen an den Tischen saßen und etwas aßen. »Hältst du das für eine gute Idee? Ich meine ... Du bist jetzt nicht mehr so unbekannt wie noch vor einigen Wochen. Die Leute erkennen dich, Suk.«

»Sollen sie doch«, flötete sie. »Das hält mich nicht davon ab, das zu tun, was mir Spaß macht.«

Aus dem Augenwinkel bemerkte ich schon, wie einige Blicke sich auf sie richteten, während wir über die Holzdielen des Piers schlenderten. Getuschel hier und da, während im Hintergrund das Meer rauschte und schon von Weitem Gekreische zu hören war, das vom Pacific Park herrührte. Ein paar Breakdancer tanzten in einiger Entfernung gerade ihre Show, und an den Ständen mit den Souvenirs tummelten sich ein paar Leute. »Was, wenn du überrannt wirst?«

»Ich hab doch einen Bodyguard dabei, oder nicht?« Sie musste schmunzeln.

Flirtete sie mit mir? Oder war das einfach nur ihre Art, meine schlechte Laune wegzufegen? Sie konnte nicht mit mir flirten. Das war ausgeschlossen. Nicht weil ich nicht gut genug für sie war, sondern weil ich früher nichts unversucht gelassen hatte, um ihr zu gefallen, ihr Herz aber doch nie hatte erobern können. Weshalb also heute? Wie ich schon angenommen hatte: Ausgeschlossen.

»Klar«, erwiderte ich und zog einen Mundwinkel nach oben. Als ich sah, wie sich einige Leute an uns heranpirschten wie Löwen an eine verdammte Antilope, zog ich sie rasch zur Seite in eine kleine Nische, die sich zwischen zwei Restaurants auftat. Ich zog mir meinen schwarzen Hoodie über den Kopf, sodass ich im T-Shirt vor ihr stand, und reichte ihn ihr.

Sukis Augen weiteten sich. »Wieso strippst du, Magic Mike?«

Ich stöhnte genervt auf. »Zieh ihn an. Wenn du dir die Kapuze aufsetzt, wirst du nicht so schnell erkannt.« Als ich sah, wie sie die Lippen leicht öffnete und ihn entgegennahm, beobachtete ich jede ihrer Bewegungen.

»O-kay«, gab sie sich geschlagen, schlüpfte rasch hinein und zog ihn sich über ihren kurvigen Körper. Dann zupfte sie ihn zurecht und setzte sich die riesige Kapuze auf, die ihr Haar und Teile ihres Gesichts verdeckte.

Da ich um die 20 Zentimeter größer als sie war, versank sie darin. Er stand ihr tausendmal besser als mir. Das war ein verdammter Fakt. Aber ich musste mich zusammenreißen und mich daran erinnern, wer sie war. Jede Faser meines Körpers spannte sich an.

»Zufrieden?«

Ich nickte. »Hast nie besser ausgesehen.« Es klang wie ein Witz, war jedoch keiner.

»Genau.« Das quittierte sie mit einem Schnauben.

»Und was erwartet mich jetzt?«

»Ich habe mir was überlegt«, entgegnete sie und nickte zum Eingang des Pacific Park, ein Vergnügungspark direkt hier auf dem Pier, wo es ein Riesenrad gab, Achterbahnen und Fahrgeschäfte.

»Wenn wir jetzt gleich Pacific Plunge fahren, kann ich dir nicht garantieren, dass es mir danach besser geht.«

Einige Leute kamen uns entgegen, doch Suki gelang es, unter dem Radar zu fliegen, während wir an ein paar Tischen und an *Funnel Cakes and Fries* vorbei in den bunten Park hineinliefen. Dennoch spannte ich mich an und behielt alle um uns herum im Auge. Falls irgendein Vollidiot auf falsche Gedanken kam und ihr auf die Nerven gehen wollte, würde ich ihm direkt zeigen, dass er das vergessen konnte, wenn er nicht im Krankenhaus landen wollte.

»Weißt du noch? Früher, als du schlecht gelaunt warst, sind wir immer zu Adventureland gegangen und haben Arcade Games gespielt oder an den Buden versucht, irgendwelche Plüschtiere zu ergattern. Und jedes Mal hattest du dabei den Spaß deines Lebens.« Sie grinste mich an und nickte dann zu einem der Stände links von uns, wo ein großer, breiter Kerl vor einem Käfig stand, an dem zwei Basketballkörbe befestigt waren. »Besonders beim Körbewerfen.«

»Nicht dein Ernst, oder?« Grinsend folgte ich ihr. Zwei Typen wetteiferten gerade um die meisten Körbe. »Du willst also ernsthaft gegen mich verlieren? Schon wieder?«

»Tut mir leid, dich enttäuschen zu müssen, Kleiner. Aber ich werde ganz klar die Nase vorn haben.« Sie zuckte mit den Schultern und besorgte uns dann ein paar Tickets, bevor sie wieder auf mich zugelaufen kam. Mit einem so breiten Grinsen, dass sie mich damit ansteckte. »Bereit, Hawthorne?«

»Ich bin immer bereit«, erwiderte ich und knackte gespielt den Nacken nach rechts und links, als wir schließlich an der Reihe waren.

Wir nahmen beide jeweils einen Ball in die Hand und gingen in Position. Ich warf ihr von der Seite noch mal einen Blick zu und beobachtete, wie sie mit höchster Konzentration den Korb anvisierte, als ob sie als Nächstes für die NBA gedraftet werden wollte. Sie war immer noch genauso schön und witzig und umwerfend wie früher. Sogar noch ein wenig mehr. Ihr Blick huschte im nächsten Moment zu mir und traf meinen. Eine leichte Gänsehaut legte sich auf meine Arme, als in ihren grünblauen Augen so viel Wärme tanzte, dass ich spürte, wie sie sich in meinem Brustkorb ausbreitete.

»Drei, zwei, eins … Los!«, riss uns der Kerl am Stand zurück in die Realität, und schon versuchten wir, so schnell wie möglich die Bälle in die Körbe zu befördern.

»Shit, shit, shit«, quiekte sie.

Mir stieg ein Lachen aus der Kehle, während ich immer und immer wieder auf den Korb zielte.

Plötzlich ertönte ein lautes Signalgeräusch, was uns bedeutete, dass die Runde vorbei war. Als ich ihren Punktestand checkte, blinzelte ich ungläubig und schüttelte den Kopf, während sie wie verrückt vor mir herumhüpfte. »Das ist doch wohl ein Scherz.«

»Tja«, entgegnete sie und lächelte überheblich. »*Können* nennt man das, Kumpel.«

»Das nennt man Beschiss. Sicher wurde da gepfuscht oder so. Nie im Leben hast du vier Körbe mehr als ich.«

»Bist du ein schlechter Verlierer? Steht dir so gar nicht.« Dann wandte sie sich grinsend dem Kerl zu, der die Preise verteilte. Sie tippte sich ans Kinn, während sie all die Plüschtiere musterte und dann schließlich auf einen übergroßen Kermit zeigte. »Den da, bitte!«

Ich bekam das Schmunzeln immer noch nicht von den Lippen, und vor allem nicht, als sie mit dem riesigen Frosch, der fast so groß war wie sie selbst, zu mir gehüpft kam. »Glückwunsch. Scheint wohl so, als ob du dir noch ein zweites Standbein in der NBA aufbauen könntest.«

Wir entfernten uns ein paar Schritte vom Stand, dann reichte sie mir das Plüschtier und lächelte mich an. »Hier. Dann denkst du immer daran, wie ich dich abgezogen habe.«

Ich nahm es entgegen, begutachtete die riesigen Glupschaugen, dann sah ich wieder zu Suki. »Danke, Loveless.«

»Quatsch, kein Ding.« Sie winkte ab. »Ich habe etliche von den Dingern zu Hause, und in deinem Apartment habe ich kein einziges gesehen. Das verleiht dir die nötige Coolness, die du noch brauchst.«

Ich schnaubte. »Coolness. Jap, die brauche ich definitiv. Nein, aber …«, fuhr ich fort, als wir ein paar Schritte zum nächsten Stand mit Büchsen liefen, auf die gerade ein paar Leute zielten. »Ich meinte *Danke*, dass du mich zum Lachen gebracht hast.«

Sofort legte sich etwas Sanftes auf ihre Züge. »Freut mich, wenn es funktioniert hat.«

»Das hat es.« Ich wiegte den Kopf hin und her und legte die Stirn in Falten. »Normalerweise mach ich das mit mir aus und zieh da niemanden rein, wenn ich schlecht drauf bin.«

»Das kenne ich sehr gut. Aber weshalb ist es bei dir so?«

»Ich hatte viel Zeit mit mir allein, und da habe ich nie nach außen getragen, wenn ich mies gelaunt war, weil es sowieso niemanden gejuckt hat. Die anderen Typen hatten genug eigene Probleme. Das hat sich wohl so in mir verankert.«

»Oh, okay. Aber ich bin mir sicher, dass viele Menschen gerne für dich da wären. Oder dich gerne aufheitern würden. Trotz allem, was passiert ist …«, sagte Suki leise und verzog das Gesicht, als ob sie einen wunden Punkt getroffen hätte. Das hatte sie ja auch. Irgendwie.

Wenn ich mit ihr abhing und Zeit verbrachte, fühlte ich mich jedes Mal hin- und hergerissen. Einerseits sollte ich sie dafür hassen, dass sie mit schuld daran war, dass ich im Knast gelandet war, um Carters Arsch zu retten, und keiner der beiden sich für mich eingesetzt hatte, obwohl ich unschuldig gewesen war. Andererseits konnte ich aber auch nicht länger leugnen, dass die Gefühle, die ich damals für sie gehabt hatte, nie ganz erloschen waren.

18
Suki

Umgeben von Palmen, teuren Autos und luxuriösen Boutiquen, wollte ich heute zwei Fliegen mit einer Klappe schlagen.

Zum einen war ich auf der Suche nach einem Geschenk für Carter, der in vier Tagen endlich die Premiere seines Films feiern würde, zum anderen hatte mir Tyrese schon vor Längerem aufgetragen, die ein oder andere teure Handtasche zu kaufen und mich damit in der Öffentlichkeit sehen zu lassen. Das würde meinem Ruf zugutekommen.

Und wo funktionierte so etwas besser als auf dem Rodeo Drive in Beverly Hills?

Ich wusste zwar noch nicht, was ich Carter schenken wollte, aber es musste gut werden. Wenn ich schon eine halbe Million auf dem Konto hatte, dann sollte Carter, der mir immer beigestanden und mich stets unterstützt hatte, auch etwas davon haben.

Während neben mir die dicken Aston Martins, Ferraris und Lamborghinis die Straße rauf- und runterdüsten, die Palmen im Wind wehten und der Duft von teurem Parfüm in der Luft lag, steuerte ich in meinem beigefarbenen Jumpsuit und der

Sonnenbrille auf der Nase eine Boutique nach der anderen an. Ich startete bei Saint Laurent, schaute bei Gucci vorbei und bei MCM, bevor ich dann bei Prada einkehrte. Schon beim Blick in das Schaufenster bekam man einen Vorgeschmack auf die edlen Abendroben, Trenchcoats und stylischen Handtaschen. Über der Glasfront erstreckte sich der riesige Zementbalken mit dem Prada-Schriftzug. Früher hätte ich mich nie getraut, solch einen Laden zu betreten. Allein schon, weil mir das Geld gefehlt hatte. Doch heute war das anders. Ich war eine neue Suki, die sich das hier leisten konnte. Und vielleicht gefiel es mir ja.

Schon als mir die Tür von einem der Mitarbeiter geöffnet wurde und ich die Boutique betrat, ließ ich meinen Blick durch den hellen Raum gleiten. Die weißen und schwarzen Fliesen sahen aus wie ein riesiges Schachbrett, und an den Wänden und in den Möbeln waren hellgrüne Akzente zu finden. Alles strotzte vor Luxus und Geld. Menschen mit Designerhandtaschen flanierten an den Regalen entlang und stöberten durch die Kleidung und die Taschen, während die Verkäuferinnen und Verkäufer schick in schwarze Kleidung gehüllt waren und den Anschein machten, als hätten sie für diesen Job ihr Leben lang die High Society studiert. Überall funkelte es, und ich wollte gar nicht wissen, wie viel Geld in diesem Laden in Form von Produkten herumlag.

»Einen wunderschönen guten Tag. Kann ich Ihnen behilflich sein?«, hörte ich eine hohe Stimme, die sich mir von der Seite näherte.

Ich wandte mich der jungen Frau mit glattem braunem Bob und einem klassischen schwarzen Hosenanzug zu, die mich freundlich anlächelte. »Hi, ich schaue mich nur ein wenig um, danke.«

»Sagen Sie gerne Bescheid, wenn Sie Hilfe benötigen, Miss Loveless.«

Verwirrt blinzelte ich sie an, fing mich aber sofort wieder und versuchte, mir nicht anmerken zu lassen, wie überrascht ich war, dass sie ernsthaft meinen Namen kannte.

»Danke, ja, das mach ich«, entgegnete ich und lächelte sie freundlich an, woraufhin sie weiterzog.

Verrückte Welt, in der eine Prada-Mitarbeiterin wusste, wer ich war.

Ich lief an einem weißen Hochglanzregal mit ein paar ausgewählten Paar Schuhen vorbei, die dort ausgestellt waren. Schicke Loafers in Schlangenhautoptik und weitere Slipper für Herren, an denen natürlich keine Preise standen. Schuhe hätte ich mir für Carter gut vorstellen können, aber vielleicht auch eine hübsche Tasche. Ich setzte meinen Streifzug durch die Boutique fort, an zwei Frauen vorbei, die an ihren Champagnerflöten nippten und dabei ein paar Kleider durchschauten. Auf der anderen Seite der Boutique, bei den Accessoires, war es noch belebter. Ich steuerte auf eine gläserne Konsole mit Geldbörsen zu und warf einen Blick hinein. Keine davon schrie nach mir, und so schlenderte ich weiter, in Richtung der Handtaschen, als sich mir eine Frau in meinem Alter in den Weg schob.

Mit geweiteten Augen starrte sie mich an, während sie an ihrem dunkelgrünen Kleid herumspielte. »Du bist Suki, oder?« Als ich nickte, fing sie zu strahlen an. »Oh, krass! Ich liebe *Invisible Reflections*. Das ist echt so ein toller Song. Ich höre ihn rauf und runter, und ahh, das Musikvideo – wow! Wirklich!«

Wärme und Unglauben fluteten mich, weil ich nicht realisierte, dass das hier nun mein Leben war.

Ein Lächeln trat auf meine Lippen. »Oh, danke! Das freut mich ehrlich zu hören.«

»Ich freue mich schon so sehr auf dein Album. Weißt du schon, wann du das ankündigst oder es erscheint?«

»Leider nicht. Aber ich arbeite schon daran. Sobald ich mehr sagen darf, erfährst du es sicher auf meinem Instagram-Account.«

»Darf ich … Ich weiß, das ist eine doofe Frage hier im Store, aber meinst du, wir könnten noch kurz ein Foto zusammen machen?«

Meine Brauen huschten überrascht nach oben, dann lächelte ich breiter und winkte sie zu mir her. »Aber klar, natürlich!«

Kichernd stellten sie und ihre Freundin sich neben mich, sie zückte ihr Handy und machte einige Selfies, auf denen wir munter in die Kamera lächelten.

»Danke, danke, danke! Total lieb von dir. Wir wollen dich dann auch nicht weiter stören«, sagte sie und strich sich eine rote Strähne hinters Ohr.

»Ach, alles super, ich habe mich gefreut! Viel Spaß noch beim Shopping!«

»Danke, dir auch!« Sie lächelte mich an, doch bevor sie sich umdrehte und davonlief, schob sie noch etwas hinterher. »Du kannst dich auf unseren Support verlassen! Wir sind eindeutig Team Suki.«

Mir blieb der Mund offen stehen. Meine Finger fühlten sich eiskalt an, weil es immer noch mehr als ungewohnt und seltsam war, mit Presley verglichen zu werden. Und das wiederum erinnerte mich an Tyrese und Jazz, die mir versucht hatten einzutrichtern, dass ich auf den PR-Stunt mit Presley eingehen und auch etwas posten sollte, was auf sie abzielte. Ich wirkte wie das Opfer in der Geschichte, doch das wollte ich nicht sein. Auch wenn ich ein mulmiges Gefühl hatte und mich damit unwohl fühlte, eine andere Frau anzugreifen, zückte ich mein Handy. Anscheinend war es ja das, was alle von mir erwarteten, und wenn sie das wollten, dann würden sie es auch kriegen. Ich lief rüber zu den Taschen, schnappte mir eine mit dem Prada-Emblem und posierte mit einer Sonnenbrille und der Tasche vor einem der Spiegel. Im Anschluss öffnete ich, ohne lange nachzudenken, Instagram und lud es mit der Caption »Danke für euren Support! Mit meinem ehrlich verdienten Geld gönne ich mir jetzt eine Kleinigkeit. Für immer #TeamSuki ♥« in meinen Feed.

Auch wenn ich das Gefühl hatte, dass die alte Suki das niemals getan hätte, musste ich wohl oder übel der Wahrheit ins Auge blicken und mich damit abfinden, dass diese Version von mir nicht mehr existierte. Ich führte ein neues Leben, in dem ich ein wenig mehr Show machen musste, um erfolgreich zu sein. Das war mein Job.

Schon trudelten die ersten Kommentare ein. Etliche Leute pflichteten meinem Hashtag bei, während andere mich beschimpften. Ich wollte den Streit gar nicht, aber wenn er meiner Karriere half, dann musste ich wohl da durch.

Am oberen Bildschirmrand ploppte plötzlich eine neue Nachricht von einem Account auf, der mir ein Foto geschickt hatte. Ich kannte den Nutzernamen nicht, jedoch tippte ich wie automatisch auf das kleine Symbol, um es zu öffnen und … im nächsten Moment blieb mir das Herz stehen.

Es war ein Foto von mir.

Jetzt gerade.

Es musste jemand vom Eingang aus gemacht haben. Aber ob die Person noch hier war oder nicht, blieb fraglich.

Verstohlen sah ich mich um, doch niemand schien auffällig, alle waren in Gespräche oder den Store vertieft, während mir mein Herz bis zum Hals schlug.

Scheiße, Scheiße, Scheiße.

Ich schloss das Foto, und sofort erschien eine Textnachricht darunter.

> Ich sehe dich. Lächle nur und hab Spaß, solange du noch kannst. Denn bald werden alle erfahren, wer du in Wirklichkeit bist …

Wer zur Hölle war das? Ich versuchte, Ruhe zu bewahren. Vielleicht gehörte das einfach zu diesem neuen Leben dazu.

Aber vielleicht hatte es auch etwas zu bedeuten. Was, wenn ich mir Sorgen machen musste? Worauf bezog sich diese Drohung? Was wusste diese Person? Wem gehörte dieser Account? Womöglich … Nein, wahrscheinlich war es nur ein Presley-Fan, der mich einschüchtern wollte. Ja, das war es. Das musste es sein. Ganz sicher.

»Suki«, riss mich plötzlich eine junge Frau aus meinen Gedanken.

Im nächsten Augenblick starrte ich in die blauen Augen von Maddie Brooks, einer erfolgreichen Rapperin, die in der letzten Zeit sogar Nicki Minaj Konkurrenz gemacht hatte. »Oh, hey … Miss Brooks.«

»Hi«, sagte sie, hob eine Braue und umarmte mich dann, während sie auf ihrem pinken Kaugummi herumkaute. »Und für dich ganz klar Maddie. Wir sind Kolleginnen.« Am Arm des Typs im Anzug, der sie begleitete, baumelten etliche Designertüten, während sie an ihrem nur eine kleine Chanel-Tasche trug. »Schön, dich zu treffen. Wie geht es dir?«

Sie kannte mich. Maddie Brooks kannte mich. Wir waren Kolleginnen. Daran konnte ich mich gewöhnen.

Mein Mund war ganz trocken, als ich ungläubig nickte. »Freut mich auch. Mir geht es super, und dir?«

»Immer doch, Sweetheart.« Sie schnalzte mit der Zunge und musterte mich dann von oben bis unten, während sie über ihren hautengen knallgelben Jumpsuit strich. Er passte perfekt zu ihren schwarzen Haaren, in die sie gelbe Bänder eingeflochten hatte. »Und du bist jetzt, wo du so richtig durchstartest, also auf Shoppingtour, ja? Hast du schon was Hübsches gefunden?«

Ich richtete mir meine glatten blonden Haare. »Ja, ich ... Ich wollte mir eine Tasche kaufen und noch eine Aufmerksamkeit für meinen Bruder, so als Überraschung.«

»Bring ihm ein paar schwarze Loafers oder Oxfords mit, damit machst du nichts falsch.«

»Habe ich auch schon überlegt. Danke für den Tipp«, entgegnete ich und strahlte sie an. »Und du hast auch schon ...«

»Ich habe eben gezahlt.« Sie winkte ab und grinste gönnerisch. »Ein paar neue Jacken, Taschen und Gürtel mussten her. Jetzt geht's weiter zu Bottega Veneta, bevor dann abends ... Oh, jetzt, wo ich dich hier treffe«, ihre Brauen wanderten in die Höhe, »sag mal, hast du Lust, heute Abend zu mir zu kommen? In meiner Villa in den Hills veranstalte ich eine kleine Party. Nur was Gemütliches, ganz exklusiv natürlich. Aber jetzt, wo du so durch die Decke gehst, sollten wir das feiern.«

Ich versuchte zu realisieren, dass mich gerade eine der größten Rapperinnen, die es aktuell gab, zu sich nach Hause auf ihre Party einlud. Doch so leicht fiel mir die Entscheidung nicht, denn eigentlich war ich heute zum Filmabend mit Carter verabredet und wollte ihn nicht hängen lassen.

»Ich weiß nicht, ob ich ...«

»Suki, Sweetheart, du solltest wirklich kommen.« Sie funkelte mich verheißungsvoll an. »Es werden fast alle wichtigen Leute da sein. Keine Sorge, Presley ist nicht dabei. Die kann ich sowieso nicht leiden. Ich bin Team Suki, by the way.« Sie lachte affektiert und stemmte ihre schmale Hand in die Wespentaille. »Du musst kommen. Pure Enigma, Kingston, Lyla und Keisha kommen auch. Das darfst du nicht verpassen. Vor allem als

Newcomerin. Connections, Connections, Connections. So entstehen ganz schön oft die Kollaborationen, die dann einige Monate später die Charts stürmen. Das darfst du dir nicht entgehen lassen.«

»Könnte ich meinen Bruder mitbringen?«

Sie schüttelte den Kopf. »Es sind nur wichtige Leute erwünscht. Sorry, Girl. Außerdem würde er sich neben dir sicher die ganze Zeit langweilen. Aber du solltest kommen. Dann kannst du uns auch ein wenig mehr über den Streit mit Presley erzählen. Vielleicht nicht unbedingt Lyla, die ist ja total dicke mit ihr, aber Keisha kann sie auch nicht besonders gut leiden.«

Ich überlegte hin und her. Ich wollte unbedingt auf diese Party. Diese Chance, neue Leute aus der Branche kennenzulernen und vielleicht auch ein paar Freundinnen zu finden, durfte ich nicht verstreichen lassen. Ich wollte aber Carter auch nicht enttäuschen. Allerdings würde er es sicher verstehen, und wir könnten den Filmabend ja morgen nachholen. Vielleicht würde es auch halb so schlimm sein, wenn er erst sein Geschenk auspackte.

»Alles klar, bin dabei«, entgegnete ich und strahlte sie an.

»Yes! Ich freu mich. Warte, gib mir deine Nummer, dann schick ich dir später die Infos.«

Rasch tauschten wir unsere Kontakte aus, dann verabschiedete sie sich schon wieder mit einem Zwinkern von mir. »Bye, Suki. Wir sehen uns später.«

»Ich freu mich. Bis dann.« Ich winkte ihr noch mal hinterher, und als sie zur Boutique raus war, atmete ich zischend aus.

Mein Herz pochte wie wild, weil ich mich endlich gesehen fühlte. Wichtig. Das hatte ich lange Zeit nicht mehr so erlebt.

Bevor ich wieder den Heimweg antrat, um mich für die Party fertig zu machen, kaufte ich Carter noch ein paar schwarze Prada-Loafers und mir eine Arqué-Tasche, die ich heute Abend ausführen wollte. Carter würde ich mit seinem Geschenk direkt überraschen, weshalb ich mich in ein Uber schwang und nach Hause düste, da Carter heute das Auto für einen Termin gebraucht hatte.

Zu Hause angekommen, durchforstete ich direkt meinen Kleiderschrank, bis ich auf ein kurzes schwarzes Kleid stieß, das mir meine Mom vor ein paar Jahren mal gekauft hatte. Ich hüpfte unter die Dusche und machte meine Haare. Gerade überlegte ich, wie ich mich heute schminken wollte, da hörte ich, wie Carter die Tür aufsperrte. Als ich an sein Geschenk dachte, musste ich breit grinsen, doch ich ließ ihn erst mal ankommen und wartete einige Minuten, bis ich zu ihm in die Küche lief, wo er sich gerade ein paar Reese's in den Mund schob.

Seine Miene erhellte sich, als er mich sah. »Hey, alles klar?«

»Jaaaa, immer!« Grinsend hielt ich ihm die Prada-Tüte hin, die ich eben noch hinter meinem Rücken versteckt hatte. »Ich habe ein Geschenk für dich. Eigentlich wollte ich es dir erst zur Premiere geben, aber ich dachte, wenn du es jetzt schon hast, dann könntest du ... Nein, pack es erst mal aus!«

»Da ist aber nicht das drin, was außen draufsteht, oder?«

»Wer weiß?«

Er schluckte, dann öffnete er die Tüte und holte die kleine Kiste heraus, während ich mich auf einen der Stühle setzte und das Kinn in meine Handfläche abstützte. Dann packte er die Schuhe aus und starrte erst sie, dann mich an. »Suki, das ... Das kannst du nicht bringen. Die müssen doch ziemlich teuer gewesen sein.«

»Klar kann ich. Sieh es als Geschenk für deine Premiere. Ich würde mich freuen, wenn du sie an deinem großen Tag anziehst, daher dachte ich, ist es ganz gut, wenn du sie jetzt schon hast. So lässt sich dein Outfit besser planen.«

Er strich mit den Fingern über das Leder, dann schüttelte er den Kopf, stellte sie ab und kam zu mir gelaufen, um mich in die

Arme zu schließen. »Danke. Du bist echt die Beste. Und einfach nur verrückt.«

»Nicht der Rede wert. Ich freu mich, wenn du dich freust. Wie sieht es eigentlich mit deiner Aufregung aus? Es sind nur noch vier Tage!«

»Das willst du nicht wissen. Ich dreh fast durch«, entgegnete er kichernd und ließ mich wieder los. »Ich sag mir einfach immer wieder, dass das alles gut wird und der Film das Beste ist, was ich bisher erschaffen habe.«

»Gut! Und wo du recht hast: Ich weiß jetzt schon, dass alle ihn lieben werden.«

»Hoffen wir's.« Er lief wieder zurück zu den Schuhen, schlüpfte in sie hinein, um sie anzuprobieren, und kam aus dem Grinsen gar nicht mehr heraus. Wie auf dem Laufsteg lief er in unserem Apartment auf und ab. »Krass, krass, krass. Die sind unglaublich. Das feiern wir heute mit einer Pizza, die auf mich geht.«

Ein unangenehmes Kribbeln ging durch meinen Körper. »Was das betrifft ... Als ich shoppen war, habe ich Maddie Brooks kennengelernt und ...« Ich lachte auf. »Es ist so absurd, aber sie hat mich zu ihrer Party eingeladen. Heute Abend.«

Seine Brauen huschten nach oben. »Heute Abend?«

Ich nickte. »Sorry, C. Aber ich muss da hin, da kommen super viele Stars, eventuell kann ich mich dort mit jemandem vernetzen und eine Kollaboration anleiern und ... wir könnten unseren Abend morgen nachholen. Was sagst du? Auf der Party würdest du dich sicher nur langweilen.«

Mit zusammengepressten Lippen blickte er mich an und seufzte dann leise. »Ja, ich meine ... Klar. Machen wir.«

»Perfekt! Danke! Und dann geht die Pizza auch auf mich«, entgegnete ich erleichtert und strahlte ihn an.

Er nickte leicht und kratzte sich dann im Nacken. »Übrigens

hat Mom mich angerufen und gefragt, wie es dir so geht. Sie meinte, sie wartet schon seit Tagen auf eine Antwort von dir.«

»Oh ja.« Ich winkte ab. »Mach ich später. Es war einfach so viel los, da bin ich noch nicht dazu gekommen, ihre Nachrichten zu beantworten.«

»Hmm«, murmelte er. »Wie war's sonst heute so? Ich habe deinen Post auf Instagram gesehen.«

»Es war cool«, entgegnete ich und lief um ihn herum, um mir aus dem Kühlschrank eine Dose Coke zu holen, die ich dann mit einem lauten Zischen öffnete. »Tyrese meinte, ich soll ein wenig polarisieren, und das habe ich getan.«

»Hat man gemerkt.« Er schnaubte. »Und hat es funktioniert?«

»Na ja, ich habe definitiv einige Kommentare bekommen und auch …« Plötzlich musste ich wieder an die seltsame Nachricht denken, die ich die ganze Zeit versucht hatte zu verdrängen.

»Was?« Sein Blick huschte alarmiert zu mir. »Was ist?«

Ich atmete tief ein und aus. »Ich … Ich weiß nicht. Sicher ist es nur ein blöder Scherz oder so.«

»Rück raus!«

»Jemand hat ein Foto von mir in der Boutique gemacht und es mir mit dieser Nachricht geschickt.« Ich reichte ihm mein Handy, und er ging den Text durch, während die Falte zwischen seinen Brauen immer steiler wurde.

»Das klingt beunruhigend.« Er starrte mich an. »Hast du eine Ahnung, wer das gewesen sein könnte?«

»Ich tippe auf einen Fan von Presley. Ich schätze, ich muss mich daran gewöhnen, solche Nachrichten zu bekommen.«

»Aber das ist schon heftig. Ich weiß nicht, wir sollten das im Auge behalten.« Sein Blick huschte wieder zum Display. »Das Profil ist privat, er oder sie hat keinen Follower und folgt auch niemandem. Wirkt so, als hätte die Person extra für dich das Profil angelegt. Findest du das nicht seltsam?«

Ich schüttelte den Kopf. »Komm schon. Jeder von uns hatte schon geheime Profile, um Leute auszuspionieren. Ich glaube, das ist einfach nur jemand, der den Streit von Presley und mir für echt hält und mir jetzt Angst einjagen will.«

»Möglich.« Er biss sich auf der Unterlippe herum. »Ja, vielleicht.«

»Na siehst du.« Ich zuckte mit den Schultern, stand vom Stuhl auf und steuerte wieder mein Zimmer an, bevor ich mich noch mal zu ihm umdrehte. »Alles ist in bester Ordnung.«

19
Suki

Als ich aus dem Uber stieg, musste ich erst mal nach Luft schnappen, da das Haus von Maddie nicht gerade eine Villa war, sondern vielmehr ein Palast. Von der Auffahrt aus führten zwei Treppen in einem nach außen gewölbten Bogen nach oben zu der mindestens fünf Meter hohen Tür mit den Eisendetails. Das gesamte Gebäude war weiß gestrichen und mit den verschnörkelten Details in einem barocken Stil gehalten. Ganz anders also als die meisten hochmodernen Villen hier in den Hollywood Hills. Viel pompöser.

Von innen drang schon dumpf die RnB-Musik nach draußen, als ich die Treppe nach oben lief, vorbei an den kleinen Laternen und perfekt getrimmten Büschen, und schließlich an der Tür klingelte. Sofort machte mir ein breiter Kerl mit düsterem Blick und schwarzem Anzug die Tür auf.

»Name?«

»Hey, ich bin Suki Loveless«, entgegnete ich freundlich und versuchte, an ihm vorbei einen Blick ins Innere zu erhaschen. Er bemerkte es, woraufhin er noch grimmiger schaute und sich vor den Türspalt schob.

Dann wiederholte er in sein Headset meinen Namen, wartete einen Moment. Er nickte und machte mir Platz, damit ich an ihm vorbeilaufen konnte. »Herzlich willkommen, Miss Loveless. Treten Sie gerne ein.«

»Danke.« Ich lächelte ihn an und betrat dann das riesige Foyer in hellem Marmor, das sich vor meiner Nase erstreckte. Meine Hände schwitzten vor Aufregung und Unsicherheit, während ich mich umsah und aus dem Staunen nicht mehr herauskam. Drei Mädels torkelten in High Heels gerade eine der beiden weißen Treppen mit goldenem Geländer auf mich zu, während zwischen den Treppen hier unten ein breiter Gang war, der wohl in den Wohnbereich führte, da von dort aus auch die Musik zu mir herüberschallte. Über meinem Kopf baumelte ein riesiger Kronleuchter, und überall glitzerten und funkelten Golddetails an den schweren Marmorkommoden, Kunstgemälden und Spiegeln.

Mit jedem Schritt wurde die Musik lauter, und immer wieder kamen mir schick gekleidete Menschen entgegen, deren Gesichter ich schon das ein oder andere Mal in Filmen, Serien oder auf Social Media gesehen hatte. Kingston Fox und eine der Sängerinnen von Pure Enigma unterhielten sich gerade bei ein paar Drinks. Ich straffte meine Schultern, klammerte mich an meine schwarze Prada-Tasche und betrat den riesigen glamourösen Wohnbereich. Während ich nach Maddie Ausschau hielt, fielen mir zwei Sängerinnen meines Labels – Keisha Spade und Lyla Sage – auf, die gerade auf einem der drei riesigen weißen Ledersofas saßen und mit ein paar Typen redeten, die dicke Klunker um den Hals, an den Handgelenken und Fingern trugen. Es roch nach teurem Parfüm und Zigarren, und auch hier strotzte alles vor Glamour und Luxus. Alles funkelte, und ich wollte gar nicht wissen, wie viel dieses Anwesen wert war. Hoffentlich machte ich eine einigermaßen gute Figur und stach zwischen all den reichen Menschen nicht heraus, wo ich mich gerade erst in dieser Welt zurechtfinden musste.

»Du bist doch Suki, oder?« Chelsea Davis, die bereits mehrere Grammys gewonnen hatte und supererfolgreich in der Popmusik war, kam mit einem Glas Champagner auf mich zugelaufen. Das burgunderfarbene Kleid machte sich perfekt zu ihren hellbraunen Haaren, die ihr glatt bis zur Taille reichten. Sie hatte ein Lächeln aufgelegt und einen Arm um den Ellenbogen ihres Langzeit-Boyfriends Phoenix gelegt, ein absoluter Star am Rap-Himmel, der mittlerweile sogar sein eigenes Label gegründet hatte. Seine Grillz blitzten golden auf, als er mich angrinste.

»Oh, ja«, entgegnete ich und reichte erst Chelsea die Hand, dann Phoenix. Beide musterten mich neugierig von oben bis unten. »Toll, dass ihr auch hier seid.«

Jede von Chelseas Bewegungen spielte sich wie in Zeitlupe mit einer Grazie und Eleganz ab, dass ich mich fragte, ob sie in einem früheren Leben eine Königin gewesen sein könnte. Fehlte nur noch die Krone. Aber im Zweifel konnte sie sich ja am Gold auf Phoenix' Zähnen dafür bedienen. »Auf einer Party von Maddie darf man nicht fehlen, wenn man in der Branche wichtig ist. So wie es aussieht, hast du es jetzt auch geschafft.« Sie zwinkerte mir zu. »Und wenn du dich mit den richtigen Leuten gut stellst, hast du eine große Karriere vor dir.«

»Was meinst du mit den richtigen Leuten?«

Phoenix schob sich die Sonnenbrille vor die Augen, obwohl es schon dunkel war. Vermutlich war das so ein Reiche-Leute-Ding. Oder vielleicht litt er ja auch nur an Migräne und überhaupt nicht an Größenwahn oder so. Möglich war alles. »Chelsea meint, dass Beziehungen alles sind. Und um die auszubauen, bist du hier richtig.« Er presste seine Lippen auf die seiner Freundin und küsste sie so intensiv, dass ich kurz davor war, einen der vergoldeten Pflanzenkübel herzuholen, um ihren Sabber aufzufangen.

Dann ließ er wieder von ihr ab und knabberte noch mal an ihrer Lippe. Mir wurde übel. »Ich lass euch Mädels allein. Bin drüben bei den Jungs. Bis später, Queen.« Sein Blick huschte kurz zu mir. »Suki.«

Ich nickte, musste mir aber ein Lachen verkneifen. »Bis später.« Und als er wie in Zeitlupe davonschlurfte, befürchtete ich, dass er recht bald die Hermès-Jogginghose verlieren würde, die ihm gefährlich weit unten hing.

»Wir besorgen dir einen Drink«, sagte Chelsea und nickte zur goldglänzenden Bar im Wohnbereich, an der bereits mehrere Leute standen und miteinander anstießen.

»Es sind ja echt viele Menschen hier«, murmelte ich, als mir aufs Neue all die prominenten Gesichter auffielen, die sich hier in dem protzigen Wohnzimmer befanden. »Wo ist denn Maddie?«

»Vermutlich oben mit einer ihrer Freundinnen.« Sie lächelte mich von der Seite leicht an, als ich die Lippen fragend spitzte. »Das ist immer so. Es ist ja kein Geheimnis, dass sie etliche Mädels am Start hat, die alles tun, um sie zu befriedigen. Ein paarmal waren auch ein paar junge Kerle dabei.« Sie zwinkerte mir kurz zu. »Du willst nicht wissen, wie viele Orgien sie schon dort oben gefeiert hat.«

Aus der Presse war zwar bekannt, dass Maddie Dauersingle war und immer wieder mit anderen Frauen oder auch mal Männern auf Veranstaltungen gesichtet worden war, jedoch hatte ich noch nie irgendwo gehört, dass sie ganze Orgien feierte und einen Harem an Menschen um sich scharte. Aber Chelsea ging mit derlei Informationen wohl sehr offenherzig um, und womöglich war das eine weitere Sache in dieser Branche, an die ich mich erst noch gewöhnen musste. »Verstehe. Klingt nach einer Menge Spaß«, sagte ich kichernd und nahm ein Champagnerglas entgegen, das mir einer der Barkeeper wie selbstverständlich reichte. »Danke.«

»Den hat sie dort oben definitiv.«

Wir wollten uns gerade in Bewegung setzen, als Avalon, eine der Sängerinnen der Girlgroup Pure Enigma, Chelsea am Arm festhielt. »Na, führst du Suki ein wenig herum?« Sie lächelte mich freundlich an und fuhr sich über das dunkelblaue Kleid mit Sternenmuster, das kurz über ihrem Oberschenkel endete. »Hey, jetzt lernen wir uns auch mal offiziell kennen. Avalon. Freut mich.«

Ich schüttelte ihre Hand. »Mich auch.«

Wir steuerten zu dritt an ein paar Menschengruppen vorbei auf die breite Tür, die wohl in den Garten führte, als Chelsea plötzlich die Nase rümpfte. »Habt ihr eigentlich schon das Neueste vom Neuesten gehört? Kaia soll letzte Woche heimlich auf den Bahamas ihren Manager geheiratet haben. Das ist mir zumindest zu Ohren gekommen.« Ich folgte ihrem Blick zu einer jungen Soulsängerin, die gerade neben einem Kerl stand, der locker ihr Vater hätte sein können. Sie standen zwar nebeneinander, berührten sich allerdings nicht.

»Habe ich auch gehört«, sagte Avalon und furchte die Stirn, während wir die riesige Terrasse betraten. Hier und im angrenzenden Garten verteilten sich die elegant gekleideten Gäste an der riesigen Poollandschaft oder hatten sich mit ihren Drinks auf die unzähligen Outdoorsofas verzogen.

»Vielleicht erhofft sie sich jetzt noch mehr Chancen. Ist ja kein Geheimnis, dass sie sich durch die gesamte Musikindustrie geschlafen hat.«

Ich schluckte. Lästereien mochte ich nicht. Besonders nicht, wenn sie auf Kosten anderer Frauen gingen. »Aber ... wisst ihr das sicher?«

Chelsea fing an zu lachen, wobei sich ihre Mimik fast nicht veränderte. Lag vermutlich am Botox, das sich die meisten hier schon in jungen Jahren spritzten. »Du bist noch so süß und naiv, Suki. Die meisten haben sich hochgeschlafen oder wurden dazu genötigt, das zu tun. Während einige das für sich behalten, gibt es aber auch andere, wie Kaia, die darum kein Geheimnis machen und es auch bestätigen, wenn man sie darauf anspricht.«

Oh.

»Habt ihr das auch gemacht? Für mich würde das nicht infrage kommen. Es sollte doch reichen, eine gute Musikerin zu sein?«

Avalon zuckte mit den Schultern. »Es schadet nicht, zu den einflussreichen Kerlen nett und zuvorkommend zu sein. Ich hatte nur einmal was mit einem Produzenten, der mir versprochen hat, mich dem CEO von Vortex vorzustellen, und na ja … das hat ja ganz gut geklappt.«

»Es gibt viel zu viele Männer in der Branche, die ihre Machtposition ausnutzen. Daher …«, Chelsea warf mir einen vielsagenden Blick zu, »solltest du dich nicht in eine Abwärtsspirale verwickeln lassen, aus der es kein Entkommen gibt, weil der Kerl dich die ganze Zeit unter Druck setzt. Glaub mir, alles schon da gewesen. Sieh dich vor.«

Zwar hatte ich solche Dinge schon mal in der Presse aufgeschnappt, aber nie im Leben hatte ich daran gedacht, dass mir selbst so etwas mal passieren könnte. Mein Magen verknotete sich, weil ich niemals in solch eine Situation kommen wollte, doch am Ende des Tages wohl recht wenig Einfluss darauf haben würde. Sofort schob sich der schmierige Rex von meiner Release-Party vor mein inneres Auge, und ich spürte einen Schauer über meinen Rücken jagen.

Als ich den Blick über die Poollandschaft gleiten ließ, blieb ich plötzlich an River hängen, der nicht weit von mir entfernt in der Nähe der Liegen stand, dort mit zwei Typen sprach und dabei seinen Drink in der Hand schwenkte. Unwillkürlich wandte er sich in genau diesem Augenblick in meine Richtung. Als er mich entdeckte, legte er den Kopf schief, und seine Braue huschte erstaunt nach oben.

Bei seinem Anblick wurde mein Mund ganz trocken. Ich nahm einen Schluck Champagner, während ich ihn von Kopf bis Fuß eingehend musterte. Das weiße Hemd, das er heute anstelle seines Hoodies trug, stand ihm unfassbar gut, genauso wie die graue Stoffhose und die weißen Sneakers. Dieser markante Kiefer und die mokkafarbenen Haare, die perfekt lagen. Mein Mund wurde ganz trocken, als sich unsere Blicke trafen. In seiner Miene regte sich nichts, nur in seinen Augen funkelte etwas Eindringliches, als ob er mir etwas sagen wollte.

»Ist Phoenix bei …«, fing Avalon an.

»Ja, bei den Jungs.« Chelsea fuhr sich mit der Zunge über die Zähne. »Willst du auch?«

Avalon strich sich eine schwarze Strähne hinters Ohr und grinste. »Klar. Letztes Mal hatten wir dort auch unseren Spaß.«

Noch eine Orgie, die sich hier irgendwo im Palast abspielte?

»Und du, Suki? Hast du Lust auf ein wenig Spaß?«

Neugierig sah ich von Chelsea zu Avalon und wieder zu Chelsea. »Um was geht es hier? Sex?«

Beide fingen plötzlich schallend an zu lachen und hakten sich auf beiden Seiten bei mir unter, um mich wieder ins Innere der Villa zu führen. »Wenn du nach einer kleinen Nase Bock auf Sex hast, gibt es hier sicher eine gute Auswahl an Leuten, die es dir besorgen würden«, flüsterte Chelsea schließlich und zwinkerte mir zu.

»Meint ihr … Koks?«, flüsterte ich, als wir etwas abseits der anderen einen Gang entlangliefen, von dem einige Türen abgingen.

»Du musst nicht so leise sein. Das machen hier sowieso alle. Ist echt nichts dabei«, kam es jetzt von Avalon. Ihre Brauen huschten fragend nach oben. »Hast du noch nie was genommen?«

»Nein, noch nie. Ich weiß nicht, ob das das Richtige für mich ist.«

»Ach.« Avalon winkte ab. »Du wirst sehen, es wird dir guttun. Bist danach einfach nur ein wenig besser drauf, und die Party geht dann erst richtig ab.«

»Aber …«

»Komm schon«, schnitt plötzlich Phoenix' Stimme durch die Luft, als er von einem der Seitengänge auf uns zusteuerte. »Wir haben einfach nur ein wenig Spaß. Mehr nicht.« Er blickte kurz zu Avalon. »Hey, Ave, du kannst schon mal reingehen. Wir kommen gleich hinterher.«

»Alles klar«, sagte sie schnell und lächelte mich dann noch mal an, bevor sie in einem der Räume verschwand.

»Du willst doch mit uns befreundet sein«, wandte sich Phoenix mir zu und grinste breit. »Mit uns beiden geht deine Karriere nur weiter bergauf. Von daher würde ich dir wärmstens empfehlen mitzukommen.«

»Du kannst ja auch erst mal einfach nur mitkommen, und wenn du was willst, dann bediene dich, falls nicht … auch gut«, flüsterte Chelsea und lächelte freundlich.

Ich überlegte hin und her. Chelsea und Avalon waren Frauen, die ich bewunderte. Ich hatte früher schon wie sie sein wollen, und wenn sie das taten, dann würde es doch sicher nicht allzu schlimm sein, es einfach mal auszuprobieren, oder? Wenn es mir zu viel werden würde, könnte ich ja gehen. Aber vielleicht half es mir auch, ein wenig abzuschalten und den ganzen Stress, den Konkurrenzkampf mit Presley und diese dämlichen Nachrichten zu vergessen. Und wenn diese verdammt erfolgreichen Stars mit mir abhängen und meiner Karriere helfen wollten, dann sollte ich sie wohl lieber nicht vergraulen, oder? Vermutlich war ich eine der Letzten auf dieser Erde, die keine Drogen nahm. Alle hatten es schon getan, warum also machte ich so ein Ding darum?

»Ähm, okay«, sagte ich daher leise und setzte ein Lächeln auf. »Ich komme mit.«

»Gutes Mädchen.« Phoenix legte den Arm um meine Schultern, und ich roch direkt das Gras. Übelkeit stieg in mir auf, doch ich unterdrückte sie mit einem weiteren Lächeln. Ich musste mich an dieses neue Leben wohl erst noch gewöhnen, aber mit Celebritys abzuhängen, war echt nicht übel.

Ich fühlte mich wichtig.

Bedeutsam.

Als ob Menschen mich für meine Leistung mochten. Für meinen Gesang, der lange Zeit verstummt gewesen war und nun endlich die Anerkennung bekam, die ich mir immer gewünscht hatte.

Chelsea öffnete uns die Tür, und Phoenix schob mich geradewegs auf den Raum zu, während ich tief durchatmete.

»Hey!«, hörte ich eine Stimme den Gang hinunter und fuhr gemeinsam mit Chelsea und Phoenix herum, als River mit großen Schritten auf uns zugelaufen kam. Sein Gesicht war gezeichnet von Wut und Unverständnis. »Was wird das?«

»River Hawthorne.« Phoenix nahm den Arm von meiner Schulter. »Kann ich dir behilflich sein?«

Er hob eine Braue, als er vor uns zum Stehen kam. »Ich würde gerne mit Suki sprechen. Unter vier Augen.«

»Die wollte gerade mit uns kommen«, sagte Chelsea gedehnt.

»Nichts da«, herrschte River sie an. »Wenn sie sich von Leuten fernhalten sollte, dann von euch.« Er wandte sich mir zu. Ein Drängen in seinem Blick. »Komm jetzt, Suk.«

Was bildete er sich ein, mich herumkommandieren zu wollen?

Ich funkelte ihn an. »Warum?«

»Weil ich es sage.«

Phoenix stieß zischend die Luft aus. »Suki sollte entscheiden, denkst du nicht?«

Mir schnürte sich die Kehle zusammen, als ich von einem Gesicht ins nächste starrte und nicht wusste, was ich tun sollte.

Als ich die Sorge in Rivers Blick wahrnahm, pikte es in meiner Brust.

»Ich rede kurz mit ihm und komme dann nach, okay?«

Phoenix leckte sich über die Lippen. »Lass nicht zu viel Zeit verstreichen, Kleine.« Mit diesen Worten zogen er und Chelsea ab, und ich blieb gegenüber von River im Flur stehen, der angespannt ausatmete.

»Was sollte das?«, fuhr ich ihn an.

»Warte.« Er drehte sich um, als zwei Typen an uns vorbeigelaufen kamen, die geradewegs zu Phoenix in den Raum stießen. Dann nickte er den Flur hinunter. »Da lang. Ich will nicht, dass uns jemand zuhört.«

Ich verdrehte die Augen, kapitulierte dann aber und folgte ihm den Gang entlang und in einen der Räume ganz am Ende, wo sich keine Leute mehr befanden. Er öffnete mir die Tür, und ich trat in einen Raum, in dem ein paar Spielautomaten, eine kleine Bar und ein Billardtisch in der Mitte standen, an den Wänden hingen Dartscheiben, an denen verschiedene Fotos von anderen Musikern befestigt waren.

Wow. War das eine Art Voodoo, oder wo war ich nun wieder reingeraten?

»Hast du sie noch alle, mit Chelsea und Phoenix abzuhängen?«, schoss River, als er die Tür hinter uns zuzog.

»Wieso? Was ist falsch daran?«

Er schnaubte und stemmte die Hände in die Hüften. »Ich kenne die beiden. Die lassen keine Party unversucht, um sich die Birne wegzukoksen.«

»Vielleicht wollte ich ja nur mit ihnen reden?«

»Mhm. Ja. Klar. Ganz bestimmt.«

»Und selbst wenn, ist das ja echt nicht deine Angelegenheit, wenn ich was nehmen will. Das machen alle. Warum sollte ich es also nicht auch ausprobieren dürfen?«

Plötzlich huschten seine Brauen nach oben. »Du willst mich doch verarschen, oder? Das kann nämlich wirklich nicht dein Ernst sein. Halte dich von diesen Menschen fern, Suk. Die sind ganz übel, und egal was sie dir versprechen, das ist es nicht wert.«
»Du kannst mich nicht so rumkommandieren.«
»Was zur Hölle ist los mit dir?« Er fuhr sich übers Gesicht und kam ein Stück näher. »Ich mach mir fucking Sorgen, weil ich das Gefühl habe, dass es dich und die Leute um dich herum nicht juckt, wenn du eine beschissene Aktion nach der anderen bringst und abrutschst.«
Stille.
Ich schüttelte den Kopf. »Keine Sorge, es geht mir gut. Sogar blendend, solange du mir nicht sagst, was ich zu tun und zu lassen habe.«
»Das würde ich nie tun, du kennst mich. Ich will nur, dass dich diese verfickte Branche nicht kaputt macht.«
»Du musst verdammt noch mal nicht auf mich aufpassen«, fuhr ich ihn an und entfernte mich ein paar Schritte, doch er folgte mir langsam und kam erneut auf mich zu, die Stirn in Falten gelegt.
»Das weiß ich. Aber ... ich kann nicht anders. Nach allem, was wir damals erlebt haben, kenne ich dich besser als jeder andere Vollidiot in diesem Business. Ich weiß, wie du tickst. Ich ... ich erkenne es doch, wenn du dich zu einem anderen Menschen entwickelst, der fernab von der Suki ist, die ich ...«
»Die du was?«
Wir funkelten uns an. Hitze kochte zwischen uns, als er auf mich zutrat.
Ein Flackern lag in seinen bernsteinfarbenen Augen. »Spielt das eine Rolle?«
»Klar.«
Er seufzte, fuhr sich durch das dunkle Haar. »Ich musste

einschreiten. Ich will nicht, dass du mit diesen Leuten abhängst. Ich will nicht, dass du an irgendwelche schmierigen Typen gerätst, die dich ausnutzen. Ich will nicht, dass …«

»Denkst du eigentlich eine Sekunde auch nur darüber nach, was *ich* will?« Mir entfuhr ein genervtes Stöhnen. »Ich habe die letzten Tage echt gedacht, dass vielleicht doch die Chance besteht, dass du wieder zu dem guten Kerl wirst, den ich früher so mochte. Auf den ich mich verlassen konnte. Der für mich da war und der mich zum Lachen gebracht hat. Aber irgendwie scheint die Vergangenheit immer und immer wieder zwischen uns zu stehen, und das tut weh, River. So unfassbar weh.« Meine Stimme brach plötzlich, und ich wusste nicht, weshalb. Vermutlich lag es an all den aufgestauten Emotionen, die nun aus mir herausbrachen. Vielleicht auch daran, dass ich den alten River insgeheim vermisste.

Sofort wurde seine Miene weicher, und er kam noch einen Schritt auf mich zu, legte seine Hand an mein Gesicht und strich mit seinem Daumen hauchzart über meine Wange, sodass ich unter seiner Berührung erschauderte. »Suk …«

Ich schluckte hart, wollte seine Hand fortstoßen, sie jedoch gleichzeitig spüren. »Für wen hältst du dich eigentlich? So zu tun, als würde ich dir irgendwas bedeuten und dir wichtig sein, obwohl dein Hass für mich nicht größer sein könnte. Das alles ist so widersprüchlich. Du bist so widersprüchlich«, brachte ich nur noch im Flüsterton über meine Lippen, während seine Pupillen zwischen meinen Augen hin und her zuckten. Ich wollte darin versinken. Mehr als das. Ich wollte *ihn*.

»Ich tu nicht nur so«, sagte er mit rauer Stimme und kam noch näher, sodass mir der Duft von Lavendel und Zedernholz in die Nase stieg. Meine Haut fühlte sich wie elektrisiert an, als er die Lippen leicht öffnete und zu meinen sah, dann wieder in meine Augen. Mein Herz schlug immer schneller. Und schneller. Und schneller.

Und dann legte er im Bruchteil einer Sekunde seine Lippen auf meine. Ich hielt vor Schreck die Luft an, doch im nächsten Augenblick hatte ich das Gefühl, endlich und nach langer Zeit wieder atmen zu können, als ich seinen Kuss erwiderte und meine Arme um seinen Nacken schlang. Mit meiner Zunge teilte ich seine Lippen und entlockte ihm damit ein heiseres Stöhnen. Kurz zog ich mich zurück, sodass sich für einen Wimpernschlag unsere Blicke kreuzten und ich all die Wärme darin sah, die ich brauchte, um zu wissen, dass er es genauso wollte wie ich. Dann packte River meine Hüften, führte mich rückwärts, bis ich an den Billardtisch stieß und er mich daraufhob. Ich konnte nicht mehr aufhören, ihn zu küssen, wollte immer mehr und mehr und mehr, während seine Hände meinen Körper erforschten. Ich sog scharf die Luft ein, als ich die Beine spreizte und er sich dazwischendrängte. Seine Hand wanderte an meinen Hals, er hob mein Kinn ein Stück an und küsste mich immer drängender.

»Fuck«, entfuhr es ihm, als ich meine Beine um seine Hüften legte, mich ein Stück zurück Richtung Tisch lehnte und mich an ihm festhielt. Kurz trafen sich wieder unsere Blicke, und ich bemerkte, wie es in ihm vor Verlangen loderte. Doch nicht nur das – in seinen Augen lagen so viel Hitze und Zuneigung. Er folgte mir und lehnte sich über mich, während seine Zunge wieder meine Lippen teilte. Zwischen meinen Beinen zog sich alles zusammen, und insgeheim hatte ich das Gefühl, dass das hier schon Jahre überfällig war. Dass ich es schon so lange hatte tun wollen und ich nun jede einzelne Sekunde mehr genoss als alles andere auf dieser Welt. River so nahe zu sein, fühlte sich nicht nur unglaublich gut an, sondern auch richtig. Als ob wir schon immer zusammengehört hätten, es nur nicht realisiert hatten. Ich bekam nicht genug von ihm, spürte, wie die Sucht nach seinen Lippen, seinen Händen, seinen Berührungen immer mächtiger wurde. Ich schlang eine Hand um seinen Nacken, drängte mein Becken noch mehr an seine Härte, während er mit seinen Fingern an meiner Seite entlangstrich und mir einen angenehmen Schauer über ...

»Oh, oh, oh, dürfen wir mitmachen?«

Im Bruchteil einer Sekunde ließ er von mir ab, und ich strich wie unter Strom mein Kleid zurecht. Sein Haar war ganz zerwühlt, seine Lippen leicht geschwollen.

»Raus hier«, fuhr River das junge Paar an, das eben ins Zimmer gekommen war und jetzt wieder davonrauschte.

Ich räusperte mich, rutschte mit weichen Knien vom Tisch, sah ich zu River, der sich durchs Haar fuhr und den Kopf schüttelte. Dann trafen sich unsere Blicke. Er überlegte. Und ich meinte, einen Wechsel auf seiner Miene auszumachen. Einen Wechsel von Wärme zu Kälte, als hätte ihn eine Erkenntnis getroffen.

»Fuck«, zischte er leise. »Ich ... ich kann nicht.«

»Was?«

»Du ... Es ist zu viel passiert. Zu viel, was mich nicht loslässt. Ich will es so sehr, aber zugleich ... fällt es mir noch viel schwerer.«

Ich schluckte hart. Dann nickte ich. »Du hast recht«, sagte ich, weil ich mir nicht eingestehen wollte, dass er mich mit seinen Worten verletzt hatte. »Wir sollten das vergessen und hinter uns lassen.« Ich dachte, einen Hauch von Schmerz in seinen Augen aufflackern zu sehen, als ich mir noch einmal mein Kleid zurechtstrich, nach meiner Tasche griff und geradewegs aus dem Raum hinaussteuerte. Keinen Blick zurück warf, denn hätte ich das getan, hätte mein Herz nicht nur einen kleinen Sprung bekommen, sondern wäre vollkommen und unwiderruflich in all seine Einzelteile zersprungen.

20
Suki

»Was hältst du von ein paar Ad-Libs am Anfang? Oder willst du direkt in ein Intro oder die Strophe starten?« River saß hier in seinem Homestudio an seinem Keyboard und spielte immer wieder die Grundmelodie, die wir bisher erarbeitet hatten. Zumindest so produktiv waren wir am heutigen Donnerstag schon gewesen, nachdem ich vor zwei Stunden hier aufgekreuzt war und wir uns die ersten 20 Minuten angeschwiegen hatten, weil immer noch der Kuss auf der Party gestern wie ein riesiger Elefant im Raum trompetete und seinen Rüssel schwang.

»Klar«, entgegnete ich und warf ihm einen Blick zu. Na ja, seinem Rücken. Er hatte sich bestimmt seit einer Stunde nicht mehr zu mir umgedreht und immer nur das Nötigste von sich gegeben, um mit mir zu kommunizieren. »Oder aber wir starten direkt mit der Strophe.«

»Was jetzt? Ad-Libs oder Strophe?«

»Strophe.«

Er stöhnte leise auf, fuhr sich über das mokkafarbene Haar und schüttelte leicht den Kopf. »Wir hätten auf *Neon Dreams* bestehen sollen. Der war um einiges besser. Schon jetzt. Und wir haben noch nicht mal einen Text.«

»Wenn du weiterhin so negativ bist, kann das ja nichts werden. Wir müssen so oder so an etwas Neuem arbeiten, nachdem es mit dem letzten Song nicht geklappt hat und …«

»Es hätte geklappt, hättest du nicht so schnell nachgegeben«, brummte er leise.

»Wie bitte?« Als er sich langsam zu mir umdrehte, dieser gleichgültige Ausdruck auf seiner Miene, hob ich eine Braue.

Er verschränkte die Arme vor der Brust. Ich sah ihm an, dass er keine Lust hatte, mit mir hier zu sein, dabei hatte er mir gestern noch seine Zunge in den Hals gesteckt. Volltrottel. Tief in meiner Brust pikte es, weil ich mir wünschte, dass es anders gewesen wäre. »Du hättest darauf bestehen sollen, dass es der andere Song wird, und mehr dafür kämpfen.«

»Wieso? Auch wenn ich etwas enttäuscht bin, wird Tyrese mit seiner Einschätzung sicher recht haben«, entgegnete ich und zuckte die Schultern. »Wenn er denkt, dass ich im Pop besser aufgehoben bin als in der Soulrichtung, dann vertraue ich ihm, und wir verschieben das auf ein späteres Album.«

»Schwachsinn. Du lässt dich von ihm bequatschen und gibst das auf, was dich ausmacht«, schoss er zurück und zog die Brauen zusammen.

»Ich gebe gar nichts auf. Wer weiß, vielleicht können wir den Song ja doch noch irgendwann bringen oder recyceln oder so.«

»Also gibst du zu, dass es ein Fehler wäre, ihn in der Schublade zu lassen.« River fixierte mich und mahlte mit seinem Kiefer.

»Es ist kein Geheimnis, dass ich den Song liebe, aber womöglich stimmt der Zeitpunkt dafür einfach nicht, und wir sollten zuerst etwas veröffentlichen, was markttauglicher ist.«

»Vielleicht hast du aber auch nur Angst, dich Tyrese zu widersetzen, und glaubst ihm jedes Wort, ohne nur im Ansatz irgendwas davon zu hinterfragen.« Er schnaubte und verdrehte die Augen. »Wäre ja nichts Neues.«

Im Bruchteil einer Sekunde richtete ich mich auf und spannte mich an. »Was willst du damit sagen?«

Mit verengten Augen starrte er mich an. »Dass das früher auch schon deine Stärke gewesen ist.«

»Hast du jetzt vollkommen den Verstand verloren?« Ungläubig schüttelte ich den Kopf. »Keine Ahnung, wovon du sprichst.«

Er schnaubte abfällig. »Du weißt, von wem ich spreche, Suki. Hast du ein einziges Mal in deinem Leben hinterfragt, was Carter dir in all den Jahren so aufgetischt hat? Hast du einmal darüber nachgedacht, ob dein ach so toller Bruder vielleicht auch mal gelogen haben könnte?«

»Ich vertraue Carter. Er ist mein bester Freund, wir haben keine Geheimnisse voreinander und …«

»Ach, dann hast du ihm sicher auch erzählt, dass wir uns geküsst haben, oder?«, flötete er engelsgleich. In seinen Augen funkelte es vor Selbstgefälligkeit. »Oder etwa nicht?«

In mir brodelte es vor Hitze, *nein*, vor Wut. River machte mich wahnsinnig. »Wieso sollte ich ihm etwas erzählen, was sowieso nicht von Bedeutung ist?«

Stille.

Für einen kurzen Augenblick meinte ich, Enttäuschung auf seiner Miene auszumachen, doch sofort straffte er seine Schultern und presste die Lippen aufeinander, sagte jedoch nichts, daher fuhr ich fort.

»Oder siehst du das anders?« Ich kniff die Brauen zusammen. »Es war doch ein Fehler, oder nicht?« Mal sehen, ob ich auf diese Tour etwas aus ihm herausbekam und ihn aus der Reserve locken konnte.

»Klar war es das«, sagte er nur kühl. »Der zweitgrößte meines Lebens. Direkt hinter der Tatsache, dir und Carter zu vertrauen.«

»Nur gut, dass wir keine Freunde mehr sind.«

»Was nur an euch liegt. Sorry, besonders an *dir* und deiner Naivität.«

Ein bitterer Geschmack breitete sich auf meiner Zunge aus. Seine Worte taten weh, das konnte ich nicht leugnen. »Ich bin nicht naiv. Du bist einfach nur ein Arschloch, das sich immer in die Scheiße geritten hat und sich auch mit seinen Dutzenden Lügen nicht mehr rausretten kann.« Ich ballte die Hände zu Fäusten, er öffnete die Lippen, wollte gerade ausholen und mir etwas um die Ohren schleudern, doch ich schüttelte nur den Kopf. Ich hatte keine Lust und keine Energie mehr für diesen Mist. »Lass uns jetzt am Song arbeiten. Sonst wird das nie was.«

»Bitte. Wie du willst.«

Ich schnappte mir mein Notizbuch und überlegte, während River auf seinen Oberschenkeln herumtrommelte. Ich hatte das Gefühl, gleich zu platzen, wippte mit dem Fuß auf und ab. Immer mehr schwollen Wut und Unverständnis in mir an, sodass ich aufstand und durch den Raum tigerte, um herunterzufahren. Ich schloss die Augen und konzentrierte mich auf die Melodie, die River nun zu spielen anfing. Und dann kam mir eine Idee.

»We were young, we were full of …«

»Foolishness«, murmelte er und spielte die Melodie von Neuem.

»Full of *trust*.«

Er schnaubte abfällig. »Wie wär's mit … The day I met you, my life was destined to be ruined but I didn't notice until …«

»Until you thought it would be best to blow it all.«

»Until *you* thought it would be best to lie and …«

»It was *you*, who threw it all away and I was the one, who …«

»I was the one, who was betrayed. The one, who didn't even have a chance.« Er hörte auf zu spielen, fuhr zu mir herum. Als sich unsere Blicke trafen, konnte ich die Hitze in seinen Augen sehen, die unbändige Wut und die Enttäuschung, die er, genau wie ich, gerade in diesen Lyrics herausließ.

Ich blieb stehen, funkelte ihn an. Mein ganzer Körper spannte sich bis in die letzte Faser an. »And sometimes you have to deal with all the shit, the mess you caused back then.«

»Meanwhile the villain gets away with it.«

»And you will never get away with …«

Ja, womit denn?

Mit was würde er nicht davonkommen? Wieso kam mir jetzt in diesem Moment die Serie *How to Get Away with Murder* in den Sinn, verdammter Mist? Genau jetzt, wenn ich mir einen Lyric-Battle mit River lieferte, bei dem ich das letzte Wort haben wollte.

Seine Braue huschte nach oben, als ob er sagen wollte: *Na, nicht mehr zu bieten?* Also ließ ich alles über meine Lippen schwappen, Hauptsache, ich sagte etwas.

»And you will never get away with … murdering my goldfish.«

Oh hell no.

Das war nicht der Plan gewesen. Ganz sicher nicht. Vor allem nicht, weil ich River im nächsten Herzschlag genau ansehen konnte, dass er sich zusammenreißen musste, nicht loszuprusten. Seine buschigen Brauen wanderten nach oben. Die Lippen aufeinandergepresst. Und dann brach es aus ihm heraus.

Seine Schultern bebten, während er nicht mehr aufhören konnte zu lachen. Er hielt sich den Bauch, fuhr sich übers Gesicht und kicherte immer weiter, sodass ich nun auch nicht mehr ernst bleiben konnte.

Widerstrebend verfiel ich erst in ein unterdrücktes Schnauben, das sich dann jedoch zu einem ausgewachsenen Lachflash entwickelte. Ich ließ mich vor einem der Sessel auf den Boden plumpsen und lehnte mich ans Polster, während River mich nun glucksend beobachtete. Die Härte war mittlerweile von seinen Zügen gewichen und hatte Platz gemacht für diese Wärme, die ich von früher kannte. Damals hatte ich genau diesen Anblick geliebt. Und auf seltsame Art und Weise tat ich das heute immer noch.

»Dein Goldfisch Troy Bolton also?« Langsam erhob er sich, kam zu mir rüber, setzte sich mir gegenüber auf den Boden und lehnte sich an den anderen Sessel, während er mich mit seinen Blicken taxierte.

Ich sah ihm direkt in die Augen. »Er hatte ein schönes Leben, bis du und Carter ihn im Klo versenkt habt.«

Seine Brauen huschten wieder belustigt nach oben. »Hey, er sah echt tot aus. Hätten wir ihn zuerst Mund zu Mund beatmen sollen?«

»Äh, ja?!« Ich konnte mein Grinsen nicht unterdrücken. »Ich vermisse ihn jeden Tag«, fügte ich hinzu und verzog theatralisch das Gesicht.

»Wann hatte er denn Geburtstag?«

Ich versuchte, mein Pokerface zu wahren. »Am dreizehnten Dezember.«

»Falsch. Es war der siebte August. Dafür, dass Troy die Liebe deines Lebens war, kennst du nicht mal seinen Geburtstag? Was für eine Enttäuschung«, entgegnete er und hob einen Mundwinkel, wobei sich eines seiner Grübchen zeigte.

»Wieso weißt du überhaupt, wann mein Fisch Geburtstag hatte, Hawthorne?«

»Weil Carter es mir damals erzählt hat und wir eine Party für dich und das Viech schmeißen wollten«, brummte er und wandte den Blick ab, als ob es ihm unangenehm wäre.

Mir klappte der Kiefer herunter. »Ihr wolltet für Troy eine Geburtstagsparty schmeißen? Oh. Mein. Gott. Das ist nicht dein Ernst, oder?«

»Na ja, er war dir ziemlich wichtig, und da kam mir ... Da kam Carter die Idee.« Er verstummte, kratzte sich am Hinterkopf, und ich hatte das Gefühl, dass die Idee doch von ihm gewesen sein musste und nicht von meinem Bruder. »Tut mir leid, dass wir ihn nicht wiederbelebt haben. Wir wollten dir einen neuen kaufen, damit du es nicht merkst, aber da hattest du uns schon auf frischer Tat ertappt.« Jetzt musste er auch schmunzeln.

Ich schloss mich ihm an, und ganz plötzlich war all die unangenehme Spannung zwischen uns verflogen, und ein Nebel aus Wohlgefühl ummantelte uns. »Schon okay.« Wärme breitete sich in mir aus, als wir uns ansahen und verstummten, weil wir genau wussten, was der andere dachte.

Dass wir die Zeit vermissten. Diese Zeit, in der alles noch gut gewesen war.

»River«, fing ich an und schluckte. »Dir fehlt das auch alles, oder? Wie es früher zwischen uns war. Die Freundschaft zu Carter. Ihr wart unzertrennlich.«

Seine Lippen öffneten sich leicht, während er innehielt. Mit den Fingern spielte er an einem der Drumsticks herum, die neben ihm auf dem Boden herumgelegen hatten. Er ließ ihn durch seine Hand und die Finger gleiten, wie er es so oft mit allen möglichen Gegenständen tat. Dann seufzte er leise. »Und wenn schon. Es ist zu viel passiert.«

»Es ist aber auch einiges an Zeit vergangen. Wir sind alle älter geworden. Erwachsen. Denkst du nicht, dass noch Hoffnung besteht, dass ihr euch eines Tages wieder vertragt?«

»Ich weiß es nicht, Suk«, sagte er leise und hob dann den Blick zu mir. »In all den Jahren hätte er auch mal auf mich zukommen können, wenn er das gewollt hätte.«

»Du warst weg.«

»Du meinst, im Knast?« Er hob eine Braue, und ich spürte, wie sich mein Magen zusammenschnürte, weil ich einerseits nicht wissen wollte, wie die 18 Monate hinter Gittern für ihn gewesen waren, und irgendwie alles erfahren wollte, um herauszufinden, was ihn zu dem River von heute gemacht hatte.

»Carter kam dich besuchen«, entgegnete ich. »Aber du wolltest ihn nicht sehen.«

»Ich wollte niemanden von euch sehen.«

»Und jetzt sieh uns an.« Ich grinste schief. »Wir sitzen hier und kommen, abgesehen von den paar kleinen Zwischenfällen, doch ganz gut miteinander aus. Und mit Carter warst du noch enger befreundet als mit mir.« Als er nichts sagte, sprach ich, ohne zu zögern, weiter. »Hör zu, ich sehe doch, dass du ihn nicht abgehakt hast. Und ich weiß zufällig, dass er eure Freundschaft auch vermisst. Er hat nie wieder so einen engen Freund gehabt wie dich. Was hältst du davon, wenn du uns morgen, Freitag, in der WG besuchen kommst? Carter und ich kochen was. Oder wir bestellen lieber ...« Ich schüttelte den Kopf. »Komm zu uns zum Essen und Abhängen, so wie früher, und vielleicht könnt ihr euch ja aussprechen. Ganz ohne Zwang.«

Er wiegte den Kopf hin und her, blies die Wangen auf und ließ die Luft entgleiten. »Ich weiß nicht, ob das eine gute Idee ist.«

Rasch richtete ich mich auf und kroch zu ihm herüber und legte ihm die Hand aufs Knie. Seine Augen weiteten sich, während ich versuchte, mich nicht von seinem umwerfenden Duft aus dem Konzept bringen zu lassen, diesen Lippen, die so weich waren, dass ... *Nein*. Fokus. Vollste Konzentration. Ich räusperte mich rasch. »Ich halte es für eine gute Idee, okay? Lass dich einfach darauf ein. Du hast doch nichts zu verlieren, oder?«

Er öffnete die Lippen, um etwas zu sagen, hielt dann jedoch inne, als ob er es nicht übers Herz brächte, die Worte auszusprechen. »Ich weiß nicht, ob ich das kann.«

Ich drückte sein Knie und lächelte ihn an. »Klar kannst du das. Ich bin dabei und sorge dafür, dass es nicht eskaliert. Ich bin euer Puffer.«

Als er nun einen Mundwinkel hob, die Grübchen sichtbar wurden und seine Lider leicht flatterten, durchflutete mich Wärme.

»Schön. Ich bin dabei. Aber wenn mir was gegen den Strich geht, hau ich sofort ab.«

»Guter Plan. Und ich sorge dafür, dass der Abend harmonisch verläuft. Oder zumindest werde ich es versuchen.« Mir entfuhr ein freudiges Kichern, dann klopfte ich ihm vor Euphorie einige Male aufs Knie. »Das wird super! Richtig super! Ich weiß das!«

Sein Blick wanderte über mein Gesicht. »Ich kann nicht fassen, dass du mich überredet hast.«

»Früher habe ich das auch immer geschafft«, sagte ich leise und biss mir auf die Lippe.

»Du konntest mich schon immer von allem überzeugen, wenn du es nur genug wolltest.« River sah mir wieder in die Augen, während mein Herz Purzelbäume schlug. Ich konnte mich nicht mehr von ihm losreißen und wollte das auch gar nicht. Zwischen uns wurde die Luft dünner, und dann spürte ich plötzlich, wie er seine warme Hand auf meine legte, die immer noch auf seinem Knie verweilte. Mit den Fingern fuhr er über meine Knöchel, hauchzart. Aber dennoch so, dass ich das Gefühl hatte, gleich in Flammen aufzugehen, wenn er weitermachte.

»Stimmt«, flüsterte ich. »Ich habe mich früher immer gefragt, woran das lag. Du hast damals alles für mich getan und nie etwas von mir erwartet …«

Sein Blick verdunkelte sich, als ich mir ganz automatisch über die Lippen leckte. »Natürlich nicht. Ich wollte einfach nur, dass du …«

»Dass ich was?«

»Dass du glücklich bist.«

»Weil wir *Freunde* waren.«

Ein heiseres Lachen drang leise aus seiner Kehle, wobei er sein Gewicht etwas nach vorn verlagerte, sodass er mir näher war. Mir immer näher kam. »Klar. *Freunde*.«

Meine Atmung ging stockend. Gänsehaut legte sich auf meine

Arme, als er mit den Fingern weiter über meine Knöchel streichelte. »Oder?«

Sein Mundwinkel hob sich wieder, er kam mir noch näher. »Vielleicht hast du mich als einen Freund gesehen, Suk.« Sein Blick zuckte zu meinen Lippen. »Ich habe dich aber niemals nur als eine Freundin gesehen.«

Noch bevor ich über seine Worte nachdenken konnte, hatte er seine Lippen auf meine gelegt und mich wenig später auf seinen Schoß gezogen. Ich schnappte überrascht nach Luft, ließ mich dann aber mit voller Hingebung fallen, während mein Herz einen freudigen Satz machte. Ich erwiderte lächelnd seinen Kuss, schmeckte ihn und vergrub meine Hände in seinen Haaren, während er die Arme um meinen Körper schlang und mich fest an sich presste. Ein Flattern machte sich in meiner Brust breit. Hitze durchfuhr mich. Verlangen nach ihm. Seine Zunge teilte meine Lippen, und ich bekam nicht genug von River. Ich wollte immer mehr von ihm, jeden Zentimeter seines Körpers spüren. Und an jedem Zentimeter meines Körpers von ihm berührt werden. Ich seufzte leise an seinen Lippen und drängte meine Brüste an seinen Oberkörper, woraufhin ihm ein Knurren entfuhr und er meinen Mund nur noch intensiver in Beschlag nahm. Während er mit der einen Hand über meinen Oberschenkel nach oben bis zu meiner Taille fuhr, sein Griff fester wurde, lag seine andere an meiner Wange. Mein Herz pochte wie wild, weil ich gar nicht mehr aufhören konnte. Weil ich nicht mehr aufhören wollte. Weil River seit langer Zeit der einzige Kerl war, bei dem ich mich fallen lassen konnte. Er ließ von mir ab, wanderte mit den Lippen meine Wange entlang und zu meinem Hals, während ich mich an seinen breiten Schultern festhielt. Ich presste mein Becken an seine Mitte und spürte seine Härte zwischen meinen Schenkeln, was mir ein leises Stöhnen entlockte. Er war so hart, dass ich gar nicht anders konnte, als mich an ihm zu reiben.

»Fuck«, entfuhr es ihm, und er lachte heiser auf, dann küsste er mich wieder am Hals und wanderte mit seiner Zunge ein Stück hinunter zu meinem Dekolleté.

Ich stöhnte auf. Dieses Mal etwas lauter.

Halt die Klappe. Ich will dein Gestöhne nicht hören. Nimm lieber meinen Schwanz in den Mund, wenn du nicht still sein kannst.

Sofort biss ich mir auf die Lippe, um noch einen weiteren Mucks zu unterdrücken. Ich verkrampfte mich. Mein Puls rauschte mir in den Ohren.

»Alles in Ordnung?« River ließ von mir ab und suchte meinen Blick.

Ich blinzelte einige Male und nickte schließlich. »Ja, ich …« Ich wollte jetzt nicht mit ihm darüber reden. Ich konnte es schlicht und ergreifend nicht. Noch nicht. Daher tat ich es nur mit einem Lächeln ab, weil Jason das damals auch immer von mir erwartet hatte. »Klar.«

River kniff misstrauisch die Brauen zusammen und legte den Kopf schief. Er wirkte besorgt. »Es geht dir zu schnell, oder?«

Auch wenn es mir nicht zu schnell ging, schien das meine Rettung vor einem unangenehmen Gespräch zu sein, daher nickte ich. »Ja, ein wenig.«

»Tut mir leid. Dich zu überrumpeln, war das Letzte, was ich wollte«, wisperte er und strich mir über die Wange. Als ich seine leicht geschwollenen Lippen und die geröteten Wangen, die verwuschelten Haare in Augenschein nahm, flatterte es in meinem Brustkorb.

»Alles gut, wirklich.« Ich lächelte ihn an. »Es hat mir gefallen.«

Wärme breitete sich auf seinen Zügen aus. »Und mir erst.«

»Dann …« Ich legte den Kopf schief, taxierte ihn mit meinen Blicken. »Bereust du es dieses Mal nicht?«

»Nein.« In seinen Augen flackerte Hitze auf. »Und auf dieser Party habe ich es auch keine einzige Sekunde bereut.«

21
River

Gerade als ich aus dem Auto vor Sukis Haus aussteigen wollte, vibrierte das Handy in meiner Hosentasche. Rasch holte ich es heraus und sah Davids Namen, der auf dem Display aufleuchtete.

»Hey, was gibt's?«, begrüßte ich meinen Kumpel und löste den Sicherheitsgurt, blieb allerdings noch im Wagen sitzen.

»Was es gibt?« David schnaubte am anderen Ende des Hörers. »Ich muss mich davon überzeugen, dass du keinen Fehler begehst.«

Ich grinste und schüttelte den Kopf. Heute Morgen hatte ich ihm eine Nachricht mit einem kleinen Suki-Update geschickt und ihn auf den neuesten Stand gebracht. Das hier war wohl nun seine Antwort darauf. »Das ist kein Fehler.«

»Sicher?« Seine Stimme hatte einen skeptischen Unterton angenommen, während ich mit den Fingern auf dem Lenkrad herumtrommelte. »Das Mädel hat dich in den Knast gebracht. Willst du wirklich was mit ihr anfangen?«

»Ehrlich gesagt habe ich das Gefühl, dass sie nicht die Wahrheit kennt. Würde sie alles wissen, und ich meine wirklich alles, dann würde sie nicht so über die ganze Situation sprechen, wie sie es tut. Ich muss nur noch dahinterkommen, was Carter ihr erzählt hat.«

»Mhm«, brummte er, immer noch voller Skepsis. »Und wie geht es dir damit, jetzt gleich mit den beiden am Tisch zu sitzen?«

»Ich mach das vor allem Suki zuliebe. Ich schätze, meine Gefühle sind nie ganz verschwunden, und ich kann ihr einfach nichts abschlagen. Ich will sie glücklich sehen, verstehst du? Und wenn das bedeutet, dass ich mich mit ihrem dämlichen Bruder an einen Tisch setzen muss, dann ist es so. Es wird unangenehm, ja, definitiv, aber ich versuche, das Beste daraus zu machen. Und wenn ich ehrlich zu mir selbst bin, vermisse ich die alten Zeiten und auch die Freundschaft mit Carter. Womöglich kriegen wir das ja wieder auf die Reihe.«

»Bist du wirklich bereit, deine Vergangenheit wieder in dein Leben zu lassen? Der Trottel hat dich hängen lassen, obwohl er dein bester Freund war, schon vergessen?«

Ich seufzte. »Ich weiß. Ich bin echt hin- und hergerissen. Vielleicht entschuldigt er sich ja. Wer weiß. Solange er nicht einsieht, dass er ein Arschloch war, fällt es mir vermutlich echt schwer, ihm zu verzeihen und alles hinter mir zu lassen, selbst wenn ich es will.«

»Verständlicherweise. Aber vergiss nicht: Wenn wir eins im Knast gelernt haben, dann, dass jeder eine zweite Chance verdient hat.«

»Ja«, entgegnete ich. »Du hast recht.«

»Halt mich auf dem Laufenden, okay?«

»Mach ich.« Ich grinste. »Und was steht bei dir so an? Was gibt es Neues?«

»Viel beruflicher Stress, wie immer vor einem Urlaub, aber das wird schon. Rebecca und ich starten in zwei Wochen unsere Europareise, zuerst geht es nach Paris«, fing er an zu erzählen und berichtete dann von seinen Urlaubsplänen und der Zeit, die vor ihm lag.

Nachdem wir uns ein paar Minuten später verabschiedet und aufgelegt hatten, schob ich mir mein Handy zurück in die Hosentasche und stieg aus, verriegelte den Wagen und schritt mit einem mulmigen Gefühl in der Magengegend auf das mehrstöckige Gebäude zu, in dem Suki und Carter lebten.

Was hatte ich mir nur dabei gedacht, Sukis Einladung anzunehmen? Hoffentlich würde es nicht unangenehm werden. Nichts war schlimmer als eine seltsame Stille, die gefüllt werden wollte, während keiner eine Ahnung hatte, was er sagen sollte. Wie David schon gesagt hatte: Jeder verdiente eine zweite Chance. Vielleicht ja auch Carter.

Bevor ich die Klingel betätigte, atmete ich tief durch.

Reiß dich zusammen. Tu es für Suki.

»Drei, zwei, eins ...«, zählte ich herunter und betätigte dann, ohne noch einmal darüber nachzudenken, den Klingelknopf. Ich versuchte, positiv zu bleiben. Fürs Erste. Auf Carter hatte ich nicht den geringsten Bock, aber wenn ich Suki glücklich machte und die leise Hoffnung auf eine Versöhnung bestand, wenn ich hier aufkreuzte, dann ließ ich dieses Essen über mich ergehen. Der Summer ertönte, und nur ein paar Momente und eine kurze Fahrstuhlfahrt später stand ich oben vor ihrer Tür, wo sie bereits auf der Schwelle wartete.

Ein freudiges Strahlen umspielte ihre zarten Züge, in ihren Augen glitzerte es, und sofort schlug mein Herz wieder schneller. Wie jedes Mal, wenn ich sie sah.

Wie kann man nur so perfekt sein?

Heute trug sie ihre blonden Locken, die sie meiner Ansicht nach viel zu oft wegen Vortex glättete, offen, sodass sie sich über ihre Schultern ergossen, die in einem lockeren weißen Shirt steckten. Dazu trug sie eine lässige hellblaue Jeans und ...

Ich versuchte, mein Schmunzeln zu verbergen, doch es gelang mir nicht. »Schicke Hausschuhe«, sagte ich daher nur und nickte zu den zwei riesigen Plüschlöwenköpfen, in denen ihre Füße steckten.

Sofort verlagerte sie ihr Gewicht von einem Bein aufs andere und verengte die Augen. »Kaum hier und schon wieder am Rummeckern.« Dann wandelte sich ihr Ausdruck, und ein Lächeln zupfte an ihren Mundwinkeln, während ihr Blick zu meinen Lippen glitt.

Ich schluckte, weil ich sofort spürte, wie mir heiß wurde. »Hey, das war ein Kompliment.« Ich zwinkerte ihr noch mal zu, woraufhin sie amüsiert die Augen verdrehte und zur Seite trat, damit ich an ihr vorbei in die Wohnung gehen konnte.

Suki schloss die Tür hinter mir, dann führte sie mich durch einen kleinen Flur in den offenen Küchen-, Ess- und Wohnbereich. Es duftete schon köstlich nach Gewürzen und Pasta. Carter stand am Herd und rührte gerade in einem Topf, in dem etwas vor sich hin köchelte. Ich spannte mich an und blieb stehen. Ich hatte ihn zwar auf der Party nach all den Jahren wieder gesehen, doch das war ja nicht besonders gut gelaufen. Der heutige Abend war etwas anderes. Ich hatte ihm so viel und zugleich gar nichts zu sagen.

Im nächsten Moment spürte ich eine schmale Hand an meinem Rücken, und Suki tauchte neben mir auf, lächelte mich aufmunternd an. »C, guck mal, wen wir hier haben«, rief sie ihrem Bruder zu, der sich daraufhin zu uns umdrehte.

Auf seiner Miene meinte ich, eine Mischung aus der gleichen Anspannung, die mich plagte, und Zuversicht ausmachen zu können. »Hey«, sagte er und hob die Hand. »Freut mich, dass du es geschafft hast.«

Ich presste die Lippen aufeinander und nickte. »Jep.«

Das fühlte sich ja verkrampfter an als der Spießrutenlauf,

nachdem mich Mom früher beim Sex mit Allie, meiner ehemaligen Freundschaft-Plus, in ihrem Auto erwischt hatte. Was für ein grandioser Start in den Abend.

»Wie weit ist denn das Essen?«, lockerte Suki die Situation auf und lehnte sich mit dem Rücken gegen die Arbeitsfläche zwischen uns.

»So gut wie fertig.«

»Perfekt.« Sie grinste. »Carter hat nämlich extra die Pasta mit Avocado-Pesto gemacht, die du früher immer verschlungen hast, als du bei uns zu Hause warst.«

Meine Brauen huschten nach oben. »Klingt … gut.«

»Ich dachte, damit mach ich nichts falsch«, entgegnete mein ehemaliger bester Freund und kratzte sich am Hinterkopf. Dann nickte er zum Tisch. »Ihr könnt euch schon mal setzen.«

Mit noch immer angespannten Schultern näherte ich mich dem runden Esstisch, der bereits eingedeckt war. Eine kleine Kerze brannte, und in der Mitte standen ein paar Wildblumen in einer Vase. Ich ließ mich auf einen der Stühle sinken und lehnte mich zurück, als Suki mit ein paar Getränken angelaufen kam und sie vor uns abstellte.

»Bier? Oder lieber Dr Pepper?«

Ich hob einen Mundwinkel. »Dr Pepper. Danke.«

Sie reichte mir die Flasche und setzte sich dann auf einen der anderen Stühle, mir gegenüber, sagte aber nichts. Ihrem Gesicht konnte ich entnehmen, dass sie überlegte. Immer wieder sah sie zu Carter, dann zu mir, zu Carter, zu mir, bis Carter sich räusperte und sich zu uns umdrehte, während es weiter im Topf blubberte. »Wie läuft es denn bei euch im Studio? Kommt ihr gut voran?«

»Wir verstehen uns inzwischen etwas besser als noch zu Beginn der Zusammenarbeit«, entgegnete ich und konnte mir ein Schmunzeln nicht verkneifen, als ich zu Suki herübersah. Ihre

Wangen hatten sich gerötet. Vermutlich dachte sie gerade auch daran, wie wir uns geküsst hatten. Sollte mir nur recht sein, denn ich konnte auch an fast nichts anderes mehr denken, seitdem es passiert war.

»Ja, könnte man so sagen«, fügte sie rasch hinzu und wandte den Blick ab, da sie wahrscheinlich nicht beabsichtigte, dass ihr Bruder von dem erfuhr, was sich zwischen uns abspielte. »Wir haben jetzt schon drei Songs, die so gut wie fertig sind.«

»Und *Invisible Reflections* kommt auch echt gut an, oder?«

Ich nickte. »Der kleine PR-Stunt hat wohl auch geholfen.«

Carter kniff die Brauen etwas zusammen und drehte sich dann wieder zum Herd um. »Aber es ist schon etwas extrem, meinst du nicht?«

»Ob man es gut findet oder nicht, in der Branche ist das üblich. Für Presley ist das nichts Neues, sie polarisiert gerne mal.«

»Hm, ich hoffe, ich schaffe es mal, mit ihr über alles zu sprechen und der Sache auf den Grund zu gehen. Es fühlt sich so falsch an, auch wenn ich weiß, dass ich da durchmuss«, murmelte Suki, und ich konnte ihr ansehen, dass sie etwas bedrückte. Am liebsten hätte ich ihre Hand genommen, doch vor Carter sparte ich mir das lieber.

Daher sah ich sie nur an und lächelte aufmunternd, als sich unsere Blicke begegneten. »Mach dir keinen Kopf. Über die Sache wird Gras wachsen, und in einem halben Jahr haben das alle vergessen.«

»Ich denke auch.« Sie lächelte mich nun auch an, dann wanderte ihre Aufmerksamkeit zu Carter. »Aber hey, genug von mir. Heute geht es um euch. Weißt du eigentlich schon, was Carter so treibt?«

»Also gerade sieht er so aus, als würde er die Penne im Pesto schwenken.«

»Ich meine beruflich, du Blitzmerker.«

Ich seufzte leise. »Nein, ich weiß von nichts.«

»Tja, dann kann dir Carter doch gleich mal davon berichten«, entgegnete Suki und warf mir einen zufriedenen Blick zu.

Nur einige Momente später stellte Carter die Schüssel mit den Avocado-Nudeln vor uns ab, hievte erst mir, dann Suki eine Portion auf den Teller und ließ sich anschließend auf den Stuhl sinken. Im Hintergrund spielte ein Plattenspieler einen Song von Lana Del Rey, während Suki anfing, ein paar Nudeln aufzuspießen. »Guten Appetit, Leute.«

»Guten Appetit«, sagten Carter und ich zeitgleich, woraufhin er leicht lächeln musste.

»Yummy«, kicherte Suki und schnappte sich die orangefarbene Flasche, um …

»Packst du immer noch überall Chilisoße drauf?«, fragte ich sie verwundert, und als sie nickte, verengte ich nur die Augen. »Das ist abartig. Das kann doch nicht schmecken.«

»Oh, doch. Glaub mir. Ihr seid einfach nur Banausen. Gerade mit Avocado ist das ein wahres Meisterwerk. Ein Gedicht. Eine Geschmacksexplosion der besonderen Art!«

Carter schnaubte. »Ich find's auch abartig.« Dann lächelte er mich leicht an.

Ich erwiderte es vorsichtig. »Dann erzähl mal. Was machst du mittlerweile?«

Carter tauschte einen kurzen Blick mit seiner Schwester, dann lehnte er sich etwas vor. »Ich arbeite aktuell als Schnittassistent, aber eigentlich bin ich Filmemacher. In den letzten Jahren habe ich an einer Art Sci-Fi-Action-Thriller gearbeitet, der jetzt endlich fertig ist.«

Erstaunt schüttelte ich den Kopf. »Echt? Wow. Das … das war früher schon dein Ding. Freut mich, wenn du damit jetzt Erfolg hast.«

»Na ja, das mit dem Erfolg wird sich zeigen. Am Sonntag feiert der Film im Lido Theater in Newport Beach Premiere, und dann mal sehen, was daraus wird. Ein paar kleinere Kinos haben aber schon Interesse geäußert. Also ... mal gucken.«

»Ich weiß noch, als ihr beiden diese Agentenfilmchen bei uns im Garten gedreht habt.« Suki schnaubte und schob sich ihre Gabel in den Mund. »Agent CL und Agent 00 Hawthorne.«

»Du bist mal ganz still, oder soll ich deine kleinen Musikvideos auspacken, die du mit sieben im Keller gedreht hast und von denen du dachtest, dass sie niemals jemand finden wird?«, konterte Carter, woraufhin ich grinsen musste.

»Außerdem waren Carters und meine Filme echte Meisterwerke. Du bist nur neidisch, weil du nicht mitmachen durftest.«

Suki fixierte mich. »Lag sicher daran, dass ich euch sonst die Show gestohlen hätte.«

»Mhm, träum weiter.« Carter lachte auf, während ich mir eine Gabel Pasta in den Mund schob. »War schon eine coole Zeit.« Sein Blick huschte zu mir.

»Das war es.«

»Und du bist jetzt also ein krasser Songwriter und Produzent?«

Ich wiegte den Kopf hin und her. »Es läuft ganz gut.«

Suki schnaubte. »Ganz gut? Du arbeitest für eines der erfolgreichsten Labels und superviele heftige Acts, hast eine krasse Wohnung und schläfst fast jeden Tag, so lange du willst.«

Carter nickte anerkennend. »Besser könnte es doch gar nicht laufen, oder? Das hast du echt verdient.«

Ich spürte, wie sich mein Magen verknotete. »Ach, habe ich das? Du meinst, nachdem ich meine anderthalb Jahre Knast abgesessen habe?«

Ich hatte mich heute wirklich zusammenreißen wollen. *Wirklich.* Aber ich kam nicht darüber hinweg. Das würde ich wohl nie. Fast täglich dachte ich an die Zeit und die Menschen, die ich verloren hatte, weil Carter damals auf den falschen Weg geraten war. Nicht ich.

Sofort weitete Carter die Augen und richtete sich auf. »So ... so war das nicht gemeint, Mann. Echt nicht. Es tut mir leid. Ich meinte nur ... Ich weiß nicht ... dass ich es dir echt gönne.«

Reiß dich am Riemen, River. Steh drüber. Lass es dich nicht wieder zerstören.

Vielleicht tat es ihm tatsächlich leid. Vielleicht war das aber auch nur irgendeine verfickte Floskel, um mich zu beruhigen.

Als mein Blick zu Suki huschte, die mich flehend ansah, atmete ich tief durch und nahm einen Schluck Dr Pepper. Ich tat ihr den Gefallen und fuhr herunter. »Schon gut«, brummte ich. »Es ist vorbei. Ich habe das hinter mir gelassen.«

Ich versuchte es, aber es gelang mir nicht. Mit einem Mal wusste ich nicht mehr, wie ich auf die Idee kommen konnte, dass das, was ich hier tat, eine gute Idee war. Bis ich zu Suki schaute und es mir wieder einfiel.

»Aber das ist doch gut«, sagte sie leise und lächelte. »Die Hauptsache ist doch, dass du im Reinen mit dir bist und mit allem, was damals geschehen ist.«

Ich biss die Zähne fest aufeinander, weil ich mich zusammenreißen musste, nicht die Wahrheit herauszubrüllen, damit Suki endlich erfuhr, was wirklich passiert war. Doch stattdessen fixierte ich nur Carter. »Hmm«, fing ich an, während mein Knie unruhig auf und ab wippte. »Ich bin definitiv mit mir im Reinen. Aber es ist fraglich, ob das allen Anwesenden so geht.«

Über den Tisch hinweg warf Carter mir einen flüchtigen Blick zu. Er hatte die Schultern etwas hochgezogen, und man sah ihm an, wie unangenehm ihm die Situation war. Dafür, dass er früher so getan hatte, als hätte er die dicksten Nüsse, kam er mir gerade eher wie ein zahmes Eichhörnchen vor. Ohne allzu viel Nussvorrat für den herannahenden Winter, dessen Kälte anbrechen würde, wenn er mich erneut reizte.

»Was meinst du?« Sukis Brauen huschten fast bis zu ihrem Haaransatz.

»Nichts«, entgegnete ich und stocherte im Teller herum.

»Rück mit der Sprache raus.«

Ich hielt inne, warf Carter einen Blick zu, der immer noch schwieg und jeden Augenkontakt mit mir vermied. Feigling. Daher schnaubte ich nur abwertend. »Klär das mit deinem Bruder.«

»Ähm«, machte Carter nun endlich auch mal den Mund auf. »Ich ... Es ist einiges nicht so toll gelaufen und ... Das alles tut mir wirklich leid. Das, was da passiert ist«, sagte er, und es klang ehrlich.

»Meinst du das auch wirklich so, oder willst du nur, dass Suki dich für den tollen großen Bruder mit der weißen Weste hält?«

Er biss sich auf der Lippe herum. »Ich meine das auch so. Und ich würde mich freuen, wenn du meine Entschuldigung annimmst.«

Zögernd lehnte ich mich zurück und überlegte. »Wieso hast du dich dann damals so beschissen verhalten?«

Aus dem Augenwinkel nahm ich wahr, wie sich Verwirrung auf Sukis Miene ausbreitete. Am liebsten hätte ich ihr die Wahrheit erzählt, aber das war nicht mein Job. Ich wusste, wie wichtig Carter ihr war, und wollte ihre Beziehung zu ihm auf keinen Fall in die Luft jagen. Das musste er schon selbst tun.

»Ich hatte Angst und war egoistisch. Das ist keine Entschuldigung, aber vielleicht eine Erklärung.«

Mit zusammengepressten Lippen musterte ich ihn und wusste nicht, was ich fühlen sollte. Er war meine ganze Kindheit und Jugend mein bester Freund gewesen. Damals hätte ich ihm niemals zugetraut, dass er mich ins offene Messer rennen ließ, und doch hatte er es getan, während ich alles gegeben hatte, um ihm den Arsch zu retten. Ich vermisste die Zeit mit ihm, die Freundschaft mit ihm, aber der Verrat wog schwer. Doch wog er schwerer als das Bedürfnis, wieder mit ihm befreundet zu sein? Mein Kopf rauchte schon, während ich nicht wusste, was nun die richtige Entscheidung sein würde. »Okay«, sagte ich daher nur. »Zumindest habe ich jetzt eine Erklärung.«

Er hob einen Mundwinkel, und etwas Hoffnungsvolles legte sich auf seine Züge. »Was hast du den ganzen Tag denn dort so gemacht? Im Gefängnis. Vermutlich war es keine einfache Zeit, oder?«

»Meist habe ich Sport gemacht oder Songs geschrieben. Ich habe echt viel über mein Leben nachgedacht. Dafür hat man wohl die meiste Zeit.« Ich lachte bitter auf, legte die Gabel ab. »Und dann kam ich zu dem Schluss, dass ich mein Leben vollkommen umkrempeln will, wenn ich raus bin. Ein Neuanfang.«

»Der ist dir echt gut gelungen«, murmelte Suki und lächelte mich an.

»Schätze schon. Ich bin nach L.A. gekommen, hab mir einen Kellnerjob in der Cheesecake Factory gesichert und Kurse und Fortbildungen belegt, um ein besserer Producer zu werden. Und dann kam eins zum anderen, ich bin an die richtigen Leute geraten, und jetzt ... sitze ich hier.«

Mit dem Kerl, den ich nie wiedersehen wollte und seiner Schwester, die eigentlich dasselbe in mir auslösen sollte. Betonung auf *eigentlich*.

»Ich kann mir vorstellen, dass es hart gewesen sein muss«, sagte Suki und lehnte sich zurück, während ihr Blick aufmerksam auf mir lag. »Du warst gerade mal einundzwanzig. Hätten sie dich nur ein paar Monate früher erwischt, als du noch zwanzig warst, wäre deine Strafe für all die Dinge, die du getan hast, nicht so krass ausgefallen ...«

Ein dicker Felsen lag auf meinem Brustkorb und bewegte sich

nicht. Ein dicker, fetter, der immer weiterwuchs, als mein Blick erneut zu Carter zuckte, der nur die Lippen aufeinanderpresste und mir mit den Augen stumm signalisierte, dass es ihm wohl lieber wäre, wenn ich Sukis Worte unkommentiert ließ.

Wieder.

Ich kannte ihn gut genug, um zu merken, dass er sich sichtlich unwohl fühlte. Dass er alles gegeben hätte, damit ich weiterhin mein Maul hielt.

Verficktes Arschloch.

»Ja, wäre es wohl«, entfuhr es mir kühl, während ich Carter fixierte. So langsam brachte er das Fass zum Überlaufen. Er scherte sich einen Dreck darum, dass Suki mich für den Bösewicht hielt. Hauptsache, sie dachte nur das Beste von ihrem Bruder, und er kam gut weg. Vermutlich würde sie nie die Wahrheit erfahren, wenn es nach Carter ging. Mein Knie wippte wieder unruhig auf und ab, weil ich die Kontrolle bewahren musste, aber nicht wusste, wie lange ich das noch schaffte. »All die schlimmen Dinge, die ich getrieben habe ... Tja, ich war wohl echt dumm, mich erwischen zu lassen. Oder was hättest du an meiner Stelle getan, Carter?«

Er schluckte, wandte den Blick ab. »Tja ... Ich schätze, ich ... Ich weiß auch nicht, was ich getan hätte.«

Dieses gottlose Weichei.

»Hmm«, entgegnete ich gereizt und beugte mich vor, legte den Kopf schief. »Schade. Dabei hast du mir früher doch immer die besten Ratschläge gegeben, weißt du noch?« Ich schnippte mit den Fingern. »Ach, stopp. Nein. Das war ja ich. Du warst derjenige, der sich nicht nur einmal in die Scheiße geritten hat.«

»Bro«, ermahnte er mich sanft, aber bestimmt.

Ich lachte auf. »Wir sind keine Brüder. Nicht mehr.«

Plötzlich räusperte sich Suki. »Leute, ich weiß, dass dieses

Essen für uns alle nicht besonders einfach ist, aber ich wünsche mir, dass ...«

»Ich habe das Gefühl, wir kommen gerade nicht weiter«, murmelte Carter, fiel Suki ins Wort und zog den Kopf zwischen die Schultern. »Vielleicht können wir noch mal neu starten. Mit einem anderen Thema.«

Natürlich wollte er über etwas anderes sprechen, damit seine Schwester weiter im Dunkeln tappte und mich für das Arschloch hielt, das ihren Bruder in den Knast bringen wollte.

»Können wir die Platte wechseln? Hast du was von The Weeknd?«, wandte ich mich gespielt ruhig Suki zu, die nur vorsichtig nickte und aufstand.

»Ich hol kurz sein Album.«

Als sie verschwunden war, fixierte ich Carter. »Sie hat keine Ahnung, oder? Sie hat nicht den verfickten Hauch einer Ahnung, was für ein Arschloch ihr Bruder ist, richtig?«

Carter fuhr sich übers Gesicht. »Bitte, River. Ich verstehe dich. Aber das müssen wir beide unter uns ausmachen. Suki kann nichts dafür. Es ist so viel Zeit vergangen, und wenn du mitspielst, dann kann alles wieder so werden, wie es einmal war. Aber wenn du es Suki jetzt steckst, wird alles in die Luft gehen. Alles. Lass uns den Abend friedlich über die Bühne bringen.«

Mit mahlendem Kiefer starrte ich ihn an. »Ich fass es nicht, dass du sie angelogen hast. Das hat sie nicht verdient, Carter.« Schon bemerkte ich, wie Suki aus ihrem Zimmer gelaufen kam, eine Platte in der Hand, doch bevor sie uns hören konnte, ergänzte ich noch: »Du sagst es ihr, sonst tu ich es früher oder später.«

Blässe umspielte seinen beschissenen Zinken, als er nur die Zähne aufeinanderpresste und mich anstarrte. Und mit jeder weiteren Sekunde, in der er schwieg, wurde ich wütender.

Mein Stuhl schabte lautstark über das Parkett, als ich mit

einem Satz aufstand und ihm noch mal einen abwertenden Blick zuwarf. »Ich hau ab. Mit dem sitze ich keine weitere Sekunde an einem Tisch.«

»Bitte geh noch nicht, lass uns doch noch mal versuchen ...« Suki ließ die Platte auf das Sideboard sinken, wo der Spieler stand, dann kam sie zu uns herübergelaufen. In ihren Augen tobten Unverständnis und Verwirrung. »Was ist los?«

»Lass ihn, wenn er will«, kam es leise von Carter, der mit den Schultern zuckte.

Ich lachte erneut bitter auf. »War ja klar, dass du ...«

Nein. Es war nicht mein Job, es Suki zu sagen. Er musste es tun. Er, nicht ich. Auch wenn ich Carter in diesem Moment mehr hasste als jemals zuvor, wollte ich Suki nicht das Herz brechen. Irgendwann würde sie es erfahren. Wenn nicht von ihm, dann von mir. Aber hier und jetzt war nicht der richtige Zeitpunkt, ihre Blase zerplatzen zu lassen und ihr zu sagen, dass ihr bester Freund und Bruder sie die letzten fünf Jahre belogen hatte. Es würde nicht nur Carter zerstören, sondern auch Suki. Und das brachte ich nicht übers Herz.

»Bleib doch noch«, flehte Suki mich traurig an, doch ich schüttelte den Kopf.

»Es war eine beschissene Idee, hier aufzukreuzen. Ich hätte es wissen müssen. Ich hätte wissen müssen, dass du immer noch der kleine Pisser von damals bist, der für seine ...« *Fehler nicht geradestand.*

Nein, nein, nein. Reiß dich zusammen, verdammt.

»Ach, fuck it«, zischte ich und marschierte zur Tür, riss sie auf und verschwand im Hausflur.

Nur um wenige Momente später erneut die Tür hinter mir zu hören. Gefolgt von Schritten. »River. Hey! Warte.«

Ich stöhnte auf, steuerte den Flur entlang, als Suki mich plötzlich einholte. »Was sollte das? Was ist passiert?«

»Dein beschissener Bruder ist passiert.«

»Aber ... Es hat doch so gut angefangen. Komm doch noch mal mit rein.« Sie hielt mich am Arm fest und starrte mich traurig an. »Wir wollten doch einen schönen Abend miteinander verbringen.«

»Ich halte es keine Sekunde mit dem Kerl in einem Raum aus.«

»Meinst du nicht, dass ...«

»Nein«, zischte ich und schüttelte den Kopf. »Wir sind geschiedene Leute. Das wird sich niemals ändern.« Wieder lief ich einige Schritte davon in Richtung des Fahrstuhls, weil ich ihr nicht in die Augen sehen konnte, während sie diese verfickte Lüge lebte.

»Bleib stehen! Wieso rennst du weg? Stell dich doch lieber deinen Problemen, statt davonzulaufen und ...«

»Wow!« Ich fuhr herum und funkelte sie an. »Ich habe mich dem größten Problem meines ganzen Lebens gestellt, indem ich hier aufgekreuzt bin. Und das, obwohl ich sowieso schon wusste, dass das nur eskalieren kann. Ich wusste es, verdammt!«

»Wieso hast du meiner Einladung dann überhaupt zugestimmt, hm? Warum bist du hergekommen, wenn du keinen Bock auf ihn hattest, und weshalb hast du dich dann auch noch mit ihm an einen Tisch gesetzt, ihn nach seiner Karriere gefragt und ...«

»Warum ich das getan habe?« Ich lachte auf und fixierte sie wieder, bevor ich den Fahrstuhl betrat. »Du checkst auch gar nichts, oder?«

»W-was meinst du?«, fragte sie vorsichtig und folgte mir in den kleinen Raum hinein.

Ich schüttelte den Kopf und biss die Zähne aufeinander. »Ich hatte große Zweifel, ob es richtig ist herzukommen. Du glaubst nicht, wie schwer es mir gefallen ist, diesen Schritt zu gehen. Aber dann habe ich es trotzdem getan.« Langsam beruhigte ich mich, doch als sich unsere Blicke ineinanderbrannten, tobte mein Herz in der Brust nur noch schneller. »Für dich.«

22
Suki

»Du ... hast was?« Mit offenem Mund starrte ich River an, während sich hinter uns die Türen des Aufzugs schlossen. Wir waren allein. Seine Worte hallten in meinen Gedanken wider.

Aber dann habe ich es trotzdem getan. Für dich.

Einerseits hatte ich ein schlechtes Gewissen, weil River nur wegen mir hergekommen war, andererseits ließ genau dieser Fakt mein Herz schneller schlagen.

»Aber es wundert mich nicht.« Er schnaubte und fixierte mich. »Früher hast du es ja auch nicht gecheckt, oder?«

»Was?«

»Na ...« Er zuckte mit den Schultern. »Dass ich damals so krank verliebt in dich war, dass ich alles dafür getan hätte, damit du glücklich bist. Selbst als du mit diesem Vollidioten Jason zusammen warst, der dich keine Sekunde zu schätzen gewusst hat. *Vor allem* da.«

Mein Mund war ganz trocken. Ich fühlte mich wie eingefroren, konnte nur River anstarren. Was sagte er da? Wie war das möglich? Sein Brustkorb hob und senkte sich viel zu schnell. Wärme flammte in seinen dunklen Augen, und ich konnte nicht mehr wegsehen.

»Meinst du das ernst, oder verarschst du mich gerade?«, flüsterte ich und schüttelte den Kopf. »Weil, falls das nur wieder ein Versuch ist, mich zu verletzen, dann …«

Jetzt war er es, der verwirrt dreinschaute. Mit zusammengezogenen Brauen kam er einen Schritt auf mich zu, während der Aufzug sich in Bewegung setzte. »Ich weiß, ich habe mich noch vor einigen Wochen bei der gemeinsamen Arbeit echt beschissen verhalten, aber …« Er schluckte. Seine Pupillen zuckten zwischen meinen Augen hin und her, als er meine Hand nahm. »Fuck, ich … ich kann dich nicht hassen, okay? Ich will das nicht mehr. Und seit unserem Kuss auf der Party bekomm ich dich nicht mehr aus meinem Kopf. Seit unserer Teenagerzeit bekomm ich dich nicht mehr aus dem Kopf. Ich hätte das damals vor sechs Jahren schon tun sollen, aber …«

»Dann tu es jetzt. Auch wenn ich das damals nie bemerkt habe, fühle ich mich heute … sicher bei dir«, wisperte ich und schlang meine Arme um seinen Nacken, zog ihn zu mir herunter und presste meine Lippen auf seine.

Das hier fühlte sich gut an. Mehr als das. *Richtig.* Ich hatte das Gefühl, mich vollkommen auf ihn einlassen zu können, ohne den Gedanken an etwas anderes zu verschwenden. Mein Kopf war nur bei River, und mein Herz schlug nur noch für ihn.

Seine Hände wanderten über meinen Körper, während ich in seinem Kuss ertrank und …

Pling.

Als die Türen des Fahrstuhls aufschwangen, sausten wir auseinander. Jeder an eine andere Seite des kleinen Raums. Mein Herz pochte wie wild. Was taten wir hier? In einem gottverdammten Fahrstuhl? Erschrocken sah ich zu Mrs. Calloway mit den kurzen grauen Haaren, die im Erdgeschoss eingestiegen war und nun den Knopf zur vierten Etage drückte.

»Hallo, Suki«, grüßte sie mich freundlich und drehte mir dann den Rücken zu, während ich mich am Griff des Aufzugs festhielt, um nicht meinen weichen Knien zum Opfer zu fallen.

»H-hallo, Mrs. Calloway.«

Rivers Lippen waren gerötet, und ein freches Grinsen schmückte sein Gesicht, als er mich von oben bis unten mit seinem lodernden Blick abgraste. Ich spürte, wie sich zwischen meinen Beinen alles zusammenzog und ich am liebsten zu ihm gelaufen wäre und ihn geküsst hätte. Allerdings wollte ich River nicht unbedingt vor den Augen meiner fünfundsiebzigjährigen Nachbarin bespringen. Nur, wenn es unbedingt sein musste.

Der Aufzug setzte sich wieder in Bewegung, während ich versuchte, mit dieser Situation klarzukommen. River hatte mich geküsst. Einmal. Zweimal. Dreimal. Aber nicht nur das: Er war nur wegen mir hergekommen. Die Tatsache, dass er früher Gefühle für mich gehabt hatte, war mir vollkommen entgangen. Ich hatte ihn für einen guten Freund gehalten, den besten Freund meines Bruders. Einer meiner Vertrauten. Nicht mehr, nicht weniger.

Pling.

»Hab noch einen schönen Tag, Suki. Und grüß mir deinen Bruder.«

»Mach ich. Danke. Sie auch, Mrs. Calloway«, rief ich der Dame noch hinterher, als sie in den Flur trat.

Dann schlossen sich die Türen wieder hinter ihr, und der kleine Raum schien noch enger als zuvor. Die Hitze kochte zwischen uns, als sich Rivers Lider einen Hauch senkten und er auf mich zutrat.

Der Aufzug setzte sich in Bewegung. Ich blieb an Ort und Stelle und schluckte, biss mir leicht auf die Lippe. Wie in Zeitlupe streckte ich meinen Arm zur Seite aus, tastete nach den Knöpfen und drückte einen davon, der uns im nächsten Atemzug zum Stillstand brachte. Die Türen blieben geschlossen.

River hob einen Mundwinkel. »Das hast du nicht wirklich gemacht, oder?«

»Ich konnte nicht anders«, sagte ich leise und fixierte ihn.

Dann stand er wieder direkt vor mir, und sein unwiderstehlicher Duft stieg mir in die Nase. Ich musste mein Kinn ein Stück anheben, um ihm in die Augen sehen zu können. Darin erkannte ich nicht nur Hitze und Verlangen, sondern auch so viel Zuneigung und Wärme und Vertrautheit. Das hier war River. River Hawthorne. Und ich bekam nicht genug von ihm.

»Wenn du wüsstest, wie sehr ich das will, *dich* will. Früher. Heute. Egal wie sehr ich versucht habe, meine Gefühle für dich wegzudrängen … Wenn ich dir in die Augen blicke, fuck, da bin ich machtlos.«

Seine Worte verursachten eine Gänsehaut auf meinem gesamten Körper, weil ich es nicht gewohnt war, dass ein Mann so mit mir umging. Liebevoll. Wertschätzend. Manchmal hatte ich das Gefühl, dass ich das nicht verdiente, weil mir das immer eingetrichtert worden war. Aber wenn ich River ansah, setzte er all meine Selbstzweifel in Flammen, legte sie unwiderruflich und für immer in Schutt und Asche.

Im nächsten Augenblick legte er seine Lippen auf meine. Unsere Küsse wurden immer heißer. Als ich ihn noch enger an mich zog, entfuhr ihm ein Stöhnen, und ich fand mich nur ein paar Sekunden später mit dem Rücken an der kühlen Fahrstuhlwand wieder. River stützte sich mit der einen Hand neben meinem Kopf ab, während er mit seiner anderen an meinem Hals entlangstrich und mir damit ein Seufzen entlockte. Dann küsste er mich wieder. Und wieder. Und wieder. Immer drängender, immer fordernder. Und ich tat es ihm gleich, presste meine Brüste an seinen harten Oberkörper und verlor die Kontrolle. Alles an mir fühlte sich wie elektrisiert an. Ich wollte mehr von ihm. Hier und jetzt. Mein Herz klopfte wie wild, als ich meine zitternden Finger unter seinen Hoodie schob und den Stoff anhob.

Ein kehliges Lachen drang aus seinem Mund, dann half er mir und zog sich den Pulli mitsamt dem Shirt darunter über den Kopf und ließ beides auf den Boden neben uns fallen. Mir lief das Wasser im Mund zusammen. Ich wollte ihn überall berühren, ich musste es. Ich konnte nur noch an ihn denken und an uns. An alles, was gerade zwischen uns passierte. Daran, dass er der Einzige für mich war, und auch der Einzige, der mir das Gefühl gab, so in Ordnung zu sein, wie ich war. Ich wusste, dass das hier einer dieser magischen Momente war, an die man noch lange Zeit denken würde, weil er so viel Bedeutung hatte. Endlich war ich angekommen.

Hitze ballte sich zwischen meinen Beinen, als er auf mich zutrat und mir in Windeseile aus meinem Shirt half. Dann zog ich ihn wieder zu mir herunter und küsste ihn immer intensiver. Mit einer raschen Bewegung schob er sein Bein zwischen meine Schenkel, und ich seufzte leise auf, als der Stoff über meinen empfindlichsten Punkt rieb. Ein Schauer jagte mir über den Rücken. Ich bewegte mein Becken an seinem Oberschenkel, spürte seinen harten Schwanz, der sich gegen seine Hose presste. Mir wurde ganz schwindelig, während meine Zunge noch intensiver mit seiner spielte und ich meine Finger in seine Schultern krallte.

»Suk«, wisperte er mit rauer Stimme an meinem Hals, dann sah er mir geradewegs in die Augen. »Willst du das hier tun? Bist du dir sicher?«

Ob ich sicher war? Verdammt, dieser Kerl war so heiß, dass ich mich fast unter seinen Berührungen auflöste, und dann fragte er noch, ob ich mir sicher war?

Ich nickte, hörte, wie mir das Blut in den Ohren rauschte. »Ja. Ich will dich ... jetzt.«

Ein Grinsen legte sich auf seine Lippen. »Nichts lieber als

das.« Dann senkte er seinen Mund wieder auf meinen. Immer stürmischer und leidenschaftlicher küsste er mich, während ich jeden Zentimeter seiner warmen Haut berühren wollte. Die harten Bauchmuskeln zuckten unter meinen Fingerspitzen, als ich nach unten zu seiner Jeans fuhr und seinen Gürtel löste. Im nächsten Moment öffnete er meinen BH, und ich streifte ihn ab. Sofort senkte er seine Lippen auf meine Brüste. Ich stöhnte auf, als er mit seiner Zunge über meine Nippel glitt und daran knabberte, sie reizte, bis ich den Kopf in den Nacken legte. Ich war klitschnass. Alles in mir verlangte nach seinem Schwanz. Nach seinem Körper. Nach Erlösung.

Ich schluckte, als ich spürte, wie er meine Hose öffnete. Rasch half ich ihm, schob sie meine Beine herunter und kickte sie weg. Als sein Blick über meinen fast nackten Körper glitt, verdunkelte er sich noch mehr. Verlangen tanzte darin.

»Du bist unfassbar schön. Fuck. Du weißt nicht, wie oft ich mir das vorgestellt habe …«

Dass River sich das hier ausgemalt hatte, erregte mich noch mehr. Den Gedanken an ihn in seinem Bett oder unter der Dusche, wie er sich berührte und mich dabei im Sinn hatte. Ich biss mir vor Verlangen auf die Lippe und spürte, wie sich unter seinen Blicken alles in mir lustvoll zusammenzog. Er leckte sich über die Lippen und wollte mich gerade wieder küssen, da zerrte ich, so schnell ich konnte, seine Hose ein Stück herunter und …

»Hey«, sagte er wieder mit dieser rauen Stimme und schob seinen Finger unter mein Kinn, damit ich ihm direkt in die Augen sehen konnte. »Du bist dir immer noch sicher? Wir können jederzeit aufhören, das weißt du, oder?«

»Ja«, entgegnete ich und spürte, wie mich eine neue Adrenalinwelle übermannte. »Ich bin mir nicht nur sicher, ich fühle mich auch bei *dir* sicher. So sicher wie schon lange nicht mehr.« Meine Stimme brach, weil mich nicht nur Lust, sondern auch Freude überschwemmte, dass ich endlich die Chance bekam, die Erinnerungen an Jason wegzuwischen und neue mit River zu schaffen.

Voller Leidenschaft küsste er mich, dann wanderte er mit seiner Zunge über meinen Hals und wieder zu meinen Brüsten, während ich meine Hände in seinen Haaren vergrub. Sanft strich er mit seinen Fingern über den Bund meines Höschens, entlockte mir damit ein leises Seufzen. Und noch ein weiteres, als er ganz langsam unter den Stoff wanderte und seine Finger über meine Klit strichen. Ich schloss die Augen und genoss seine sanfte Massage, seine Berührungen, die immer intensiver wurden. Mein Herz drohte zu zerspringen, als er sich eins meiner Beine um seine Hüfte schlang und zwei Finger langsam in mich schob.

»O mein Gott«, entfuhr es mir, und ich stöhnte wieder auf.

Ein kehliges Lachen drang über seine Lippen, dann bewegte er seine Finger in mir, traf immer den richtigen Punkt, während ich mich wie unter Strom fühlte. »Gefällt dir das?«

»Mhmmm.« Mehr brachte ich nicht hervor, ich wand mich unter seinen Berührungen und genoss jede einzelne Sekunde, die er mich dem Höhepunkt näher brachte. Das hier war alles, was ich gerade wollte und brauchte. River war alles, was ich wollte und brauchte.

Er massierte mich immer intensiver, während sein Handballen auf meiner Klit lag und diese reizte. Mein Herz schlug immer schneller, ich krallte mich in seinen Rücken und stöhnte auf, weil ich kurz davor war zu kommen. Blitze schossen durch meinen Körper. Ich schnappte nach Luft, keuchte auf. Meine Beine zitterten, während ich Rivers Duft einatmete und noch feuchter wurde. Mehr von ihm wollte. Jetzt. Ich brauchte mehr von ihm. Ich bekam nicht genug von ihm. Es würde nicht mehr lange dauern. Shit, das fühlte sich so gut an, dass ich fast zersprang. Mit keinem anderen hatte es sich jemals so intensiv und perfekt angefühlt wie mit River. Ich biss mir auf die Lippe, wollte nicht zu laut sein, doch er übte immer mehr Druck aus. Immer mehr und fester.

»Komm, Suk«, wisperte er an meinem Hals. »Jetzt.«

Und dann zersprang ich in Tausende Teile. Ich stöhnte laut auf, schnappte nach Luft und stöhnte wieder, während ein Schauer nach dem anderen durch mich hindurchjagte. Hitze. River hielt mich fest, presste mich an die Wand, während er immer weiter meine beiden empfindlichsten Punkte massierte und dafür sorgte, dass ich so hart kam wie noch nie zuvor in meinem verdammten Leben.

»Scheiße«, entfuhr es mir, als der Orgasmus abgeklungen war und ich mein Bein von seiner Hüfte nahm. Meine Beine zitterten noch. »Das war unfassbar.«

Als ich die Augen öffnete und in seine blickte, überfiel mich eine neue Welle der Begierde. Seine Lider waren gesenkt, seine Lippen leicht geschwollen. »Du warst unglaublich. Ich kann nicht in Worte fassen, was mir das hier bedeutet.«

Im Bruchteil einer Sekunde hatte ich ihm einen Schubs verpasst und ihn an die andere Seite des Aufzugs gedrängt. Dann zerrte ich ihm die Hose weiter nach unten, holte seinen Schwanz aus den engen Boxershorts und ging vor ihm auf die Knie.

»Suk, das ... du musst nicht ...«

»Ich möchte aber«, sagte ich bestimmt, leckte mir über die Lippen und nahm ihn, ohne zu zögern, in den Mund.

»Fuck«, zischte River und legte seine Hände an meinen Hinterkopf, während ich mit den Lippen über seinen Schwanz glitt, seine Eichel sanft reizte und mit der Zunge immer wieder seinen Schaft entlangfuhr. Er war steinhart, und ich liebte alles daran. Ich bekam nicht genug von ihm, von seinem Geschmack und seiner Hitze. »Warte«, sagte er plötzlich und zog mich an den Schultern wieder nach oben zu ihm. Sein Brustkorb hob und senkte sich viel zu schnell, als er mir mit dem Daumen über die Lippen strich. »Ich will dich spüren, Suk.«

Wieder loderte Hitze durch mich hindurch, also küsste ich ihn zur Antwort. Ich konnte meine Finger nicht von ihm lassen. »Hast du was dabei?«

Er nickte, dann fischte er nach seinem Portemonnaie in seiner Hosentasche und zog ein Kondom hervor, das er sich rasch überschob.

Im nächsten Herzschlag zog er mich wieder an sich. Seine Lippen lagen wieder auf meinen und seine Hände an meinem Hintern, als er mich an sich presste. Ich spürte seine Härte an meinem empfindlichsten Punkt. Rasch zerrte er mir mein Höschen endgültig hinunter und entledigte sich seiner Boxershorts, dann hob er mich an. Schnell schlang ich meine Beine um seine Hüften, hielt mich an seinen Schultern fest, während er mich an die Wand presste und meinen Hals küsste.

Ich seufzte, bewegte meine feuchte Mitte an seinem Schwanz und wollte nicht, dass das hier jemals endete. »River«, keuchte ich leise, als er wieder meine Brüste küsste. »River, ich will dich in mir.«

»Fuck, wie ich es liebe, wenn du meinen Namen stöhnst.«

Das gab mir den Rest. Ich küsste ihn hart und stürmisch, während er meinen Hintern knetete und schließlich in mich eindrang.

»Ahh«, stöhnte ich und musste mich erst an seine Größe gewöhnen.

»Ist das okay?«

»Mehr als das.«

Langsam zog er sich aus mir, dann drang er wieder in mich ein, während er mich an die Fahrstuhlwand presste, meine Beine um seine Hüften geschlungen. Immer und immer wieder stieß er in mich. Ich nahm ihn voll in mir auf, seufzte leise. Vollkommen unter Strom klammerte ich mich an ihn, legte den Kopf in den Nacken, während er immer wieder in mich pumpte. Immer schneller, intensiver, härter, tiefer. Wir fügten uns perfekt ineinander wie in jedem anderen Bereich unseres Lebens auch.

»Du fühlst dich so fucking gut an«, brummte er, und als ich die Augen öffnete, trafen sich unsere Blicke. Zwischen all dem Verlangen tanzte auch so viel Sicherheit, so viel Wärme und Geborgenheit.

»Ich wünschte«, entfuhr es mir heiser, als er unaufhörlich in mich eindrang, »wir könnten das jeden Tag tun.«

Ein verschlagenes Lächeln zupfte an seinem Mundwinkel. »Oh, glaub mir, nichts lieber als das.«

Mein ganzer Körper war von Gänsehaut überzogen, als ich wieder stöhnte und spürte, wie sich seine Muskeln noch mehr anspannten und er kurz davor war zu kommen. Ich klammerte mich noch fester an ihn, genoss es, wie er mich immer wieder ausfüllte. Hitze loderte zwischen uns, während er in mich eindrang und ich den Blick nicht von ihm nehmen konnte. Mein Brustkorb zersprang förmlich, als ich sah und spürte, wie River schließlich von einer Welle der Erlösung erfasst wurde. Ich hielt mich an seinen Schultern fest und spürte, wie mich erneut eine zweite Woge erfasste. Die Wand in meinem Rücken, seine Hände an meinem Hintern und mein Herz bereit, von nun an nur noch für ihn zu schlagen.

23
Suki

Am Sonntag war ich gerade dabei, mir die letzte Strähne meiner Haare zu glätten, als mein Handy klingelte. Rasch warf ich einen Blick aufs Display, und als ich Jazz' Namen sah, hob ich ab.

»Hi, Jazz.«

»Wo bist du gerade?«

Ich schaute mich in meinem Zimmer um, wo ich gerade auf dem Teppich vor meinem Spiegel saß und mein Glätteisen ausstellte und zur Seite legte. »Ähm, zu Hause. Warum? Was gibt's?«

»Wir schicken dir für sieben Uhr einen Wagen. Mach dich schick, zieh das silberne Two-Piece-Outfit an und nimm die neue Prada-Tasche«, plapperte sie drauflos. »Heute Abend findet eine exklusive Party von *Sonic Pulse* statt, bei der du nicht fehlen darfst. Wir konnten dich eben noch auf die Gästeliste setzen lassen.«

Mein Herz setzte einen Schlag aus. Das *Sonic Pulse* war eines der renommiertesten Musikmagazine überhaupt. Jeder kannte es, ich hatte es schon unzählige Male verschlungen, und viele Artikel gingen in den sozialen Medien viral. Eine Erwähnung oder eine Empfehlung meines Albums würde vermutlich meine

Streamingzahlen noch mal ankurbeln. Allerdings war ich für heute schon verplant. »Das klingt echt toll, aber ich kann nicht. Mein Bruder hat heute die Premiere seines Films und die ...«

»Keine Widerrede. Du musst kommen. Das ist keine Frage, sondern eine Anordnung von Marshall und Tyrese.«

»Ich kann nicht. Carter hat seine Premiere.«

»Du wiederholst dich, Honey. Schau doch mal: Diese Veranstaltung ist ein Muss für dich. Dort werden extrem wichtige Leute sein, die du kennenlernen solltest. Außerdem wollen sie dich mit ein paar Redakteuren vernetzen und dafür sorgen, dass sie einen Artikel über dich bringen. Dein Bruder wird sicher auch einen schönen Abend ohne dich haben, bei dem es um ihn geht, aber hier ... hier geht es um dich und deine Karriere. Siehst du denn nicht, dass das Vorrang hat? Dass das vor allem Priorität haben sollte?«

»Aber mein Bruder arbeitet schon so lange darauf hin, und es ist doch nur eine Party, oder?«

»Eine Party?« Jazz lachte hysterisch auf. »Das ist eine der wichtigsten Partys. Es ist deine Pflicht, dort aufzukreuzen. Außerdem haben wir ein Interview für dich organisiert, das deiner Karriere noch mal einen ordentlichen Push geben wird. Du musst kommen, hörst du?«

Ich schluckte und biss mir auf der Lippe herum. Verdammt. Irgendwie hatte sie ja recht. Meine Karriere war aktuell das Wichtigste überhaupt und diese Party anscheinend eine Pflichtveranstaltung. Es gab keinen Weg daran vorbei. Vielleicht könnte ich ja auch zuerst zur Party und dann nach einer Stunde direkt abzischen und zu Carters Premiere fahren. Jap. Das würde ich hinbekommen. »Okay, ich komme. Aber nur, wenn ich etwas früher gehen darf, damit ich noch zu meinem Bruder kann.«

»Na klar«, flötete Jazz. »Ist ein Deal.«

Erleichtert atmete ich aus. »Super, dann bis später.«

»Bis später.«

Wir legten auf, woraufhin ich direkt Carters Nummer antippte. Da er vor Ort noch einiges zu organisieren hatte, war er schon heute Morgen aufgebrochen. Rasch hob er ab.

»Sukisuuuuuk«, sang mein Bruder freudig in den Hörer. »Ich bin etwas im Stress, aber weißt du, was? Es wird so, so gut! Wir haben eben noch ... ah, nein, warte, das wird eine Überraschung.« Er lachte auf. »Warum rufst du überhaupt an? Was gibt's?«

»Ähm, hör zu«, fing ich an und spielte am Etikett meines Teppichs herum, das an der Seite hervorlugte. »Mir kam ein Notfall dazwischen, und ich verspäte mich heute Abend etwas.«

»Ein Notfall?«

»Jazz hat eben angerufen, und da findet eine wichtige Party von *Sonic Pulse* statt, zu der ich muss. Ich habe da einige Termine, Interviews und so, und *muss* einfach hin.«

»Mhm«, brummte er, und ich hörte, wie seine Begeisterung gerade um ein Vielfaches abgenommen hatte. »Eine Party also.«

»Ja. Das Label besteht darauf, C. Es tut mir echt leid.« Ich seufzte leise. »Aber ich komme definitiv! Nur eben etwas später. Doch sobald der Film startet, sitze ich neben dir im Sessel. Versprochen.«

»Wenn du das sagst.« Er klang etwas bitter. »Na ja, ich muss jetzt auflegen. Dann sehen wir uns später, ja?«

Ich nickte. »Definitiv! Du kannst dich auf mich verlassen. Bis dann.«

Während ich den Hörer vom Ohr nahm, stand ich schon auf und warf noch einen Blick in den Spiegel. Die glatten Haare standen mir tatsächlich echt gut, wenn nicht sogar besser als meine Naturlocken. Ich fühlte mich damit so viel glamouröser und besonders. Ein Gefühl, von dem ich nicht genug bekommen konnte.

Bis mich der Wagen um sieben Uhr holte, kümmerte ich mich um mein Glitter-Make-up und mein Outfit, zu dem mir Jazz geraten hatte. Ich stimmte mich mit ein paar poppigen Beats im Hintergrund ein. Immerhin war ich nun eine Popsängerin. Eine Rolle, die mir mehr und mehr gefiel, was aber vermutlich auch an den zufriedenen Gesichtern von Tyrese und Marshall und Andrew lag. Endlich hatte ich das Gefühl, auf dem richtigen Weg zu sein, und diese Party heute Abend würde mir dabei noch mehr helfen.

Als mir der Fahrer die Tür aufhielt und ich aus der Limousine stieg, wanderte mein Blick über den roten Teppich. Von einem hohen Tier der Musikbranche zum nächsten, zu den Fotografen und Filmleuten und dem Roxy Theatre, das direkt vor mir aufragte. Einer der berühmtesten und legendärsten Clubs für Livemusik und exklusive Events auf dem Sunset Strip. Die Fassade war in knallbunten Farben bemalt, wirkte wie ein schwarzes Loch, in das man kunterbunt hineingezogen wurde, wie es sich sicher anfühlte, wenn man durch die Türen ins Innere trat und einen unvergesslichen Abend erlebte.

Jazz war die ganze Zeit an meiner Seite, als wir den roten Teppich betraten und die Kameras auf mich gerichtet wurden. Sie hatte mich vorab ein wenig gebrieft und angeordnet, dass ich immer lächeln und charmant flirtend antworten sollte, wenn mir Fragen gestellt würden.

»Suki, hier!«

»Miss Loveless!«

»Ein Foto, bitte!«

»Hier in die Kamera gucken, Miss Loveless!«

Ich straffte die Schultern, lächelte und genoss die Aufmerksamkeit und die Komplimente, die sie in meine Richtung riefen. Ich kam aus dem Grinsen gar nicht mehr heraus. Eine Woge der Freude jagte bei jedem Kamerablitz durch mich hindurch, während wir über den roten Teppich liefen und ich ein paar kurze Interviews gab. Aus dem Augenwinkel konnte ich schon die anderen Musikerinnen und Bands erkennen, die bei mir aktuell in Dauerschleife liefen. Und mittlerweile war ich eine von ihnen. Auch wenn ich es immer noch nicht fassen konnte, setzte mit jedem weiteren Tag in dieser Welt die Erkenntnis darüber ein und das Gefühl, endlich wertgeschätzt zu werden, nach dem ich mich lange Zeit gesehnt hatte.

Als wir drinnen waren und Andrew, Marshall und Tyrese sowie ein paar andere Mitarbeiter des Labels und Produzenten, Manager und ein paar Sängerinnen begrüßt und uns an der Bar Cocktails geholt hatten, hatte ich das erste Mal Zeit, um kurz durchzuatmen. Der Laden war gerappelt voll; bunte Lichter schossen aus den Scheinwerfern, während auf der Bühne Kingston Fox eine RnB-Nummer zum Besten gab. Überall standen Fotowände mit dem Logo des Magazins, vor denen man sich ablichten lassen konnte, und auf Bildschirmen liefen Visuals einiger Künstlerinnen und Künstler, die *Sonic Pulse* bereits gefeaturt hatte.

»Geht's dir gut? Brauchst du irgendwas?«, wandte sich Jazz mir zu. Das hellbeige Kleid stand ihr perfekt, und wie immer trug sie den weißen Eyeliner, der ihr Markenzeichen war. Mal abgesehen von den kurzen grünen Haaren.

»Mir geht's super, und ich brauche nichts. Höchstens was für meine Nerven.« Ich kicherte.

»Ich bin mir sicher, dass hier so gut wie jeder einen Joint für dich übrig hat«, entgegnete sie und grinste mich verstohlen an. »Das hast du aber nicht von mir.«

»Niemals.« Lachend nippte ich an meinem Espresso Martini, den ich mir vorhin bestellt hatte. Der Geschmack von Kaffee und Wodka breitete sich auf meiner Zunge aus. Dann blickte ich mich um, immer auf der Suche nach einem bekannten

Gesicht. Na, okay. Nach River, wenn ich ehrlich zu mir selbst war.

»Schaust du nach jemand Bestimmtem? Ein Kerl, dessen Name sich ganz zufällig auf *shiver* reimt?«

Erwischt.

Shiver – einen Schauer – jagte er mir definitiv so gut wie immer über den Rücken, wenn ich ihm in die bernsteinfarbenen Augen blickte und seine unwiderstehlichen Grübchen sah.

Ich räusperte mich. »Möglicherweise.«

»Was geht da zwischen euch, Süße? Seit eurer ersten Begegnung bei Vortex scheint sich ja einiges getan zu haben ... Ich will alles wissen. Wie er dich immer anschaut, da geht ja selbst mir einer ab.«

Ich musste lachen. Ich warf ihr einen vielsagenden Blick zu und konnte nicht aufhören zu grinsen. »Ich schätze, da läuft was zwischen uns.«

»Oh. Mein. Gott. Seit wann?«

»Schwer zu sagen. Wir kennen uns ja noch von früher, da waren wir aber nur befreundet. Na ja, er war der beste Freund meines großen Bruders und ...«

»Uhh, das klingt so schön skandalös verboten.« Jazz kicherte und nahm einen Schluck von ihrem Martini. Jazz und ich verstanden uns inzwischen richtig gut, sie war schon zu einer richtigen Freundin geworden, und irgendwem musste ich mich anvertrauen, wenn ich nicht mit Carter über den Sex mit seinem ehemals besten Kumpel sprechen wollte.

»Beim Songschreiben kamen wir uns irgendwie wieder näher und ... vor ein paar Tagen haben wir uns tatsächlich zum ersten Mal geküsst. Mittwoch auf einer Party. Und das ...« Ich hielt inne, während mir Jazz an den Lippen klebte. »Ach, was soll's. Freitag haben wir miteinander geschlafen.«

Ihre Augen funkelten. »Ach du Scheiße, wie horny war der

denn, dass er sich direkt auf dich gestürzt hat, ohne auch nur eine Woche zu warten?«

»Ehrlich gesagt war ich es, die den Fahrstuhl angehalten hat.«

Sie lachte laut los. »Ich wusste doch, dass du es faustdick hinter den Ohren hast. Krass. Okay. Und wie war's?«

Ein Lächeln umspielte meine Lippen, als ich an River denken musste. »Unfassbar gut. Als ob wir nie was anderes getan hätten. Wenn ich ihn schon sehe ...« Ich spürte, wie mir Hitze durch die Adern kroch und sich in mir alles lustvoll zusammenzog. »Ganz ehrlich, ich will alles an ihm einfach nur ablecken.«

Da sprach wohl der Espresso Martini aus mir.

Jazz prustete los und hielt sich am Tresen fest, damit sie nicht auf ihren Absätzen das Gleichgewicht verlor. »Dann tu es. Tu es einfach. Von oben nach unten, von rechts nach links und einmal rundherum.«

Ich hielt inne. »Warte, sprichst du jetzt von ihm oder seinem Penis?«

»Na, das eine schließt das andere ja nicht aus, oder?«

Jetzt musste ich auch lachen. Vielleicht auch weil ich mir nun vorstellte, wie River nackt vor mir stand, sein definierter Körper mit den breiten Schultern und dem Grinsen, das er mir immer schenkte, wenn er mich sah, da fing bereits alles in mir zu kribbeln an. »Ich gebe mein Bestes. Sicher würde ich damit der ganzen Welt einen großartigen Dienst erweisen.«

»Die Menschheit wird es dir danken.« Jazz fasste sich gespielt ehrenhaft ans Herz. »Und River vermutlich auch.«

Ich kicherte und nahm noch einen Schluck. »Der ganz besonders.«

»Nein, aber jetzt mal Spaß beiseite. Ich freue mich, wenn du glücklich bist. Wir kennen uns zwar noch nicht besonders lang, aber ich mag dich jetzt schon unglaublich, und wenn er dich zum

Lächeln ... na ja, oder zum Höhepunkt bringt, dann hat er ein High five verdient.«

»Danke, Jazz.« Ich nickte gedankenverloren. »Ja, ich schätze, ich bin echt glücklich gerade und könnte mir gut vorstellen, dass es etwas Festes wird. Mal sehen. Ich mochte ihn früher schon. Da haben wir auch öfter zusammen Musik gemacht, und er war immer für mich da. Ich weiß auch nicht, er ist toll.«

»Und weißt du, was?«

»Hm?«

»Du solltest deine Zunge schon mal stretchen, die wird vermutlich gleich zum Einsatz kommen.«

Ich neigte fragend den Kopf, da hörte ich plötzlich eine vertraute Stimme hinter mir. »Na, öfters hier?« Als ich mich umdrehte, machte mein Herz einen Satz. »Du siehst wunderschön aus, Loveless.«

Sofort musste ich lächeln, als ich sah, wie River sich lässig an den Tresen der Bar lehnte und mich von oben bis unten dunkel musterte. Er trug eine weite schwarze Anzughose und ein weißes Hemd, bei dem die ersten Knöpfe offen standen. Ein neckisches Grinsen umspielte seine Lippen.

»Danke«, sagte ich und trat auf ihn zu. »Du siehst auch nicht schlecht aus.«

Er musste schmunzeln, dann sah er zu meiner Assistentin, die mich heute auf Schritt und Tritt begleitete. »Hey, Jazz.«

»River.« Sie nickte, tauschte einen amüsierten Blick mit mir, dann mit River. »Hast du kurz ein Auge auf sie? Ich muss schon seit einer halben Stunde auf die Toilette. Bin gleich wieder da, okay?«

»Na klar.«

Ich hob einen Mundwinkel. »Bis gleich.«

Dann lief sie davon und ließ uns allein. Ich lehnte mich neben River an die Bar und nippte an meinem Espresso Martini. Dann sah ich wieder zu River, der mich immer noch grinsend musterte. Es waren nicht einmal zwei Tage vergangen, seitdem wir miteinander geschlafen hatten. Wenn ich nur daran dachte, wie viel Spaß ich mit ihm im Fahrstuhl gehabt hatte, zog sich zwischen meinen Beinen alles zusammen. Ich wollte das wieder. Und wieder. Und wieder.

»Hattest du einen schönen Tag?« Ich drehte den Kopf zur Seite, um ihn besser ansehen zu können.

»Jep. Ich habe erst mal ausgeschlafen und mich dann an ein paar neue Songs gesetzt.« Er lächelte. »Irgendwas hat mich wohl inspiriert.«

»Irgendwas also«, entgegnete ich grinsend. »Scheint so, als hätte dich die Muse geküsst.«

»Die hat mich nicht nur geküsst.«

Ich schnaubte, spürte, wie sich meine Wangen leicht erhitzten, als er mit seinen Fingern hauchzart über meinen nackten Unterarm streichelte. Gänsehaut machte sich auf mir breit. Mein Mund wurde ganz trocken.

»Aber hey.« Auf seiner Miene wandelte sich etwas. »Solltest du nicht in irgendeinem Kino sitzen und Carters Film anschauen? Heute ist doch die Premiere, oder nicht?«

Ich nickte. »Ja, ich gehe später noch hin. Die Party war ein Muss. Aber ich schaffe es noch.«

»Muss?« Er hob eine Braue, Verwirrung tanzte in seinen dunklen Augen. »Versteh mich nicht falsch, dein Bruder kann mir gestohlen bleiben, aber ... eigentlich sollte er doch für dich Vorrang haben, meinst du nicht?«

Ich kniff die Brauen zusammen. »Aber hier geht es um meine Karriere. Die hat aktuell Priorität, wenn ich es in den nächsten Jahren ganz nach oben schaffen will. Tyrese und Marshall wollten mich unbedingt hier haben, aber ich gehe schon früher und düse dann noch zur Premiere.«

»Findet die nicht in Newport Beach statt? Da fährst du ja allein schon eine ganze Stunde und …«

Ich verdrehte die Augen. »Keine Sorge. Ich krieg das hin. Vielleicht ist es sowieso besser, wenn ich etwas später dort auftauche und mich reinschleiche, damit ich Carter nicht die Show stehle. In dem Outfit falle ich vermutlich ziemlich auf.«

Rivers Blick lag misstrauisch auf mir, doch er sagte nichts. Dann seufzte er schließlich leise. »Gut. Ja. Ich meine, du bekommst das bestimmt hin.«

»Eben.« Ich schnalzte mit der Zunge und nahm noch einen Schluck von meinem Drink.

»River Hawthorne«, kam es plötzlich von einer jungen Frau. Sie musste um die dreißig sein und wirkte mit ihrer positiven Ausstrahlung und dem scharfen Blick mehr als selbstbewusst. Sie trug einen goldenen Hosenanzug, und ihr braunes Haar hatte sie zur Hälfte hochgesteckt. »Man sieht sich immer zweimal im Leben.«

River lachte und richtete sich ein Stück auf. »Oder dreimal, viermal, sag mal, verfolgst du mich eigentlich?«

»Klar. Ich tu alles, um dich als Songwriter zu gewinnen.« Dann sah sie zu mir und lächelte freundlich. »Du bist Suki Loveless.« Sie streckte mir die Hand hin. »Ich bin Hadley Peters, freut mich.«

Mit einem Lächeln auf den Lippen schüttelte ich ihre Hand. Sie hatte einen festen Händedruck und nickte. »Hi, ja. Freut mich auch!«

»Hadley gehört Sisterhood Records«, erklärte River.

»Wir sind ein Independent-Label. Und seit geraumer Zeit will ich River schon für meine Künstlerinnen abwerben.« Hadley grinste. »Nur leider bisher erfolglos. Aber ich bleib dran. Mich wirst du so schnell nicht los.« Dann sah sie wieder zu mir. »Glückwunsch zum Release deiner Single. Ich warte schon sehnsüchtig auf dein Album. Deine Stimme ist echt der Wahnsinn, und mit dem Kerl hier als Songwriter hast du echt das große Los gezogen.«

»Danke«, entgegnete ich und verlagerte das Gewicht von einem Bein aufs andere. »Ich bin auch sehr glücklich. Es könnte nicht besser laufen.«

Sie fixierte mich, legte den Kopf schief. »Und falls du mal Lust auf einen Wechsel hast ...«, rasch zog sie eine Visitenkarte aus der Tasche ihres Blazers und reichte sie mir, »ruf mich gerne an. Wir sind ein Label, das zum Großteil aus Frauen besteht und darauf achtet, dass keine unserer Künstlerinnen ausgebeutet wird. Wir setzen uns für Girlpower und Feminismus ein, was bei den Major Labels ja leider oft Mangelware ist. Momentan sind wir noch im Aufbau, aber mit einer Künstlerin wie dir als Zugpferd ...«

»Vielen Dank«, entgegnete ich freundlich und steckte die Karte in meine Handtasche. »Aber aktuell habe ich keinen Bedarf. Ich bin wie gesagt sehr glücklich, und Tyrese und Marshall sind echt toll.«

Hadley tauschte einen raschen Blick mit River und nickte dann nur. »Gut. Das Angebot steht. Ich wünsche dir viel Erfolg mit deinem Album. Das geht sicher durch die Decke.«

»Dir auch viel Erfolg mit deinem Label«, sagte ich und lächelte.

Sie war zwar nett, aber ich war bei Vortex unter Vertrag und wusste mein Label wirklich zu schätzen. Ich nahm einen Schluck, während River und Hadley sich noch weiter unterhielten. Ein Wunder, dass ich für ein paar Sekunden mal nicht networken musste. Jazz ließ auch auf sich warten, doch wenn ich zur Toilette sah und die lange Schlange dort sichtete, war ich mir sicher, dass es noch ein wenig dauern könnte. Daher leerte ich meinen Drink, drehte mich um und bestellte mir den nächsten. Ich trommelte auf dem Tresen herum, beobachtete, wie der Barkeeper einige Flüssigkeiten zusammenmischte und mir das Glas mit dem French 75 dann über den dunklen Tresen schob. Ich bedankte mich und hob es direkt an meine Lippen.

»Ach, ich wusste gar nicht, dass auch Snitches auf der Gästeliste stehen.« Kälte zog von der Seite auf, als ich in Presleys eisblaue Augen blickte. Ein Stück von uns entfernt sah ich, dass sich eine Handykamera auf uns richtete und alles filmte.

Showtime.

Ich setzte die gleiche kalte Fassade auf, die sie auch trug. Wie eine Maske, die sich bereits auf dem Gesicht festgeschweißt hatte. So langsam wurde es Zeit, die Rolle auch für die Kameras zu spielen, die alle von mir erwarteten. »Immerhin haben sie dich reingelassen, da hätte dir das schon auffallen müssen.«

Sie hob die dunklen Brauen, die in starkem Kontrast zu ihren glatten rosa Haaren standen. Im Gesicht trug sie den Glitzer, der auch zu meinem Markenzeichen geworden war. Dann lehnte sie sich locker an den Tresen und fixierte mich. »Süße, du musst noch viel lernen. Zuallererst, dass man nicht anderer Menschen Songs und Songwriter stiehlt, oh, und nettes Glitzer-Make-up, by the way. Nett, aber eben nur die billige Kopie.«

»Lieber eine billige Kopie als das abgelegte Original, das niemand mehr hören oder sehen will und das nur noch mit peinlichen Schlagzeilen brilliert, statt anständige Musik zu produzieren.«

Für einen kurzen Augenblick meinte ich, Traurigkeit in ihrem Blick auszumachen, doch im nächsten Moment funkelte sie mich wieder an. Wütend. Und vermutlich auch frustriert, weil sie langsam merkte, dass ich wirklich zurückschoss. So, wie es von mir gefordert wurde. Sie schnappte sich ihren Drink und kam noch ein Stück näher zu mir. Für den Bruchteil einer Sekunde erwartete ich, dass sie mir das Glas übers Kleid kippte, doch sie starrte mich nur an. In ihren Augen tobte es. »Du denkst ernsthaft, du könntest es mit mir aufnehmen, oder?« Sie lachte bitter auf.

»Zuckersüß. Wirklich. Aber lass dir gesagt sein, dass du dir die falsche Person ausgesucht hast, deren Karriere du klauen willst. Auch wenn es hier ein abgekartetes Spiel ist, solltest du dich vorsehen.« Dann lächelte sie mich noch mal aufgesetzt und von oben herab an, drehte sich um und lief hocherhobenen Hauptes in ihrem silbernen Glitzerkleid davon.

Dann war das alles also tatsächlich ein PR-Stunt. Sie hatte es bestätigt. Mit ihren eigenen Worten. Und zum ersten Mal hatte ich das Gefühl, eine Form von Erleichterung darüber zu verspüren, dass sie mich nicht wirklich hasste, sondern dass sie in diesem Spiel genauso festsaß wie ich. Ich atmete aus, trank einen Schluck, während mein Herz wie wild pochte. Aus dem Augenwinkel nahm ich wahr, wie der Kerl, der uns eben noch gefilmt hatte, zufrieden grinsend das Handy senkte und wie wild auf dem Display herumtippte. Nach einigen Sekunden schob er es sich in die Hosentasche und widmete sich wieder einem Gespräch. Bestimmt hatte er es auf TikTok oder Instagram gepostet. Also fischte ich rasch mein Smartphone aus der Tasche. Die Nachrichten meiner Eltern wischte ich beiseite, weil ich dafür gerade keine Zeit hatte, und öffnete Instagram, um nachzusehen, ob ich darauf markiert worden war. Sofort schoben sich etliche Benachrichtigungen auf mein Display. Wie automatisch öffnete ich meine Instagram-Nachrichten. Ein mulmiges Gefühl breitete sich in mir aus, als ich schon wieder diesen Presley-Fan-Account entdeckte, der mir schon ein paarmal Pseudodrohungen geschickt hatte, um auf sich aufmerksam zu machen und mir Angst einzujagen. Genervt verdrehte ich die Augen und tippte auf die Nachricht.

> Du nimmst mich nicht ernst. Du denkst, ich verarsche dich. Und genau DAS ist dein Fehler. Ich kann dich und deine Karriere innerhalb von ein paar Sekunden zerstören und werde das tun. Einfach,

> weil es mir Freude macht, dich am Boden zu sehen. Du kennst mich. Und du weißt auch, dass ich dein Geheimnis kenne. Sei vorsichtig …

Ein unangenehmer Schauer kroch mir über den Rücken. Mit zitternden Fingern wischte ich die Nachricht fort. Ich wollte mich von so einem dahergelaufenen Freak nicht aus der Ruhe bringen und verunsichern lassen. Ohne noch weiter darüber nachzudenken und Zeit an diesen Vollarsch zu verschwenden, schloss ich die App, bevor ich meine Markierungen überhaupt ansehen konnte, und versenkte das Smartphone wieder in meiner Tasche. Das waren vermutlich die Schattenseiten eines Lebens in der Öffentlichkeit. Damit musste ich klarkommen.

Für den heutigen Abend hatte ich alle meine Verpflichtungen abgearbeitet. Roter Teppich, Autogramme, Interviews, Gespräche mit ein paar anderen Stars – check. Wenn ich jetzt aufbrach, würde ich noch rechtzeitig zu Carters Premiere kommen. Daher sah ich mich rasch nach River um, der mittlerweile aber auf der anderen Seite des Raums stand und in ein Gespräch mit Hadley und zwei anderen Männern vertieft war. Da ich ihn nicht stören wollte, stellte ich mein Glas auf dem Tresen ab und steuerte geradewegs den Ausgang an. Vorbei an ein paar Grüppchen, anderen Stars, die miteinander tuschelten, und Fotografen und Videografen, die Content produzierten. Laut ging mir die Livemusik bis ins Mark, als ich an den Lautsprecherboxen vorbeilief, da rempelte mich plötzlich jemand von der Seite an. Ich wich aus, doch schon hatte sich eine große Hand um meinen Ellenbogen gelegt und mich davor bewahrt, vor aller Leute Augen auf die Schnauze zu fliegen wie ein kleiner tollpatschiger Pinguin, der frisch geschlüpft war.

»Oh, danke!«, sagte ich schnell. Im nächsten Atemzug starrte ich in ein Paar braune Augen und erwiderte das Lächeln, das von Tyrese ausging.

Heute trug er einen knallorangen Anzug mit einem weißen Hemd. Seine dunklen Brauen huschten nach oben. »Wo willst du hin? Da geht es zum Ausgang, Honey.«

Ich nickte und trat einen Schritt zurück. »Ich weiß. Ich wollte jetzt gehen, mein Bruder feiert doch seine ...«

»Du bleibst hier«, fiel er mir ins Wort und schüttelte den Kopf, doch auf seinen Lippen lag immer noch dieses charmante Grinsen. »Es haben noch ein paar Redakteure ein Interview mit dir angemeldet.«

»Sorry, aber ich muss wirklich los. Ich ...«

»Was? Du willst schon gehen?«, unterbrach mich nun auch noch Jazz, die neben Tyrese auftauchte und den Kopf schief legte. »Jetzt schon?«

Als mir auffiel, dass schon wieder einige Minuten vergangen waren, seitdem ich das letzte Mal geschaut hatte, trat ich nervös von einem Bein aufs andere. Ich musste zu Carter. Jetzt. »Ja, tut mir echt leid, aber ich habe von Anfang an gesagt, dass ich später noch zur Premiere meines Bruders muss. Daher ...« Ich machte Anstalten, an Tyrese und Jazz vorbeizutreten, da hielt mich Tyrese am Ellenbogen fest.

»Suki, Liebes, komm schon. Das hier ist ein sehr wichtiger Abend. Wir wollen dich noch ein paar Leuten vorstellen, und außerdem müssen wir noch anstoßen. Du hast in der letzten Zeit wirklich alles gegeben und hart gearbeitet. Das können wir nicht einfach so stehen lassen. Das müssen wir feiern.« Ein warmes Lächeln breitete sich auf seinem Gesicht aus, und Jazz blinzelte mich nun auch begeistert an.

»Nur ein Drink, okay? Dann lassen wir dich gehen.«

Einen Drink würde ich verkraften und mich im Anschluss auf dem schnellsten Weg zu Carter machen. Auch wenn ich ein mulmiges Gefühl hatte, stimmte ich zu. Immerhin hatte man nicht jeden Abend die Chance, mit seinem Team zu feiern und auf den Erfolg der letzten Wochen anzustoßen. Nur ein Drink.

Doch aus diesem einen Drink resultierte ein weiterer, als Andrew hinzukam und irgendwann bemerkte, dass mein Glas leer war. Im Anschluss bekam ich bei einem Gespräch mit einem Produzenten schließlich noch einen von Tyrese zugeschoben, bevor mein Blick zur Uhr an seinem Handgelenk huschte.

Ich weitete die Augen, mein Herz setzte einen Schlag aus. Dann kramte ich nach meinem Handy, um mich zu vergewissern, dass seine Uhr hoffentlich falsch ging. Fehlanzeige.

»Scheiße, Scheiße, Scheiße«, entfuhr es mir, und ich stürzte, ohne mich zu verabschieden, an Tyrese vorbei.

»Suki«, hörte ich plötzlich Rivers Stimme neben mir, der mich anscheinend in meiner Eile entdeckt hatte und mir nun folgte. »Was machst du noch hier? Ich dachte, du wärst schon lange bei Carter?«

Ich schluckte. »Ja, ich … ich habe die Zeit übersehen. Es ist schon kurz nach zehn. Ich … ich wollte um neun bei Carter sein.«

»Fuck, okay … Ich ruf dir ein Uber, oder wartet dein Fahrer draußen?« River folgte mir in Windeseile durch den Partyraum, vorbei an feiernden Leuten, die uns den Weg versperrten, durch den Seiteneingang nach draußen, wo am Rand mein Fahrer stand und eine Zigarette qualmte. »Schreib mir, wenn du dort bist.«

»Mach ich.« Mein Herz pochte wie wild, als mein Blick auf seinen traf, dann ließ ich ihn am Seiteneingang stehen, während sich Leute an ihm vorbei nach innen drängten. Ich drehte mich zu meinem Fahrer um, gab ihm ein Zeichen und steuerte das große schwarze Auto an. Im nächsten Moment winkte ich River noch mal zu, was er mit einem besorgten Ausdruck auf seinem Gesicht erwiderte, dann rutschte ich auf den Rücksitz und schloss die Türe des Wagens. Wir brausten davon. Und ich konnte nur hoffen, dass ich noch rechtzeitig kam.

24
Suki

Als ich eine Stunde später in Newport Beach direkt vor der Tür des Kinos aus meinem Uber sprang und fast in zwei junge Frauen hineinrannte, klopfte mein Herz wie wild. Ich wich ihnen aus und hetzte am kleinen Tickethäuschen vorbei, so schnell, dass ich dabei fast meine Schuhe verlor. Mein Magen verknotete sich. Ich stieß die Tür zum Lido Theater auf, rannte über den dunkelrot gemusterten Teppichboden und unter den noblen Kronleuchtern auf die Türen zu, die zu den Filmsälen führten. Mir kam eine Gruppe von zwei Frauen und drei Männern entgegen, die schick in Abendgarderobe gekleidet waren, und ich schnappte ein paar Gesprächsfetzen auf.

»Von dem werden wir noch einiges hören.«
»Indie-Meisterwerk.«
»Ich muss das direkt auf meinem Blog posten.«
Nein, nein, nein …
Atemlos hetzte ich den Gang entlang, in der Hoffnung, mich geirrt zu haben, doch nicht zu spät zu kommen. Ich erinnerte mich an Carters Nachricht, dass die Premiere in Saal zwei stattfand, daher steuerte ich auf die breite braune Doppeltür zu.

So schnell ich konnte, öffnete ich sie und betrat den Raum. Mein Herz machte einen Satz.

Stille.

Leere.

Dunkelheit.

Kein Film auf der Leinwand, kein Applaus. Nichts. Nur ein paar Mitarbeiter des Lido Theaters, die gerade die leeren Getränkebecher einsammelten und den Boden saugten. Als ich die Sitze in Windeseile abscannte, blieb ich an einem in der letzten Reihe unterhalb der Empore hängen, wo Carter saß und nach vorn auf die dunkle Leinwand starrte. Er hatte sein Jackett ausgezogen, saß in Hemd und dunkler Anzughose da und schien den Abend Revue passieren zu lassen.

Nervös trommelte ich mit den Fingern gegen die Seiten meiner Oberschenkel, während ich eine Stufe nach der anderen nahm, um zu ihm nach oben zu laufen. Die Leute draußen hatten von seinem Film geschwärmt, also musste es gut gelaufen sein. Vielleicht hatte er mich bei all dem Trubel um seine Person und seine Arbeit gar nicht vermisst.

Als ich seine Reihe erreichte und zu ihm herüberlief, sah er mich nicht an. »Es tut mir so leid«, brach es aus mir heraus, doch auch dann schaute er nicht zu mir. Ich ließ mich neben ihn in einen der Ledersessel sinken und drehte mich zu ihm. »Ich habe die Zeit übersehen, und dann gab es da noch einen kleinen Zwischenfall und ich ... Bitte sei mir nicht böse. Ich weiß, wie beschissen das von mir war, aber ... Ich mach es wieder gut! Wie war's? Hat dein Film den Leuten gefallen?«

Immer noch starrte er nach vorn auf die dunkelroten Samtvorhänge.

»Sag doch was«, flehte ich ihn an und legte die Stirn in Falten. »Bitte.«

»Was soll ich denn deiner Meinung nach sagen?« Scheinbar

gleichgültig glitt sein Blick zu mir. »Du hast mich vergessen. Das hier war einer der wichtigsten Abende meines Lebens, und du hast nicht Besseres zu tun, als auf diese verfickte Party zu gehen.«

Ein kalter Schauer kroch mir über den Rücken. Ich blinzelte einige Male. »Ich ... ich dachte, ich schaffe es noch pünktlich. Ich hätte es wirklich schaffen können.«

»Hast du aber nicht.«

»Und das tut mir so leid, C. Wirklich. Aber die Party war so wichtig für meine Karriere, und ich musste da hin.«

Er lachte bitter auf, stützte sich mit den Unterarmen auf seinen Oberschenkeln auf und schüttelte den Kopf. »Ich bin immer für dich da. Gerade in den letzten Jahren habe ich alles getan, damit es dir besser geht, und hab dich immer unterstützt. Dann ist da ein Mal, wirklich ein einziges Mal, etwas, das mir wichtig ist, und du versetzt mich. Ich fass es einfach nicht, Suki.«

»Ich bin doch sonst auch immer für dich da«, entgegnete ich und richtete mich auf.

»Davon merkt man nichts. Seit du den Vertrag unterschrieben hast, habe ich das Gefühl, dass du dich nur noch für dich interessierst.«

»Das ist jetzt echt unfair«, schoss ich zurück. »Du wolltest doch auch, dass ich unterschreibe.«

»Ich wollte, dass du unterschreibst, damit du deinen Traum leben kannst. Nicht, damit ich meine beste Freundin verliere.«

Ich schluckte. »Du hast mich nicht verloren. Ich bin doch hier.«

»Pff, die ganzen letzten Wochen waren doch Mist. Merkst du nicht, wie du dich immer weiter von mir entfernst?« Nun hatte seine Stimme einen verbitterten Klang angenommen. Wut schwang darin mit, als sich eine steile Falte zwischen seinen Brauen bildete. »Mach mal die Augen auf. Dann siehst du vielleicht, dass du deine Familie aufs Abstellgleis beförderst. Du interessierst dich für nichts anderes als deine Karriere! Selbst

Deepti hast du vor den Kopf gestoßen und gekündigt, ohne dass sie eine Nachfolgerin für dich hatte. Und deine Familie? Die ist mittlerweile wohl ein Fremdwort für dich. Mom und Dad warten auch schon seit einer Ewigkeit, dass du dich bei ihnen meldest.« Er erhob sich kopfschüttelnd. »Aber anscheinend hast du ja Schallplatten auf den Augen und checkst gar nichts mehr. Leb nur weiter in deiner kleinen Blase von Stars und Glamour, bis du merkst, dass du irgendwann niemanden mehr hast!«

Jetzt stand ich auch auf und stemmte die Hände in die Hüften. »Ich weiß, dass ich Mist gebaut habe. Und es tut mir wirklich unglaublich leid, aber ich verspreche dir, dass ich beim nächsten Mal ganz sicher dabei sein werde, okay?«

Er schnaubte, versuchte, sich an mir vorbeizuschieben, doch ich hielt ihn am Arm fest, sodass er mich ansehen musste. »Versprich nichts, was du eh nicht halten kannst«, zischte er.

»Sei nicht so ein Arsch!«

»Sei du nicht so ein egoistisches Miststück!«

Mir klappte der Kiefer herunter. »Hast du mich gerade ernsthaft Miststück genannt?«

Er starrte mich ungläubig an. »Hast du gerade deine dämlichen Kopfhörer auf? Nein? Dann hast du wohl richtig gehört.«

»Bist du neidisch, oder was ist dein beschissenes Problem, Carter?«

Bitter lachte er auf. »Wow, wow, wow. Jetzt heb mal nicht noch mehr ab. Ich bin ganz sicher nicht neidisch. Ich bin dein Bruder und freue mich für dich, auch wenn du mir es mit deinem rücksichtslosen Verhalten aktuell extrem schwer machst.«

»Ich bin nicht rücksichtslos! Ich arbeite nur an meiner Karriere und will als Musikerin erfolgreich werden. Das willst du doch auch!«

»Ja, aber mit dem Unterschied, dass ich trotzdem weiß, wo meine Prioritäten liegen – bei meiner Familie.« Er richtete seinen Blick direkt auf mich. »Aber du hast wohl mittlerweile eine andere Priorität.«

»Das stimmt nicht, und das weißt du auch.« Ich funkelte ihn wütend an. »Du und Mom und Dad, ihr seid die Wichtigsten für mich, und das hat sich nicht geändert.«

»Wie gesagt, merkt man nicht allzu viel davon.« Er seufzte enttäuscht. »Dieser Abend hat mir so viel bedeutet, und ich habe mich gefreut, meine beste Freundin und Schwester an meiner Seite zu haben. Ich habe mich darauf gefreut, dieses einmalige Erlebnis mit dir zu teilen, aber ich hätte wissen müssen, dass es vorprogrammiert ist, von dir wieder enttäuscht zu werden. Wenn ich gewusst hätte, dass du dich in so eine beschissene Richtung entwickelst, hätte ich dich nie dazu ermutigt, den Vertrag zu unterschreiben.«

Ich ballte die Hände zu Fäusten und starrte ihn an. Schmerz brannte durch meine Adern, und ich drängte die Tränen der Wut weg. »Du kannst mich mal!«

»Du kannst *mich* mal«, zischte er zurück und warf mir einen eiskalten Blick zu. »Ich wünschte echt, du wärst noch die Alte. Die neue Suki find ich nämlich so richtig beschissen.« Als ich nichts sagte, weil sich mehr und mehr Tränen hinter meinen Lidern stauten und ich versuchte, mich zusammenzureißen, sprach er weiter. »Die neue Suki kann mir gestohlen bleiben. Ich will nichts mehr von ihr wissen.« Dann stieß er hart die Luft aus und marschierte an mir vorbei.

»Carter«, rief ich ihm noch hinterher. Meine Stimme brach. Ich bekam keinen Ton heraus. Und dann fiel die Tür hinter ihm zu.

25
River

Ich hatte mich gerade in meine graue Jogginghose geschwungen und mir ein weißes Shirt übergestreift, um es nach der Party bei meiner nächtlichen Songwriting-Session gemütlich zu haben, als es klingelte. Mein Blick huschte zur Uhr an meinem Handgelenk. Es war kurz nach eins, und für einen Moment fragte ich mich, wie dumm manche Einbrecher sein konnten, zu klingeln, bevor sie die Schlösser knackten. Ich lief rüber zur Tür und checkte über die Kamera, wer unten vorm Eingang stand.

»Was zur …«

Als ich sah, dass es sich um Suki handelte, drückte ich, so schnell ich konnte, auf den Türöffner und ließ sie eintreten. Wieso war sie hier und nicht bei ihrem Bruder? Fuck, das konnte nur eines bedeuten.

Im Handumdrehen hatte ich meine Apartmenttür aufgemacht und sah, wie sie wenig später mit hängendem Kopf aus dem Aufzug stieg. Ihr Make-up war tränenverschmiert, die Wangen gerötet, als sie auf mich zugelaufen kam. Sie so traurig zu sehen, schnürte mir den Brustkorb zusammen, und ich wollte alles dafür tun, damit es ihr besser ging.

Ich legte den Kopf schief. »Was ist passiert?«

»Ich war zu spät.«

Beim Klang ihrer brüchigen Stimme setzte mein Herz einen Schlag aus. Ich hörte den Schmerz darin und lief rasch zu ihr rüber. »Komm her«, flüsterte ich und schloss sie in meine Arme. Als sie ihre um meinen Oberkörper schlang und ich sie im nächsten Moment leise schniefen hörte, zerriss es mir fast das Herz. Ich presste sie noch fester an mich und strich ihr sanft über den Rücken. »Alles wird gut. Ich bin für dich da.«

»Ich kam zu spät«, sagte sie noch einmal leise an meiner Brust und ließ sich dann von mir in die Wohnung führen.

Ich hielt sie, während ich die Tür schloss und wir rüber zu meiner Couch im Wohnbereich liefen. »Setz dich erst mal hin.«

Sie nickte müde und sank dann auf das Sofa, zog die Beine an ihre Brust und strich sich übers Gesicht. Ein Zittern durchfuhr sie, weshalb ich rasch nach einer Decke griff und sie über ihre Beine legte. An ihren Mundwinkeln zupfte hauchzart ein dankbares Lächeln, dann setzte ich mich neben sie und griff nach ihrer Hand. Da ich sie nicht drängen wollte, ließ ich ihr die Zeit, die sie brauchte, um mit der ganzen Situation klarzukommen. Ich wollte einfach nur für sie da sein und dafür sorgen, dass der Schmerz womöglich weniger wurde. Und im Notfall würde ich Carter aufsuchen und ihm eine reinhauen. Das war lange überfällig. Und wenn er Suki zum Weinen gebracht hatte, dann sowieso.

»Kann ich dir was zu trinken bringen? Essen?«

»Danke, aber ich bekomme gerade nichts runter.«

»Okay, aber sag mir, wenn du was brauchst.«

Dann schaute sie mich geradewegs an, und ich konnte sehen, wie sich in ihren Augen mit jeder Sekunde mehr Tränen anstauten. »Als ich ankam, waren schon alle weg. Nur noch Carter war da.«

»Fuck«, entfuhr es mir, und ich biss mir auf die Lippe. »Wie hat er reagiert?«

»Er war enttäuscht und wütend. Ich habe versucht, ihm zu erklären, dass ich die Zeit übersehen habe, und mich tausendmal entschuldigt, aber das hat nichts gebracht«, wisperte sie und schluckte hart. »Ja, es war total blöd von mir. Ich wollte es wiedergutmachen, aber dann haben wir uns so heftig gezofft, dass ich bezweifle, dass er mir jemals wieder verzeiht.«

»Er wird dir verzeihen, Suk.« Ich drückte ihre Hand. »Es ist Carter. Er liebt dich. Ihr seid beste Freunde. Früher habt ihr euch doch auch gestritten. Gib ihm ein paar Tage, dann kriegt er sich wieder ein.«

»Dieses Mal war es anders. Er hat gesagt, dass ich ihm gestohlen bleiben kann und er nichts mehr von mir wissen will.«

Ihre Stimme brach, und ich rückte etwas näher zu ihr. Dann hob ich meine Hand an ihr Gesicht und wischte ihr behutsam ein paar Tränen fort, die über ihre Wange perlten. »Das hat er nicht so gemeint. Ich bin mir sicher, dass er das nur gesagt hat, weil er selbst so wütend war. Er wollte dich sicher nicht wirklich verletzen.«

»Tja«, sagte sie und lachte bitter auf. »Das hat er aber geschafft.«

»Das wird wieder. Ich bin mir sicher.«

»Ich weiß, dass ich in der letzten Zeit nicht einfach war. Es war alles so viel, und ja, Carter hat auch darunter gelitten, weil öfters mal was dazwischenkam, aber … Ich will diese Karriere mit meiner eigenen Musik einfach so sehr, und ich wollte, dass alles gut läuft und dass ich endlich ein Leben führen kann, das ich liebe, und dass auch andere Menschen das lieben, was ich tue …« Ihr glitt ein Schluchzen über die Lippen, dann schlug sie sich die Hände vors Gesicht. Ihr ganzer Körper bebte, als sie den Tränen freien Lauf ließ.

»Fuck«, fluchte ich leise und zog sie an mich. Ihr Schmerz zerfetzte mir fast die Brust. Jeder Schluchzer, jede Träne, jedes Wimmern stach mir immer tiefer ins Herz. »Suk«, wisperte ich an ihrem Scheitel, während sie sich in mein Shirt klammerte. »Es ist völlig normal, wenn es solche stressigen Phasen gibt, in denen auch Carter mal den Kürzeren zieht. Das gehört dazu. Damit muss er klarkommen.«

»Er klang so wütend wie noch nie. Wir haben uns beleidigt und ... Ich will ihn nicht als meinen besten Freund verlieren.«

»Das wirst du nicht. Versprochen«, murmelte ich und wollte Carter am liebsten den Arsch dafür aufreißen, dass er dieses Mädchen zum Weinen gebracht hatte. Nicht nur, dass er mir damals wehgetan hatte, jetzt hatte er auch noch seine verdammte Schwester verletzt. Ich drückte sie noch fester an mich. »Alles wird gut. In ein paar Tagen redet ihr noch mal darüber, und dann ist das Thema durch.«

Nun sagte sie nichts mehr, starrte nur eine Weile vor sich hin, während ihr Herz an meinem wie wild pochte. Immer wieder strich ich ihr über den Rücken und war einfach nur für sie da. Das hatte ich damals schon gewollt, und irgendwie hatte es sich nie verändert. Meine Gefühle für Suki waren nie verschwunden. Ich hatte sie einige Zeit weggedrängt, doch im Grunde war es zwecklos gewesen. Ich war machtlos, wenn sie in meiner Nähe war.

Nach einer Weile stemmte sie sich etwas hoch, weg von mir. Ihr Haar war mittlerweile wieder lockig und etwas zerzaust, während ihre Wangen glühten. Selbst wenn sie traurig war, war sie wunderschön. Zu schön für diese Welt. Sie suchte meinen Blick, und in ihren Augen schimmerte es. »Tut mir leid, dass ich einfach so hier aufgekreuzt bin.«

Ich kniff die Brauen zusammen. »Wieso entschuldigst du dich? Das musst du nicht. Du kannst immer zu mir kommen, wenn etwas ist.«

»Als wir früher Freunde waren, vielleicht. Ja. Aber jetzt, wo ...« Sie hielt inne, musterte mich nachdenklich.

In meinem Brustkorb flatterte etwas. »Jetzt, wo was?«

»Jetzt, wo mehr als Freundschaft zwischen uns ist. Es hätte ja sein können, dass ich dir zu viel bin.«

Ich strich ihr eine Strähne hinters Ohr. Dass Suki Gefühle für mich hatte, ging mir immer noch nicht in den Kopf. »Du könntest mir niemals zu viel sein. Und dass mehr als Freundschaft zwischen uns ist, ändert doch nichts daran, dass du dich immer auf mich verlassen kannst. Ganz im Gegenteil.«

Suki wirkte erleichtert. Als wäre diese Art des Vertrauens etwas Neues für sie. »Du gibst mir das Gefühl, dass ich mich auf dich verlassen kann, aber trotzdem fällt es mir nicht leicht, es zu glauben. In meiner Vergangenheit ... Na ja, in der Vergangenheit mit Jason war das anders. Und ich weiß, dass du nicht *er* bist, und trotzdem ... Ich hatte Angst, dass du keine Lust auf mich hast, wenn es mir schlecht geht, aber ich musste zu dir. Ich wollte zu niemand anderem als dir.«

Wärme erfüllte mich bei ihren Worten. »Du hast keine Ahnung, wie viel es mir bedeutet, dass du das sagst. Und wie viel du mir bedeutest, Suk.« Ich hob die Brauen und musste schmunzeln. »Schon immer. Und auch wenn du früher schlechte Erfahrungen gemacht hast, sollst du wissen, dass ich dich immer gut behandeln werde. Wenn dir danach ist, kannst du dich mir jederzeit anvertrauen, okay? Ich bin für dich da.«

Jetzt verzog sie ihre Lippen zu einem leichten Lächeln. »Danke. Du tust mir gut«, wisperte sie. »Wenn ich bei dir bin, fühle ich mich ruhig und entspannt und bilde mir ein, dass ich mit dir alles schaffen kann. Das hatte ich noch nie. So ein Gefühl.«

Wie sehr ich in diese Frau verliebt war, gehörte verboten. Ich konnte mir nicht vorstellen, dass es dort draußen Männer gab, die ihr nicht die Welt zu Füßen legen wollten, wenn sie ihnen gehörte. Aber ich hakte in Bezug auf ihren Ex nicht weiter nach. Es ging ihr wegen Carter schon beschissen genug, da wollte ich nicht noch Salz in die Wunde streuen und noch weiterbohren. Stattdessen schluckte ich es herunter und konzentrierte mich auf das Positive. »Du kannst alles schaffen. Ohne mich, aber auch mit mir.« Ich nahm ihr Gesicht in meine Hände, betrachtete die süßen Sommersprossen auf ihren Wangen und musste lächeln. Dann küsste ich sie sanft und blickte ihr in die tränenverschleierten Augen. »Und wenn ich etwas machen kann, damit es dir besser geht, sag es. Ich tu alles für dich.«

»Das hast du schon getan.« Sie lächelte nun etwas mehr, und ich erwiderte es.

»Willst du heute hier übernachten?«

»Ja, gerne«, sagte sie und nickte. »Das wäre schön.«

»Brauchst du sonst noch was? Eine Dusche? Was zu trinken? Essen? Musik?«

Ihr Blick wanderte zur Uhr, dann wieder zu mir. »Ich schätze, eine heiße Dusche würde mir jetzt echt guttun. Ich fühle mich total ekelhaft und muss mir auch das ganze Make-up und den blöden Abend abwaschen. Ist das okay?«

Ich nickte und erhob mich, reichte ihr die Hand und half ihr auf. »Klar. Du weißt ja, wo das Bad ist. Ich bring dir was zum Anziehen und koch dir einen Tee, während du unter der Dusche bist.«

»Perfekt«, entgegnete sie, dann gab sie mir noch einen Kuss auf die Wange und verschwand im Bad. Keine Minute später hörte ich, wie sie das Wasser anstellte.

Zufrieden grinsend kochte ich ihr einen Kamillentee, den sie früher schon gerne getrunken hatte, und holte ihr aus meinem Kleiderschrank ein T-Shirt und Boxershorts, die ihr viel zu groß waren. Ich wollte sie ihr zwar anbieten, spekulierte aber darauf, dass ihr das Shirt allein reichte. Der Gedanke an ihren nackten

Körper, der nur von meinem Shirt bedeckt wurde, ließ das Blut in meinen Adern kochen.

»Hey, River?«, rief sie da, dann hörte ich, wie das Wasser abgestellt wurde.

»Ja?« Als sie nichts erwiderte, näherte ich mich dem Badezimmer und klopfte sanft. »Alles okay bei dir?«

Ich zuckte zurück, als sich die Tür plötzlich öffnete. Mein Mund wurde ganz trocken, mir blieb der Atem weg. Suki stand direkt vor mir. Splitterfasernackt. Nasse Haare, die ihr über die Schultern flossen, komplett ohne Make-up und Glitzer, nur von Wassertropfen bedeckt, die ihr über die prallen Brüste perlten bis nach unten zwischen ihre Schenkel. Mein Puls beschleunigte sich. »Fuck, willst du mich umbringen?«

»Du solltest mich in die Dusche begleiten.« Ihre Lider flatterten, als sie meine Hand nahm und mich ins Bad zog. Ich wollte das hier, ich wollte für sie da sein. Und wenn sie gerade das brauchte, wäre ich der Letzte, der sich darüber beschwerte. Im nächsten Augenblick küsste sie mich, vergrub ihre Finger in meinem Haar und ließ ihre Zunge in meinen Mund gleiten. Sofort erwiderte ich den Kuss und ließ meine Hände über ihre nackte glatte Haut wandern, packte ihren Hintern und presste sie gegen meinen harten Schwanz. Sie seufzte, dann packte sie den Saum meines Shirts und zog es mir über den Kopf. In Sekundenschnelle folgten meine Jogginghose und die Boxershorts, bevor ich ihr in die Dusche folgte und sie das Wasser wieder aufdrehte. Von oben prasselten die heißen Tropfen auf uns hinab. Ich küsste sie, presste sie an die Wand der Dusche und schob ein Bein zwischen ihre Schenkel. Meine Erektion presste bereits gegen ihre Klit, und ihr stieg ein heiseres Stöhnen aus der Kehle, als ich anfing, ihre Brüste besitzergreifend zu kneten.

»Gefällt dir das?«, hauchte ich ihr ins Ohr, während sich

immer mehr Hitze in der Dusche ballte, die todsicher nicht nur vom heißen Wasser herrührte.

»Ja«, stöhnte sie und küsste mich wie wild, rieb ihre Mitte an meinem Schwanz.

»Ich war noch nie so hart.«

»Worauf wartest du dann noch?« Ihr Blick traf meinen. Dunkelheit und Lust flackerten in ihren Augen. Ich hätte schwören können, dass sie mit jeder Sekunde schöner wurde. »Ich nehme die Pille. Vor dir habe ich Ewigkeiten keinen Sex mehr gehabt, aber ich habe mich testen lassen, alles ist gut.«

Ich schluckte. Sie wollte mich doch *wirklich* umbringen. »Ich lass mich auch regelmäßig testen.« Mit klopfendem Herzen strich ich ihr mit dem Daumen über die Unterlippe. »Bist du dir sicher?«

»Ich war mir nie sicherer«, flüsterte sie und zog mich dann wieder zu sich herunter, um mich zu küssen.

Meine Zunge glitt in ihren Mund, spielte mit ihrer, während ich alles um uns herum vergaß und sie gegen die Fliesen drückte. Heiße Tropfen perlten über unsere nackte Haut. Zwischen ihren Beinen zuckte mein Schwanz, der ungeduldig wartete. Rasch glitt ich mit einer Hand zwischen ihre Schenkel, fing an, ganz langsam über ihre Klit zu streichen, woraufhin sie sich sofort wand und den Kuss intensivierte. Mein Finger glitt in sie, massierte sie. Fuck, war sie feucht. Sie war so verdammt bereit, jeden Zentimeter von mir in sich aufzunehmen, und ich würde ihr alles geben, was sie wollte.

»Nimm mich von hinten«, keuchte sie an meinen Lippen, und mit einem Ruck hatte ich sie umgedreht. Ihr runder Po presste sich jetzt gegen meine Härte, und ich brummte leise, als sie sich ein Stück vorbeugte. Das Wasser prasselte immer noch auf uns herab, Dampf umgab uns, die Scheiben der Dusche waren schon vollkommen beschlagen, während es nur uns beide gab.

Im nächsten Moment spreizte sie die Beine etwas mehr und stützte sich an den Fliesen ab, während ich von hinten in sie eindrang. Sie stöhnte laut auf.

»Fuck, wenn du noch mal so stöhnst, komm ich innerhalb von zwei Sekunden.« Ich umfasste mit einer Hand ihre Hüfte, mit der anderen knetete ich ihre Brust, kniff ihr hinein und entlockte ihr damit ein weiteres Seufzen.

Auf diesem Planeten, *nein*, im ganzen Universum, war ich mir sicher, dass es nichts gab, was sich gleichermaßen perfekt anfühlte wie der Moment, in dem ich in sie eindrang. Sie war alles für mich. Ich war so unfassbar in sie verliebt, dass ich ihr genau das geben wollte, was sie jetzt gerade wollte. Hitze erfasste mich. Jedes Mal, wenn ich meinen Schwanz in sie schob, mich zurückzog und wieder in sie pumpte, spürte ich, wie ich mehr und mehr die Kontrolle verlor. In meinem Brustkorb galoppierte mein Herz, während Suki mir ihren Hintern entgegenreckte und ich immer und immer wieder in sie stieß.

Sie keuchte. »Schneller. Tiefer.«

»Ich geb dir alles, was du willst, Babe«, knurrte ich und verdoppelte das Tempo, während ich sie bis zum Anschlag ausfüllte. Alles in mir fühlte sich wie elektrisiert an. Sie war alles, was ich wollte. Alles, was ich je gewollt hatte.

Wieder stöhnte sie auf, noch lauter. Und wieder. »Ich komme gleich ...«

»Gut.« Ich griff ihr in die Haare, hob ihren Kopf etwas an, drehte ihr Gesicht zu mir und küsste sie voller Lust, voller Leidenschaft, voller Verlangen, während ich mich unaufhörlich in sie schob und ihren empfindlichsten Punkt so lange reizte, bis sie fast im heißen Regen der Dusche explodierte. »Komm für mich. Jetzt.«

Im nächsten Augenblick zersprang sie, stöhnte wieder und wieder und wieder, während ich nun auch Sterne sah. Mein

Schwanz zuckte in ihr. Ich kam in ihr und hätte schwören können, dass ich mich nie besser gefühlt hatte als in dieser Sekunde. Ein Schauer glitt durch mich hindurch, doch ich füllte sie immer noch so lange aus, bis sie nur noch leise seufzte und ihr Orgasmus abgeklungen war. Erst danach zog ich mich mit rasendem Puls aus ihr, drehte sie zu mir und hielt sie fest, damit ihre zitternden Beine nicht nachgaben. Ich küsste sie sanft, dann lehnte ich mich ein Stück zurück und sah sie an. Die geröteten Wangen, die dunklen Augen und das zufriedene Lächeln, von dem ich nicht genug bekam. Ich hatte nur noch Augen für Suki, für diese Frau, der mein Herz gehörte und immer gehört hatte.

26
Suki

»Wow, wer hätte gedacht, dass du ein kleiner Spa-Boy bist?«, begrüßte ich River am nächsten Morgen, nachdem ich mich im Bad frisch gemacht und er sich in der Küche um das Frühstück gekümmert hatte.

Irritiert verengte er die Augen und starrte mich an, während er in der grauen Jogginghose oben ohne am Herd eine überaus gute Figur machte. »Von was sprichst du, Loveless?«

»Von deiner Sammlung an Badekugeln in der einen Schale im Badezimmer. Ölbad, Schaumbad, Beruhigungsbad … Letzteres hätte ich auch mal nötig, wenn wir beim Songschreiben mal wieder aneinandergeraten.« Grinsend lief ich zu ihm hinüber, ging auf die Zehenspitzen und presste ihm meine Lippen auf die frisch rasierte Wange. Der Duft seines Aftershaves stieg mir in die Nase und ließ Hitze durch meinen Körper gleiten. Dann schlang ich meine Arme um ihn und wollte ihn nie wieder loslassen, was er sofort erwiderte. »Blau, grün, rot, gelb, mit Glitzer und Schimmer … Alles, was das Spa-Herz begehrt, habe ich dort gefunden.«

»Hast du was dagegen, dass ich mich manchmal zur Entspannung in die Wanne lege?« Er hob eine Braue. »Denn falls ja, darfst du mir beim nächsten Mal keine Gesellschaft leisten. Das haben nur Menschen verdient, die diesen Luxus zu schätzen wissen.«

»Ich weiß das sehr wohl zu schätzen. Ganz im Gegenteil: Ich bin ein wenig neidisch.« Kichernd löste ich mich von ihm, während er zwei Spiegeleier aus der Pfanne auf die beiden Toastscheiben rutschen ließ. Mein Blick glitt zu der Chilisoße, die bereits neben den beiden Tassen, aus denen der Kaffee noch dampfte, auf der Küheninsel stand. »Wieso steht da Chilisoße?«

»Warum liegt hier Stroh herum?«

Ich schnaubte und verpasste ihm dann mit dem Ellenbogen einen Seitenhieb. »Ist die für mich? Du stehst doch eher darauf, wenn deine Eier nicht so scharf sind.«

»Allerdings steh ich darauf, wenn *du* meine Eier scharf findest und sie zum Frühstück vernaschst«, konterte er eiskalt, woraufhin ich nur die Augen amüsiert verdrehte und mir die Hand vors Gesicht schlug. Als ich nichts mehr sagte, fing er nur an zu grinsen und setzte sich dann neben mich auf einen der Hocker an der Küheninsel. »Ich habe das Zeug für dich besorgt. Du hast recht, ich lass mir nicht so gerne die Zunge wegätzen, aber ich weiß, dass das immer noch dein Ding ist, also habe ich gedacht, dass es keine schlechte Idee wäre, welche für dich zu holen.« Er musste schmunzeln, während so viel Wärme in seinen bernsteinfarbenen Augen tanzte. Sein Haar war noch feucht, und ihn hier halb nackt sitzen zu sehen mit den Bauchmuskeln, den breiten Schultern und der definierten Brust, da lief mir nicht nur wegen der scharfen Eier das Wasser im Mund zusammen.

»Wieso bist du so süß und zugleich so heiß?«

»Kann mir nur erklären, dass das vom Herd kommt, der muss hitzetechnisch auf mich abgefärbt haben«, entgegnete er grinsend und beugte sich dann zu mir herüber. Sein Blick verdunkelte sich.

Im nächsten Atemzug trafen seine Lippen auf meine. Ganz

sanft und voller Gefühl erwiderte ich den Kuss, bevor er sich wieder zurücklehnte und dann zum Teller nickte. »Und jetzt iss, damit du groß und stark wirst.«

Ich schnaubte. Dann hob ich den Toast an und biss ein Stück ab, während River einen Schluck Kaffee trank. »Was steht heute auf dem Plan? Es ist Montag, hast du einen Termin oder so?«

Er schüttelte den Kopf, dann nickte er plötzlich. »Erst heute Abend. Da wollte ich mich an ein paar neue Songs setzen. Aber bis dahin habe ich nur geplant, den Tag mit dir zu verbringen. Ein bisschen kreative Energie tanken, bevor wir uns bald wieder in die nächsten Songs stürzen.« Als ich ihn anlächelte, fuhr er fort. »Wie geht's dir überhaupt, jetzt wo du eine Nacht darüber schlafen konntest?«

»Von viel Schlaf können wir jetzt nicht unbedingt sprechen«, murmelte ich und funkelte ihn vielsagend an, woraufhin River schmunzeln musste. »Ein bisschen besser. Ich schätze, Carter und ich brauchen jetzt beide ein wenig Zeit. Und ich definitiv Ablenkung von all dem Mist.«

»Das heißt, wir unternehmen heute was?«

Ich nickte. »Wenn du magst, gerne.«

»Ich habe sogar schon eine Idee.«

Nur eine Stunde später saßen wir in seinem Wagen und fuhren der Sonne entgegen, während ein Song von The Weeknd aus den Lautsprechern dröhnte. Nach gut 20 Minuten Fahrt stiegen wir aus Rivers Wagen, und er nahm mich an der Hand, zog mich mit sich über den gepflasterten Weg, vorbei an den strahlend grünen Rasenflächen vor dem Griffith Observatory hoch oben über den Dächern von Los Angeles. Die riesige cremefarbene Sternwarte mit den drei dunkelgrauen Kuppeln ragte direkt vor uns auf, als wir ein paar Touristen passierten, die gerade am Geländer standen und Fotos von der sagenhaften Aussicht schossen. River hatte mir wieder seinen schwarzen Hoodie geliehen, dessen Kapuze ich mir bis in die Stirn gezogen hatte, um nicht erkannt zu werden.

»Ich liebe die Aussicht von hier oben. Und die Ruhe. Selbst wenn hier etliche Leute abhängen und Fotos machen, fühlt es sich so an, als ob man allein wäre. Zumindest an einem Montagvormittag, wenn es sowieso geschlossen hat«, sagte er.

»Es ist echt toll. Ich bin viel zu selten hier.«

»Na, dann ist es ja umso besser, dass du mich hast, der dich regelmäßig nach hier oben schleifen wird.« Ein Lächeln umspielte seine Mundwinkel, als er mich mit sich hinter das Gebäude zog, von wo aus man die beste Sicht über Downtown hatte. Die Sonnenstrahlen des Vormittags tanzten über die Dächer. Dort lehnten wir uns gegen die weiße Balustrade und ließen den Blick schweifen, River schlang von hinten die Arme um meine Mitte und legte sein Kinn auf meinem Scheitel ab. Ich hatte das Gefühl, dass endlich alles gut war. Hier und jetzt fühlte ich mich frei, als würde ich ihm wirklich etwas bedeuten und mich auf ihn verlassen, mich bei ihm fallen lassen können, ohne damit rechnen zu müssen, dass er mir meine Schwächen vorhalten würde.

»Was denkst du, wie viele Songs hast du in deinem Leben schon geschrieben?«, fragte ich ihn nach einer Weile.

Er hob das Kinn an, und ich drehte mich zu ihm um und lehnte mich mit dem Rücken am kalten Stein an. Dann schlang ich meine Arme um seinen Nacken, während er überlegte. »Ich schätze, ein paar Hundert? Keine Ahnung. Auf jeden Fall einige.«

»Das ist vermutlich bei allen Künstlern unterschiedlich, oder? Also die Zusammenarbeit. Mal musst du vermutlich alles schreiben und manchmal nur Teile? Wir harmonieren ja sehr gut miteinander. Wie ist das bei den anderen?«

Er zuckte mit den Schultern. »Mal so, mal so. Ich schreibe auch viel allein, und wenn es am Ende auf einem Album landet, freut es mich, und wenn nicht, dann ist das auch in Ordnung. Manches schreibe ich eben nur für mich, um es aus meinem Kopf zu lassen.«

Am liebsten wollte ich in seinen Kopf eintauchen und wissen, wie er das machte. Wie er die schönsten Songs schrieb und was ihn dazu inspirierte. »Gibt es eigentlich auch«, fing ich an und legte den Kopf schief. »Gibt es auch Ex-Freundinnen, über die du Songs geschrieben hast?«

Verwundert furchte er die Stirn. »Wie kommst du jetzt darauf?«

»Weil du so oft über Liebe schreibst. Da habe ich mich das nur gefragt. Nicht dass ich eifersüchtig wäre oder so, ich … Es interessiert mich nur, ob es da in den letzten Jahren jemanden gab.«

Ein Schmunzeln trat auf seine geschwungenen Lippen und offenbarte seine Grübchen. »Es gab die ein oder andere Frau, aber das waren meist nur lockere Geschichten und nichts, worüber ich einen emotionsgeladenen Song schreiben wollte.« Dann beugte er sich ein Stück zu mir herunter und streifte mit seinen Lippen meine. »Es gibt nur eine, über die ich bisher Songs geschrieben habe.«

»Ach ja?«

»Jep.« Wieder grinste er mich frech an. »Und dreimal darfst du raten, wer das ist.« Ich sagte nichts, starrte ihn nur an, weil ich mich nicht traute, das auszusprechen, was mir durch den Kopf ging. Zu groß war die Angst, zurückgewiesen zu werden. Als er mein Schweigen wahrnahm, fuhr er fort. »Na, über dich, du Blitzmerkerin.«

Sofort wurde mir noch wärmer, und ich spürte, wie sich ein Kloß in meiner Kehle bildete. »Meinst du das ernst?«

»Klar. Du warst das erste Mädchen, in das ich jemals verliebt war, und auch wenn – zumindest bis heute – nie was aus uns wurde, hat mich das nie davon abgehalten, über dich zu schreiben, Loveless.«

Mein Herz schäumte über vor Wärme und Glück und Geborgenheit. Daher zog ich ihn rasch zu mir herunter und bedeckte seine Lippen mit meinen, schmeckte ihn und genoss es, ihn zu küssen, ihn zu spüren und zu wissen, dass ich bei River sicher war.

»Ich glaube, wenn ich später zu Hause bin, muss ich mir alle Songs anhören, die du jemals geschrieben hast«, entgegnete ich grinsend, als ich mich wieder von ihm gelöst hatte.

Funken blitzten in seinen Augen auf. »Tu dir keinen Zwang an. Ich kann dir das zwar auch alles ins Gesicht sagen, aber hey, wenn es dir Spaß macht.« Er lachte auf. »Zumindest hat mich in meiner Teenagerzeit kein Goldfisch dazu inspiriert, Texte zu schreiben.«

Ich kniff die Augen zusammen. »Lass Troy Bolton da raus!« Dann musste ich auch lachen. »Wobei es nicht nur er war, sondern auch …«

Er hob eine Braue. Wenn er darauf wartete, dass ich seinen Namen nannte, musste ich diesen selbstgefälligen Kerl enttäuschen.

»Simba aus *König der Löwen*. Er war der Crush meiner Kindheit, Jugend, und ich liebe ihn bis heute«, gestand ich und fasste mir theatralisch ans Herz, woraufhin River nur schnaubte.

»Immer noch?«

»Na klar! Was denkst du denn, warum ich meine Löwenkopf-Hausschuhe immer nachkaufe, wenn sie durchgelaufen sind?«

Glucksend schüttelte er den Kopf. Es tat gut, ihn so zu sehen. So gelöst und glücklich.

»Ich weiß noch, wie Carter und ich dich früher damit aufgezogen haben, dass du mindestens dreimal in der Woche *König der Löwen* geschaut und die Songs mitgegrölt hast. O Gott, oder deine *High School Musical*-Phase. Die war auch gewöhnungsbedürftig.«

Ich funkelte ihn gespielt an, als er nach einer meiner Haarsträhnen griff und sie sich um den langen Finger wickelte. Mein Herz schlug plötzlich sehr viel schneller. »Das sagst du nur, weil du nicht als Troy Bolton mit mir singen durftest.«

»Du denkst also, dass ich auf deinen kleinen Goldfisch eifersüchtig war? Da muss ich dich leider enttäuschen. Aber unterhaltsam war es schon, als du immer mit dem kleinen Kerl in seinem Glas durch euer Haus getanzt bist.« Wieder musste er lachen, und ich konnte auch nicht mehr anders, weil es mir jedes Mal gut ging, wenn ich bei ihm war. Wenn wir miteinander lachten. Weil River einfach alles besser machte.

»Ich habe mir ernsthaft eingebildet, dass er Troys Parts singt. Vergiss das bitte wieder, okay?«

»Niemals und unter keinen Umständen.«

»Ich wusste doch, dass ich mich auf dich verlassen kann«, sagte ich, und jeder Versuch, mein Schmunzeln zu verbergen, scheiterte kläglich. »Ein Wunder, dass Carter mich damit nicht aufzieht.«

»Ich hätte Besseres von ihm erwartet. Schwach.« River schob seinen Finger unter mein Kinn und hob es etwas an, damit er mir besser in die Augen sehen konnte. In seinen machte ich einen Funken Sorge aus, als er mich musterte. »Apropos ... Hast du was von ihm gehört?«

Ich schüttelte den Kopf. »Nein.«

»Du solltest mit ihm reden, Suk. Er ist dein bester Freund.«

»Das weiß ich. Aber ... Es fällt mir schwer. Ich bin enttäuscht von ihm, er von mir. Ich weiß nicht, ob ich das heute übers Herz bringe.« In meiner Kehle bildete sich wieder dieser dicke Kloß, und ich blinzelte River einige Male an. Trotz allem vermisste ich Carter jetzt schon. »Ich weiß nicht, ob ich das kann.«

»Klar schaffst du das. Du kannst alles. Und wenn du das manchmal vergessen solltest, bin ich ja da, um dich daran zu erinnern.« Er zwinkerte mir zu und strich mir eine Locke hinters Ohr. »Ihr seid ein Team und dürft nichts zwischen euch kommen lassen. Nur weil ich meine Differenzen mit ihm habe, heißt das nicht, dass er ein insgesamt übler Kerl ist.«

»Stimmt auch wieder. Er kam dir ja ziemlich entgegen. Vielleicht überwindest du dich ja auch irgendwann und machst einen Schritt auf ihn zu.« Ich lächelte ihn warm an, während River kurz den Blick abwandte, dann aber wieder zu mir sah. Einen Hauch von Skepsis in seinen Augen.

»Hmm«, murmelte er nur, dann hob er eine Braue. »Also? Wann redest du mit ihm?«

Mir stieg ein gequältes Stöhnen aus der Kehle. »Schön. Okay. Ja. Von mir aus.«

»Heißt?«

Ich zögerte, dann verdrehte ich die Augen. »Ich ruf mir ein Uber und fahr nach Hause und dort ... Ich schätze, dort rede ich mit ihm.«

Zufriedenheit umspielte seine Züge, dann gab er mir einen Kuss. »Wirst du sicher nicht bereuen, Babe. Soll ich dich zu dir nach Hause bringen?«

»Quatsch.« Ich winkte ab. »Ein Uber tut es auch. Fahr du mal lieber nach Hause und schreib einen umwerfenden Song über mich.« Grinsend ging ich noch mal auf die Zehenspitzen, um ihn zu küssen. Sofort erfüllte Wärme meinen Brustkorb, und ich musste an seinen weichen Lippen grinsen, als er mich an sich zog.

Wir unterhielten uns noch eine Weile und genossen den atemberaubenden Blick vom Observatory, bis ich mir ein Uber rief und damit den Weg nach Culver City antrat, während River zu sich fuhr. Diese letzten Stunden hatten mir gutgetan, hatten mir Energie geschenkt. Aber River hatte recht. Ich musste heute unbedingt noch mit Carter sprechen und unseren Streit aus dem

Weg räumen. Er war mein Bruder. Ich wollte nicht, dass Krieg zwischen uns herrschte oder wir nicht miteinander redeten. Mit klopfendem Herzen saß ich im Uber, schaute zum Fenster hinaus und ließ die Zeit mit River Revue passieren. Unglaublich, was in den letzten paar Wochen passiert war. Nicht nur, dass meine Karriere super lief, ich hatte nun auch einen Menschen, den ich sehr mochte und der mich gut behandelte. Und wenn ich nur daran dachte, sprudelte mein Herz über vor Sicherheit und Glück. Der Tag hatte wunderschön angefangen. Und er hätte auch ein gutes Ende nehmen können. Das hätte er wirklich. Doch als wir die Straße zu meinem Apartment hinunterfuhren und ich sah, was sich vor meinem Haus abspielte, zerbrach dieser traumhafte Tag in tausend kleine Einzelteile.

27
Suki

Vor meinem Wohnhaus standen etliche Autos von Fernsehsendern, Fotografen und Filmleute mit Videokameras, Reporter mit Mikros in der Hand, die in eine Linse quatschten. Was machten all diese Menschen hier? Auch wenn ich hoffte, dass es nicht meinetwegen war, keimte in mir der Gedanke auf, dass etwas Übles passiert war. Mein Herz wummerte in meinem Brustkorb, als wir direkt vor das Gebäude fuhren.

»Hier ist ja ordentlich was los«, murmelte der Fahrer und hielt an.

»Mhm ... Danke fürs Fahren«, sagte ich und öffnete die Tür, um auszusteigen, da ich vorher schon gezahlt hatte. »Schönen Tag noch!« Gerade als ich den Fuß auf den Bordstein gesetzt habe, bemerkte ich bereits, wie eine ganze Horde Fotografen auf mich zusprintete.

Was passierte hier?

Rasch griff ich bereits im Wagen nach meinem Schlüssel, dann stieg ich aus, hielt den Blick auf mein Haus gerichtet, während ich im Stechschritt und so schnell ich konnte die Tür ansteuerte, doch ein Reporter schob sich mir mit seinem Mikro und einem

Kameramann in den Weg, andere brüllten unaufhörlich meinen Namen.

»Miss Loveless. Was sagen Sie zu den Anschuldigungen, die kursieren?«

Eine andere Reporterin schoss innerhalb von zwei Sekunden gefühlte 30 Fotos.

»Ein Statement!«

»Suki, Suki, hier ... Denkst du, deine Karriere wird diesen Skandal schon so früh verkraften?«

»Wir wollen einen Kommentar!«

Noch mehr strömten auf mich zu, während ich verwirrt in eine Kamera blinzelte, mich dann aber von ihnen losriss. Was zur gottverdammten Hölle ging hier vor sich? Anschuldigungen? Skandal? Mir wurde schwindelig. Alles drehte sich um mich und ... Was passierte hier verdammt noch mal? Weshalb jagten mich all diese Leute?

»Lassen Sie mich in Ruhe!«, warf ich ihnen an den Kopf, quetschte mich an ihnen vorbei und beschleunigte meine Schritte. So schnell ich konnte, sperrte ich mit zitternden Fingern die Tür auf und schlug sie wieder hinter mir zu, als ich im Flur stand. Mit wummerndem Herzen lehnte ich mich gegen die Tür und atmete tief durch. Shit. Was hatte das alles zu bedeuten? Dumpf hörte ich noch ihre Stimmen, ihre Rufe, das Klicken der Kameras. Meine Hände zitterten unaufhörlich. Dann stieß ich mich von der Tür ab und steuerte den Flur entlang. Rasch stieg ich in den Fahrstuhl und hämmerte auf den Knopf, um zu meinem Apartment zu kommen, während ich schon mein Handy aus der Tasche zog. Tyrese und Jazz hatten bereits etliche Male versucht, mich anzurufen. Mir drehte sich der Magen um, weil das nichts Gutes bedeutete. Im nächsten Augenblick öffnete ich eine News-App und starrte direkt auf die Collage eines Fotos von mir, einem Mugshot von River und einer Aufnahme meines Bruders. Darüber eine dicke fette Headline.

> Suki LIE-less: Popsängerin macht Falschaussage vor Gericht

Ich schnappte nach Luft.
Nein. Das ... Nein!
Die Türen des Aufzugs schossen auf. Ich hetzte direkt auf meine Wohnung zu, während ich den Artikel überflog. Mein Herz schlug lauter und schneller als jemals zuvor. Das durfte nicht passieren. Als die Tür hinter mir ins Schloss fiel, bemerkte ich schon, dass Carters Schlüssel nicht auf der Kommode lag und er somit nicht zu Hause sein konnte.
Mit zitternden Fingern scrollte ich durch die Worte des Klatschblatts.

> Skandal erschüttert Hollywood! Insiderquellen berichten, dass die vielversprechende Popsängerin Suki Loveless, deren Stern am Aufgehen war, in einen schockierenden Rechtsstreit verwickelt sein soll, der ihre gesamte Karriere zerstören könnte. Neue Enthüllungen legen offen, dass Loveless vor Gericht eine falsche Aussage gemacht haben soll, um ihren Bruder vor dem Gefängnis zu bewahren und ...

Auf meinem Display ploppte ein Anruf von Tyrese auf. Mit klopfendem Herzen straffte ich die Schultern und nahm ihn kurzerhand an.
»Suki, schwing deinen Arsch her. Was ist das für eine Scheiße, verdammt?«
Ich atmete tief ein und aus, fuhr mir übers Gesicht. »Ich ... ich

weiß nicht, wie das an die Presse gelangen konnte. Das stimmt so nicht.«

Nicht *alles* zumindest …

»Wenn du dich nicht sofort auf den Weg zu uns machst, setzt es was. Ich erwarte dich innerhalb der nächsten 30 Minuten bei Vortex.« Dann legte er auf, ohne dass ich noch etwas zu meiner Verteidigung sagen konnte. Aber was in aller Welt hätte das schon retten können?

Für einen kurzen Moment lehnte ich mich gegen die Wand und versuchte, meinen Puls unter Kontrolle zu kriegen. Adrenalin strömte durch meinen Körper. Ich hatte das Gefühl, dass das hier ganz übel enden würde. Die Tatsache, dass mich meine Vergangenheit nun auf die schlimmste Art und Weise in der Öffentlichkeit heimsuchte, schien wie eine wahr gewordene Hölle. Doch ich musste mich zusammenreißen und durfte keine Sekunde verschwenden. Ich musste all das klarstellen. Ich musste alles tun, damit meine Welt nicht vollends zerbrach.

In Windeseile orderte ich mir ein Uber und hetzte schließlich an den Reportern vorbei, die immer noch mein Haus belagerten, als der Fahrer vorfuhr, und nannte ihm die Adresse in Hollywood. Im Wagen versuchte ich, Carter zu erreichen, doch er ging nicht ran. Nachdem ich zehnmal versucht hatte, ihn anzurufen, kapitulierte ich und öffnete stattdessen den Chat mit River.

> Suki: Hast du die Artikel gesehen?

Keine Minute später kam er online und fing an zu tippen.

> River: Artikel? Saß gerade im Studio, warte kurz …

> River: Fuck!

> River: Bist du zu Hause?

> Suki: Ich fahre zu Vortex, Tyrese will mich sehen.

> River: Ich mach mich auf den Weg.

> Suki: Danke, aber kein Stress ... Das wird sicher ein bisschen dauern ☹

> River: Hast du Carter gesprochen?

> Suki: Er geht nicht ran, ich schreib ihm aber gleich noch, dass er sich melden soll.

> River: Mist. Dann bis gleich! Und Kopf hoch, o. k.? Das wird alles wieder! xx

> Suki: xx

Ich öffnete den Nachrichtenverlauf mit meinem Bruder und tippte los.

> Suki: Ruf mich bitte an, sobald du das liest! Wichtig!!

Doch ich erhielt keine Antwort.

Kurz überlegte ich, weitere Schlagzeilen zu checken, doch wenn ich nur daran dachte, was dort stand, wurde mir ganz übel. Wie war die Presse an diese Infos gekommen? Wer hatte es ihnen erzählt? Damals hatten zwar viele in unserer Heimatstadt von dem Prozess etwas mitbekommen, doch es gab nur eine Handvoll Menschen, die involviert gewesen waren.

River.

Carter.

Ich.

Jason.

Ich biss mir auf der Lippe herum, während ich überlegte, ob er ... *Oh shit.* Innerhalb weniger Sekunden öffnete ich Instagram, ignorierte meine Startseite, tippte direkt meine DMs an und scrollte durch die Nachrichten. Übelkeit überkam mich, als ich eine neue Nachricht von dem vermeintlichen Presley-Fan-Account sah, der mir die letzten Wochen schon Drohungen geschickt hatte.

> Wer nicht hören will, muss fühlen ...

Eiskalt rann es mir den Rücken hinab. Das durfte nicht wahr sein. Das konnte nicht ... Bisher hatte ich der Person nicht zurückgetextet und die Drohungen nicht ernst genug genommen, doch das würde hier und jetzt enden, weshalb ich eine Antwort tippte und kurzerhand abschickte.

> Jason?

Er war der Einzige, der von den veröffentlichten Details wusste, außer Carter und River, denen ich vertraute. Sollte er tatsächlich zurück in mein Leben treten, nachdem ich angenommen und so sehr gehofft hatte, ihn hinter mir gelassen zu haben? Versuchte er gerade, mein Leben erneut zu zerstören?

In der Hoffnung auf eine Antwort starrte ich so lange auf das Display, bis mein Uber vor dem Gebäude von Vortex ranfuhr. Mit klopfendem Herzen stieg ich aus und betrat das Plattenlabel.

Nachdem ich mich ausgewiesen hatte, fing mich Jazz bereits auf dem Flur zu Tyreses Büro ab.

»Ich hoffe, du hast eine Erklärung für diese Katastrophe. Die sind alle außer sich«, raunte sie mir zu, während sie mich in den Besprechungsraum führte, wo Andrew bereits mit seinem Assistenten Hunter, der CEO Marshall, Tyrese, der Firmenanwalt Mister Perez und PR-Chefin Judy an einem langen Besprechungstisch saßen. Der Monitor war eingeschaltet, darauf war der Artikel zu sehen, den ich vorhin gefunden hatte.

»Hi«, sagte ich und setzte mich mit Jazz auf einen der freien Stühle, nachdem sie die Tür hinter uns geschlossen hatte. Mir war eiskalt.

Tyrese schüttelte den Kopf und starrte mich an. »Wir haben ein echtes Problem.«

»Ich versteh das alles nicht«, entgegnete ich. »Das ist falsch. Das stimmt so nicht, wie sie es schreiben.«

»Jede Minute werden neue Schlagzeilen gepostet. Wir schauen uns das einmal an, bevor du uns alles erklärst«, brummte Marshall, der auf dem Klicker seines Kulis unruhig herumhackte. Ein stummer Vorwurf in seinem Blick. »Judy, zeigst du uns bitte, was du zusammengetragen hast?«

»Natürlich«, entgegnete diese und erhob sich. Sie strich sich ihre gelbe Anzughose glatt, dann lief sie nach vorn und tippte auf dem MacBook herum, das mit dem riesigen Monitor verbunden war. »Seit heute Morgen haben alle großen Tratschmagazine Artikel gepostet, die ersten waren natürlich TMZ.« Sie verdrehte die Augen; nach ein paar Mausklicks erschien auf dem Bildschirm eine riesige Collage aus allen Postings, die die Magazine abgesetzt hatten. Eine Schlagzeile nach der anderen sprang mir ins Auge.

Suki Loveless: Bevor ihre Karriere richtig starten konnte, scheitert sie.

Popsängerin macht Falschaussage

Endet Suki Loveless hinter Gittern statt auf der Bühne?

Sie hat vor Gericht gelogen: Suki Loveless ist Staatsfeind Nummer 1!

Mein Mund war ganz trocken. Ich trommelte unruhig auf meinen Oberschenkeln herum, während ich all die Überschriften und Fotos sah. »Verdammt«, wisperte ich und fühlte mich wie betäubt. Ich hatte das Gefühl, mir würde der Boden unter den Füßen weggerissen. Meine Atmung ging immer stockender. Was sollte ich nur tun? Alles würde schneller vorbei sein, als es angefangen hatte. Ich konnte alles verlieren.

»Die Streamingzahlen steigen gerade an, was erst mal gut ist, weil neue Leute auf dich aufmerksam werden, aber langfristig könnte der Shitstorm dafür sorgen, dass die Zahlen wieder rapide sinken und deine sowie unsere Reputation einen erheblichen Schaden davonträgt«, fuhr Judy fort. »Es hagelt negative Kommentare. So was habe ich seit Hudson Valor vor acht Jahren nicht mehr erlebt, der eine Klage wegen häuslicher Gewalt am Hals hatte.«

Die Anzeige auf dem Monitor veränderte sich und zeigte nun ein paar ausgewählte Kommentare und Posts, TikToks und Instagram-Storys. Eiseskälte zischte durch mich hindurch, als ich realisierte, wie viel Hass ich abbekam.

> Wie kann sie nur jemanden unschuldig in den Knast bringen?

> Ist das nicht ihr Songwriter?!

> Nachdem sie Presley den Song gestohlen hat, wundert mich das nicht ...

> Ich hasse diese Schlampe!!!

> Blond, talentfrei und dumm und dann noch eine LÜGNERIN, tolle Kombi ...

Ich war geliefert. Sie hassten mich. Sie kannten meine Seite der Geschichte nicht und glaubten nur die dämlichen Schlagzeilen, die gelogen waren. Zumindest zum größten Teil.

»Woher hat die Presse die Informationen?«, brach es plötzlich aus mir heraus. »Steht da eine Quelle?«

Insgeheim wusste ich es. Insgeheim hätte es mir klar sein müssen. Aber ich brauchte die Gewissheit.

Im Handumdrehen öffnete Judy den Artikel von TMZ. »Hmm, hier steht ... anonyme Quelle.«

»Dein Bruder und River sollen viele Einbrüche begangen haben, unter anderem auch bei einem Jason Benningham. Die Quelle meint, du hättest diesen Jason, deinen Ex-Freund, anscheinend angestachelt, die Jungs zu verschonen, und hast Carter dann ein Alibi, na ja, ein falsches Alibi gegeben. Und die Presse ist daraufhin auf die Mugshots von River und auf deine Aussage vor Gericht gestoßen. Es gibt sogar ein Video, aber das ist nicht öffentlich, dafür aber Fotos von dir vor Gericht.«

Sofort öffnete sie einige der Fotos. Alles drehte sich, als ich mich dort sitzen sah im beigen Blazer und mit dem strammen

Dutt. Mein altes Ich, bevor ich mich verloren hatte. Tränen brannten hinter meinen Lidern, doch ich blinzelte sie weg, während ich mich am liebsten übergeben wollte.

»Wie gehen wir damit um? Wie kriege ich es hin, dass sie mich wieder mögen? Soll ich ein Statement posten? Was ... Was mach ich jetzt? Ich ... Was soll ich ... Was kann ich tun?«

»Das kommt darauf an ... Haben die recht?« Tyreses Stimme klang eiskalt. »Was die verfickten Medien schreiben – ist das wahr?«

Ich schluckte.

»Suki«, fuhr Judy mich an. »Ist das wahr? Wir müssen das wissen, um eine Strategie auszuarbeiten.« Sie nickte zum Monitor. »Die schreiben alle, dass du vor fünf Jahren vor Gericht gelogen und deinem Bruder ein falsches Alibi gegeben hast, um ihn vor dem Gefängnis zu bewahren. Stattdessen soll River Hawthorne unschuldig gesessen haben, weil du ihn verpfiffen hast. Was ist dran an der ganzen Sache?«

»Rück verdammt noch mal mit der Sprache raus«, kam es nun von Marshall, der mich eindringlich musterte und mit der flachen Hand auf den Tisch schlug. »Wir können dir nur helfen, wenn wir die Fakten kennen.«

Unruhig verlagerte ich mein Gewicht auf dem Stuhl, während alle Blicke auf mir lagen. »Nein, das ... das meiste ist gelogen. Ich habe River nicht absichtlich ins Gefängnis gebracht. Er hat die Einbrüche begangen. Aber ...«

»Aber?« Tyrese hob eine Braue.

»Das mit dem falschen Alibi stimmt. Ich ... Carter war an einem der Abende involviert, und ich wollte ihn schützen, weil er das gar nicht hatte machen wollen. Deshalb habe ich damals gelogen. Aber die Falschaussage müsste heute verjährt sein. Und ja, ich weiß, dass das dennoch eine Straftat ist, aber er ist mein Bruder. Ich hätte alles getan, um ihn zu schützen.«

In meinem Kopf drehte sich alles. Ich wusste nicht mehr, wo oben und unten war, stand vollkommen neben mir, während mein Leben in Flammen aufging und ich nur dabei zusehen konnte.

»Das heißt, die Presse hat recht.« Marshall fixierte mich. Sein Kopf war hochrot. »Das ist eine Katastrophe.«

»Deine Karriere hängt an einem seidenen Faden«, kam es von Andrew, der bisher still gewesen war. »Hast du eine Ahnung, was das alles bedeutet?«

»Dein Image ist im Arsch. Unser Image vermutlich direkt mit dazu.« Tyrese schüttelte den Kopf und sank im Stuhl weiter nach unten. »Alles, wofür wir die letzten Wochen gearbeitet haben. Alles, was wir für dich getan haben, Suki. Wieso hast du uns das nicht früher gesagt, dann hätten wir etwas in die Wege leiten können, um das zu vertuschen.«

»Ob wir das noch mal auf die Reihe kriegen, wo deine Karriere gerade erst am Anlaufen ist«, sagte Judy gedehnt, »ist fraglich. Dieser Shitstorm hat es in sich. Und deine Fanbase ist noch nicht so stark, dass du das hundertprozentig unbeschadet überstehen könntest. Gerade am Anfang sollte man sich nichts zuschulden kommen lassen. Bei einer etablierten Künstlerin unseres Labels wie Presley ist das etwas anderes, die leistet sich einen Skandal nach dem anderen, aber ihre Hardcore-Fans lieben sie immer noch.«

»Immerhin hat Presley vor Gericht nicht gelogen«, brummte Andrew. »Aber Suki wird gerade gecancelt, bevor ihre Karriere überhaupt richtig Fahrt aufnehmen konnte.«

Ich wollte so viel sagen, ich wollte mich entschuldigen, zugeben, dass ich verdammt noch mal eine riesige Portion Mist gebaut hatte, und anbieten, alles zu tun, um das Problem aus dem Weg zu räumen. Doch das Einzige, was ich konnte, war, auf meinem Stuhl zu sitzen und auf den Monitor mit all dem Hass zu starren. Die Worte zu lesen, die Jason damals täglich zu mir gesagt hatte. Ich versuchte, langsam und tief durchzuatmen, während Erinnerungen an vergangene Zeiten aufgewirbelt wurden. Erinnerungen an die düsterste Phase meines Lebens, die ich verdrängt hatte, weil sie mir alles genommen hatte, was mir etwas bedeutet hatte. Weil *er* mir alles genommen hatte. Meine Stimme, mein Selbstbewusstsein, den Glauben an mich.

Ich zog mein Handy aus der Tasche und checkte meine Nachrichten auf Instagram, weil ich all das nicht fassen konnte. Weil ich nicht glauben konnte, dass er mich immer noch nicht in Ruhe lassen konnte. Wie ich angenommen hatte, zeigte mein Posteingang eine neue Nachricht von dem vermeintlichen Presley-Fan-Account, der in Wahrheit vermutlich nie einer gewesen war. Ich öffnete die Nachricht, und als ich die Antwort auf meine Frage sah, die dort stand, jagte ein grauenhafter Schauer durch mich hindurch.

> Überraschung ;)

Er war es die ganze Zeit gewesen. Er hatte mir gedroht. Ich hätte damit rechnen müssen. Damit, dass er sich eines Tages für alles revanchieren würde. Und während die anderen wie wild diskutierten, was nun zu tun war, schnürte sich mein Brustkorb mit jeder Sekunde, die verstrich, enger zusammen. Ich kam hier nicht mehr raus. Die Leute online kannten meine Seite nicht, sie kannten nur die von Jason. Eines Menschen, von dem ich wünschte, ihm nie begegnet zu sein.

28
River

Unruhig tigerte ich vor dem Besprechungsraum auf und ab. Mittlerweile waren schon zwei Stunden verstrichen, seitdem ich hier aufgekreuzt war. Ich wollte mir gar nicht vorstellen, was dadrinnen vor sich ging. Wie sie mit ihr umgingen, was sie Suki an den Kopf warfen und wie sie sich wohl fühlte. Mir ging es auch recht bescheiden, da dieser ganze Mist auch Einfluss auf meine Karriere nehmen konnte, die ich mir so hart aufgebaut hatte. Mein Ruf stand auf dem Spiel. Ich hatte nie verheimlicht, dass ich gesessen hatte, aber dass nun so viele Menschen davon erfuhren, hätte echt nicht sein müssen. Ich fragte mich, ob Suki eins und eins zusammenzählte und nun wusste, dass Carter sie belogen hatte. Mir drehte sich der Magen bei dem Gedanken daran um, dass sie es nicht von ihrem Bruder oder mir erfahren haben könnte. Am liebsten hätte ich das Meeting gecrasht und ihr beigestanden, doch ich wusste, wie Marshall tickte, und zumindest ein wenig Professionalität musste ich noch wahren, wenn ich meinen Job nicht verlieren wollte. Außerdem wusste ich, dass Suki das auch ohne meine Hilfe schaffte. Sie schaffte alles, was sie sich in den Kopf setzte. Nur wusste sie das selbst manchmal nicht.

Plötzlich ging die Tür auf, und Andrew kam gemeinsam mit seinem Assistenten heraus. Sie flüsterten miteinander und nickten mir dann kurz zu. Mein Puls beschleunigte sich, als ich im nächsten Atemzug Sukis Blick auffing, während sie aus dem Zimmer trat. Ihre Wangen waren gerötet, die Augen von Tränen geschwemmt. Als sie realisierte, dass ich vor ihr stand, kam sie schnell auf mich zu.

»Hey«, wisperte ich und zog sie in eine Umarmung. Ich legte mein Kinn auf ihrem Kopf ab und strich ihr über den Rücken. »Ich bin da. Alles wird gut.« Das hoffte ich, doch wissen konnte ich es nicht. Die Schlagzeilen waren krass. Mehr als das. Suki wurde online gecancelt, und das Schlimmste war, dass sie selbst nicht wusste, wie recht die Medien mit ihren Behauptungen wirklich hatten ... Dass ich tatsächlich unschuldig gesessen hatte und Carter der eigentliche Bösewicht gewesen war.

»Ich weiß nicht, was ich tun soll«, sagte sie leise und löste sich dann wieder von mir. »Es ist echt übel.«

Als ich sah, wie ihr die Tränen kamen, legte ich den Arm um sie und führte sie mit mir in Richtung Fahrstuhl. »Sollen wir zu dir?«

Sie schüttelte panisch den Kopf. »Nein, ich ... draußen sind bestimmt auch Reporter, oder?«

»Ja. Einige. Die haben versucht, mich anzuhalten, aber ich habe nichts gesagt.« Im Fahrstuhl angekommen, betätigte ich die Taste ins Untergeschoss. »Und wenn wir jetzt zu mir fahren, verfolgen sie uns bestimmt. Von daher sollten wir noch ein wenig warten. Ich weiß, wo wir hinkönnen.«

»Okay«, sagte sie nur, starrte vor sich hin und wischte sich immer wieder Tränen von der Wange, die sich selbstständig gemacht hatten. »Ich muss mir was überlegen, ich muss meine Karriere irgendwie retten.« Dann wanderte ihr Blick zu mir, ihre

Augen weiteten sich. »Shit, es tut mir leid, dass du in alles mit reingezogen wurdest.«

Ich zuckte mit den Schultern. »Ich habe nie ein Geheimnis daraus gemacht, dass ich gesessen habe. Es ist nicht optimal, aber ich kriege das schon alles geregelt. Was kam denn bei eurem Meeting raus?«

Die Türen öffneten sich im Untergeschoss, wo sich die Tonstudios befanden. Zu dieser Zeit mussten die meisten frei sein, da der Großteil der Musiker erst am Abend herkam, um Songs aufzunehmen oder welche zu schreiben.

»Ich soll erst mal kein Statement posten, und wir wollen abwarten, was in den nächsten Tagen passiert. Da es ja nicht nur ein betrunkener Auftritt ist, sondern es um etwas mit dem Gesetz geht, ist da echt Vorsicht geboten«, sagte sie, während wir den Flur entlangliefen, von dem die Studios abgingen.

»Ist vermutlich nicht ganz schlecht«, entgegnete ich, als wir in eins der Studios traten, in dem ich schon öfters mal gearbeitet hatte.

»Ich hätte es wissen müssen.« Suki schüttelte den Kopf und ließ sich auf das marineblaue Sofa sinken, das hier im Kontrollraum an der beigen Wand stand.

»Was hättest du wissen müssen?«

»Dass so was kommt. Ich habe die Drohungen unterschätzt und …«

»Drohungen?« Mein Herz machte einen Satz. Ich setzte mich neben sie auf das Sofa. »Was meinst du?«

Sie druckste etwas herum, dann wandte sie den Blick ab und sah schließlich wieder zu mir. Ich merkte, wie schwer es ihr fiel, darüber zu sprechen. »Auf Instagram hat mir ein Account ein paar Drohnachrichten geschickt, aber ich dachte, dass das ein Fan von Presley ist, der mich provozieren will. Dabei war es die ganze Zeit Jason.«

Ich starrte sie entgeistert an. »Wieso hast du nichts gesagt?«
»Ich habe es nicht ernst genug genommen.«
»Wusste Carter davon?«
»Ich habe es mal beiläufig erzählt, aber er hat es auch nicht so ernst genommen, glaube ich.« Sie zuckte mit den Schultern und legte den Kopf in den Nacken. »Wenn ich gewusst hätte, dass er dahintersteckt, dann hätte ich viel früher was gesagt.«
»Fuck, dieses Arschloch«, entfuhr es mir, und ich ballte die Hand zur Faust. »Er ist sicher auch die anonyme Quelle, oder?«
»Bestimmt.« Sie nickte und biss die Kiefer aufeinander, während sie auf der Couch ein Bein zu sich zog. »Ich dachte, er würde mich irgendwann in Ruhe lassen.«
Ein Schauer glitt über meinen Rücken, weil ich das Gefühl hatte, dass in meiner Abwesenheit in unserer Heimatstadt einiges passiert war, wovon ich nichts wusste. Sukis überheblichen Ex-Freund hatte ich schon immer gehasst, aber hauptsächlich deshalb, weil er immer versucht hatte, mich bei Suki schlechtzumachen. Er hatte schon von Anfang an was gegen unsere Freundschaft gehabt. Aber ...
»Was meinst du mit *in Ruhe lassen*?« Ich legte den Kopf schief und spannte mich an. »Hat er dir ... Hat er dir was getan?«
Als sie den Blick abwandte und anfing, an ihrem Oberteil herumzuzupfen, versteifte ich mich noch mehr. Wenn dieser Vollarsch sie verletzt hatte, sie angefasst hatte, ohne dass sie es wollte, dann wusste ich nicht, was ich tun würde. Dann sollte er wohl besser das Land verlassen und sich irgendwohin absetzen, wo ich ihn niemals finden würde ...
»Suk.« Ich berührte sie sanft an der Schulter. »Hat er dich verletzt?«
»Nicht körperlich.« Sie räusperte sich. »Verletzt hat er mich trotzdem wie niemand anderes zuvor und danach jemals wieder.«
»Fuck.« Ich fuhr mir übers Gesicht. Um ihr ein wenig näher zu

sein, verlagerte ich auf dem Sofa das Gewicht. Manchmal waren es die seelischen Wunden, die viel stärker und länger schmerzten als die körperlichen. Manchmal für immer. Und manchmal waren es genau die, die dafür sorgten, dass man sich selbst verlor und nie wieder zu sich zurückfand. »Willst du mir davon erzählen?«

Sie nickte und atmete tief durch, bevor sie meinen Blick suchte. Das Leder des Sofas quietschte unter ihrer Bewegung. »Du weißt ja, dass wir zusammenkamen, als ich fünfzehn war und er siebzehn, so wie du und Carter damals. Die ersten zwei Jahre hast du ein bisschen miterlebt, aber ich habe damals selbst noch gar nicht realisiert, dass er so mies zu mir war. Daher habe ich auch nie was gesagt oder mich von ihm getrennt. Anfangs war er so lieb und nett und zuvorkommend. Ein richtiger Gentleman. Aber das hat er nur gemacht, um mich für sich zu gewinnen und … und dann ging irgendwann das Gaslighting los. Damit hat es angefangen.« Als ich sah, wie ihre Finger zitterten, legte ich meine Hand auf ihre und drückte sie. »Er hat mir immer wieder unterstellt, Dinge gesagt oder getan zu haben, die nicht gestimmt haben. Das hat er dann aber so verpackt, dass ich selbst an mir gezweifelt habe. Immer und immer wieder.« Sie schluckte. »Nachdem ich immer mehr Musik mit dir gemacht habe, hat er mich und meine Stimme dauernd kleingeredet. Er hat mir jeden Tag gesagt, dass ich es niemals zu etwas bringen würde und ich froh sein solle, dass er mit mir zusammen ist, weil er doch so viel Kohle hat und eine gute Partie ist und ich somit gar nicht arbeiten müsste … weil ich mit meiner Stimme sowieso keine Karriere machen würde. Und wenn dir das jeden verdammten Tag jemand sagt, den du eigentlich liebst.« Sie zuckte mit den Schultern. »Dann glaubst du das irgendwann.«

Meine Kiefermuskeln spannten sich an. Dass Jason ein Arschloch war, hatte ich immer gewusst, aber das? Das hob seine gesamte verschissene Existenz auf ein ganz neues Level.«»Das tut mir so unfassbar leid. Das hast du nicht verdient. Niemand hat das«, sagte ich leise und strich ihr mit dem Daumen über den Handrücken. »Deshalb warst du auch anfangs so zurückhaltend, was deinen Gesang betrifft, oder? Weil du an dir gezweifelt hast.«

Sie nickte. »Ja. Er hat unfassbar viel in mir kaputt gemacht. Ich habe mich jahrelang nicht getraut, abgesehen von meiner Familie, vor anderen zu singen. Es hat mich einiges an Überwindung gekostet, diesen Vertrag zu unterschreiben. Und als du zu Beginn so fies zu mir warst, da ... da hat das all die Erinnerungen wieder aufgewirbelt.« Schmerz stand ihr in den Augen, und ihre Stimme klang ganz schwach.

Mein Brustkorb schnürte sich zusammen. Wut auf diesen Kerl glitt durch meine Glieder bis in mein Herz. »Das war das Letzte, was ich gewollt hatte. *Shit*. Es ... Es tut mir so leid. Das war alles nur dahingesagt, weil ich frustriert war, aber ich habe kein Wort davon so gemeint. Ich hoffe, das weißt du.«

»Mittlerweile ja«, entgegnete sie und hob gequält einen Mundwinkel. »Aber ... es geht noch weiter.«

Ich verengte die Augen. »Wovon sprichst du?«

»Jason. Als ... Nachdem du ins Gefängnis gekommen bist, hat sich alles noch mal verstärkt. Es war eine verdammt dumme Idee, ihn damals darum zu bitten, euch für den Einbruch in seinem Haus nicht zu verpfeifen. Aber als ich mich dann vor Gericht auch noch ... für Carter eingesetzt habe, Jason allerdings die Wahrheit kannte, hat er das für sich genutzt.«

Eiseskälte zischte durch meine Glieder, ich starrte sie an. »Was hat er getan?«

»Er hat mir immer wieder das Gefühl gegeben, dass ich zwar ein Störfaktor in seinem Leben bin, aber zum Vögeln gut genug.« Ich wollte gerade etwas sagen, da hob sie zitternd die Hand. »Und ja, das hätte spätestens der Zeitpunkt sein müssen, an dem ich hätte Schluss machen sollen. Aber ich ... ich war verliebt in ihn und wollte ihn nicht verlieren. Er hat sich immer wieder entschuldigt und war superlieb zu mir, hat versucht, seine Worte wiedergutzumachen, und dann habe ich ihm verziehen. Es war dumm, und ich hätte einen Schlussstrich ziehen sollen, aber die kurzen Momente, in denen er wirklich süß zu mir war, diese Momente, die manipulierenden Taten, haben mich jedes Mal umkippen lassen.«

Ich fluchte leise. »Hätte ich das nur einmal mitbekommen, dann hätte er sich gewünscht, dass er mir nie über den Weg gelaufen wäre, das schwöre ich dir.«

»Mit jedem Tag, jeder Woche, jedem Monat, bin ich wie eine Pflanze, die man nicht gießt, immer mehr in mich zusammengefallen und habe nichts davon bemerkt. Mir ging es beschissen, ich hatte Albträume, und mir war dauerhaft übel, aber ich habe es immer auf den Stress in der Schule geschoben, weil ich es nicht wahrhaben wollte. Weil ich mir doch so gewünscht habe, dass er mich endlich zu schätzen weiß und mich so liebt wie ich ihn, aber ... das war wohl genauso dämlich, wie auf Nordlichter am Äquator zu hoffen.« Sie atmete tief durch, und ich sah, wie sich Tränen in ihren Augen stauten.

Ich wollte nicht, dass sie sich so fühlte. Ich hätte alles dafür gegeben, damit sie all diese Erfahrungen nicht hätte machen müssen. Wäre alles anders gelaufen, hätte ich ihr damals helfen können. Ich hätte dafür gesorgt, dass sie nicht zerbrochen wäre und weiterhin an sich geglaubt hätte. Jason war ein verdammtes Stück Scheiße, das ich mir irgendwann definitiv noch vorknöpfen würde. Aber jetzt in diesem Augenblick wollte ich nur, dass es ihr so schnell wie möglich besser ging.

»Es tut mir unglaublich leid, Babe. Ich wünschte, ich hätte dir damals helfen können.« Sofort rückte ich etwas näher zu ihr und legte den Arm um ihre Schultern, dann zog ich sie an meine Brust. Als ich bemerkte, dass ihr ganzer Körper bebte, presste ich sie an mich. Ich spürte ihren Schmerz. Ich spürte ihn so sehr, dass ich schreien wollte. »Wie hast du es gemerkt? Wie bist du ihn losgeworden?«

»Als er irgendwann angefangen hat, mich mit dem Wissen über die Nacht von damals unter Druck zu setzen, um mit mir zu schlafen, wenn ich mal nicht wollte, oder mich von Carter, meinen Eltern und meinen Freundinnen fernzuhalten, mich von allen zu isolieren, die mir was bedeutet haben, da habe ich zum ersten Mal gemerkt, dass etwas nicht stimmt. Dass das nicht richtig sein kann.«

»Er hat dich erpresst, damit du ... Fuck. Nein, das ...« Ich verkrampfte mich und biss die Zähne aufeinander, versuchte dennoch, Ruhe zu bewahren, solange ich sie in den Armen hielt. Jetzt bei mir zu sein, sollte sie nicht stressen, das hier sollte ihr die Ruhe schenken, die sie brauchte. Die Sicherheit, die sie brauchte. Daher atmete ich tief durch.

»Doch«, wisperte sie, und ihre Stimme brach. Und damit auch mein Herz. »Auch wenn er mein Freund war, hat sich das ziemlich mies angefühlt.«

»Ich kann mir nicht im Ansatz vorstellen, wie das für dich gewesen sein muss«, brachte ich zähneknirschend hervor. »Der Kerl soll in der Hölle verrotten.«

»Immerhin habe ich es dann aber gecheckt und mich Carter anvertraut. Er war für mich da, als ich mich von Jason getrennt habe, und auch die Jahre danach. Bis heute. Ohne ihn wäre ich in ein tiefes Loch gefallen, aber er hat mich immer wieder aufgebaut.« Nachdenklich malte sie mit ihrem Zeigefinger Kreise auf meine Brust, während ich ihr über den Rücken strich und ihren süßen Duft einatmete.

»Und wie hat Jason die Trennung aufgenommen?«

»Er hat mir geschworen, mir das Leben zur Hölle zu machen, weil ich ihn vermutlich in seinem Ego verletzt hatte. Immerhin ist er ja der Gott der Welt, der mit Mädchen Schluss macht, nicht sie mit ihm«, sagte sie leise. »Er war plötzlich immer wieder an den Orten, an denen ich auch war, ist mir mit seinem Auto hinterhergefahren und hat mich beobachtet. Wenn ich ihn darauf angesprochen habe, hat er darauf bestanden, dass ich ihm nicht verbieten könne, an denselben Orten – rein zufällig natürlich – zu sein.« Ich sah, wie sich auf ihren Armen eine Gänsehaut bildete. »Er hat mich wochenlang nicht in Ruhe gelassen, mich immer beleidigt, als ich an ihm vorbeigelaufen bin, und im ganzen Ort herumerzählt, dass er mich hat fallen lassen, weil ich im Bett nichts taugte und nur eine hirnlose Blondine sei. Und du weißt, wie einflussreich er und seine Familie sind. Ich habe es dort nicht mehr ausgehalten, er war überall und hat mich nicht in Ruhe gelassen. Es war Carters Idee, ans andere Ende des Landes nach L.A. zu ziehen, weil er meinte, dass ich rausmuss, weg von Jason und den Erinnerungen und seinen Drohungen. Daher sind wir hergekommen, und ich habe angefangen, als Floristin zu arbeiten, während Carter seine Filmkarriere angehen konnte. Daraufhin hat mich Jason dann auch endlich in Ruhe gelassen, ich dachte, ich würde nie wieder was von ihm hören. Aber anscheinend hat er nur auf den richtigen Zeitpunkt gewartet, um es mir so richtig heimzuzahlen. Tja, und jetzt sitzen wir hier, kurz vor dem Aus meiner Karriere, die noch nicht mal richtig angefangen hat.«

»Das klingt nach einer echten Katastrophe, und ich wünschte, ich hätte damals für dich da sein können. Wenn ich bei euch gewesen wäre, wenn ich ihn in die Finger bekommen hätte, der Kerl wäre nicht mehr glücklich geworden, das verspreche ich dir. Ich habe immer gewusst, dass er ein Arschloch ist, aber das?« Ich schüttelte den Kopf. »Das hätte selbst ich nicht von ihm erwartet.«

Suki schniefte und fuhr sich mit der Hand übers Gesicht. »Manchmal können die größten Arschlöcher es am besten vertuschen. Man muss auf der Hut sein. Seitdem habe ich mich keinem Mann mehr anvertraut, bis auf die aus meiner Familie.« Sie schniefte leise. »Und dir. Aber trotz allem, was du damals getan hast, wusste ich, dass du kein schlechter Mensch bist. Ja, du hast Carter zwar angestachelt, dir bei einem der Einbrüche zu helfen, und hast echt einige Familien um ihr Erbe gebracht, aber … ich habe das Gefühl, dass du wirklich daraus gelernt hast.«

Ein unangenehmes Gefühl kroch mir durch die Glieder, und ich setzte mich ein Stück auf. »Ähm …«

Sofort hob Suki den Kopf und suchte meinen Blick. »Oder nicht?«

Ich war es leid, mich herauszuhalten. Ich war es leid, dass sie mich für einen Verbrecher hielt. Aber besonders leid war ich es, sie zu belügen.

»Hör zu, Suk … Ich … Du solltest da etwas wissen.«

29
Suki

»Eigentlich wollte ich nichts sagen, weil das nicht mein Job ist, aber ... ich bring es nicht übers Herz, dich weiter anzulügen.«

»Anzulügen?« Sofort nahm ich Abstand von ihm, rückte zur Seite, weil ich Angst davor hatte, was nun folgte. »In Bezug worauf?« Als River nichts sagte, nur herumdruckste, fixierte ich ihn. »Ich will die Wahrheit hören, um was auch immer es geht. Jetzt.«

River wirkte zerrissen und tat sich damit schwer, die richtigen Worte zu finden. »Ich glaube, du hast nie erfahren, was damals in der Nacht passiert ist, oder?«

»Doch. Carter hat mir alles erzählt.«

Mit zusammengepressten Lippen musterte er mich. »Okay. Und er hat dir gesagt, dass ich der Schuldige sei, ja?«

Ich nickte. »Ja, schon. So war es doch auch, oder? Das hast du vor Gericht gestanden.«

»Wann habe ich es gestanden, Suki? War das bevor oder nachdem du einzig und allein deinem Bruder ein falsches Alibi gegeben hast?« Er hob eine Braue. »Nicht dass ich das von dir erwartet hätte, aber ich hätte auch nicht erwartet, dass du mich stattdessen auflaufen lässt.«

»Dann sag mir die Wahrheit«, brachte ich hervor. »Was ist damals passiert?«

Einige Momente vergingen, bevor River sich durchs Haar fuhr, sich dann nach vorn beugte, die Unterarme auf seinen Beinen abstützte und mich eindringlich ansah. »An jenem Abend im August kam Carter zu mir. Er war völlig aufgelöst, und ich habe ihn gefragt, was los sei. Ich wusste zu dem Zeitpunkt schon eine ganze Weile, dass er sich immer mal wieder Molly einwarf. Er war nicht süchtig, aber er hat sich das Zeug gerne mal gegönnt und dafür auch seine Ersparnisse geopfert.«

»Okay«, wisperte ich. »Ja, davon habe ich gewusst. Heute macht er das aber nicht mehr. Das hätte ich mitbekommen.«

Er atmete tief ein und aus. »An jenem Abend kam er also zu mir und hat mir erzählt, wie beschissen es ihm geht, weil sein Dealer hinter ihm her ist. Die letzten Lieferungen hatte er nicht bezahlt und um eine Verlängerung gebeten. Er brauchte Geld. *Viel* Geld. Und das so schnell wie möglich. Ich wollte ihm also etwas leihen, wobei ich auch keine Reichtümer hatte. Du kennst mich, Mom hat mich allein großgezogen, und ich hatte auch nicht gerade viel Kohle.« Er schüttelte den Kopf. »Wie dem auch sei ... Das hatte Carter auch gar nicht im Sinn.«

»Okay?«, sagte ich leise und spürte, wie mein Herz immer schneller schlug, je näher ich der Wahrheit kam.

»Es war Carters Idee, bei Jason und seiner Familie einzubrechen und das Geld zu klauen. Als ich ihm gesagt habe, dass wir das nicht bringen können, weil wir erwischt werden, meinte er ...« River stöhnte leise auf, und es wirkte so, als würde er sich schwertun, mir das alles zu erzählen. »Er meinte, dass er das schon unzählige Male bei anderen Häusern gemacht hat, um seinen Dealer in der Vergangenheit zu bezahlen.«

Nein. Nein. Nein.

Ich schnappte nach Luft und schüttelte den Kopf. »Niemals, nein ...«

Das durfte nicht wahr sein. Es war nicht die Idee meines Bruders gewesen, sondern die von *River*. Und es war auch River gewesen, der in die Dutzend anderen Häuser eingebrochen war und das Geld gestohlen hatte, wie es vor Gericht herausgekommen war. Das war alles Rivers Schuld gewesen. Ganz sicher.

Zumindest hatte Carter genau das die ganze Zeit behauptet.

»Tut mir leid, Suk.« Er legte die Stirn in Falten, während ich versuchte, das Gehörte zu verarbeiten. »Er hat mich gebeten, ihm an dem Abend zu helfen. Er hat mir vertraut und es mir deshalb erzählt. Außerdem brauchte er meine Hilfe. Zu den anderen Häusern hatte er sich problemlos Zugang verschafft, doch bei dem Haus von Jasons Familie schien es schwieriger zu sein, und er hat jemanden gebraucht, der den Fluchtwagen fuhr. Ich verspreche dir, ich wollte es ihm ausreden und auf andere Art und Weise helfen, aber er war so verzweifelt und ... Er war mein bester Freund. Ich musste ihm helfen. Ich hätte alles für ihn getan.«

Das, was River mir erzählte, schien so unwirklich, dass ich es nicht fassen konnte. »Und dann seid ihr bei Jason eingebrochen, nein, Carter ist eingebrochen und du hast den Wagen gefahren, ja?«

Er nickte. »Es war auch einfach eine verdammt dumme Idee, mein Auto zu nehmen, aber wer hätte denn damit rechnen können, dass Jason genau zu dem Zeitpunkt aus dem Fenster schauen und uns wegfahren sehen würde? Carter meinte, er habe einen sicheren Plan, da Jasons Eltern im Urlaub seien und Jason mit seinen Kumpels unterwegs sei. Doch dann kam er unerwartet früher nach Hause. Tja. Und deshalb hat Jason uns dabei erwischt, als Carter zu mir ins Auto gestiegen ist und wir weggefahren sind.«

»Am nächsten Morgen hat er euch dann zum ersten Mal zur Rede gestellt, als ich auch dabei war, oder?«

»Ja. Er dachte ja, dass du auch mit drinhängst.«

Ich konnte mich noch genau daran erinnern, wie Jason an dem Sonntagmorgen bei mir aufgetaucht war und ich Carter und River hatte zu mir zitieren sollen. Er unterstellte ihnen, 20 000 Dollar gestohlen zu haben, doch die Jungs hatten alles abgestritten. Daraufhin wollte Jason zur Polizei gehen.

»Und als er wieder weg war und du auch«, wisperte ich, »da hat mir Carter alles erzählt. Er meinte, dass du das Geld gebraucht hättest und er dir helfen wollte. Und da du auch immer der Rebell der Schule warst und dich noch nie gern an die Regeln gehalten hast, habe ich ihm geglaubt. Das heißt, er hat eure Rollen vertauscht.«

»Ich ... ich bin dann später noch mal zu Jason und hab mit ihm geredet, weil ich wollte, dass er euch verschont. Ich habe ihn angefleht, nicht zur Polizei zu gehen, keine Aussage zu machen, und ihm gesagt, dass ich dafür sorgen würde, dass ihr das Geld zurückzahlt. Doch er wollte nicht mit sich reden lassen und hat von mir erwartet, dass ich mich gegen euch wende und hinter ihm stehen sollte.« Ich lachte bitter auf.

»Das hast du echt getan?« Verwirrt starrte er mich an. »Ich wusste das nicht.«

»Ja«, entgegnete ich und nickte leicht. »Ich habe alles versucht, aber ihm ging es ums Prinzip und darum, besonders dich in die Pfanne zu hauen, weil er dich nicht ausstehen konnte.«

Er schnaubte. »Kein Wunder, ich war hinter seiner Freundin her.«

Damit entlockte er mir ein leichtes Schmunzeln, das allerdings genauso schnell wieder verflog, als ich an das Gespräch dachte und daran, wie selbstgefällig mich Jason angegrinst hatte. Ich schüttelte den Kopf. »Er ließ nicht mit sich reden.« Meine Kehle schnürte sich zusammen, als ich Rivers Blick auffing. »Und dann kam der Part, den ich bis heute so sehr bereue, dass es wehtut.«

Seine Brauen huschten nach oben. »Welcher Part?«

Ich biss die Zähne aufeinander. »Da Jason euch nicht verschonen wollte, habe ich ihm aus Verzweiflung einen Deal vorgeschlagen.«

»Einen Deal?«

»Oh Mann«, entfuhr es mir, und ich strich mir übers Gesicht. Meine Hände waren eiskalt. Ich zitterte, und alles drehte sich. »Ich wusste es nicht, okay? Ich dachte, dass du der Schuldige bist. Carter hat das behauptet.«

Als er die Augen verengte und mich misstrauisch musterte, fuhr ich fort. »Ich habe ihm das gesagt, was mir Carter gesagt hat ... dass du die Idee hattest und alles von dir geplant worden war. Ich habe ihn darum gebeten, dass, wenn er schon nicht euch beide gehen lassen will, er doch zumindest Carter raushalten und alles auf dich ... abwälzen soll.«

Stille.

River stieß hart die Luft aus. In seinen Augen spiegelte sich Enttäuschung. »Es wäre gelogen, wenn ich sagen würde, dass ich mir so was in der Art nicht schon gedacht habe. In den 18 Monaten im Gefängnis hatte ich sehr viel Zeit, um mir über einiges klar zu werden, musst du wissen. Aber dennoch ... Ich ... ich meine, ich kann es verstehen, weil ich weiß, dass du mich für den Schuldigen gehalten hast, der deinen Bruder in die Scheiße ziehen wollte, aber ...« Er seufzte. »Es ist dennoch echt hart. Das ... Und dann noch die Tatsache, dass du vor Gericht dieses Alibi für Carter vorgeschwindelt hast. Und dass dann auch noch all die anderen Einbrüche herauskamen.« Schmerz legte sich auf seine markanten Züge, bevor er den Blick abwandte und sich die Hände vor Nase und Mund legte. Er starrte zu Boden. »Mich hat das all die Jahre nie losgelassen.«

»Ich musste ihm das Alibi geben, damit es glaubwürdig erscheint«, flüsterte ich und rückte etwas näher zu ihm. »Es tut mir so unglaublich leid, River. Hätte ich das alles gewusst, hätte ich das niemals getan. Ich hätte Carter ganz sicher kein falsches Alibi gegeben und auch nicht Jason angefleht, ihn rauszuhalten. Bitte glaub mir, dass ich das niemals gewollt hätte.« In meiner Kehle brannte es, und ich spürte, wie mir die Sicht vor Augen verschwamm. Ich blinzelte einige Male. »Carter hat mich von vorn bis hinten belogen. Ich muss mit ihm sprechen. Ich kann es erst richtig fassen und glauben, wenn ich es aus seinem Mund gehört habe. Und wenn das wirklich so sein sollte, dann ...« Meine Stimme brach.

Rivers Blick flackerte zu mir, voller Sorge und Mitgefühl. »Hey«, sagte er leise und wischte mir im nächsten Augenblick mit dem Daumen eine Träne von der Wange, die sich gerade selbstständig gemacht hatte. »Es war verdammt beschissen, ja. Das leugne ich nicht. Es war die Hölle, aber ...« Er hob einen Mundwinkel. »Du hattest keine Ahnung von dem Mist. Dein Bruder hat dich angelogen. Die Falschaussage war alles andere als in Ordnung, aber du hattest keine Ahnung vom Ausmaß von Carters Lügen.«

»Wieso hast du nie die Wahrheit gesagt, damals vor Gericht nicht und auch in den letzten Wochen?«

»Vor Gericht hab ich die Hoffnung verloren, aus der Sache wieder herauszukommen, da alle Beweise gegen mich gesprochen haben und sich ja sogar meine besten Freunde gegen mich gestellt haben.« Seine Atmung ging stockend. »Und in den letzten Wochen, als mir erst so richtig bewusst wurde, dass du keine Ahnung hast, was wirklich passiert ist, da habe ich es nicht übers Herz gebracht, dir alles zu erzählen, weil das eine Sache zwischen dir und deinem Bruder ist. Es wäre sein Job gewesen, alles klarzustellen. Aber hier und heute konnte ich nicht mehr anders, Suki.«

Mir entfuhr ein leises Schluchzen, und ich barg das Gesicht in meinen Händen, weil mich gerade alles überforderte. Die letzten fünf Jahre hatte ich eine Lüge gelebt. Ich hatte River für ein Monster gehalten, während Carter eigentlich der Bösewicht gewesen war. Was hatte ich nur für einen beschissenen Bruder? Wieso hatte er mich belogen, obwohl er mir doch eigentlich hatte vertrauen können? Ich hatte River ins Gefängnis gebracht, obwohl er unschuldig gewesen war. Es fühlte sich so an, als würde meine ganze Welt gerade in sich zusammenbrechen und ich hätte all das verdient. Es reichte nicht, dass meine Karriere drauf und dran war, sich in Luft aufzulösen. Nun musste ich auch noch all das erfahren und damit klarkommen, dass *ich* daran schuld war, dass River für Carter den Kopf hatte hinhalten müssen. »Es tut mir so leid. Ich ... ich habe einen riesengroßen Fehler gemacht«, brachte ich stockend hervor und schnappte nach Luft. »Scheiße, River. Ich wünschte, ich könnte die Zeit zurückdrehen. Ich hätte Carter hinterfragen und nicht gleich alles glauben sollen. Euer Aufeinandertreffen nach all den Jahren muss schrecklich für dich gewesen sein. Ich hätte das damals nicht tun dürfen. Du warst immer so gut zu mir, und dann komme ich um die Ecke und schick dich in den Knast?« Tränen krochen kochend heiß über meine Wangen. »Ich habe mich so schlimm verhalten, und das tut mir so leid. Ich ... ich kann echt verstehen, dass du mich gehasst hast und nichts von mir wissen wolltest. Ich verstehe jetzt alles. Und ich kann mich nicht oft genug entschuldigen, River, aber ich könnte es auch verstehen, wenn du meine Entschuldigung nicht annimmst und mir nicht verzeihen kannst.«

»Suk«, wisperte er, und in seinem Blick flammte Wärme auf. »Für mich ist die Sache durch. Du wusstest es nicht. Natürlich war es scheiße, ja, definitiv, aber ... Wenn ich dich hier so sitzen sehe, wie du vor Schmerz fast vergehst, und ich merke, dass es dir wirklich leidtut, wie könnte ich da anders, als dir zu verzeihen?«

Einer seiner Mundwinkel wanderte quälend langsam nach oben. »Das ist lange her. Wir sind erwachsen geworden, und außerdem wäre ich dumm, irgendwas zu tun, womit ich dich verliere.« Jetzt lächelte er fast schon. »Du gehörst zu mir, und ich lass dich nie wieder gehen.« Und dann beugte er sich zu mir herüber und legte seine Lippen auf meine.

Ich erwiderte den Kuss, schmeckte den Kerl, dem ich mein Leben anvertraut hätte, und hielt mich an seinen Schultern fest, während er mich sanft zu sich zog. Seine Zunge teilte meine Lippen. Hitze wanderte durch meinen Körper, und ich musste leise seufzen. Dann zog er sich wieder zurück. Unsere Blicke versanken ineinander, während unsere Herzen im Einklang schlugen.

»Mir tut es auch leid«, sagte er mit rauer Stimme und strich mir eine Strähne hinters Ohr. »Dass ich die Sache nicht früher aufgeklärt habe. Aber irgendein abgefuckter Teil in mir war der Überzeugung, dass er derjenige sein sollte, der es dir erzählt.«

Ich schluckte den Kloß in meiner Kehle hinunter und blinzelte einige Male. »Ja, das hätte Carter tun sollen. Und genau das werde ich jetzt mit ihm besprechen.« Rasch zog ich mein Handy aus der Tasche und tippte Carters Nummer an. Ich musste es von ihm hören.

Im nächsten Moment hob er ab. »Was willst du?«, murmelte er müde, woraufhin sich meine Wut auf ihn intensivierte.

Mein Magen zog sich zusammen, als ich mein Gewicht auf dem Sofa verlagerte, um ein wenig Raum zwischen River und mich zu bringen. Ich musste jetzt klar denken können. »Ich muss mit dir reden, auch wenn wir zuletzt nicht im Guten auseinandergegangen sind. Aber das hier ist wichtig, ich muss es wissen! Erzähl mir endlich die Wahrheit. Was ist damals wirklich passiert? Stimmt es, dass du alle Einbrüche begangen hast und River unschuldig war?«

Dass er nichts sagte, machte mir Angst. »Carter, ich will es wissen. Von dir. Ist das die Wahrheit? Hast du mich all die Jahre angelogen und deine verdammten Fehler auf deinen besten Freund abgewälzt? Stimmt das?«

»Suki, woher hast du das? Ich ...« Er brach ab, seine Stimme klang dünn und brüchig.

»Wenn du mich jetzt noch einmal anlügst, wird diese Sache vielleicht für immer zwischen uns stehen!«

Die ohrenbetäubende Stille, die in der Leitung schwang, verhieß nichts Gutes. Er sagte nichts für eine Sekunde, zwei, drei, vier, bis ich schließlich ein Schniefen hörte. »Ähm, ich ... Das damals war ... Es tut mir leid, alles tut mir so verdammt leid. Ich habe einen Fehler gemacht.«

Und damit brach mir mein eigener Bruder mein Herz.

»Das kann nicht dein Ernst sein. Wieso hast du es mir nie gesagt?«

Doch Carter schwieg.

Wut und Enttäuschung schwappten wie eine dunkle Welle über mich. Ich fühlte, wie die Tränen überhandnahmen und mir die Sicht vor Augen verschwamm. Mein ganzer Körper spannte sich an, und ich hatte das Gefühl, den Boden unter den Füßen zu verlieren. In meiner Kehle brannte es. Alles brannte lichterloh. Genau wie die Beziehung zu meinem Bruder, der einmal mein bester Freund gewesen war. Ich schluckte den Schmerz hinunter und riss mich zusammen, bevor ich, ohne ein weiteres Wort zu sagen, auflegte und das Handy neben mir auf das Polster sinken ließ.

Wie betäubt strömten mir aufs Neue Tränen über die Wangen, während ich versuchte, nicht in Panik auszubrechen, sondern tief durchzuatmen.

»Er hätte es mir vermutlich nie gesagt«, wisperte ich und schluckte hart, als ich mich River zuwandte, in dessen Augen so viel Sorge schwamm. Sofort zog er mich in seine Arme. »Ich kann es immer noch nicht fassen. Wie konnte er mich so belügen?«

Behutsam strich er mir über den Rücken. »Er hat sich geschämt, Suk. Er wollte wahrscheinlich nicht, dass du schlecht über ihn denkst.«

»Ich bin seine Schwester. Wenn er es mir nicht sagen kann, wem dann? Ich bin so enttäuscht von ihm. Gut, dass er wegen der Premiere nichts mehr von mir wissen will, denn mir geht es jetzt ähnlich. Er kann mir genauso gestohlen bleiben wie ich ihm. Ich weiß nicht, ob ich ihm jemals wieder vertrauen kann. Ich weiß nicht, was ich jetzt tun soll.«

»Alles braucht seine Zeit. Das wird wieder, ich bin mir sicher. Und bis dahin werde ich alles tun, damit du dich besser fühlst, okay?« Ein Lächeln zupfte an seinen Lippen.

Ich nickte. »Okay.«

Dann legte er sein Kinn auf mein Haar und schenkte mir mit dieser kleinen Geste so viel Sicherheit, dass ich das Gefühl hatte, dass ich diese beschissene Zeit irgendwie überstehen würde. Ich würde alles schaffen, wenn er bei mir war.

30
Suki

Meine Karriere war am Ende, bevor sie überhaupt angefangen hatte.

Carter hatte mich jahrelang belogen.

Und online cancelten mich die Menschen und feuerten ihren Hass auf mich ab.

Nicht unbedingt eine meiner Sternstunden.

»Sollen wir zu mir? Oder willst du lieber nach Hause?« River musterte mich besorgt. Wir saßen immer noch eng umschlungen im Tonstudio auf dem Sofa, mittlerweile war es sicher schon dunkel draußen.

Bestimmt schüttelte ich den Kopf. »Bloß nicht. Da lauern überall Fotografen und Reporter. Bei dir nicht?«

»Fuck. Klar, doch.« Er atmete zischend aus.

»Ich habe keine Ahnung, wohin ich gehen soll. Vielleicht in ein Hotel?«

Kopfschüttelnd zog er sein Handy aus der Hosentasche. »Da wird oft getratscht, und dann stehen sie auch dort vor der Tür. Ich habe eine andere Idee, warte …«

Während er auf seinem Handy herumtippte, versuchte ich zu

verstehen, was heute passiert war. Aber vor allem, was ich heute über meinen Bruder erfahren hatte. Carter war die schlimmste Enttäuschung von allen. Es blieb fraglich, ob ich ihm jemals wieder vertrauen konnte.

»Okay, wir können los«, sagte River plötzlich und nickte zur Tür. »Ich habe in der Tiefgarage geparkt, dann bekommen die Presseleute draußen hoffentlich nichts mit.«

Rasch schob ich mein Handy zurück in die kleine Tasche. »Was? Wohin?«

»Ein Kumpel von mir, David, hat in Malibu ein kleines Strandhaus, wo er alle paar Wochen mal aufschlägt, aber aktuell steht es leer. Ich habe ihn eben gefragt, ob du dort für ein paar Tage untertauchen kannst, und er meinte, das sei kein Problem. Dort bist du sicher.« Er erhob sich, und ich schloss mich ihm an.

»Nett von ihm. Okay, das klingt gut. Sag ihm Danke! Ich werde Jazz Bescheid geben, dass sie bei mir zu Hause ein paar Sachen zusammenpacken und bringen soll. Ich habe echt keine Lust, jetzt nach Culver City zu fahren und die ganzen Paparazzi dann zu diesem Strandhaus zu führen.«

Während wir zu seinem Wagen liefen, gab ich Jazz Bescheid. Am oberen Rand des Displays ploppten immer wieder neue Nachrichten von Leuten auf, die wissen wollten, ob das alles stimmte. Ob ich wirklich gelogen hatte. Ich fühlte mich wie gerädert, als ob tonnenschwere Gewichte an mir hängen und mich in ein schwarzes Loch ziehen würden.

Als wir im Auto saßen und wenig später die Interstate 10 in Richtung Malibu nahmen, neben uns Palmen und Autos auf den anderen Spuren zu sehen waren und durch die Lautsprecher leise »The Archer« von Taylor Swift schallte, checkte ich meine Verlinkungen und Nachrichten auf Instagram, ich checkte TikTok und X sowie ein paar Newsseiten. Mit jeder Sekunde, die verstrich, spürte ich, wie sich mein Brustkorb mehr zuschnürte.

Jedes Wort online stach wie eine scharfe Pfeilspitze in mein Herz, und ich hoffte darauf, dass irgendwann die Taubheit einsetzen und mir alles egal werden würde. Doch jetzt gerade tat es einfach nur weh, mitansehen zu müssen, wie alles bergab ging. Alles, wofür ich die letzten Wochen gearbeitet und gekämpft hatte, wofür ich mir Sachen hatte gefallen lassen, die nicht in Ordnung gewesen waren. Alles *dafür*, dass ich jetzt hier saß und drauf und dran war, meine Karriere wieder zu verlieren. Ich schluckte hart, als mir Tränen in die Augen schossen. Mein schlechtes Gewissen, damals das Falsche getan zu haben, ließ mich nicht los. Ich hatte dafür gesorgt, dass River unschuldig im Gefängnis gesessen hatte. Was für ein schrecklicher Mensch war ich nur? Was hatte ich mir dabei gedacht, Carter das falsche Alibi zu geben? Wieso hatte ich all das getan? Warum war ich so dumm gewesen, damals nichts zu hinterfragen?

»Wie geht's dir?«

Ich scrollte weiter durchs Handy, durch die Artikel und Videos, ohne zu River zu sehen, und brachte kein Wort heraus. Plötzlich erschien ein Anruf meiner Mom vor meiner Nase, doch ich drückte sie weg. Mal wieder. Ich wollte mit niemandem sprechen. Tränen stiegen mir in die Augen, weil ich nicht wusste, wohin mit mir.

»Suki? Willst du nicht rangehen?«

»Nein, das kriege ich gerade nicht auch noch hin. Die ganze Welt hasst mich, und ich kann nichts tun, vor allen Dingen habe ich es von vorn bis hinten verdient«, entgegnete ich, den Blick immer noch auf das Display geheftet. »Was denkst du denn, wie's mir geht?«

»Wir kriegen das schon wieder hin. Mach dir keine Sorgen, Vortex ist sicher dran, das Problem zu lösen.«

»Vielleicht. Vielleicht auch nicht«, murmelte ich nur.

Sein Blick huschte kurz zu mir, dann wieder nach vorn auf die Straße. »Pack doch mal das Handy weg. Deine Laune wird sich nicht heben, wenn du den ganzen Scheiß online liest. Und ändern wird die Situation dadurch auch nicht.«

»Von mir aus.« Ich ließ das Handy in meine Tasche sinken. Mein Puls rauschte mir in den Ohren, weil mir jetzt noch mehr durch den Kopf ging. Jason. Seine Drohungen. Meine Fehler. Meine gottverdammten Fehler. Carter. Rivers Zeit im Gefängnis. Sein Leben, das ich ruiniert hatte. In meiner Kehle bildete sich ein fetter Kloß.

»Wir sind gleich da, dann kannst du ein bisschen runterkommen und schlafen oder tun, was auch immer dir guttut.«

Keine 20 Minuten später manövrierte River den Wagen in die Einfahrt des Strandhauses. Wir stiegen aus und erreichten über eine kleine Treppe die Haustüre, die uns schließlich ins Innere führte, nachdem River sie aufgesperrt hatte.

»Hübsch hier«, murmelte ich, während ich auf die weiße Kücheninsel zuschlenderte, die den Küchenbereich vom riesigen Wohnzimmer abteilte, das in beigen und weißen Tönen sehr minimalistisch eingerichtet war. Ich lief zur Glasfront, durch die man, wenn man sie denn öffnete, auf eine Terrasse treten und den Ausblick über den Malibu Beach genießen konnte.

»David ist nur alle paar Wochen mal hier und aktuell sowieso auf Reisen, von daher dachte ich, bietet sich das doch gut an. Niemand wird dich hier vermuten.« River stemmte die Hände auf die Lehne des Sofas, während sein Blick auf mir lag. »Kann ich irgendwas für dich tun, damit es dir besser geht?«

Wärme umspielte seine Züge, und ich starrte ihn an, starrte jeden Zentimeter seines Gesichts an und fragte mich, wie er überhaupt etwas für mich empfinden konnte. Wieso dieser wundervolle Kerl mich nicht abgrundtief hasste, wie der Rest der Welt es gerade tat. Wie ich es auch tat.

Wieder schob sich die Erinnerung an River im Gericht vor mein inneres Auge. Die Erinnerung daran, wie ich ihn das letzte Mal für eine lange Zeit gesehen hatte, wie er abgeführt worden und hinter den Türen verschwunden war. Ich stellte mir vor, wie er in seiner Zelle saß, einsam vor sich hin starrte und sich in den Mittagspausen auf dem Hof prügelte. Wie er in der Mensa saß und jemand eine Gabel in seine Hand bohrte. Und all das nur, weil ich so ein verdammtes Miststück gewesen war. Weil ich meinem Bruder naiv Glauben geschenkt hatte, ohne auch nur ein Wort zu hinterfragen.

Ich biss die Zähne aufeinander und lehnte mich mit dem Rücken an die Wand gegenüber River. Tränen traten mir in die Augen, und ich wischte sie weg, rutschte zu Boden und legte die Arme um meine Knie. »Wieso bist du noch hier?«

Verwirrt zog er die Brauen zusammen und kam zu mir rübergelaufen. »Wieso nicht?«

»River«, fuhr ich ihn an und schüttelte den Kopf. »Du warst im Gefängnis wegen mir. Jedes Mal, wenn ich daran denke, wie du abgeführt wurdest ... Da zerreißt es mir das Herz. Daran bin ich verdammt noch mal schuld. Und ich werde das nie wiedergutmachen können. Vielleicht sagst du, du verzeihst mir, aber ich kann mir das selbst nicht verzeihen. Ich war eine beschissene Freundin, ich ...«

»Hey«, sagte er schnell und setzte sich mir gegenüber auf den Boden, dann umfasste er meine Beine und sah mir geradewegs in die Augen. »Setz einen Haken darunter. Wir können es nicht ändern, okay?«

»Ich habe ein unfassbar schlechtes Gewissen. Du solltest mich hassen, so wie ich es gerade auch tue.« Jetzt, wo ich ihm in die Augen blickte, wurde mir bewusst, dass ich River überhaupt nicht verdient hatte. Er hatte immer alles dafür getan, dass es mir gut ging. Damals wie heute. Und ich hatte ihn zum Dank unschuldig in den Knast befördert. »Und das wird sich nicht ändern, nur weil du versuchst, es mir abzusprechen.«

»Ich will dir gar nichts absprechen. Eins habe ich im Gefängnis gelernt: Wir alle machen Fehler. Jeder Mensch tut das. Manche sind schwerwiegender als andere, und über viele kommt man hinweg – so wie ich mittlerweile.«

Ich schüttelte den Kopf und stand auf. In meiner Brust trommelte es wie wild, während ich unruhig durch den Raum tigerte. »Das war der größte Fehler, den ich je begangen habe. Ich hätte das nicht tun dürfen. Ich hätte ehrlich sein müssen, dann wärst du nicht im Gefängnis gelandet. Unschuldig. Diesen ganzen Shitstorm habe ich so was von verdient. Verdammte Scheiße, ich … ich …« Alles drehte sich. Ich wusste nicht mehr, wo oben und unten war. Ich schlug mir die Hände vors Gesicht und spürte, wie erneut Tränen aus meinen Augen strömten. »Alles geht bergab. Alles. Einfach alles!« Zitternd ließ ich mich auf einen der Sessel sinken. »Ich weiß nicht mehr weiter. Ich hasse mich für all das, was ich dir angetan habe. Ich realisiere jetzt erst, wie schlimm das alles war und dass ich damals mit dieser beschissenen Lüge dein Leben zerstört habe, ohne dass du etwas dafür konntest.«

»Suki«, hörte ich Rivers ruhige Stimme. »Wir kriegen das hin. Ich verzeihe dir das alles. Du wusstest es nicht besser.«

Hitze und Kälte durchfuhren mich gleichermaßen. Ein dicker Felsen lag auf meiner Brust und schnürte mir die Luft zum Atmen ab, während mein ganzer Körper zitterte. »Ich fühle mich machtlos. Ich kann nichts tun, weil Vortex mir verboten hat, mich zu allem zu äußern. Ich habe dein Leben ruiniert. Selbst mein Bruder hat mich jahrelang belogen. Die Welt hasst mich, weil ich eine billige Presley-Kopie bin. Ich werde gecancelt, weil ich vor Gericht gelogen habe.« Ich schüttelte den Kopf. »Ich verliere alles. Ich weiß nicht, was ich tun soll. Ich weiß es einfach nicht. Alles, was ich mache, ist falsch oder nicht genug. Das war es noch nie und wird es niemals sein. Und jetzt, wo ich endlich wieder Stücke meines Selbstbewusstseins zurückgewonnen habe, lerne ich aufs Neue, mich für all die Dinge zu hassen, die ich falsch gemacht habe.«

»Komm schon, wir finden eine Lösung«, sagte er und stand auf. »Beruhig dich erst mal ein bisschen und atme tief durch, okay?«

»Nein!«, fuhr ich ihn an. »Nein, nein, nein! Ich habe diesen verdammten Shitstorm berechtigterweise an der Backe. Das Karma hat wohl zugeschlagen.«

»So ein Schwachsinn.« Seine Miene verdüsterte sich.

»Das ist kein Schwachsinn, River. Blick der Wahrheit mal ins Auge und setz die rosarote Brille ab.« Meine Stimme brach, während wieder Tränen über meine Wangen perlten. Ich fühlte mich schlimmer als jemals zuvor. Ich war nichts weiter als eine Bürde. Carter hasste mich und hatte mir nicht mal vertrauen können. River sollte nach allem, was wir hinter uns hatten, Abstand zu mir gewinnen, weil ich alles zerstörte. Tja, und der Rest der Welt hasste mich auch. Zu Recht. Wieso sah er es nicht? Wieso checkte er nicht, dass ich nicht gut genug für ihn war? Wieso verstand er nicht, dass es ihm nichts brachte, mich in seinem Leben zu haben? »Du hast was Besseres verdient als das.«

»Woher kommt das denn jetzt?« Er fluchte leise und fuhr sich übers Gesicht. »Dir geht es nicht gut, und ich will für dich da sein. Also spar dir das, ich habe dir verziehen. Ich will *dich* und niemand anderen.«

Heftig schüttelte ich den Kopf und krallte meine Finger ins Polster. »Ich bin einfach überfordert und weiß nicht, was ich tun soll. Ich will meinen Kopf freibekommen. Und solange du hier bist, schaff ich das nicht. Wenn ich dich sehe, dann sehe ich all meine Fehler und was ich dir angetan habe, aber ich weiß nicht, wie ich das wiedergutmachen kann. Ich brauche einen Abend für mich, um das alles zu verstehen, okay? Bitte. Lass uns ... lass uns morgen reden, aber ... Ich weiß gerade nicht, wohin mit mir.«

Ich starrte ihn an, während seine Augen nachdenklich hin und her zuckten. Eine beharrliche Stimme trichterte mir ein, dass er nun allmählich erkannte, wieso er ohne mich besser dran war. Weil ich ihn nicht verdient hatte. Weil ich sein Leben ruiniert hatte.

Er stieß hart die Luft aus, dann erhob er sich. »Gut. Ich lass dich allein, aber melde dich, wenn du was brauchst, okay?« Ich fing noch einen besorgten Blick von ihm auf, bevor er die Tür ansteuerte und nach draußen schritt. Dann fiel sie hinter ihm zu.

Ich hasste mich in diesem Moment mehr, als es die ganze Welt gemeinsam jemals könnte. Aber ich hatte ihn wegschicken müssen, damit River begriff, dass er ohne mich besser dran war.

31
River

»Schwing deinen verfickten Arsch sofort runter, sonst komm ich hoch und zerr dich selbst in mein Auto«, fauchte ich in die Gegensprechanlage von Sukis und Carters Wohnung. »Wir haben was zu erledigen.«

»Hawthorne? Was zur Hölle wird das?« Mein ehemals bester Freund klang verwirrter, als er den Umständen entsprechend hätte klingen sollen.

»In der Zeit, in der du mich das gefragt hast, hättest du schon lange aus der Tür sein können. Und pack deine vergammelte Zahnbürste ein. Wir machen einen kleinen Trip.«

»Einen …«

»Fünf Minuten, Carter. Fünf Minuten, bis ich hochkomme.«

Als ein genervtes Brummen gefolgt von einem »Schön« ertönte, steuerte ich an den verdammten Paparazzi, die immer noch Sukis Haus belagerten, vorbei auf meinen Wagen zu und wartete dort auf Carter. Keine sechs Minuten später sah ich ihn mit einer tiefen Falte zwischen den Brauen und einem Rucksack auf der Schulter zu mir laufen. Verhalten öffnete er die Tür und ließ sich dann auf den Beifahrersitz fallen, sein Gepäck landete auf der Rückbank.

Im nächsten Atemzug startete ich den Motor und fuhr los.

»Erzählst du mir jetzt, was der Scheiß soll?«, raunzte er mich an und verschränkte die Arme vor der Brust.

»Erstens bist du ein gottverdammtes Arschloch. Nichts Neues, wenn man an früher denkt, aber dass du Suki diese Seite jetzt auch zeigst, ist das Letzte.« Mein Blick zuckte kurz zu ihm, dann wieder nach vorn. »Sie braucht deine Unterstützung bei all dem, was gerade abgeht, und du hast nichts Besseres zu tun, als auf dem Sofa zu sitzen und dir die Eier zu kraulen? Echt schwach. Oder hast du etwa gar nicht mitbekommen, was Jason angerichtet hat?«

»Doch, schon«, gab er kleinlaut zu und strich sich durch das blonde Haar. »Aber nach unserem Telefonat gestern dachte ich, dass es besser ist, wenn wir uns erst mal aus dem Weg gehen.«

»Du kannst dir doch denken, wie es ihr jetzt geht.«

Ihm glitt ein genervtes Stöhnen über die Lippen. »Sie hat sich verändert, und das geht mir auf den Sack. Sie ist sauer auf mich, ich auf sie.«

»Sie ist deine Schwester. Selbst wenn sie einige ... fragwürdige Dinge gebracht hat, ist sie kein Unmensch und verdient gerade in dieser schlimmen Zeit deine Unterstützung, Mann. Sie zu ignorieren, ist echt alles andere als cool.«

»Was weißt du denn? Bist du jetzt ihr Aufpasser, oder was?«

»Wenn du zu stur bist, um für sie da zu sein, dann übernehme ich das eben«, fuhr ich ihn an und lenkte den Wagen um die nächste Straßenecke.

»Danke übrigens, dass du ihr alles erzählt hast.« Seine Stimme troff vor Sarkasmus. »Ich verstehe es, aber ... Das wäre mein Job gewesen.«

Ich lachte bitter auf. »Du meinst, weil ich sie nicht länger anlügen wollte? Sorry, wenn dein Lügenkonstrukt in sich zusammenbricht, aber du hattest fünf verdammte Jahre Zeit, alles klarzustellen. Nun musst du mit den Konsequenzen leben und lernst hoffentlich aus der Scheiße.« Mir entfuhr ein wütendes Knurren. »Jetzt ist also der richtige Zeitpunkt, alles zu tun, um das bei ihr wiedergutzumachen. Sie ist echt enttäuscht von dir, was zu erwarten war.«

Jetzt sagte er nichts mehr, schüttelte nur noch den Kopf. »Ich weiß, dass ich Mist gebaut habe.«

»Gut«, brummte ich.

Der Kerl machte mich verrückt. Im schlechtesten Sinne. Wenn er sich nicht so langsam mal zusammenriss, musste ich wohl schwerere Geschütze auffahren.

Notiz an mich: Legale Foltermethoden im Bundesstaat Kalifornien googeln.

»Wohin fahren wir überhaupt?« Carter verschränkte die Arme vor der Brust.

»Zum Flughafen.« Ich biss die Zähne aufeinander, weil ich spürte, wie Wut wie heiße Lava durch meinen Körper rauschte. »Ich will Jason den Arsch aufreißen, und du wirst mir dabei helfen. Damit machst du bei Suki wieder einiges gut, und sie wird dir hoffentlich verzeihen. Dann geht es ihr auch bald wieder besser. Du bist ihr wichtig, sie ist mir wichtig, einfache Rechnung, also.«

Stille.

»Dann bieg an der Kreuzung links ab.«

»Da geht es aber nicht zum Flughafen.«

»Aber nach San Diego.« Carter seufzte leise. »Ich bin kein so beschissener Bruder, wie du denkst. Ich habe mir so was schon vor ein paar Tagen gedacht, als mir Suki von den Drohungen auf Instagram erzählt hat. Daraufhin habe ich ein wenig herumtelefoniert und herausgefunden, dass er mittlerweile in einer Tech-Company in San Diego arbeitet.«

Schon schlug ich den Weg nach links ein. »Spart uns eine

Menge Zeit.« Ich spürte, wie ich mich langsam entspannte. »Gut, dann haben wir jetzt knapp anderthalb Stunden, in denen du mir erzählen kannst, warum du nicht schon früher was unternommen hast.«

»Pff, ohne mich wärst du jetzt erst mal durchs ganze Land geflogen, um nach Long Island zu kommen, also halt mal den Ball flach.«

Ich verdrehte die Augen und schüttelte den Kopf. »Also?«

»Bis gestern Nachmittag, als die Artikel veröffentlicht wurden, war ich mir ja selbst nicht so ganz sicher, ob die Drohungen was zu bedeuten haben. Aber als ich all die Schlagzeilen gelesen habe, war mir alles klar.«

»Wieso bist du nicht direkt zu ihm gefahren?«

»Allein?« Er schnaubte. »Du weißt genauso gut wie ich, dass ich bei Prügeleien nie die Nase vorn hatte.«

»Du hättest mich anrufen können.« Ich zuckte mit den Schultern. »Denn *du* wiederum weißt genauso gut wie ich, dass ich mit dem Kerl noch eine Rechnung offen habe.«

Unsere Blicke trafen sich, woraufhin Carter mit einem Schmunzeln die Augen verdrehte und ich nun auch leicht grinsen musste.

»Und jetzt sitzen wir hier«, murmelte er.

»Jep.«

»Weiß Suki, was wir vorhaben?«

Ich schüttelte den Kopf. »Nein. Ihr geht es gerade echt nicht gut. Sie weiß sich nicht zu helfen, weil Vortex ihr verboten hat, sich öffentlich zu äußern, und ich wollte sie nicht hier mit reinziehen. Der Kerl hat schon genug angerichtet. Ihn noch mal zu sehen, würde bestimmt alte Wunden aufreißen.«

»Verstehe«, murmelte Carter. Dann starrte er zum Fenster an der Seite raus, während ich die Spur wechselte. »Ich dachte damals echt, wir sind den Arsch los. Er hat all die Jahre nichts von sich hören lassen, und ich habe angenommen, dass wir jetzt Ruhe vor ihm haben.«

Wieder spannte ich mich an. »Es war übel, oder? Suki hat mir ein bisschen was erzählt.«

Er nickte und schaute kurz zu mir, dann wieder nach vorn. »Ja. Ich habe erst sehr spät davon erfahren, wie krass er sie manipuliert und unter Druck gesetzt hat, und dann kam noch dieses Auflauern, was fast schon an Stalking gegrenzt hat. Mir war zu dem Zeitpunkt so was von klar, dass sie dort wegmuss.«

»Hast du ihn dir mal vorgenommen?«

»Direkt, als sie es mir erzählt hat, ja. Hat aber nicht sonderlich viel gebracht.«

Ich nickte. »Und dann seid ihr hergezogen?«

»Jep. Ich konnte das nicht länger mitansehen. Klar war es für unsere Eltern schade, aber mittlerweile haben sie sich dran gewöhnt, und wir sehen uns ja zu den Feiertagen.« Sein Blick wanderte zu mir. »Wie geht's deiner Mom? Hab gehört, sie hat jetzt das Segeln für sich entdeckt?«

»So weit, so gut.« Ich trommelte auf dem Lenkrad herum. »Richtig. Sie hat seit zwei Jahren einen neuen Freund. Larry. Ein bisschen durchgeknallt, aber doch ein feiner Kerl. Er macht sie glücklich, das ist das Wichtigste.«

»Klingt doch gut.«

Für einige Momente herrschte Stille, während ich über den Highway brauste und im Hintergrund ein Song von The Weeknd spielte. Dann huschte mein Blick kurz zu Carter und wieder nach vorn. »Hey ... Auch wenn ich dich nicht ausstehen kann, will ich gesagt haben, dass ich froh bin, dass zumindest du für Suki da warst.«

Carter musterte mich eine Sekunde, zwei, drei, dann hob er einen Mundwinkel. »Wäre ich an deiner Stelle gewesen, hättest du das vermutlich noch besser gemacht.«

Und auf seltsame Weise hatte ich das Gefühl, dass sich einer der etlichen Knoten gelöst hatte. Kumpels waren wir noch lange nicht, aber es fühlte sich ein wenig so an wie früher. Und zwar das *gute* Früher, das ich an vielen Tagen ziemlich vermisste.

Den Rest der Fahrt hörten wir Musik und unterhielten uns ein wenig über seinen Film und die Künstler, mit denen ich bereits gearbeitet hatte. Oberflächlichkeiten, die aber dennoch die Fahrt scheinbar verkürzten, denn kurze Zeit später fuhren wir schon vor dem Gebäude von Titan Tech vor, und ich steuerte einen der freien Parkplätze an.

»Showtime.« Ich stellte den Motor ab und stieg aus.

»Was ist unsere Strategie?«, fragte Carter, als wir auf das hohe Gebäude zuliefen, doch ich preschte schon an ihm vorbei. Es brannte mir unter den Nägeln, mir dieses Arschloch vorzuknöpfen.

»Überlege ich mir spontan.«

»Spontan? Wir sind bereits da.« Carters Stimme nahm ungeahnte Höhen an.

Ich grinste. »Tja, dann sehen wir mal, was gleich passiert.«

Stundenlang hatte ich gegrübelt, was ich Jason an den Kopf werfen wollte, bis ich zu dem Schluss kam, dass ich das wohl spontan entscheiden würde, wenn ich vor ihm stand.

Seine Augen weiteten sich, ein leichter Funken Panik flackerte darin auf. »Du willst ihn aber nicht ernsthaft verprügeln, oder?«

Doch ich zuckte nur mit den Schultern. »Hab's nicht vor, aber ich bin auf alles vorbereitet. Wenn er rumzickt, kann ich für nichts garantieren.«

»Worauf habe ich mich nur eingelassen«, murmelte Carter und holte auf, um mit mir Schritt zu halten.

Im nächsten Moment betraten wir das riesige Firmengebäude und steuerten den Empfangstresen an. Hier in der Halle war es recht leer, nur ein paar Anzugträger, die ein und aus gingen. Es war modern und minimalistisch mit ein paar einzelnen Sesseln und abstrakten Kunstelementen eingerichtet. Unter normalen Umständen hätte ich mir dieses riesige Ding, das aussah wie eine überdimensional große Niere, vielleicht sogar angesehen, aber heute hatte ich Besseres zu tun. Eine junge Frau mit riesiger Brille und langen roten Haaren lächelte uns hinter dem Tresen freundlich an. »Willkommen bei Titan Tech, wie kann ich Ihnen behilflich sein?«

»Wir haben einen Termin mit Jason Benningham«, entgegnete ich, grinste sie an und versuchte, meinen Charme spielen zu lassen.

»Wie ist der Name?«

Als ich ins Stocken geriet, räusperte sich Carter. »Benjamin Smith, und das hier ist Jimmy Martinez.«

Smart. Ben und Jimmy waren mit uns zur Highschool gegangen und hatten zu Jasons Clique gehört.

»Danke, ich kläre das eben ab.«

»Danke Ihnen«, erwiderte Carter mit einem Zwinkern, dann entfernten wir uns ein Stück, und er beugte sich zu mir rüber. »Bei meiner Recherche habe ich aufgeschnappt, dass die drei noch befreundet sind. Und sicher würden Jasons beste Freunde ihm doch auch mal einen kleinen Überraschungsbesuch abstatten, wenn sie in der Gegend wären. Denkst du nicht, Jimmy?« Er hob eine Braue, und ich verkniff mir ein Grinsen.

»Aber natürlich, Benjamin. Das würden wir definitiv.«

Nach kurzer Zeit wurden wir schon von der Dame durchgewunken, und sie brachte uns in den hinteren Teil, wo die Büroräume sich befanden. Wir passierten einige Mitarbeiter, die geschäftig durch die Flure huschten, sowie einen riesigen Co-Working-Bereich mit etlichen Schreibtischen und Lounge-Ecken, bevor wir vor einer Tür zum Stehen kamen. Sie klopfte, öffnete die Tür und spähte durch den Türspalt. »Die Herren Smith und Martinez.«

»Danke, Brenda«, hörte ich schon seine grässliche Stimme und straffte die Schultern.

Brenda zog ab, während Benjamin und Jimmy den Raum betraten. Jason war noch in seinen Bildschirm vertieft und schaute erst auf, als Carter sich räusperte. Ihm klappte der Kiefer herunter. Seine Augen weiteten sich, als ihm klar wurde, dass wir alles andere als seine Kumpels waren.

»Lange nicht gesehen.« Ich fixierte ihn und preschte mit großen Schritten zu seinem Schreibtisch vor. »Netter Anzug. Haben dir Mommy und Daddy den gekauft? So wie früher?«

Im Bruchteil einer Sekunde erhob er sich. »Mittlerweile kann ich mir das selbst leisten.« Er presste die Lippen aufeinander. »Und wenn ihr nicht sofort wieder verschwindet, rufe ich den Sicherheitsdienst.«

»Schlechte Idee, Kleiner«, entgegnete Carter gespielt entspannt, weil ich genau wusste, wie schnell sein Puls gerade rauschen musste. »Suki hat dir deinen Mist damals vielleicht durchgehen lassen. Aber rate mal, wer das nicht tun wird, wenn du meinst, uns rauswerfen zu müssen.« Er zeigte mit dem Daumen erst auf mich, dann auf sich und grinste. »Wir beide. Ich habe Screenshots deiner Nachrichten an Suki von damals und heute. Fotobeweise. Alles.«

Jetzt glotzte der Kerl ziemlich dumm aus der Wäsche. So dumm, dass ich mir schon innerlich auf die Schulter klopfte, Carter eingepackt zu haben.

Ich schnaubte amüsiert und ließ mich dann auf einen der beiden Sessel fallen, die vor Jasons Tisch ihren Platz hatten. Carter tat dasselbe. »Setz dich doch«, ermunterte ich Jason selbstgefällig grinsend und nickte zu seinem Stuhl.

Er fixierte uns, leistete jedoch keinerlei Widerstand, was mir gerade sehr entgegenkam. Ich hatte nicht wirklich die Absicht, ihm eine reinzuhauen, immerhin brauchte ich meine Hände noch für die Musik. Aber wenn es nötig war, würde ich nicht davor zurückschrecken, ihm einen gelben Zahn nach dem anderen aus dem Kiefer zu schlagen.

»Was wollt ihr Pisser?«, zischte Jason und straffte sein graues Jackett, als er sich auf den Stuhl sinken ließ. Er war immer noch ziemlich groß und breit, die braunen Haare waren mittlerweile recht kurz und seine Geheimratsecken von damals überaus ausgeprägt.

Ob ich es ihm gönne, mit dreißig eine Stirn wie ein Flugzeuglandeplatz zu haben? Definitiv.

»Wir wollen wissen, was in deinem kranken Hirn vor sich geht, dass du Suki erst drohst und sie dann in der Öffentlichkeit auflaufen lässt. Es sind fünf Jahre vergangen. Ist dein männliches Ego immer noch angekratzt, weil sie sich damals von dir getrennt hat? Komm darüber hinweg, Mann. Das ist nur noch peinlich.«

»Ich habe mit ihr Schluss gemacht.«

Carter lachte auf. »Ja, ganz sicher.«

Ich beugte mich ein Stück nach vorn und fixierte ihn. »Wir können das hier gesittet regeln«, sagte ich, bevor ich meine Augen verengte und ihn düster anfunkelte. »Oder aber wir greifen zu anderen Maßnahmen. Das liegt ganz bei dir.«

Carter neben mir schluckte, hielt sich jedoch zurück, während Jason mich eiskalt anblitzte. »Was wollt ihr von mir?«

»Du wendest dich an die Presse und nimmst diese Scheiße zurück. Du sagst, dass du als verletzter Ex-Freund Suki eins reinwürgen wolltest, aber nichts davon wirklich stimmt.«

Entgeistert blickte er erst mich, dann Carter an, dann wieder mich. »Warum genau sollte ich das tun? Ihr habt doch echt den Verstand verloren, wenn ihr denkt, dass ich das mache.«

»Du bist auch kein Unschuldsengel, Jason. Schon vergessen?« Ich kniff die Brauen zusammen, mein ganzer Körper war immer noch bis in die letzte Faser angespannt und in Alarmbereitschaft.

»Und du solltest das tun, weil wir sonst öffentlich machen, dass du ein widerlicher Stalker bist, der Suki in eurer Beziehung wie ein Stück Dreck behandelt hat. Du hast sie bedroht, sie dazu gezwungen ...«, mir wurde kotzübel, und ich wollte aufspringen und ihm bei meinen nächsten Worten direkt eine knallen, »mit dir zu vögeln.« Ich spuckte die Worte aus und bemerkte aus dem Augenwinkel, wie sich nun auch Carter unter Spannung aufrichtete. Vermutlich hatte Suki ihm diese Information vorenthalten. »Du hast sie verfolgt, manipuliert und sie psychisch zugrunde gerichtet. Denkst du ernsthaft, dass die Öffentlichkeit deine Seite noch glaubt, wenn alle das erfahren?«

»Pff, niemand wird ihr glauben.«

»Ich kann alles bezeugen«, zischte Carter.

»Und ich bis zu einem gewissen Punkt auch.« Mein Herz wummerte in meinem Brustkorb, und ich unterdrückte das Bedürfnis, über den Tisch zu greifen und ihn an seinem Hemd rüberzuzerren, um ihm mal so richtig deutlich zu machen, mit wem er es zu tun hatte.

»Schwachsinn«, knurrte Jason und verschränkte die Arme vor der Brust. »Außerdem werde ich alles abstreiten. Ihre Karriere ist sowieso gelaufen. Was denkt ihr, wem man glauben wird: einem Ex-Knacki und einem Crackhead oder mir, jemandem, der sich nie etwas zuschulden hat kommen lassen?«

»Lass sie gehen«, forderte ich ihn auf. Ich funkelte ihn an. »Lass sie in Ruhe und ihr Ding machen. Du hast ihr schon genug geschadet. Und jetzt willst du ihre Karriere ruinieren, um dich für die Trennung zu rächen? Was bist du nur für ein gottverdammter Schlappschwanz? Deine Eltern würden sich für dich schämen.«

»Immerhin war ich nicht im Knast.«

Ich sprang auf, griff über den Tisch, zerrte ihn an seinem Kragen nach oben und schleifte ihn über die Platte, sodass er vor Schreck nur noch krächzen konnte. Bis in die letzte Faser spannte ich meinen Körper an, während ich ihm wutentbrannt in die Augen starrte. Dann zerrte ich ihn mit mir und presste ihn so hart gegen die Wand, dass einer der Bilderrahmen daneben auf den Boden krachte. »Das hätte dir nicht geschadet, dann hättest du vielleicht mal Zeit gehabt, darüber nachzudenken, was für ein Arschloch du bist und ob du in Zukunft Frauen nicht lieber respektvoll behandeln willst.«

»Lass mich los!«, fuhr er mich an und machte Anstalten, mich wegzudrängen. Vergeblich. »Ihr könnt mir gar nichts. Und die Presse belügen werde ich auch nicht. Ich bleib bei meiner Wahrheit.«

Ich hob eine Braue und drückte ihn noch fester an die Wand. Nun baute sich auch Carter neben mir auf und fixierte Jason.

»Bist du dir da sicher?« Carter knackte nun dramatisch mit seinen Fingerknöcheln.

Gott, der Typ war eindeutig aus der Filmbranche und hatte noch nie jemanden ernsthaft verprügelt.

»Lass ihn los«, wandte sich Carter mir zu. »Wir werden auch so mit ihm fertig.«

Widerwillig ließ ich das Arschloch los, woraufhin er sich sein Hemd richtete und mich anfunkelte. »Wichser. Alle beide.«

»Du bist hier angestellt, ja? Und bestimmt willst du auch befördert werden«, fuhr Carter fort. »Denkst du, dass es ein gutes Licht auf dich werfen würde, wenn all die Scheiße herauskommt, die du mit meiner kleinen Schwester abgezogen hast? Das würde alles durch die Medien gehen. Suki ist immerhin eine bekannte Sängerin. Jeder würde deinen Namen kennen und wissen, was für ein Dreckskerl du bist. Dein Ruf wäre so oder so ruiniert. Die Presse würde sich auf jede kleinste Information stürzen und deine Ex-Freundinnen interviewen, in unserer Heimat recherchieren, um dir den Arsch aufzureißen. Willst du das wirklich? Willst du, dass die ganze Welt erfährt, was für ein narzisstisches

Schwein du bist? Dein Chef eingeschlossen? Und deine Eltern? Deine Schwestern? Wir haben allerhand Beweise. Deine Nachrichten an Suki lassen sich nämlich zurückverfolgen. Und die Überwachungskamera-Aufnahmen von dem Store, in dem du sie fotografiert hast, die haben wir auch.«

Mein Mundwinkel huschte nach oben. Jetzt wusste ich wieder, weshalb er einst mein bester Freund gewesen war: Auch wenn er ein kleiner Schisser war, haute er in den Momenten, in denen man ihn brauchte, so richtig auf den Tisch. Zumindest meistens.

Jason wand sich und fuhr sich über den Nacken, ließ den Blick durch den Raum gleiten. Er wirkte angespannt, hatte die Stirn in Falten gelegt und überlegte. »Schön. Ich reite nicht weiter auf dem rum, was ihr getan habt. Aber das, was ich gesagt habe, werde ich nicht zurücknehmen.«

»Solange du Suki in Ruhe lässt, soll uns das recht sein«, entgegnete ich kühl.

In seinen Augen tobte unbändige Wut, als sich unsere Blicke trafen. »Dich habe ich schon immer gehasst, Hawthorne.«

»Beruht auf Gegenseitigkeit.«

»Dann«, mischte sich Carter plötzlich ein, »haben wir einen Deal? Du hältst dich von nun an aus Sukis Leben raus, kontaktierst sie nicht mehr, redest nicht mehr über sie und fütterst die Presse nicht mit Informationen, und dafür behalten wir beide das, was du ihr angetan hast, für uns.«

Stille. Dann stöhnte er genervt auf und stemmte seine Hände in die Hüften. »Von mir aus.« Er nickte zur Tür. »Und jetzt verschwindet ihr so schnell, wie ihr hier aufgetaucht seid. Und wehe, ich sehe euch noch mal hier.«

Zufrieden schmunzelnd stieß ich Carter sanft mit dem Ellenbogen an. »Lass uns gehen, Benjamin.«

Er nickte. »Gute Idee, Jimmy.«

Dann liefen wir rüber zur Tür, wobei ich, kurz bevor ich den

Knauf drehte, mich noch einmal zu Jason umwandte. »Ich behalte dich im Auge, Mann. Wenn ich nur einen Mucks von dir höre, eine Zeile von dir lese oder sonst irgendwas aus deiner Richtung kommt, kreuz ich hier wieder auf und dann …« Ich neigte den Kopf zur Seite. »Dann werde ich nicht so freundlich sein wie heute.« Mit diesen Worten zwinkerte ich ihm noch mal zu, dann trat ich mit Carter nach draußen. So schnell wir konnten, verließen wir das Gebäude. Denn wer wusste schon, ob der Volltrottel uns noch den Sicherheitsdienst auf den Hals hetzen würde.

Erst als wir über den Parkplatz zum Wagen liefen, konnte ich aufatmen.

Carter neben mir fing an zu lachen und boxte in die Luft. »Ey, dem haben wir es gezeigt, oder? Boah, das Adrenalin, das Adrenalin! Es rauscht durch meine Adern! Ich wollte das schon immer mal mit Jason machen!«

Jetzt musste ich auch lachen. Ich verdrehte amüsiert die Augen, als ich sah, wie sich mein bester Kumpel freute. Unsere Blicke trafen sich. Ohne lange zu überlegen, hob ich die Hand zu einem High five, und Carter schlug strahlend ein. »Haben wir gut gemacht. Hoffentlich lässt er sie jetzt auch wirklich in Ruhe.«

»Ich hoffe es auch«, entgegnete er und hob die Brauen, als wir wieder im Wagen saßen und ich losfuhr. »Kurzzeitig dachte ich, ich muss ihm gleich echt eine reinhauen, aber zum Glück ist es nicht dazu gekommen. Keine Ahnung, ob ich da so eine große Hilfe gewesen wäre.«

Ich schnaubte. »Vermutlich nicht. Noch mal Glück gehabt.« Mit immer noch klopfendem Herzen manövrierte ich den Wagen vom Parkplatz auf die Straße, um auf dem schnellsten Weg wieder Richtung Los Angeles zu kommen.

Carter drehte die Musik etwas auf, weil meine Playlist plötzlich Sukis Song abspielte. Ein leichtes Lächeln legte sich auf seine Lippen, der Stolz auf seine Schwester stand ihm ins Gesicht geschrieben. Dann legte sich Stille zwischen uns, während wir ihrem Gesang lauschten und wenig später auf den Highway zusteuerten.

»Hey, Mann«, fing er irgendwann an und musterte mich von der Seite. »Ich weiß, es kommt ein wenig spät, aber ... es tut mir echt leid.« Er räusperte sich. »Alles. Dass ich damals die Einbrüche auf dich abgewälzt und es nie klargestellt habe und dass du meine Strafe abgesessen hast. Das war nicht in Ordnung. Ganz und gar nicht. Und wenn ich könnte, dann würde ich es ungeschehen machen. Na ja, ich schätze, ich würde nicht noch mal losziehen, um mir die Drogen zu besorgen und mir damit all die Probleme aufhalsen, aber ... Das wollte ich einfach gesagt haben, auch wenn du mir das vermutlich nie verzeihen kannst. Ich war jung und dumm und hatte Schiss. Ist keine Entschuldigung, aber alles, was ich als Rechtfertigung vorbringen kann.«

Seine Worte klangen ehrlich, und ich hatte das Gefühl, dass er endlich eingesehen hatte, dass er einen Fehler begangen hatte. Ich presse die Lippen kurz aufeinander und nickte. »Ich kann dir nicht sagen, dass es schon okay ist, denn das ist es nicht.« Stille. »Es war nicht in Ordnung. Aber immerhin hast du es eingesehen. Und du kannst damit anfangen, die Sache wiedergutzumachen, indem du deiner Schwester beistehst. Ich könnte nämlich deine Hilfe brauchen, sie aus ihrem Loch zu holen.«

»Klar, mach ich! Und ja, das habe ich. Und auch auf die Gefahr hin, dass du mich gleich aus dem Wagen wirfst ... Ich vermisse unsere Freundschaft echt. Ich kann nicht erwarten, dass du wieder mein Kumpel sein willst, aber ich hoffe es sehr. Vielleicht nicht heute oder morgen, aber möglicherweise irgendwann, wenn genug Zeit vergangen ist.«

»Car«, entgegnete ich und warf ihm einen amüsierten Blick zu, dann sah ich wieder nach vorn auf die Straße. »Tu nicht so, als würdest du mich nicht kennen. Wir sind erwachsen geworden, ja, aber wenn sich jemand bei mir entschuldigt hat und ich merke, dass es der Person wirklich leidtut und sie daraus gelernt hat, dann war ich noch nie besonders nachtragend. Das weißt du doch.« Ich konnte mein Schmunzeln nicht unterdrücken, als ich sah, dass sich ein Lächeln auf seine Lippen legte. »Immer mit der Ruhe, aber ich schätze, wir sind auf einem ganz guten Weg.«

Zum ersten Mal seit Jahren spürte ich, wie mir ein dicker Felsen von der Brust brach. Diese Sache hatte mich immer verfolgt und so stark belastet, dass ich nie mit ihm hatte abschließen können. Mit dem Verrat an unserer Freundschaft. Und das hier, das war so ein Abschluss, den ich gebraucht hatte, um weiterzumachen. Ob mit oder ohne meinen besten Freund stand noch in den Sternen. Gut, nur ein wenig. Denn insgeheim hatte ich ihn trotz allem wirklich vermisst.

»Klingt perfekt.« Er legte seinen Unterarm auf der Seite des Fensters ab und schaute nach draußen. »Lass uns doch damit anfangen, dass du mir mal erzählst, was da zwischen dir und meiner Schwester abgeht.«

Ich blies die Wangen auf und ließ die Luft dann wieder entweichen. »Ähm ...«

»Seit wann geht das? Hattet ihr früher schon mal was am Laufen, was du mir verschwiegen hast?«

»Nein.« Schulterzuckend wechselte ich die Spur. »Ich war zwar damals schon in sie verliebt, aber gelaufen ist nie was. Erst seit ... letzter Woche so richtig.«

»Wieso hast du mir das nicht erzählt? Also damals.«

»Klar.« Ich lachte auf. »Als ob ich dir sagen würde, dass ich deiner kleinen Schwester an die Wäsche will.« Ich legte den Kopf schief. »Na ja, und ans Herz. Ich weiß nicht, ich habe es für keine gute Idee gehalten und wollte die Situation nicht unnötig verkomplizieren. Sie hatte ja sowieso kein Interesse an mir.«

»Hmhm«, brummte er. »Hat sich jetzt wohl verändert. Seid ihr zusammen ... oder so?«

Ich schnaubte. »Wir haben nicht darüber gesprochen. Bis auf die letzten 24 Stunden lief es aber echt gut. Dann kam das ganze Drama, und jetzt weiß ich selbst nicht so richtig, was bei ihr los ist. Ihr geht es echt beschissen, und ich habe das Gefühl, dass sie ein wenig Zeit braucht, um mit dem Ganzen klarzukommen. Ich will ihr helfen, aber sie lässt es aktuell nicht wirklich zu und macht sich echt fertig. Ich glaube, was sie jetzt am meisten braucht, ist ihr Bruder und bester Freund.«

»Shit«, entfuhr es ihm, und er rieb sich den Ellenbogen. »Wo ist sie denn gerade? Bei dir?«

Ich schüttelte den Kopf. »Vor meinem Haus stehen auch die Paparazzi. Ich habe sie in einem Strandhaus eines Kumpels einquartiert, wo niemand sie erwartet.«

»Gut, dann fahren wir jetzt nach Malibu, schätze ich.«

32
Suki

Bei Vortex unterschrieben zu haben, war der Anfang vom Ende. Und ich steckte mittendrin. Die letzten Stunden, nachdem River verschwunden war, hatte ich entweder im Bett gelegen oder auf dem Sessel in diesem riesigen Strandhaus gesessen und gegrübelt, was ich nur machen könnte. Es war bereits dunkel draußen, doch selbst an Essen war nicht zu denken, da ich das sowieso nicht herunterbekam. Und jetzt starrte ich vor mich hin, checkte alle paar Minuten meine Benachrichtigungen und schaute, ob es News über mich gab. Ich war ein Wrack. Und genau das musste sich jetzt ändern.

Ohne lange nachzudenken, zog ich mir einen Hoodie über, den mir Jazz zusammen mit ein paar anderen Sachen gebracht hatte, dann schnappte ich mir die Schlüssel zum Strandhaus und verließ es über die Veranda und die kleine Treppe nach unten, die zum Strand führte. Kaum atmete ich den ersten Windhauch ein, der mir um die Ohren fegte und meine blonden Locken durcheinanderbrachte, fühlte ich mich schon befreiter. Mitternachtsblau schimmerte das Meer im Mondlicht vor mir, während ich den Sand zwischen meinen Zehen spürte. Zu dieser Nachtzeit war niemand hier am Malibu Beach zu finden, immerhin war es schon nach zwölf und nicht mal Sommer. Das sollte mir allerdings entgegenkommen, da ich die Ruhe bitter nötig hatte, um über alles nachzudenken und mir zu überlegen, was ich jetzt tun wollte, um nicht nur meine Karriere und das Verhältnis zu Carter zu retten, sondern ganz besonders meinen Fehler bei River wiedergutzumachen.

Gedankenverloren schlenderte ich am Wasser entlang, während mir das kühle Nass um die Knöchel schlug. Ich schmeckte das Salz auf meiner Zunge und fuhr mir übers Gesicht, weil ich die Hoffnung hatte, dass ich mit jedem weiteren Schritt auch einer Lösung näher kam, doch ich fühlte mich nur verloren. Nicht mehr, nicht weniger.

Als ich einige Minuten immer weiter an den pompösen Strandhäusern entlanglief, auf der Suche nach allem und nichts, hörte ich aus der Ferne bereits laute Musik. Ich näherte mich der Geräuschquelle, einer Villa, in der lautstark ein Song von Drake gespielt wurde, während ein paar Leute an der Balustrade der Veranda standen und mit ihren Drinks anstießen. Mir ging ein Licht auf, als mir wieder eine Einladung einfiel, mit der Kingston Fox vor ein paar Tagen in meinen Nachrichten auf Instagram aufgetaucht war. Ich erinnerte mich daran, dass er mich zu seiner House-Party in seiner Villa in Malibu eingeladen hatte, und vielleicht war das ja diese hier?

Ich checkte meinen Standort über Google Maps und stellte fest, dass ich hier goldrichtig war, doch in meinem aktuellen Aufzug und mit dem riesigen Shitstorm stand nicht zur Debatte, dort aufzukreuzen. Stattdessen passierte ich die Villa unten am Strand und ignorierte alles, was dort oben vor sich ging. Ich konnte das heute sowieso nicht gebrauchen. Ich brauchte Zeit für mich und …

Moment. War das …?

Einige Meter unterhalb der Veranda kauerte Presley, abgestützt an einem Holzpfeiler, und übergab sich. Sie war ganz allein, trug die höchsten Absätze, die ich seit Langem gesehen hatte, und ein kurzes silbernes Kleid. Ihr rosafarbener Bob wirkte etwas unordentlich. Im nächsten Augenblick richtete sie sich wieder auf, ließ sich ein paar Schritte weiter Richtung Wasser in den Sand fallen und schob sich ihre riesige Sonnenbrille vor die Augen, obwohl die Sonne bereits untergegangen war. Sie sah völlig fertig aus, und auch wenn wir uns alles andere als gut verstanden, konnte ich nicht leugnen, dass ich mir ein wenig Sorgen machte. Nicht nur ich hatte in den letzten Tagen mit Negativschlagzeilen geglänzt, sondern auch sie.

> Fashion-Fauxpas: Presley Wren zeigt sich in knappem Outfit mit fünf Kilo zu viel

> Steht Presleys Karriere nach dem Auftritt bei den VMAs vor dem Aus?

> Presley Wren vögelt ihren Tänzer auf öffentlicher Toilette – schon wieder!

> Der tiefe Fall der Presley Wren und ihre zahlreichen Drogeneskapaden

Jetzt oder nie.

Ich steuerte geradewegs auf sie zu, und als sie mich sah, zog sie die Sonnenbrille ein Stück herunter. »Du hast mir ja gerade noch gefehlt.« Sie schob sich die Brille zurück auf die Nase und legte sich der Länge nach in den Sand, starrte nach oben in den wolkenverhangenen Sternenhimmel. In der Hand hielt sie einen Drink. »Verzieh dich. Du hast schon genug angerichtet.«

»Sicher werde ich das bereuen, aber ...«, ich schüttelte den Kopf und seufzte, »ich wollte fragen, ob alles okay ist? Ich habe gesehen, wie du dort drüben eben ...«

»Gekotzt hast?« Sie starrte weiter in den Himmel, ihre Miene blieb unverändert kühl. »Glückwunsch. Du erwischst mich an meinem Tiefpunkt. Freust du dich jetzt?«

Ich setzte mich neben sie in den Sand und schlang die Arme um meine Knie, sah nach vorn aufs Meer. Erst sagte ich eine Weile nichts, wir hörten nur das Rauschen der Wellen und die Musik, die von der Party herüberschwebte, dann fasste ich mir ein Herz. »Dann geht es uns wohl ähnlich.«

»Ach, stimmt. Nette Schlagzeilen.«

»Danke, gleichfalls.«

Sie richtete sich etwas auf, nahm einen Schluck von dem Drink, den sie immer noch in der Hand hielt, und verzog dann das Gesicht.

»Was trinkst du da?«

»Keine Ahnung«, murmelte sie und nahm noch einen Schluck. »Hat mir irgendein Typ zugeschoben.«

Ich kniff die Brauen zusammen. »Und dann trinkst du das einfach? Was, wenn jemand was reingemischt hat?«

»Und dann?« Schulterzuckend stellte sie den Drink in eine kleine Vertiefung im Sand und legte sich wieder ab. »Sehe ich so aus, als würde es mir was ausmachen, wenn ich einen Abend das Bewusstsein verliere und mich im Anschluss an nichts mehr erinnere?«

Mir blieb der Mund offen stehen. Ich hatte keine Ahnung, wie beschissen es ihr ging. Okay, woher auch?

»Hey«, sagte ich leise. »Kann ich dir irgendwie helfen? Hast du jemanden, mit dem du reden kannst? Bist du allein hier?«

Sie neigte den Kopf zur Seite, um mich durch ihre dunkle Sonnenbrille zu mustern. »Willst du mich verarschen? Erst nimmst du mir alles, sorgst dafür, dass Vortex mich fallen lässt, und dann fragst du dreist, ob du mir helfen kannst?«

Ein eiskalter Schauer zischte durch meine Glieder, weil ich so langsam das Gefühl hatte, dass so einiges falsch gelaufen war.

»Sie haben dich fallen lassen, trotz unseres PR-Stunts und der ganzen Aufmerksamkeit, die wir bekommen haben?«

»PR-Stunt? Von was redest du? Unserem kleinen Beef?«

»Du hast doch auf der Party selbst gesagt, dass das alles ein abgekartetes Spiel ist und …«

Sie lachte bitter auf. »Ja. Dass sie dich zu meiner Nachfolgerin machen und mich kicken werden. Nicht, dass wir uns in der Öffentlichkeit zerfetzen.«

Shit. Shit. Shit. Schon seit Längerem hatte ich etwas geahnt, es hinterfragt, nur um dann genau das zu hören, was ich hatte hören wollen. Hätte ich doch nur gewusst, dass sie nicht auf die öffentliche Schlammschlacht angespielt hatte. Ein bitterer Geschmack breitete sich auf meiner Zunge aus. »Mir wurde von Vortex gesagt, dass du mir den Song gerne gegeben hast und der Shitstorm, den du online auf mich losgelassen hast, fake war, um auf mich aufmerksam zu machen. Nur deshalb habe ich dann auch gegen dich geschossen. Aber so langsam glaube ich, dass wir beide hinters Licht geführt wurden, oder liege ich da falsch?«

Sie stöhnte genervt. »Typisch Tyrese. Dieser gottlose Wichser.« Im nächsten Augenblick richtete sie sich ein Stück auf. »Du wolltest gar nicht meine Karriere übernehmen, oder?«

Fragend starrte ich sie an. »Was meinst du?«

»Mir wurde wiederum gesagt, dass sie nach einer Nachfolgerin für mich suchen, nachdem mein letztes Album nicht so gut lief. Dabei sind sie auf dich gestoßen, und du habest ihnen dann versichert, dass du alles tun würdest, um die neue Presley Wren zu werden. *Alles.*« Sie schob sich die Sonnenbrille ins rosa

Haar, sodass ich ihre eisblauen Augen im Mondlicht schimmern sehen konnte. Darunter lagen tiefe Schatten, und ihre Wimperntusche war leicht verschmiert. »Ich meine, schau an, was sie in den letzten Wochen aus dir gemacht haben. Meine Kleider, mein Make-up, glatte Haare, obwohl du doch eigentlich Locken hast. Was ist mit der Musik? Liebst du Pop überhaupt, oder ist das gar nicht dein Ding?«

Als ich über ihre Worte nachdachte, war es, als legte sich ein Felsen auf meinen Brustkorb, und ich hatte das Gefühl, nicht mehr richtig atmen zu können. Ich räusperte mich. »Das Aussehen wurde mir aufgezwungen. Erst wollten sie mir sogar eine bunte Haarfarbe verpassen. Und ... Und eigentlich ... Ich singe eher Soul und weniger Pop.« Als mich die Erkenntnis traf, zischte mir Eiseskälte durch den Körper, und ich legte mir die Hand vor den Mund. »Shit«, entfuhr es mir.

Vortex hatte mich nur unter Vertrag genommen, um aus mir eine zweite Presley zu machen und das Original wie eine zerbrochene Schallplatte wegzuwerfen. Wie konnten sie ihr das nur antun?

Sie hob eine Braue. »Macht es jetzt klick?«

»Ich schätze schon.« Mein Mund war auf einmal staubtrocken. »Aber was machst du jetzt? Wieso tun sie das?«

»Na, was denkst du denn? Vortex hat mich fallen gelassen und keinen Finger mehr gerührt, nachdem sie dich hatten. Du bist ihr neuer Star. Presley Wren 2.0 eben.« Sie fischte in ihrer Handtasche nach einem Lippenstift, dann trug sie ihn auf. »Mein Vertrag läuft in zwei Monaten aus, und ich bin froh, diese Bastarde los zu sein.«

»Hast du schon ein anderes Label in Aussicht?«

Sie nickte und verstaute den Lippenstift wieder in ihrer Handtasche. »Ja, da gibt es ein paar, die Interesse geäußert haben und mir helfen wollen, ein Comeback zu starten. Neues Image, neues

Team, neuer Sound. Mal sehen, ich treffe mich bald mit ein paar Leuten.«

»Das klingt doch gut, oder nicht?«

»Wir werden sehen. Ich traue keinem mehr.« Ein Schmunzeln trat auf ihre Lippen, doch in ihren Augen spiegelte sich nur endlose Traurigkeit. »Kann ich dir auch nur empfehlen, Süße. Am Ende lassen sie dich nämlich alle fallen, wenn du nicht lächelst, ihre unangebrachten Berührungen tolerierst und zu allem Ja und Amen sagst. Wir sind austauschbar wie verfickte Puppen aus dem Dollar-Store. Wenn sie genug von dir haben, suchen sie sich in der nächsten Woche ein neues Spielzeug. Daher solltest du dir so früh wie möglich darüber klar werden, ob du deine Seele für Fame und Reichtum an sie verkaufen willst oder dir lieber treu bleibst. Du bist noch am Anfang. Ich wünschte, ich könnte die Zeit zurückdrehen. Ich wünschte, ich hätte jemanden gehabt, der mir das damals gesagt hätte, denn jetzt sitze ich hier und …« Ihre Stimme brach. Sie räusperte sich schnell und schob sich die Brille auf die Nase, um ihre tränenverschleierten Augen zu verdecken. Meine Brust fühlte sich plötzlich noch schwerer an. »Tu mir einfach den Gefallen und mach nicht den gleichen Fehler wie ich. Hinterfrag diese Arschlöcher und das, was sie tun und dir sagen, wie sie dich anfassen und was sie dir versprechen. Denn am Ende des Tages haben sie nur die große Kohle im Sinn. Und wenn du es nicht mehr bringst, dann schmeißen sie dich schlussendlich weg wie den Abfall unter ihren teuren Louboutins. Egal wie sehr du dich verstellt hast und wie sehr du wie ein Clown nach ihrer Pfeife getanzt hast, um ihnen zu gefallen.« Sie erhob sich mit wackeligen Beinen aus dem Sand und nahm einen Schluck von ihrem Drink, dann warf sie mir über den Rand ihrer Brille noch einen kurzen Blick zu. »Ich schnapp mir jetzt irgendeinen Kerl von der Party und vergnüg mich ein bisschen. Vielleicht sieht man sich ja mal wieder, Loveless.«

Ich nickte, stand völlig neben mir. Als sie davonlief, schaute ich ihr noch mal hinterher, dann krallte ich meine Finger in den Stoff meines Hoodies. Ihre Worte hatten etwas in mir ausgelöst. Sie hatten mir auf seltsame Weise die Augen geöffnet, denn nach und nach wurde mir immer klarer, dass nicht nur ein wenig falsch gelaufen war, sondern verdammt noch mal *alles*. Ich hatte mich verloren. Ich hatte zu oft die Augen verschlossen, um meinem Traum näher zu kommen. Mir war bewusst gewesen, dass nicht alles in den letzten Wochen richtig verlaufen war, aber immer und immer wieder hatte ich mir eingeredet, dass ich da durchmusste. Dass ich das tun musste, um erfolgreich zu werden, und dass es in Ordnung war, auch mal ein Auge zuzudrücken. Doch das war es nicht. Nicht mehr. Wer war ich noch außer ein Popstar-Püppchen in einem knappen Kleid mit funkelndem Makeup, das in eine Form gepresst worden war, in die es eigentlich gar nicht gehörte? Ich wollte doch gar keine Popmusik machen, mein Herz schlug für Soul. Meine Haare waren lockig und nicht glatt. Ich trug keine kurzen Kleider und Designerhandtaschen, ich wäre am liebsten in meinen Plüschhausschuhen auf einer Bühne aufgetreten. Während ich Songs aufgenommen hatte, von denen ich mir nur eingeredet hatte, dass ich sie liebte, waren Songs in der Schublade verschwunden, die ich mit Haut und Haaren fühlte. Ich hatte mich verbogen, hatte die Hüllen fallen lassen, um ihnen die Albumcover und Auftritte zu geben, die sie von mir erwarteten, aber damit war jetzt Schluss. Es musste sich etwas ändern. Nein, wenn ich so darüber nachdachte, musste sich alles ändern. River glaubte an mich, Carter tat das auch. Wieso hatte ich es nicht getan? Jetzt würde alles besser werden. Ich musste an mich selbst glauben, wenn ich meinen Traum leben wollte. Endlich würde ich den Mut und das Selbstbewusstsein aufbringen, meine Karriere in eine Richtung zu lenken, mit der ich mich wohler fühlte. Die letzten Wochen hatte ich mich nicht nur musikalisch, sondern auch menschlich verändert, um so zu werden, wie es von mir erwartet wurde. Ich hatte meine Freunde und Familie vernachlässigt, um auf Partys zu trinken und auf roten Teppichen zu posieren. Ich war nicht mehr ich selbst, aber ich wusste, dass irgendwo tief in mir noch die alte Suki steckte, die sich zurück an die Oberfläche kämpfte. Ich würde ihnen zeigen, dass sie das nicht mit mir machen konnten. Ich würde ihnen verdammt noch mal zeigen, dass ich keine Presley-Wren-Kopie war, keine Marionette, kein Spielzeug, sondern Suki Loveless. Und ich wusste ganz genau, wie ich das anstellen würde, und auch, wie ich versuchen würde, bei River alles wiedergutzumachen. Denn das war der erste Punkt auf meiner Prioritätenliste. Durch das Gespräch mit Presley hatte ich neuen Kampfgeist schöpfen können, den ich genau jetzt mehr brauchte als jemals zuvor.

Während das Adrenalin durch mich hindurchrauschte, sprang ich auf und rannte los, den Strand entlang, so schnell ich konnte, denn ich hatte etwas zu erledigen. Ich musste all diesen Mist nehmen und ihn in etwas Gutes verwandeln oder es zumindest versuchen.

Keine 15 Minuten später hetzte ich die Stufen zum Strandhaus hinauf, sperrte auf und steuerte das Piano an, das neben dem Kamin stand. Mein Herz pochte wie wild, ich fühlte mich wie unter Strom und schnappte mir mein Notizbuch und einen Stift, bevor ich mich auf den Hocker setzte.

Ich atmete tief ein und wieder aus, versuchte, ein wenig herunterzufahren, doch ich hatte etwas im Kopf, im Herzen, in meiner Seele, das herausgeschrien werden wollte. Langsam strich ich mit den Fingern über die kühlen Tasten, spürte, wie sie unter meinen Fingerkuppen danach verlangten, gespielt zu werden. Und dann fing ich an. Ich versuchte mich an ein paar Akkorden und Tönen, die das gesamte Strandhaus mit einer Melodie füllten, die mein Herz höherschlagen ließ. Mit jedem

Takt, der verstrich, kam ich immer mehr rein und wusste, was ich sagen wollte.

Es war ein Song, der lange überfällig gewesen war und mit dem ich aufarbeitete, was geschehen war. Wie sehr ich mich dafür hasste, was ich River damals angetan hatte, und wie gut er zu mir gewesen war. Früher und vor allem in den letzten Wochen, obwohl ich sein Leben ruiniert hatte. Was für ein gutes Herz er doch hatte und dass er mich trotz allem noch mochte. Es war eine Entschuldigung in Form eines langsamen Songs, der hoffentlich zum einen helfen würde, einiges bei River wiedergutzumachen, zum anderen aber auch der Öffentlichkeit bewies, dass ich aus meinen Fehlern gelernt hatte, und mit dem ich meine Sichtweise erzählte. Ich schrieb und schrieb und schrieb, bis die Sonne in den frühen Morgenstunden das Zimmer flutete und mir bewusst wurde, dass ich die gesamte Nacht damit zugebracht hatte, hier zu sitzen und mein Herz auszuschütten.

Ich fühlte mich wie elektrisiert, konnte gar nicht aufhören und tat es auch nicht, als der Song fertig war und ich mich einige Stunden später an den nächsten machte, der vom Konkurrenzkampf in der Branche handelte und davon, dass man sich selbst verlor, wenn man sich in eine Form pressen ließ, in die man nicht gehörte. Wieder öffnete ich mein Herz und kippte alles aus, was sich darin befand und herauswollte. Ich hatte noch nie in meinem Leben eine Musik so sehr gefühlt wie in diesem Augenblick, und das fühlte sich so gut an wie schon lange nicht mehr.

Was da am Strand passiert war, hatte mir die Augen geöffnet, und von einer Sekunde auf die andere war mir klar geworden, dass ich das, was ich getan hatte, meine Reue und meine Vergangenheit, den ganzen Mist, den ich erlebt hatte, in einem Album verarbeiten musste, das durch und durch ich war. Ich würde ein Album aufnehmen, meine Geschichte erzählen, zu meinen Bedingungen und mit meinem Sound. Ich würde allen zeigen, was für ein Mensch ich wirklich war. Ob mit oder ohne Vortex.

Stunde um Stunde verging. Ich schrieb sogar weiter, während ich die Bowl verdrückte, die mir ein Lieferservice gebracht hatte, weil ich einfach nicht aufhören könnte. Weil das alles tief in meinem Inneren darauf gewartet hatte, endlich an die Oberfläche zu dringen.

Plötzlich hörte ich, wie die Eingangstür aufgesperrt wurde und zwei Männerstimmen dumpf herüberschwebten. Mein Herz setzte einen Schlag aus. Rasch sah ich zur Uhr und bemerkte, dass es schon halb sechs am Nachmittag war und ich einen ganzen Tag nur an meinen Songs geschrieben hatte. Zur Sicherheit wollte ich nachsehen, wer gerade eingetroffen war, daher erhob ich mich und lief auf den Eingangsbereich zu. Doch als ich sah, wer dort stand, hielt ich inne. Wärme kroch mir in die Wangen, während mein Herz schneller schlug. »Hey«, sagte ich, als River mit einem Lächeln auf den Lippen auf mich zugelaufen kam.

»Hey, Babe.« Er nickte zu Carter, den er im Schlepptau hatte. »Schau mal, wen ich mitgebracht habe.«

»Suki«, sagte dieser leise und verzog gequält das Gesicht. »Wie geht's dir?«

Ich atmete zischend aus. Einerseits vermisste ich meinen Bruder, andererseits hatte er mich mit seinem Verhalten zutiefst verletzt und enttäuscht. Ich zuckte mit den Achseln. »War schon mal besser.«

»Ich lass euch mal kurz allein.« River nickte zur Terrasse und verzog sich dann rasch nach draußen.

»Es tut mir so leid«, brach es aus Carter heraus, als er sich mir näherte. Die Stirn in Falten gelegt, schwammen Sorge und Reue in seinen blauen Augen. »Ich hätte dich niemals anlügen dürfen. Ich war der beschissenste Bruder, den es gibt. Bitte verzeih mir. Ich … ich mach das alles wieder gut.«

Ich verschränkte die Arme vor der Brust. »Stimmt, du warst ein echtes Arschloch. Wieso hast du diese verdammte Lüge nie aufgeklärt? Ich bin deine Schwester. Du hättest es mir sagen können.«

»Ja, ich hätte es dir sagen sollen, aber ich hatte so große Angst davor, dass du nichts mehr von mir wissen willst, wenn du die Wahrheit erfährst. Außerdem war mir bewusst, dass du eine Falschaussage gemacht hast und … Ich wollte nicht, dass du dich fertigmachst deswegen. Ich wollte nicht, dass du das alles bereust und dir die Schuld dafür gibst, dass River ins Gefängnis musste, denn wenn es einen gibt, der daran schuld ist, dann bin ich das. Ich kenn dich doch, Suki, du bist so ein starker Mensch, aber das hätte dich zerstört, und das wollte ich nicht, ich wollte dich nur schützen. Und ja, es gibt keine Entschuldigung dafür, ich weiß.«

Ich atmete zischend aus, weil es mich immer noch verletzte, dass er mich belogen hatte, er aber andererseits einer der wichtigsten Menschen in meinem Leben war. »Ich weiß nicht, was ich sagen soll, C. Ich bin so enttäuscht von dir.«

»Ich weiß«, flüsterte er und fuhr sich übers Gesicht. »Ich wünsche mir mehr als alles andere, dass du mir verzeihen kannst. Ich verspreche dir, ich habe dich sonst noch nie angelogen. Ich wollte doch nur das, was wir haben, schützen, dich beschützen. Und auch wenn du mir jetzt nicht vergeben kannst und vielleicht Zeit brauchst, dann lass mich doch zumindest für dich da sein, okay? Ich habe mitbekommen, was online abgeht, und …« Er trat noch ein Stück näher, legte den Kopf schief. »Du bist meine beste Freundin. Hass mich, so viel du willst, aber du wirst mich nicht los. Erst recht nicht, wenn ich dich unterstützen will.«

Ich schluckte hart und versuchte, die Tränen wegzudrängen, die sich hinter meinen Lidern stauten. Ich wollte nichts von ihm wissen, ich wollte ihn wegstoßen, ich wollte, dass er mich in Ruhe ließ, aber insgeheim hatte ich keine Kraft mehr dafür und wünschte mir eigentlich nur, dass alles wieder wie früher war.

»Ich bin echt enttäuscht von dir, weil du mich angelogen hast«, flüsterte ich und hörte, wie meine Stimme brach. »Aber wenn du mir ein wenig Zeit gibst, dann schaffe ich es bestimmt, all das hinter mir zu lassen. River schafft das, auch wenn ich ihn für verrückt halte.« Mir entfuhr ein leises Lachen. »Und ihr seht auch so aus, als ob ihr euch wieder besser verstehen würdet.«

Er nickte. »Wir haben alles geklärt. Ich hoffe auch, du kannst mir verzeihen. Wenn es dir schlecht geht, dann will ich für dich da sein.« Jetzt stand er direkt vor mir, ein leichtes Lächeln auf den Lippen. »Du kannst mich hassen, wenn du willst. Aber ich bin trotzdem für dich da.«

»Ich schätze, in solchen Zeiten merkt man erst, was wirklich zählt.« Ich hob nun auch einen Mundwinkel. »Mir tut es auch leid, wenn ich dir das Gefühl gegeben habe, dass du mir nicht wichtig bist oder meine Karriere vorgeht.«

»Schon gut«, entgegnete er und schloss mich dann in seine Arme.

Ich atmete erleichtert aus und erwiderte seine Umarmung, auch wenn ich erst noch ein wenig Zeit bräuchte, um ihm voll und ganz wieder vertrauen zu können. Aber ich wusste, dass dieser Moment kommen würde.

Dann ließ er mich wieder los und grinste breit. »Übrigens haben wir dir was zu berichten.« Er pfiff ein Mal, woraufhin River von draußen wieder reinkam.

River lächelte, als wir uns im Küchenbereich trafen. Er nahm sich eine Dose Coke aus dem Kühlschrank und warf Carter und mir auch eine zu. »Haben wir das?«

»Wir haben Jason einen Besuch abgestattet«, gab Carter zu.

Mir klappte der Kiefer herunter, während mein Herz kurz stehen blieb. »W-was? Ihr …«

»Es war Rivers Idee«, sprudelte es aus Carter heraus, während ich ihn wie gebannt anstarrte. »Er arbeitet in San Diego, wir sind bei ihm aufgetaucht und haben ihm klargemacht, dass er ein echtes Problem hat, wenn er weiter diesen Mist verbreitet. Wir haben ihn zwar nicht dazu bekommen, dass er der Presse erzählt, dass er gelogen hat, aber immerhin hält er jetzt seinen Mund. Keine Sorge, das war's. Es ist durch. Er wird dich nie wieder belästigen.« Ein zufriedenes Grinsen streifte sein Gesicht, während ich vollkommen geplättet zwischen den beiden hin und her sah.

»Quatsch. Ihr wollt mich doch verarschen …« Mein Blick huschte zu River, der mich aufmunternd anlächelte.

»Nope. Stimmt alles. Ich würde noch hinzufügen wollen, dass dein Bruder drauf und dran war, ihn zu verprügeln. Er hat sogar mit seinen Fingerknöcheln geknackt.«

»Hey, ich wollte bedrohlich wirken!«

Ich schluckte hart und spürte, wie Wärme meinen Brustkorb flutete. »Ihr spinnt doch. Wieso habt ihr das gemacht? Ich war unerträglich in den letzten Tagen.« Tränen krochen mir aus den Augenwinkeln, und ich wischte sie schnell fort. Diese beiden hatte ich definitiv nicht verdient. »Und ihr habt nichts Besseres zu tun, als diesem Vollarsch Angst einzujagen. Danke, dass ihr das für mich getan habt.«

»Riesige Angst.« Carter weitete die Augen, woraufhin River schnaubte.

»Danke«, flüsterte ich. »Wirklich. Ich bin so froh, euch zu haben.« Wieder machten sich ein paar Tränen selbstständig.

»Okay, jetzt ist wohl der Zeitpunkt gekommen, an dem ich *euch* allein lasse, denn trotz allem weiß ich nicht, ob ich euer Geknutsche schon ertrage.« Carter machte ein gespieltes Würgegeräusch, woraufhin River die Augen verdrehte. »Das wäre eindeutig zu viel des Guten. Ich suche mal das Bad und entledige mich meines Burritos.«

»Carter!« Lachend schlug ich mir die Hand vors Gesicht, als er den Flur ansteuerte.

»Ein Mann muss tun, was ein Mann tun muss.« Dann war er schon verschwunden.

Mein Blick huschte zu River, der langsam auf mich zugeschlendert kam. Wärme flackerte in seinen bernsteinfarbenen Augen, und am liebsten hätte ich ihn am schwarzen Hoodie gepackt und ihn an meinen Körper gezogen, wäre durch seine dunkelbraunen Haare gefahren und hätte sein markantes Gesicht berührt. Ich schüttelte ungläubig den Kopf. »Ich kann das echt nicht fassen.« Als er vor mir stehen blieb, trat ich nah an ihn und schlang meine Arme um seinen Nacken. In seinen Augen lag so viel Wärme. »Tut mir leid, wenn ich gestern etwas neben der Spur war. Es war alles zu viel, und ich war überfordert, weil ich nicht wusste, wie ich das wiedergutmachen soll. Ich weiß, du sagst, es ist für dich abgeschlossen, aber für mich nicht. Ich bin dir dankbar, dass du bereit bist, mir zu verzeihen, aber ich … Ich musste selbst aktiv werden.«

»Schon okay«, wisperte er und hielt mich an den Hüften fest, sein Daumen streifte über die nackte Haut. »Ich verstehe das.« Grinsend zog er mich näher an sich in eine Umarmung. »Geht es dir jetzt zumindest ein wenig besser?«

»Ein bisschen, ja. Ich freue mich einfach, dass du hier bist und dass ich mich mit Carter mehr oder weniger vertragen habe und Jason hoffentlich nie wieder Kontakt zu mir aufnimmt oder der Presse irgendwas über mich erzählt.« Ich lehnte mich zurück, dann suchte ich seinen Blick. »Außerdem habe ich einen Song geschrieben. Na ja, okay … zwei. Und einen davon musst du unbedingt hören.«

»Ich bin gespannt«, flüsterte er und legte seine Lippen auf meine.

Ich erwiderte den Kuss und ertrank darin. Sofort flatterte es in meinem Brustkorb, und ich musste leicht lächeln, weil sich das so unglaublich gut anfühlte und ich ihn am liebsten nie wieder loslassen wollte. Nie, nie wieder, weil River in einem Meer voller Chaos mein sicherer Hafen war.

Als ich mich wieder von ihm gelöst hatte, zog ich ihn an der Hand zum Piano. Wir ließen uns nebeneinander auf den Hocker sinken. Ich atmete tief durch, atmete seinen vertrauten Duft von Lavendel und Zedernholz ein und musste lächeln. »Bereit?« Mein Blick huschte zu ihm. In seine bernsteinfarbenen Augen und zu den Grübchen in seinen Wangen, weil er mindestens genauso lächeln musste wie ich. Und als er nickte, fing ich an, den Song zu spielen und zu singen, den ich heute Nacht für ihn geschrieben hatte. Ich versank in der Melodie und in dem Text, in meinen Gefühlen für ihn und in der Entschuldigung, die wie ein roter Faden im gesamten Song verwebt war, und schüttete ihm mein Herz aus. Alles, was ich wollte, war, dass er verstand, wie leid mir das alles tat und es mir die Welt bedeutete, dass er mich trotz allem noch wollte und das Gute in mir sah.

»Wow«, hauchte er leise, als ich die letzten Noten gespielt hatte und die Hände von den Tasten nahm.

Mein Blick huschte zu ihm, und ich erkannte, wie es in seinen Augen leicht schimmerte. »Gefällt er dir?«

»Ob er mir gefällt?« Er räusperte sich und beugte sich zu mir herüber, um mich auf die Schläfe zu küssen. »Ich liebe alles daran. Danke. Wirklich. Ich verstehe dich jetzt noch besser, und ich hoffe, du glaubst mir, wenn ich dir sage, dass ich alles vollkommen hinter mir lassen kann.«

Ich nickte zaghaft. Wärme breitete sich beim Blick in seine Augen in mir aus.

»Suki«, fuhr er fort und schüttelte ungläubig den Kopf, während er mir mit den Fingerspitzen sanft über den Rücken strich. »Es ist okay, Fehler zu machen. Manche Menschen machen Fehler und sind keine schlechten Menschen. Sie treffen einfach nur zu einem verdammt ungünstigen Zeitpunkt schlechte Entscheidungen, verstehst du?«

»Ja«, sagte ich leise und verstand es wirklich. Ich verstand, weshalb er mich nicht hasste und mir nicht böse war. Ich verstand auch, warum er sich mit Carter wieder versöhnt hatte und warum er mit allem Frieden schließen konnte, obwohl wir ihn damals so sehr enttäuscht hatten. Und genau dafür wollte ich ihm jeden Tag aufs Neue beweisen, dass ich ihn mehr zu schätzen wusste als jemals zuvor.

Als wir später mit Carter vor dem Kamin im Wohnzimmer saßen und im Hintergrund *High School Musical* lief (zu Ehren meines Goldfisches Troy), kuschelte ich mich in Rivers Arme. Wir hatten uns nach dem Essen ein paar Drinks gemixt und wollten ein wenig abhängen und auf das Comeback unseres Dreiergespanns anstoßen. Zwischenzeitlich hatte ich auch mit meinen Eltern gesprochen und von ihnen erfahren, dass Carter ihnen alles gestanden hatte und sie sich wünschten, dass wir uns wieder vertrugen. Sie würden immer für uns da sein, und dafür war ich ihnen dankbar.

»Früher war ich dein Liebling, aber jetzt muss ich es wohl mit meiner kleinen Schwester aufnehmen«, sagte Carter irgendwann und lachte auf. »Ich schätze, in ein paar Wochen habe ich wieder die Nase vorn.«

»Da wäre ich mir nicht so sicher, Mann.« River gluckste vergnügt und zwinkerte mir zu. »Probieren kannst du es, aber ich schätze, Suki wird immer meine Nummer eins sein.«

Daraufhin gab ich ihm einen Kuss auf die Wange, hörte aber, wie sich Carter im Hintergrund entrüstet aufrichtete. »Immer? Sag mir nicht, dass das früher auch schon so war.«

»Dazu will ich mich jetzt nicht unbedingt äußern«, kam es von River, woraufhin Carter ihn gespielt böse anfunkelte.

Jetzt musste ich auch lachen.

Hier mit den Jungs zu sitzen, brachte mein Herz dazu, vor Glück und Zuhausegefühl überzuschäumen. Es fühlte sich so richtig an, in einer Welt, in der immer noch ziemlich viel schieflief. Und doch hatte ich das Gefühl, dass sich die Route ändern und bald alles bergauf gehen würde. Ich liebte River und Carter, aber ich hatte das Bedürfnis, aktiv zu werden – ohne ihre Hilfe. Auch wenn ich den beiden dankbar war, dass sie das mit Jason geregelt hatten, wollte ich mich nicht länger machtlos und wie die Jungfrau in Nöten fühlen, die von ihrem Ritter gerettet werden musste. Rivers und Carters Glaube an mich stärkte auch *meinen* Glauben an mich und daran, dass ich zu mehr in der Lage war, als ich dachte. Dazu, einen wichtigen Schritt zu gehen, der womöglich alles verändern könnte. Und genau *das* stand für den morgigen Tag auf meinem Plan.

33
Suki

»Hallo, Suki«, begrüßte mich Tyrese am nächsten Morgen, als ich vor seinem Büro aufschlug. Er hatte die Stirn in Falten gelegt und wirkte etwas angespannt, als er mit der Hand in den Raum hineinwies. Ich hatte ihn schon vorgewarnt, dass ich heute mit ihm sprechen wollte, daher wusste er Bescheid. »Marshall ist auch schon da.«

»Oh, okay.« Ich lächelte ihn an, obwohl bei seinem Anblick ein ungutes Gefühl meinen Körper in Beschlag nahm. Er war eine der treibenden Kräfte gewesen, mich in eine zweite Presley Wren zu verwandeln, und jetzt im Nachhinein, als ich alles klarsehen konnte, passte mir das ganz und gar nicht mehr in den Kram. Ich fühlte mich unwohl. So, als würde ich nicht hierhergehören. Aber dennoch wollte ich ihnen noch eine Chance geben und ihnen zeigen, woran ich gearbeitet hatte.

Als ich sein Büro betrat, sah ich bereits Marshall in seinem Designeranzug auf der Kante von Tyreses Schreibtisch sitzen, ein Glas mit einer braunen Flüssigkeit, vermutlich Whiskey, in der Hand. »Suki.«

Ich lächelte und strich mir die blonden Locken über die Schulter, die ich heute aus Prinzip nicht geglättet hatte. »Hi.«

Dann ließ ich mich auf den Ledersessel vor dem Tisch sinken und schlug die Beine übereinander.

Tyrese schloss die Tür und kam zu uns herübergelaufen, um hinter dem breiten Tisch Platz zu nehmen.

»Danke, dass das noch geklappt hat. Ich habe die letzten Tage an neuen Songs geschrieben und mir Gedanken darüber gemacht, wie ich meine musikalische Karriere in Zukunft gestalten will.« Ich holte Luft. »Ich würde mein Album gerne etwas umstrukturieren. Weniger Pop, mehr Soul. Außerdem kam mir die Idee, dass es eine Art Konzeptalbum werden könnte, auf dem ich meine Geschichte erzähle. Meine Sichtweise auf die Dinge und was damals wirklich passiert ist. Ein Album, das zu 100 Prozent ich bin. Ungefiltert.«

Er und Marshall tauschten einen kurzen Blick, dann wandte Tyrese sich mir zu. »Wir wollten auch mit dir sprechen, Suki. Auch in Bezug auf deine Karriere hier bei Vortex.«

»Ja?« Ich hob die Brauen.

Ein Nicken, dann fixierte er mich. »Wir haben uns dazu entschlossen, die Zusammenarbeit mit dir zu beenden.«

Ich blinzelte die beiden ungläubig an. »Beenden? Wegen des Skandals?«

»Du bist nach deinem Skandal nicht weiter tragbar für die Vibrant Vortex Studios«, entgegnete Marshall seelenruhig. »Außerdem bist du noch keine etablierte Künstlerin, die ein Verlust für uns wäre. Dein Album-Deal ist geplatzt. Wir wollen keine problematische Musikerin, die noch vor ihrem ersten Album-Release solche Negativschlagzeilen macht. Versteh mich nicht falsch, wenn du deine Brüste gepostet oder mit einem Rapper auf dem Klo einer After-Show-Party gevögelt hättest, wäre das noch ein verkraftbares Unterfangen. Aber sobald es um gesetzliche Dinge geht, wollen wir uns ganz klar von dir distanzieren.«

»Das heißt, ihr schmeißt mich raus.«

»Wenn du es so nennen willst.« Tyrese zuckte mit den Schultern.

»Wie gesagt: Du bist nicht tragbar und zugleich nicht wichtig genug, als dass wir Kohle in die Hand nehmen, um dein Problem zu beseitigen. *Du* bist das Problem.«

Eigentlich hätten sich diese Worte wie ein Messerstich anfühlen müssen, doch ich spürte auf überraschende Weise nur Erleichterung. Ich fühlte mich frei und leicht und unbeschwert. Meine Zeit hier war so schnell vorbei, wie sie angefangen hatte, und dafür war ich mehr als dankbar. Ich gehörte nicht hierher. Ich wusste, dass ich weiter Musik machen würde, aber dieses Mal zu meinen Bedingungen.

Ich schnaubte. »Danke für alles, was ihr bis zu diesem Punkt für mich getan habt, aber dann ist das hier und jetzt wohl *euer* Verlust.« Hocherhobenen Hauptes stand ich auf und warf den beiden Männern noch einen herausfordernden Blick zu. »Ich weiß, dass ich es auch ohne euch schaffen werde. Man sieht sich immer zweimal im Leben, wisst ihr? Vielleicht winke ich euch von der Bühne bei den Grammys irgendwann zu, wenn ich meinen ersten gewinne. Ich weiß, was ich kann und was für ein Potenzial in mir steckt, aber davon hat die Welt noch nichts gesehen und gehört, weil ihr mich die ganzen letzten Wochen in eine Form gepresst habt, in die ich nicht gehöre. Aber das hat jetzt ein Ende.« Ich zwinkerte den beiden zu, dann lief ich zur Tür, wo ich ihnen über die Schulter zurief: »Ich wünsche euch viel Glück auf der Suche nach eurer Presley Wren 3.0.« Ein Grinsen flackerte über meine Lippen, als ich sah, wie sich Tyrese und Marshall anspannten und ihre Kiefer mahlten. Dann stolzierte ich aus dem Büro hinaus. Meine Mundwinkel schienen wie festgetackert, ich konnte nicht mehr aufhören, dämlich zu lächeln, als ich den Flur entlangschritt und schließlich die Eingangshalle ansteuerte. Ich war so unfassbar stolz auf mich, weil ich mir selbst treu geblieben und für mich eingestanden war und es mir nicht das Geringste ausmachte, dass Vortex mich hatte fallen lassen. Ganz im Gegenteil. Ich fühlte mich freier als jemals zuvor.

34
River

»Suki!« Ich sprang vom Sofa in der Eingangshalle von Vortex auf und näherte mich ihr mit großen Schritten. Carter folgte mir. Er hatte mit mir die ganze Zeit hier gewartet, während Suki ihren Termin bei Tyrese gehabt hatte.

Sie kicherte. »Ich bin so froh, euch zu sehen.«

»Deinem Strahlen nach hat ihnen der Song gefallen?« Ich hob fragend die Brauen.

»Nein. Sie wollten ihn gar nicht erst hören. Stattdessen haben sie mich rausgeworfen, weil ich nicht tragbar bin.«

»Shit.« Ich hatte schon daran gedacht, dass Tyrese so etwas bringen könnte, aber dass er das wirklich durchzog, überraschte mich ein wenig, nachdem sie sich schon von Presley getrennt hatten.

Carter schüttelte verwirrt den Kopf. »Nein, oder?«

Rasch hakte sich Suki bei Carter und mir unter und zog uns mit sich raus aus dem Gebäude, das nun ihrer Vergangenheit angehörte. »Alles gut, Jungs. Ich bin nicht traurig.«

Carter fixierte sie und verengte dabei seine Augen. »Was?«

»Jap«, entgegnete sie, während wir ins Freie traten und sie einen tiefen Atemzug nahm. »Es macht mir nichts aus.«

»Dann ... geht's dir gut?«, brummte ich neben ihr, immer noch skeptisch, woraufhin sie nickte.

»Auf jeden Fall. Wisst ihr, ich habe es sowieso satt, mir weiter diktieren zu lassen, was ich zu tun und zu lassen habe. Wenn ich Musik mache, dann zu meinen Bedingungen, mit meinem Sound, meinen Texten und dem Styling, das *ich* will. Die letzten Wochen habe ich mich so machtlos gefühlt. Nicht nur wegen der Skandalgeschichte, sondern auch weil ich mich selbst verloren habe, ohne es überhaupt zu merken. Ich bin vom Weg abgekommen, war mies zu euch und musste erst ganz tief fallen, um mir das alles einzugestehen. Aber jetzt habe ich wieder die Macht über meine Karriere und weiß genau, was ich will.«

»Schön gesagt. Wir sind so stolz auf dich«, sagte Carter und drückte sie kurz, bevor er sie wieder losließ, um den Wagen aufzuschließen. »Und ich bin vor allem froh, dass du endlich erkannt hast, was du draufhast, und diese Platten-Fuzzis nicht dafür brauchst.«

»Kann ich mich nur anschließen«, wisperte ich und legte den Arm um ihre Schultern, um sie näher zu mir zu ziehen. Was war sie nur für eine unglaubliche Frau? Ich hatte nie an ihrer Stärke gezweifelt, und hier und heute hatte sie allen bewiesen, dass sie das Zeug dazu hatte, endlich wieder für sich einzustehen. »Und du weißt ja, falls du einen Produzenten oder Songwriter brauchst ... Da gibt es einen, der ganz gut sein soll und versucht, bald wieder vermehrt selbstständig zu arbeiten.«

Diesen Entschluss hatte ich bereits vor einiger Zeit gefasst. Mir reichte es, nach der Pfeife von Tyrese oder Marshall zu tanzen und keine Freiheiten zu haben, was meine Songs betraf. Das würde sich von nun an ändern.

Suki grinste und blieb stehen, hielt mich fest, damit wir kurz einen Moment für uns hatten, dann sah ich ihr in die Augen. Sofort schlug mein Herz schneller. Gespielt verwundert hob sie die Brauen. »Ach, wer soll das denn sein?«

»Niemand Wichtiges.«

»Hmm, zumindest mir ist er wichtig.«

Ich musste schmunzeln, als ich die Wärme in ihren Augen sah.

»Danke für alles. In all dem Chaos hätte ich niemanden lieber an meiner Seite als dich.«

Im nächsten Herzschlag schlang ich meine Arme um ihre Mitte, zog sie an mich und legte meine Lippen auf ihre. Sie raubte mir den Atem. Innig erwiderte sie den Kuss, während ihre Hände an meine Schultern wanderten. Ich genoss jede Sekunde mit der Frau, der mein Herz gehörte und schon immer gehört hatte. Ich war so verliebt in sie, dass ich alles um uns herum vergaß, wenn sie bei mir war. Und glücklicherweise ging es ihr nicht anders. Früher war das stets mein Traum gewesen – und heute? Da lebte ich ihn.

»River«, wisperte sie an meinen Lippen, küsste mich noch mal und lehnte sich dann wieder ein Stück zurück, um mir geradewegs in die Augen sehen zu können. »Ich bin so froh, dass ich dich habe.«

»Und ich erst. Ich werde immer an deiner Seite sein.« Ich strich ihr eine Strähne aus der Stirn. »Selbst wenn du diese komischen Löwen-Hausschuhe trägst.«

Gespielt empört riss sie den Mund auf und fixierte mich. »Warte nur, du bekommst auch welche zu deinem Geburtstag!«

Lachend küsste ich sie noch einmal und spürte, wie eine Woge des Glücks durch mich hindurchrauschte. Dann griff sie nach meiner Hand, und wir liefen zum Auto, wo Carter bereits hinter dem Steuer auf uns wartete.

»Immer noch mehr als seltsam, euch knutschen zu sehen«, brummte er. »Ich werde mich nie daran gewöhnen.«

»Wir können das auch öfter vor deiner Nase machen«, entgegnete ich grinsend, als ich auf den Rücksitz rutschte und Suki vorn eingestiegen war. Dann beugte ich mich zwischen die Sitze nach vorn und gab ihr einen Kuss auf die Wange, woraufhin Carter das Gesicht verzog.

»Du musst dich wohl daran gewöhnen.« Suki zuckte mit den Schultern und schnallte sich an, während ich dasselbe tat. »River wird mich nämlich so schnell nicht mehr los.«

»Pff.« Carter verdrehte amüsiert die Augen. »Von mir aus.« Dann startete er den Motor und fuhr los, die Straße entlang in Richtung Highway 101. »Hey, was hast du jetzt eigentlich vor? Einen Song hast du schon, oder?«

»Jap.« Sie atmete tief ein und aus. »Ich zieh mein eigenes Ding durch, schreibe vielleicht auch mit Rivers Hilfe neue Songs und singe dann endlich das, was ich wirklich will.«

Ich tauschte einen wissenden Blick mit ihr und nickte. »In meiner Schublade liegt zudem auch noch der ein oder andere Song, der von Tyrese abgelehnt wurde.«

»Stimmt. Und was ein neues Zuhause für meine Musik betrifft, also ein neues Label … Da habe ich auch schon so eine Idee.«

»Das wird richtig gut«, entgegnete Carter. »Das müssen wir feiern.«

»Jep. Definitiv.« Ich nickte. »Filmabend bei mir?«

Carter und Suki sagten zur selben Zeit: »Gute Idee«, und fingen an zu lachen.

»Ein wenig habe ich euch ja schon vermisst«, brummte ich und lehnte mich dann zurück. Das hier tat mir unglaublich gut. Endlich fühlte ich nach einer langen Eiszeit von fünf Jahren wieder Wärme. Ich hatte zwei meiner liebsten Menschen zurück, arbeitete an unglaublichen Songs mit der Frau, der mein Herz gehörte, und hatte endlich mit meiner Vergangenheit Frieden geschlossen. Etwas, von dem ich lange gehofft hatte, dass es irgendwann eintreten würde. Und die Tatsache, dass Suki nun auch überglücklich war, zauberte mir ein dickes Lächeln aufs Gesicht. Auch wenn das hier das Ende unserer Ära bei Vortex war, fühlte es sich wie der beste Neuanfang aller Zeiten an.

Epilog
Suki

Sechs Monate später

»Ich freu mich so, dass ihr da seid und mit mir feiert«, quiekte ich und hüpfte mit meinem Weinglas vor dem Sofa auf und ab, auf dem Carter neben River saß.

»Glückwunsch zum Einstieg in die Top 5 mit deinem ersten Album, Babe.« River war aufgestanden, und ein Grinsen zupfte an seinen Lippen. Er küsste mich, und ich schlang meine Arme um seinen Nacken. »Und das ist erst der Anfang.«

»Von mir auch noch mal Glückwunsch, Darling.« Auch Hadley kam auf mich zu, drückte mich und lächelte dann warm. »Die Welt liebt deine Geschichte, deine Stimme, deinen Sound. Es war die richtige Entscheidung, deine Seele in die Songs zu legen. Und außerdem bin ich unfassbar glücklich, diese Reise mit dir angetreten zu haben.«

Nachdem Vortex mich rausgeworfen hatte, war ich zu der Entscheidung gekommen, mein Album selbst aufzunehmen und zu veröffentlichen. Ich hatte sogar schon einen Teaser meines ersten Songs auf Instagram gepostet und dazugeschrieben, dass ich meine Wahrheit in Form meines Albums erzählen würde, als Hadley Peters, Chefin des Independent-Labels Sisterhood Records, die ich bereits auf einer Party kennengelernt hatte, auf mich zugekommen war. Sie hatte mitbekommen, dass mein Vertrag geplatzt war, und mir angeboten, Teil ihres Labels zu werden. Nach einigen Gesprächen und Verhandlungen hatte ich mich dazu entschlossen, bei ihnen zu unterschreiben, und es bis heute nicht bereut. Hadley war selbstbewusst, stark und überaus empathisch, ließ mir meinen kreativen Freiraum und hatte ein tolles Team unter sich, das mich bei allem unterstützte. Ich war rundum glücklich. Vor einer Woche war mein erstes Album erschienen, auf dem ich die Geschichte von damals und alles, was passiert war, verarbeitet hatte. Ich hatte mich verletzlich gezeigt und mir eingestanden, dass ich Fehler begangen und daraus gelernt hatte. Doch das Beste daran war, dass es dort draußen etliche Menschen gab, die es liebten und rauf- und runterhörten. Sie hatten mir verziehen, wie River es auch getan hatte. Und heute feierten wir den offiziellen Einstieg in die Top 5 der Album-Charts. Ich hatte endlich die Kontrolle, und noch dazu hatte ich große Teile meines Selbstbewusstseins wieder zurück und stand für mich ein. Anders, als es bei Vibrant Vortex gewesen war. Es hatte eine Weile gedauert, bis mir bewusst geworden war, dass ich mich nur für sie verbogen hatte, weil wegen der ganzen Sache mit Jason mein Selbstwertgefühl fast nicht mehr vorhanden gewesen war. Doch seit ich meine Stimme zurückhatte, ging es mir besser denn je.

»Danke, Hadley. Für alles.« Ich grinste sie an. »Ich bin so glücklich, dass ihr mich unter Vertrag genommen habt.«

»Ach, Quatsch.« Sie winkte ab. »Und jetzt feiern wir dich ein bisschen.«

Statt eine glamouröse Party in einem der angesagtesten Clubs in Los Angeles zu feiern, hatte ich mich für eine gemütliche

Runde in Carters und meinem neuen Apartment in Beverly Hills entschieden, um ein wenig anzustoßen. Da durften Carter und Hadley nicht fehlen, aber auch nicht meine alte und neue Assistentin Jazz. Nachdem ich bei Sisterhood unterschrieben hatte, hatten wir uns getroffen und unterhalten, und ich hatte schnell festgestellt, dass sie lieber nicht mehr für Tyrese arbeiten wollte. Da ich sie schon in mein Herz geschlossen hatte, war mir die Idee gekommen, sie zu Sisterhood Records zu holen, und nun saß sie hier neben mir und war meine rechte Hand.

Auch hatte ich in den letzten Monaten alles dafür getan, um das Verhältnis zu meinen Eltern, die aus der Ferne mitfeierten, aber auch Carter und natürlich River wieder zu kitten.

River hier zu haben, brachte mich am meisten zum Lächeln. Ich schlang den Arm um seine Hüfte, und er presste seine Lippen an meine Schläfe. »Hast du gut gemacht.«

Ich hob einen Mundwinkel. »Gleichfalls. Die Platzierung steht dir genauso zu. Ohne dich wären die Songs sicher nicht so genial geworden, wie sie jetzt sind.«

»Ach.« Er winkte ab. »Du hast dir das alles verdient. Ich bin einfach nur glücklich, meine Freundin unterstützen zu dürfen und mit ihr neue Songs zu schreiben, die das Musikbusiness ein wenig umkrempeln.«

»Dann bist du nur *darüber* glücklich? Gut zu wissen«, entgegnete ich kichernd, woraufhin er schnaubte.

»Na klar. Worüber auch sonst? Die komischen Pinguin-Hausschuhe, die du mir angedreht hast?«

»Die sind phänomenal, okay?«

Er küsste mich noch mal, während die anderen sich unterhielten und wir etwas abseitsstanden. Ich war überglücklich, dass wir jetzt schon fast ein halbes Jahr zusammen waren, und er hatte immer Verständnis für mich gehabt, wenn meine Unsicherheiten aufgrund der Erfahrungen mit Jason wieder dafür gesorgt hatten, dass ich an mir gezweifelt hatte. Er war der Beste. Mit Abstand. Und Jason hatte mich seit dem Besuch von Carter und River nie wieder belästigt. Ich hatte das Gefühl, dass er genau wie ich nun auch einen Strich unter die Vergangenheit hatte ziehen können.

Im Hintergrund spielte unser Album, und in meiner Brust hüpfte mein Herz vor Freude immer schneller auf und ab. Vortex hatte River zwar nicht gekündigt, aber dafür hatte er *ihnen* den Rücken gekehrt, um selbstständig zu arbeiten. Oft hing er mit mir ab und tüftelte an neuen Songs, arbeitete aber auch weiterhin mit seinen Lieblingskünstlern zusammen.

Er und Carter waren auch wieder ein Herz und eine Seele, worüber ich sehr froh war. Wir verbrachten die witzigsten Abende zu dritt und hatten gemeinsam einen Trip nach Hawaii geplant, um nach dem ganzen Release-Stress ein wenig abzuschalten. Denn auch Carters Karriere hatte Fahrt aufgenommen. Sein Film war einige Zeit in ein paar kleineren Kinos gelaufen, und für die nächsten Monate stand sogar ein Deal mit einer Streamingplattform im Raum.

Es klingelte an der Tür.

Verwundert hob ich die Brauen, weil ich heute niemanden mehr erwartete. »Ich geh mal schauen, wer das ist«, murmelte ich und schälte mich aus Rivers Umarmung, lief den Flur entlang und öffnete die Tür.

»Suki Loveless?«, hörte ich hinter einem riesigen Blumenstrauß, bestehend aus mindestens hundert rosafarbenen Rosen, dumpf die Stimme des Lieferanten.

»Jap.«

»Die sind für Sie.« Er reichte mir den Strauß. »Schönen Abend noch!«

Dann war er schon wieder im Treppenhaus verschwunden.

Verwirrt schloss ich die Tür und trat zurück in den Wohnbereich. Von wem konnten die sein? Möglicherweise Mom und Dad? Ich stellte den Strauß auf der Kücheninsel ab, und schon fiel mir der Umschlag auf, der zwischen den Blüten steckte und auf dem in geschwungener Schreibschrift mein Name stand. Kurzerhand griff ich danach und öffnete ihn. Zum Vorschein kam ein Blatt Papier, das ich auseinanderfaltete.

Glückwunsch zur Top 5!
Auch wenn wir anfangs unsere Differenzen hatten, gönn ich dir den Erfolg von Herzen und liebe deinen neuen Sound. Wir Girls müssen zusammenhalten. Next Stop: Grammys!
    Ich freue mich für dich. (Wirklich!!)
    – Presley

Lächelnd faltete ich das Blatt wieder zusammen und schob es zurück in den Umschlag, den ich neben dem Strauß ablegte. Seit jenem Abend vor sechs Monaten, bei dem mir Presley die Augen geöffnet hatte, war ich ihr nicht mehr begegnet. Sie hatte sich zurückgezogen, einzig und allein ein paar Negativschlagzeilen von ihr und ihren wechselnden Affären oder betrunkenen Momenten hatte es gegeben. Doch musikalisch bereitete sie sich vermutlich auf ihr Comeback vor. Daher wusste ich umso mehr zu schätzen, dass sie in dieser Zeit an mich gedacht und sich alles zum Guten gewendet hatte. Denn wenn ich eines gelernt hatte, dann, dass ich in diesem Business zwar vielen Menschen nicht trauen durfte, aber auch, dass es umso schöner war, wenn man zusammenhielt und sich gegenseitig unterstützte. Sie nahm mir nichts weg, und ich ihr auch nicht. Wir waren einfach nur zwei Frauen, die ihren Traum von der Musikkarriere leben wollten. Es brachte nichts, aufeinander rumzuhacken oder die andere zu sabotieren, denn diese Welt war hart genug. Warum es sich also unnötig schwer machen, wenn man sich auch gegenseitig unterstützen konnte, um zusammen noch mehr zu erreichen? Gemeinsam waren wir stärker in dieser Welt, die von Misogynie geprägt war und in der Männer immer noch viel zu oft die Strippenzieher waren, die uns Frauen gegeneinander ausspielten, wenn wir nicht gut genug aufpassten. Doch ich hatte mir geschworen, das nie wieder zuzulassen. Ganz im Gegenteil: Ich wusste jetzt schon, dass, wenn der Zeitpunkt kommen und Presley ihr Comeback ankündigen würde, ich in der ersten Reihe stehen und für sie jubeln würde. Ich würde mich für sie freuen, wie sie es gerade für mich tat.

Und irgendwie hatte ich das Gefühl, dass dieser Moment schneller kommen würde, als ich vielleicht dachte.

Danksagung

Ich kann euch nicht sagen, wie viel Spaß ich bei dieser Geschichte hatte. Vielleicht liegt das aber auch daran, dass ich endlich den Traum meiner Popstar-Karriere leben konnte, den ich als Teenager leider begraben musste, weil meine Singstimme leicht mit der einer hyperventilierenden Krähe zu verwechseln ist, die jeden Moment den Löffel wirft (… oder abgibt? Ihr wisst doch, ich hab's nicht so mit Redewendungen, haha).

Beim Entstehungsprozess haben mir viele wundervolle Menschen geholfen, denen ich gar nicht genug danken kann.

Zuerst ein großes Dankeschön an meine Literaturagentur Langenbuch & Weiß, die immer ein offenes Ohr für mich hat und mich unterstützt. Ihr seid die Tollsten!

Danke an meine großartige Lektorin Diana für die Begeisterung, die wertvollen Tipps, die Unterstützung und die stundenlangen Gespräche, die so viel Spaß machen und mir jedes Mal ganz viel Motivation schenken!

Zudem danke ich Hanna für die Zusammenarbeit und die

tollen Anmerkungen, die mir geholfen haben, das Beste aus dieser Geschichte herauszuholen.

Außerdem danke ich dem gesamten Verlagsteam für die tolle Arbeit an meinen Büchern und euren Einsatz. Ich freue mich jedes Mal, wenn ich euch sehe!

Ein riesiges Danke an Juan Geck, der mich bei meinen musikalischen Fragen unterstützt hat, sowie an Emily S. für all die hilfreichen Tipps und Hinweise in Bezug auf Los Angeles.

Ich danke meinen großartigen Testleserinnen Jule, Lilly, Luisa, Mandy (auch für die gemeinsame Recherchereise; es war so toll mit dir!) und Maren für das Feedback und eure Begeisterung. Danke für eure Sprachmemos, die mich jedes Mal zum Lächeln bringen.

Emily R. – du bist und bleibst die Geilste. Will nicht wissen, wie viel leichter mein Handy ohne unsere täglichen Podcasts wäre.

Tine – für niemanden zeichne ich lieber Mist in Bücher. Danke, dass du meine Kunstwerke (!!) nicht verurteilst.

Lucy, Felix, Philipp, Xenia, Lea, Vivien – danke für eure Freundschaft! Ich bin sehr froh, euch alle zu haben.

Danke an meine Autorenkolleg*innen für den Austausch, die immer wieder Mut machenden Gespräche und die Tatsache, dass es so schön ist, in diesem einsamen Beruf eben doch nicht so einsam zu sein. Insbesondere Mona, Nena, Ayla, Julia, Alicia, Anya, Stella, Bianca, Caro, Franka und Ali.

Ich danke meiner Familie dafür, dass sie immer an mich glaubt, mich unterstützt und sich mit mir freut, selbst wenn ich kurz vor der Deadline eher einem Zombie gleiche und den Kühlschrank plündere, weil ich mal wieder vergessen habe einzukaufen.

Danke an meine wundervollen Leser*innen für die lieben Worte, Fotos und Videos. Ich weiß jede Story und Nachricht, jeden Beitrag und Kommentar zu schätzen und bin überglücklich, dass ihr meine Geschichten so gerne lest. Danke für alles!

Danke an alle, die über meine Witze lachen und meinen Humor checken. Ihr seid 'ne 10/10, klare Sache.

Ein riesiges Danke an alle Buchhändler*innen und Blogger*innen, die über meine Bücher sprechen, sie rezensieren, empfehlen und so schön präsentieren. Ihr seid toll!

Und danke an dich, dafür, dass du zu diesem Buch gegriffen, Suki und River eine Chance gegeben und bis hierhin durchgehalten hast. Ich hoffe, dass du diese Geschichte genossen hast und eine wundervolle Zeit mit den beiden hattest. Wir lesen uns ganz bald wieder in *Songs for the Broken*, wo Presley ihre Geschichte erzählen und zudem einen heißen Footballspieler (fake-)daten darf ...

Auf Instagram und TikTok bin ich unter @marenvivienhaase erreichbar. Falls dir dieses Buch gefallen hat, würde ich mich sehr über Rezensionen auf den gängigen Plattformen freuen – die helfen uns Autor*innen nämlich sehr!

Eure Maren